SUSAN MALLERY

hermanas por elección

Editado por Harlequin Ibérica.
Una división de HarperCollins Ibérica, S. A.
Avenida de Burgos, 8B - Planta 18
28036 Madrid

© 2020, Susan Mallery, Inc.
© 2024 Harlequin Ibérica, una división de HarperCollins Ibérica, S. A.
Hermanas por elección, n.º 294 - 24.4.24
Título original: Sisters by Choice
Publicada originalmente por MIRA Books, Ontario, Canadá

I.S.B.N.: 978-84-1062-787-1
Depósito legal: M-7583-2024
Impreso en España por: BLACK PRINT
Fecha impresión Argentina: 21.10.24
Distribuidor exclusivo para España: LOGISTA
Distribuidor para México: Distibuidora Intermex, S.A. de C.V.
Distribuidores para Argentina: Interior, DGP, S.A. Alvarado 2118.
Cap. Fed./Buenos Aires y Gran Buenos Aires, VACCARO HNOS.

MIXTO
Papel procedente de
fuentes responsables
FSC® C159065

Para Tarryn.
Sé que te encantan mis libros de Blackberry Island,
así que estoy encantada de poder dedicarte este.
Creo que vas a disfrutar conociendo a Sophie,
Kristine y Heather.
Y, vale, incluso a Amber.
Espero que te diviertas tanto leyendo este libro como yo
escribiéndolo.

Capítulo 1

A pesar de que ya habían pasado ocho años desde su divorcio, Sophie Lane aún no era muy diestra en el terreno de las citas. Tal vez su prima Kristine tuviera razón y, si fuera «más sociable», podría encontrar a alguien.

Pero desde el punto de vista de Sophie, había múltiples problemas para eso. En primer lugar, Kristine se había casado con su novio del instituto después de graduarse y llevaba dieciséis años de feliz matrimonio. No era precisamente la persona más adecuada para dar consejos sobre citas. En segundo lugar, Sophie no tenía mucho tiempo para socializar. Siempre estaba muy ocupada atendiendo su empresa. Era algo que le encantaba, incluido todo el trabajo duro que conllevaba mantenerla con éxito. Para ser honesta, su negocio le resultaba mucho más interesante que cualquier hombre, lo que podría ser una gran parte del problema con sus citas. Eso y, bueno, las citas en sí.

Arreglarse, quedar para cenar, escuchar a un hombre hablar de sí mismo durante tres horas no era exactamente como Sophie quería pasar las tardes que no estaba sola lidiando con alguna crisis en la oficina. Además, nunca había acabado de entender todas las reglas. Estaba bastante segura de que se suponía que debía haber sexo después de tener tres citas, pero eso no funcionaba para ella. Si le gustaba un chico y quería tener sexo con él, ¿por qué tenía que esperar? Era una mujer ocupada. Si tenía el interés y el tiempo en la primera cita, ¿por qué no hacerlo, despejar la mente, por así decirlo, y luego continuar con su vida tan feliz? Porque, si no quería hacerlo con él en la primera cita, tenía claro que no estaría interesada en que ocurriera en la tercera. Para entonces, el chico probablemente ya la habría molestado de cincuenta y siete maneras hasta llegar a Bakersfield.

Lo cual explicaba por qué, en la segunda cita con Bradley Kaspersky, estaba cien por cien convencida de que decir que sí había sido un error monumental. No es que su explicación de sesenta minutos sobre cómo funcionaban las miras láser no hubiera sido fascinante en su primer encuentro. En circunstancias normales, habría terminado la cita en cuanto llegara la cuenta —pagarían a medias, a petición de ella—, explicándole que él no era para ella y que, aunque le había agradado conocerlo, no tenían futuro juntos. Y no, no hacía falta que se molestara en llamarla, enviarle mensajes o correos electrónicos.

Habría hecho exactamente eso, si no fuera porque se sentía sola... CK ya no estaba, y todavía no podía creerlo. Volver a su apartamento vacío era muy doloroso. Había tomado la costumbre de dormir en el sofá de su oficina para evitar todos los recuerdos, pero luego tenía que ir a casa a ducharse y, en el momento en que cruzaba la puerta, sentía ganas de llorar.

Por eso no había rechazado a Bradley. Y ahora, ahí estaba, en la cena número dos, escuchando las aplicaciones prácticas de la mira láser calibrada. ¿O eran miras? En cualquier caso, estaba atrapada y, para ser honesta, quizás debería simplemente aguantar y volver a su casa y dejar que el dolor la inundara. Porque CK merecía ser llorado y tenía la sensación de que su terapeuta le diría que había estado evitando esos sentimientos durante demasiado tiempo. Eso suponiendo que tuviera un terapeuta. Lo cual no era el caso. Aunque más de una persona le había dicho que necesitaba uno. Generalmente un empleado al que había despedido o que había renunciado. Al irse, la despedida, a menudo gritada a través del vestíbulo abierto de la oficina, era algo así como: «Eres imposible. Crees que puedes hacerlo todo. Pues no puedes. No eres sobrehumana. Solo crees que eres mejor que todos los demás. Tienes un problema serio, Sophie, y deberías buscar ayuda». Y la mitad de las veces terminaban su discurso con algún insulto incluido.

—¿Sophie?

—¿Mmm?

—Tu teléfono está sonando.

—Oh. Lo siento. Olvidé apagar el sonido.

Sophie bajó la vista hacia el teléfono que había colocado junto a su copa de vino y se dio cuenta de que, efectivamente, estaba sonando, vibrando y desplazándose sobre la mesa. Estaba a punto de enviar la llamada al buzón de voz cuando leyó la información del identificador de llamadas.

—Es de mi compañía de alarmas. Tengo que responder, lo siento.

Tomó su teléfono y su bolso y se encaminó hacia la entrada del restaurante.

—Sophie Lane al habla —respondió a la llamada con voz firme—. ¿Necesitan mi código de autentificación?

—Sí, señorita.

Dio el código y preguntó:

—¿Cuál es el problema?

—Hemos notificado al Departamento de Bomberos que se han activado varias alarmas de incendio. Nuestros sensores indican que hay un fuego, señorita

Lane. No es una falsa alarma. Industrias CK está en llamas.

Veinte minutos más tarde, mientras esperaba impacientemente en un semáforo que nunca se ponía en verde, Sophie recordó que estaba en medio de una cita cuando salió corriendo hacia su coche. Activó la llamada en modo manos libres y dijo:

—Llamar a Bradley Kaspersky.

Segundos después, escuchó los tonos de llamada.

—Te has ido.

—Bradley, lo siento. Mi edificio de oficinas está en llamas. Voy hacia allá ahora mismo para encontrarme con el Departamento de Bomberos.

—¿Cómo sé que es verdad? ¿Cómo sé que no has huido de mí?

—Porque no lo he hecho. Porque... No lo sé, Bradley. Si eso es lo que realmente piensas, entonces esto no va a funcionar. Tengo que colgar.

Cortó la llamada e intentó ignorar la sensación de miedo y pavor que crecía en su pecho. Si había un incendio, podría perderlo todo. Su inventario, sus registros, las fotos de CK que guardaba en su escritorio.

Quizás no era tan grave, pensó. Quizás era...

Casi choca contra el coche que tenía delante. Sophie pisó los frenos en el último segundo y se detuvo a centímetros del parachoques trasero de la camioneta. Más adelante, a su derecha, el humo oscuro se elevaba en el cielo. No, elevarse era una palabra incorrecta. Se disparaba hacia arriba, como salido de un cañón, extendiéndose maliciosamente, presagiando el desastre.

Giró en la esquina, primero a la izquierda y luego tres giros más hacia la derecha antes de verse obligada a detenerse por una barricada custodiada por dos miembros del Departamento de Policía de Santa Clarita. Se detuvo y salió de su coche, tomando su identificación de la empresa y mostrándosela a los oficiales.

—Esa es mi empresa —dijo—. Yo soy la dueña. ¿Qué ha pasado? ¿Había alguien dentro? Oh, Dios, los limpiadores. ¿Lograron salir?

Los oficiales dejaron que pasara la barricada y señalaron hacia uno de los bomberos. Él parecía dedicarse a la gestión más que a subir escaleras para hacer un agujero en el techo.

Al principio no pudo moverse, no pudo hacer nada más que mirar lo que una vez había sido un gran almacén con oficinas. Ahora solo había fuego, humo y calor.

«Vamos», se dijo a sí misma. ¡Tenía que moverse!

Se apresuró hacia el hombre y se identificó de nuevo.

Él asintió.

—Por lo que sabemos, el equipo de limpieza descubrió el fuego. Todos lograron salir a salvo. Hicimos una búsqueda, lo mejor que pudimos, y no encontramos a nadie más. ¿Sabe de algún empleado que trabaje hasta tarde?

Sophie intentaba concentrarse en lo que él decía, pero le resultaba imposible. Nunca había visto un incendio real antes, solo en películas o en la televisión. Aquella imagen bidimensional no la había preparado para la realidad. El calor era increíble. Incluso a treinta metros de distancia, quería retroceder, alejarse del calor creciente.

Lo que más le impresionaba era el sonido. El fuego realmente estaba vivo. Respiraba, rugía y gritaba. Su edificio luchaba, pero no era rival para la bestia que lo consumía. Mientras observaba, el fuego clamaba victoria al derrumbarse una pared.

—Señorita, ¿hay alguien trabajando hasta tarde? —insistió el bombero.

Ella apartó su mirada de las llamas.

—No. Nadie trabaja hasta tarde. Solo yo. No me gusta que haya gente en mi edificio cuando no estoy.

—Los limpiadores eran la excepción. Ella confiaba en ellos. Además, cualquier cosa importante estaba bajo llave.

La expresión del hombre se tornó compasiva.

—Lo siento. No va a quedar nada del edificio.

Asintió porque le era imposible hablar. Le dolía la garganta, y no solo por el humo y las cenizas en el aire. Le dolía porque estaba haciendo todo lo posible por contenerse.

Todo por lo que había trabajado, todo lo que había soñado, construido, sudado y luchado, se había esfumado. Simplemente desaparecido. Su madre siempre le había advertido que, si no tenía cuidado, la gente le rompería el corazón, pero nadie le había dicho que un edificio podría hacer lo mismo.

Se giró y empezó a caminar hacia su coche. La parte izquierda de su cerebro decía que necesitaba llamar a su agente de seguros, y tal vez a algunos de sus empleados. Gracias a Dios, sus registros contables y pedidos estaban respaldados externamente, pero Industrias CK no abriría sus puertas en mucho tiempo.

Esa era la parte izquierda. La parte derecha de su cerebro solo sentía dolor. Primero CK y ahora esto. No podía soportarlo. No podía perderlos a los dos.

Toqueteó en su teléfono y buscó entre sus contactos hasta encontrar un número familiar. Lo marcó.

—Hola, eres tú —dijo su prima Kristine—. Esto es una sorpresa. Pensé que tenías una cita. Oh, Sophie, apenas son las ocho. No me digas que ya lo dejaste. Te juro que eres imposible. ¿Qué tenía de malo este chico? ¿Era muy alto? ¿No era lo suficientemente alto? ¿Respiraba de forma extraña? Espera un segundo... —La voz de Kristine se volvió amortiguada de repente—: Sí, JJ, tienes que hacer tu tarea de Historia. La Primera Guerra Mundial no es estúpida ni aburrida y necesitarás saber esa información más adelante en la vida. —Volviendo al tono de voz normal,

Kristine continuó—: Seguro que cuando tenga treinta años me dirá que estaba completamente equivocada acerca de la relevancia cotidiana de la Primera Guerra Mundial.

—Kristine, todo se... se ha... —comenzó a decir Sophie con dificultad.

—¿Qué? Sophie, ¿qué ha pasado? ¿Dónde estás? ¿Estás bien? ¿Tu cita te hizo algo? ¿Necesitas que llame a la policía?

—No, no. Yo estoy bien. —Al principio, Sophie pensó que estaba temblando, pero luego se dio cuenta de que estaba llorando tan fuerte que apenas podía mantenerse en pie o respirar—. Hay un incendio en la oficina. En este momento, todo está ardiendo. No va a quedar nada. Se ha quemado, Kristine. Se ha desintegrado todo.

—¿Tú estás bien? ¿Alguien resultó herido?

—Nadie trabaja hasta tarde y el equipo de limpieza fue quien encontró el fuego, así que todos están bien. No sé qué hacer. No puedo con esto.

—Claro que puedes. Si alguien puede, eres tú, cariño. Ambas lo sabemos. Estás en *shock*. Mira, voy a tomar el primer vuelo de la mañana. Te enviaré la información por mensaje. Lo resolveremos. Podemos hacerlo juntas.

Sophie miró hacia las voraces llamas y supo que había sido derrotada. Se había preparado para una compra hostil o una rebelión de todos los empleados, pero no para una aniquilación total.

—Es todo lo que tengo y ahora no queda nada...

—Eso no es cierto. Tienes a tu familia y, conociéndote como te conozco, tienes más seguros de los que necesitas. Esto podría terminar siendo lo mejor que te haya pasado. Has hablado de trasladar tu negocio de vuelta a la isla durante años. Ahora puedes hacerlo. Será como en el instituto. Ya verás.

—Odio cuando te muestras tan optimista.

—Lo sé. Esa es principalmente la razón por la que lo hago. Estaré contigo mañana.

Sophie asintió y colgó, luego abrió la puerta del conductor de su coche y se hundió en el asiento. Había mil cosas que debería estar haciendo, pero en ese momento lo único que podía hacer era ver cómo su mundo entero se consumía literalmente en llamas.

La distancia entre Valencia, California y Blackberry Island, Washington, era de unos mil ochocientos kilómetros, más o menos, y Sophie podía hacer el viaje en dos días. Llenó su coche con ropa, su portátil, dos cajas de archivos que necesitaría mientras seguía lidiando con las consecuencias del incendio, junto con una gran bolsa repleta de fotos, mantas y una cama y algunos juguetes para mascotas. Los transportistas se encargarían de empaquetar todo lo demás y entregarlo en una semana. Había vendido su apartamento amueblado, así que solo tendría que ocuparse de veinte o treinta cajas de cosas personales. Mientras tanto, se las arreglaría con lo que tenía. De hecho, ese era su nuevo mantra.

Cerrar temporalmente Industrias CK había sido sorprendentemente fácil. Había contratado una empresa de cumplimiento de pedidos para gestionar la notificación a los clientes. Aquellos que quisieran esperar a que se reemplazaran sus pedidos podían hacerlo, y los que preferían que se les devolviera su dinero recibieron un reembolso rápido. Había ofrecido trasladar al personal clave con ella a Blackberry Island y había recibido exactamente cero aceptaciones. Aún demasiado aturdida para sentirse herida por eso, había escrito cartas de recomendación y ofrecido generosos paquetes de indemnización, todo mientras pagaba por adelantado cuatro meses de seguro de salud para todos.

Sus únicos amigos en la zona habían sido relacionados con el trabajo y, sin más trabajo, rápidamente se desvanecieron. Al final, no había nadie para despedirla, así que varias semanas después del incendio, a las siete de la mañana del viernes, se dirigió a la autopista y luego se incorporó a la I-5 hacia el norte.

Alrededor de las diez, Kristine la llamó.

—¿Dónde estás? —preguntó su prima.

—Al norte de Grapevine.

—Deberías haberme dejado tomar ese vuelo y conducir las dos juntas hacia el norte.

—Estaré bien. Tienes ocho niños de los que ocuparte. Morirían sin ti.

Kristine rio.

—Son tres niños.

—Cuando los visito, parece que son más.

—Eso es porque son ruidosos. —Su humor se desvaneció—. ¿Estás bien?

—Mejor que nunca. —Si no tenía en cuenta su corazón roto y su espíritu desgarrado.

—Estás mintiendo.

—Sí, pero no pasa nada.

Kristine suspiró.

—Me alegra que vuelvas a casa. Estoy preocupada por ti.

—Estaré bien.

—Creo que el almacén todavía está en alquiler. Quiero que lo veas en cuanto llegues. Esto es Blackberry Island. No es como si tuviéramos más de un almacén. Si no consigues ese, tendrás que tener tus oficinas en el continente, y conducir allí todos los días sería un fastidio —dijo Kristine con cierto tono de urgencia.

Sophie sintió que su sensación de tristeza aturdida se aliviaba un poco.

—Ya está hecho.

—¿Qué?

—Firmé el contrato de arrendamiento la semana pasada.

—¿En serio? —La voz de Kristine sonó como un chillido—. Pero si no lo has visto.

—Lo sé, pero dijiste que estaba bien. Además, tienes razón. No es como si hubiera seis almacenes para elegir.

—Dije que estaba disponible, pero no sé qué necesitas. Sophie, ¿firmaste un contrato de arrendamiento? ¿Y si lo odias?

—Entonces estaré molesta contigo —respondió Sophie con una sonrisa—. Estará bien. Haré que funcione. De verdad. Ahora mismo solo quiero estar en casa.

—Has alquilado un almacén sin haberlo visto. Increíble. Lo siguiente que me dirás es que alquilaste una casa sin verla también.

—Técnicamente, vi fotos en Internet.

—¡Sophie!

—Es solo por unos meses, mientras resuelvo las cosas.

—Eso es una locura —le dijo Kristine—. Nunca te entenderé. Bien, concéntrate en conducir. No puedo esperar a que llegues mañana. Los chicos están muy emocionados por verte.

—Yo también tengo ganas de verlos. Dijiste que son seis, ¿verdad?

—¡Sophie!

—Te quiero.

—Yo también te quiero.

—Piensa en ello como un rito de paso —dijo Kristine Fielding alegremente—. Ahora tienes doce años. Te mereces asumir más responsabilidades.

—Dices eso como si fuera algo bueno —murmuró Tommy, su hijo de doce años—. Soy un niño muy bueno, mamá. Quizás me merezca no hacer la colada.

—¿Preferirías que la hiciera yo por ti?

—Bueno, sí. Claro. Nadie quiere hacer tareas domésticas.

Estaban en la habitación de Tommy, frente a un montón gigante de ropa para lavar. Kristine había estado haciendo todo lo posible por convencer a su hijo mediano de que era hora de aprender algunas habilidades para la vida. Como su hermano mayor antes que él, Tommy se resistía. Al final, tuvo que amenazar a JJ con la pérdida de los privilegios de la Xbox antes de que estuviera dispuesto a asumir la tarea. Esperaba no tener que recurrir a medidas tan drásticas con Tommy.

—Entonces, ¿está bien para ti que me ocupe de toda la casa, cocine y haga tu colada, mientras tú no haces nada?

Tommy sonrió.

—Es tu trabajo, mamá. El mío es la escuela. ¿Recuerdas cómo saqué un sobresaliente en mi último examen de Matemáticas? Ser un estudiante excelente lleva mucho tiempo. —Su expresión se volvió astuta—. ¿Qué prefieres? ¿Que haga mi propia colada o tener un hijo superinteligente que saca sobresalientes?

—No es cuestión de una cosa o la otra. Ahora tienes doce años. Es hora de que empieces a hacer tu propia colada —dijo Kristine con firmeza.

—Pero ya ayudo a papá con el jardín.

—Todos hacemos eso. Mira mi cara. ¿Hay algo en mi expresión que te haga pensar que voy a cambiar de opinión? Recordemos el triste verano de hace dos años cuando JJ se negó a hacer su colada. Piensa en la capa de polvo sobre el mando de su Xbox y cómo lloró, puso mala cara y dio golpes con los pies.

—Fue vergonzoso para todos nosotros.

—Sí, lo fue. Ahora, puedes ser un ejemplo para tu hermano menor o puedes proporcionarme una historia muy divertida para contar a todos los que te conocen, pero en ambas opciones acabarás haciendo la colada igualmente. ¿Qué prefieres?

—Quizá debería preguntarle a papá qué piensa.

Kristine sabía que Jaxsen tomaría partido por Tommy, no por malicia, sino porque, cuando se trataba de sus hijos, era el más indulgente.

—Podrías, y luego tendrías que enfrentarte a mí. —Mantuvo su tono alegre—. ¿Me equivoco?

—No... —dijo Tommy tras un suspiro—. Me rindo a lo inevitable.

—Ese es mi chico. Estoy orgullosa de ti. Ahora, recoge tu ropa sucia y ven conmigo a la lavandería. Vas a aprender a usar la lavadora y la secadora. He hecho un horario. Tendrás ciertos días y horas en los que tendrás el privilegio de usar la lavadora y la secadora. Si las usas en otros momentos, cuando están programadas para JJ o cuando yo quiera, no te gustarán las consecuencias.

—¿Sin Xbox?

—Sin monopatín.

—¡Mamá! ¡Sin mi monopatín no!

Kristine sonrió. Tanto su madre como su suegra le habían enseñado que la clave para conseguir que los niños hicieran lo que uno quería era averiguar sus debilidades y utilizarlas como moneda de cambio. Para JJ era su Xbox, para Tommy era su monopatín y para Grant era estar al aire libre. Intentaba utilizar su poder para el bien, pero nunca dudaba en hacerlo.

—Y el sábado cambiarás las sábanas y las lavarás —dijo contenta—. Va a ser genial.

—No es justo.

—Lo sé. ¿No es fabuloso?

—¿Y si no me importan las sábanas limpias?

—Creo que te importan las sábanas limpias tanto como a mí llevarte a Marysville a ese parque de patinaje que te encanta.

Los ojos marrones de Tommy se abrieron de par en par, horrorizados.

—¿No me llevarías, verdad?

—Por supuesto que no. Aunque cualquier chico de doce años que haya lavado sus propias sábanas merece ser llevado a un parque de patinaje.

—¿Es un chantaje? —preguntó él.

—Yo lo considero persuasión —respondió ella con una sonrisa.

—No quiero crecer. Es demasiado trabajo.

—Interesante. Alguien debería escribir un libro sobre un niño que se niega a crecer. Suena como una gran historia.

—Ya existe... Es *Peter Pan*.

—¿En serio? ¡Sorprendente! —Señaló la pila de ropa en el suelo—. En diez minutos te daré lecciones de colada. Si no estás allí, empezaré sin ti. Y si empiezo sin ti, lo haré con tu monopatín favorito en mi poder.

—Cuando tenga hijos, les dejaré hacer lo que quieran.

Kristine se acercó a su hijo y le besó la parte superior de la cabeza, algo que no podría hacer por mucho más tiempo.

Había crecido al menos cinco centímetros en el último año. JJ ya la superaba en altura y tenía solo catorce años. En un par de años sería más alto que su padre. Incluso el pequeño Grant ya no era tan pequeño. Cuando se quedaba dormido afuera, estudiando las estrellas, ya no podía cargarlo hasta la cama. Tenía que llamar a Jaxsen para que lo levantara y lo llevara adentro.

—Estoy segura de que lo harás —dijo ella con una risa.

—No me crees —sacudió la cabeza Tommy—. Estás equivocada. Voy a ser el mejor padre del mundo.

—Ajá. Estoy esperando esa primera llamada de pánico. —Bajó la voz—: «Mamá, el bebé está llorando y no sé qué hacer».

—Yo nunca haré una llamada así. Estaré en el trabajo.

—Oh, yo creo que tú serás un papá de los que se quedan en casa —le dijo para chincharlo. Él parecía horrorizado ante la idea.

Hasta ahora, había logrado enseñar a sus chicos a limpiar su baño y ayudar en la cocina. Estaba trabajando para que aprendieran a lavar su propia ropa. Pero no había podido convencerlos de que la crianza de los hijos debía ser compartida. Probablemente porque ella siempre había sido una madre que se quedaba en casa, al igual que la mayoría de las madres de los amigos de sus hijos. Jaxsen era un padre muy involucrado, pero más en llevar a los chicos a aventuras que en comprarles ropa para la escuela o ayudarles con los deberes. No estaba dando un ejemplo muy feminista.

Necesitaban ver a más mujeres fuertes con carreras impresionantes a su alrededor. Ahora que su prima Sophie había vuelto a la isla, podrían cenar todos juntos y ella podría hablarles sobre lo que era dirigir un imperio empresarial. Porque una cosa era enviar a sus hijos al mundo con habilidades para la vida, pero otra muy distinta era hacerlo inculcándoles que una mujer podía estar al mando.

Aun así, eran buenos chicos, amables y respetuosos. Al menos en público y con los adultos. Entre ellos eran monos salvajes que ponían a prueba su paciencia todos los días.

—Debería haber tenido niñas —dijo con un suspiro. Tommy puso los ojos en blanco.

—Habrías odiado tener niñas.

—Son limpias, bonitas y huelen bien.

—Sí, los chicos huelen mal —admitió su hijo—. Y algunas chicas son realmente inteligentes. Pero nos tienes a nosotros y ya no hay vuelta atrás, mamá. Pase lo que pase, tienes que querernos.

—Sí, eso es lo que se rumorea. Está bien, hijo del medio. Te veo en la lavandería en diez minutos o me llevo tu... ya sabes qué a dar una vuelta.

—Te caerías a los tres metros.

—De ninguna manera. Podría aguantar seis metros sin problemas.

Su hijo le dio un abrazo rápido y luego comenzó a cargar la pila de ropa sucia en la cesta que su madre le había traído. Ella lo dejó a su trabajo y se dirigió a la cocina.

La cena estaba en la olla de cocción lenta. Se había encargado de eso esa mañana. Echó un vistazo al calendario —un gran rectángulo enmarcado, del tamaño de una pared, con cuadrados grandes para cada día del mes y simpáticas imágenes de gatos alrededor— y vio que JJ terminaría su práctica de béisbol a las cuatro y Grant estaría en casa de su amigo Evan hasta las cuatro y media. Jaxsen recogería a ambos niños por ella, lo que significaba que hasta la hora de la cena solo tenía que doblar toallas, preparar su lista de la compra semanal, decidir un menú para su cliente de *catering* y escribir una lista de la compra para eso, revisar sus suministros de repostería porque pasaría toda la noche del jueves haciendo galletas para el próximo fin de semana y recordarle a Jaxsen que tenían que tomar una decisión sobre los campamentos de verano para los chicos. Solo era abril, pero los campamentos se llenaban rápidamente. Y hablando de abril, en dos semanas serían las vacaciones de primavera y necesitaba saber si él aún planeaba llevar a los chicos a la montaña.

Porque, si era así, debía sacar el equipo y asegurarse de que todo estuviera en funcionamiento.

Esa noche, después de la cena y los deberes, tenía que terminar su libro para el club de lectura y preparar el calendario de mayo, pedir más bolsas para sus galletas y hacer la contabilidad de marzo de sus ventas, porque aún no lo había hecho y, si se atrasaba demasiado, nunca se ponía al día. Y en esos cinco segundos entre cepillarse los dientes y quedarse dormida, le gustaría calcular los números de ese pequeño espacio junto a Island Chic que se había puesto en alquiler hacía una semana. Porque si alguna vez conseguía tener tiempo y juntaba el dinero suficiente, quería hablar con Jaxsen sobre abrir una pastelería. Nunca le había parecido el momento adecuado, pero ahora que los niños eran mayores...

—Mamá, estoy listo. He clasificado mi ropa por colores, como dijiste. Pero ¿realmente importa si no lo hago?

—Chicas —murmuró ella, caminando hacia la lavandería—. Las chicas habrían sido mucho más fáciles.

Capítulo 2

El Hostal Blackberry Island ofrecía camas cómodas, vistas al mar y una decoración con motivos de margaritas que Sophie no estaba segura de comprender del todo. Las margaritas no eran precisamente un símbolo característico de la isla. Si un negocio quería atraer a turistas, cuantas más moras, mejor. Sin embargo, había margaritas en la habitación, margaritas en el papel tapiz y cientos, posiblemente miles, de margaritas plantadas a lo largo del camino de entrada desde el estacionamiento hasta la carretera principal.

Mientras Sophie caminaba hacia su coche, temblaba por el aire húmedo y frío. Había olvidado cómo la isla estaba sujeta a estaciones reales, a diferencia de Los Ángeles, donde casi siempre había sol. Ese día el cielo estaba gris y las olas del Sound eran agitadas y negras.

En circunstancias normales, y un lunes por la mañana, Sophie no habría notado nada de eso. Habría estado totalmente centrada en su negocio y en lo que tenía que hacer ese día. Pero —y nunca se lo admitiría a nadie excepto a sí misma— en los últimos días se sentía un poco frágil y desorientada.

«Es por el incendio», se dijo a sí misma. Perder su negocio, no tener a ninguno de sus empleados dispuestos a mudarse. De acuerdo, y la pérdida de CK.

Esa realidad aún tenía la capacidad de hacerla caer de rodillas emocionalmente. Y tal vez el hecho de que tenía treinta y cuatro años y no estaba más cerca de tener su vida organizada de lo que había estado a los veinte. Todo giraba en torno al trabajo y, con Industrias CK en el limbo, se sentía perdida.

«Pero nunca más a partir de hoy», se dijo a sí misma mientras giraba a la derecha al final del camino y se dirigía hacia la muy pequeña zona industrial de la isla.

Se iba a encontrar con la agente inmobiliaria en el almacén a las nueve. Sophie recibiría la llave y echaría un vistazo al espacio que había alquilado para los próximos cinco años.

Condujo más allá de tiendas turísticas y bodegas antes de dirigirse hacia el interior. Había un pequeño centro comercial, un colegio y algunos edificios médicos. Detrás de todo eso, había algunos bloques de oficinas y un puñado de pequeñas empresas que hacían de todo, desde reparar tu coche hasta limpiar tus alfombras. Y al final de la calle estaba el gran almacén.

Aparcó junto a la puerta principal. Llegó temprano y el lugar parecía cerrado a cal y canto, así que caminó alrededor del exterior del edificio.

Sophie se sentía afortunada de haber conseguido el único almacén disponible en la isla, consciente de la importancia de esa adquisición para el futuro de Industrias CK. El espacio era grande, con ventanas amplias en la oficina de recepción y suficiente estacionamiento para los empleados. Además, el muelle de carga era lo bastante espacioso para la logística de entrada y salida de productos.

Al regresar a su coche y esperar a la agente, Sophie reflexionaba mientras tomaba su café para llevar. A pesar de haberse saltado el desayuno por sentirse indispuesta y de las dudas sobre cómo se adaptaría al clima tras sus años en Los Ángeles, sabía que, con las largas jornadas de trabajo que solía hacer, el tiempo sería lo de menos. Lo importante era que el techo no tuviera goteras.

Cuando finalmente tuvo las llaves en sus manos, se sintió un poco decepcionada al no sentir el alivio o incluso la euforia que esperaba. El espacio era enorme, casi el doble de lo que tenía en Valencia, con una docena de oficinas, varios baños y un área abierta donde soñaba con instalar estanterías y tener el centro de envíos perfecto. Era más que genial, era...

«Horrible», susurró Sophie, al darse cuenta de la magnitud del vacío que la rodeaba.

Recordó cómo había comenzado Industrias CK en el segundo dormitorio de un apartamento que alquiló mientras aún estaba en la universidad, y cómo había evolucionado desde su habitación de estudiante de primer año. Había pasado por diferentes espacios, cada uno marcando un hito en su vida, como el traslado a Valencia después de su divorcio, que en aquel momento fue como una huida hacia una nueva vida.

Sin embargo, esta nueva reubicación no era como aquella. Había sido forzada por un mal cableado eléctrico y no había estado preparada para la devastación, tanto física como emocional, que eso conllevó. Para ser sincera, no estaba emocionada con el trabajo que tenía por delante. Se sentía abrumada.

Sophie quería golpear el suelo con los pies y exigir una segunda oportunidad. O al menos un recuento. Pero no había a quién quejarse. Ese era su proyecto y solo ella podía hacer que fuera un éxito. «Lidera, sigue o quítate del camino», se recordó a sí misma. «Los ganadores ganan. Soy la campeona. Depende de mí. Puedo hacerlo».

Ninguna de las palabras parecía surtir efecto, pero al menos decirlas era mejor que admitir la derrota. Se dirigió a una de las enormes puertas del muelle de carga y presionó el botón para abrirla. El aire fresco entró. Sophie bajó su mochila al suelo, se sentó con las piernas cruzadas y se preparó para trabajar.

Necesitaba de todo. Empleados, producto, estanterías, suministros de envío, suministros de oficina, muebles de oficina y wifi. Cuando aún estaba en Los Ángeles, ya había elegido todo lo que quería, pero había esperado para hacer el pedido hasta saber el tamaño de todos los espacios. También tenía un gran cheque del seguro en su cuenta bancaria para pagarlo todo.

Sacó su ordenador portátil y, usando su teléfono como punto de acceso, buscó al proveedor de Internet local y solicitó la instalación del servicio. Pediría todo lo demás cuando estuviera de vuelta en su habitación del hostal. La casa que había alquilado no estaría disponible hasta finales de semana. Una vez instalada allí, podría centrarse completamente en el negocio. En un par de meses, todo funcionaría sin problemas y sería como si el incendio nunca hubiera ocurrido. O eso esperaba.

—¿Hay alguien aquí? —dijo una voz.

Vio a un hombre alto, de pecho ancho, entrando en el almacén. Tenía el cabello gris y la cara bronceada, y llevaba una camisa a cuadros metida por dentro de unos vaqueros. Sostenía una carpeta en una mano.

Sophie se levantó rápidamente.

—¿En qué puedo ayudarle?

—¿Sophie Lane? —preguntó el hombre.

Ella asintió.

—Bear Gleason —se presentó él, acercándose y estrechándole la mano. Ella medía un metro sesenta y cinco y él era al menos veinte centímetros más alto.

Supuso que tendría unos cincuenta años.

—¿En qué puedo ayudarle, señor Gleason? —insistió ella, esperando que quisiera un trabajo y que tuviera experiencia que pudiera utilizar.

—Bear, por favor. He oído que está trasladando su negocio a la ciudad. Industrias CK —dijo él.

—Así es.

—Mi mujer y yo hemos vivido toda la vida en el este de Washington. Yo dirigía una de las mayores empresas de almacenamiento de fruta del país. Cuando un conglomerado internacional nos compró el año pasado, trajeron a su propia gente. Entonces, nuestra hija se quedó embarazada de trillizos y mi mujer quiso mudarse aquí para estar cerca de los nuevos nietos y ayudarla.

Sophie sintió un susurro de esperanza y anticipación. Era la misma sensación de expectativa que otras mujeres debían de sentir al enterarse de que había rebajas en zapatos de marca. Tenía el presentimiento de que acababa de encontrar a su gerente de almacén.

—Pensé en jubilarme —continuó Bear—. Pero llevo dos meses sin trabajar y la verdad es que me estoy volviendo loco en casa. Mi hija está embarazada de ocho meses y en reposo absoluto. Mi esposa está siempre fuera y yo deambulo por nuestra nueva casa como un cachorro perdido. He hecho todos los proyectos domésticos que se me ocurren y mi esposa no para de decirme que si toco su cocina me matará mientras duermo.

El hombre miró a su alrededor.

—No tengo ni idea de qué es lo que compras o vendes, pero si necesita ser traído, contabilizado y luego enviado a los clientes, yo soy tu hombre. —Le entregó una carpeta delgada—. Mi currículum y referencias.

«¡Sí!». Sophie se contuvo para no empezar a bailar de alegría.

—¿Cómo te enteraste de que he alquilado el almacén?

—En un pueblo tan pequeño, es de lo único que todos hablan. Si yo fuera tú, pondría ya una fecha para el día de la selección de personal. De lo contrario, la gente no parará de venir a cualquier hora.

—¿Como has hecho tú?

—Exactamente como he hecho yo —dijo él con una sonrisa, pero pronto se desvaneció—. También he oído lo del incendio. Tenías un seguro, ¿verdad?

—Vaya..., veo que quieres asegurarte de que tu cheque tendrá fondos.

—Diablos, no voy a trabajar gratis.

—Está bien, respeto eso.

Estaba a punto de comenzar la entrevista cuando un camión de dieciocho ruedas entró en el aparcamiento y comenzó a retroceder hacia el muelle de carga.

Bear miró del camión a su almacén.

—Ni siquiera tienes estanterías. Ni escritorios. ¿Hay alguien más trabajando aquí aparte de ti?

—No, pero los habrá. Mejor tener producto y ningún lugar donde ponerlo que no tener nada.

Bear no parecía convencido. Aun así, se movió hacia la puerta del muelle de carga y ayudó a guiar al camión hasta su lugar.

Les llevó casi una hora mover el cargamento del camión al almacén. Sophie se detuvo varias veces para añadir cosas a su lista de suministros necesarios. Carretillas de mano, por ejemplo. También una elevadora. Guantes, gafas de seguridad, conos.

Cuando el repartidor de UPS se marchó, Bear se quedó mirando las cajas apiladas.

—Comida para gatos. Arena para gatos. Juguetes para gatos —dijo con una mirada de desaprobación—. ¿Qué es todo esto?

—Lo que vendemos. ¿Qué creías que se hacía aquí?

—Se llama Industrias CK. No da muchas pistas para saber de qué se trata.

Ella sonrió.

—CK significa Clandestine Kitty. Empecé el negocio cuando estaba en la universidad.

Bear parecía horrorizado.

—¿Vendes cosas de gatos? ¿Necesitas todo este espacio solo para vender cosas de gatos?

—¿Es que no te gustan?

—No mucho. Soy más de perros. Maldición. Clandestine Kitty. Nunca lo habría adivinado. Espero que nadie de mi tierra natal se entere de que trabajo aquí.

—Técnicamente, aún no te he contratado.

—Lo harás. No vas a encontrar a nadie más cualificado. Además, ahora vivo aquí cerca, eso ayuda. Si hay una emergencia, estoy a seis minutos.

El hombre echó un vistazo a las pilas de cajas y luego el almacén.

—Las cosas llegan, tú las empaquetas de nuevo y las envías a los clientes. Entiendo. Vamos a necesitar estanterías y una zona para los envíos.

—Lo sé.

—Necesitaré que me expliques tu flujo de trabajo actual. Probablemente no sea tan eficiente como podría ser, pero empezaremos con eso y lo cambiaremos sobre la marcha. Me ayudaría ver los pedidos de los últimos seis meses para hacerme una idea. Urge conseguir una carretilla elevadora. Y, para empezar, necesitaré un ordenador, una zona para organizar todos los pedidos y una tarjeta de crédito de la empresa.

—Aún no estás contratado.

Él suspiró profundamente.

—Está bien. ¿Qué quieres saber?

Ella tenía su currículum, que hablaría de las funciones que había desempeñado y de lo que había sido responsable. Sin embargo, lo que a ella le interesaba más era saber cómo era Bear.

A Sophie le habían dicho multitud de veces que su forma de trabajar era... un tanto difícil. ¿Podría él soportarla?

—Háblame de tu mejor y tu peor día —le pidió ella.

—Hablas de cosas de trabajo, ¿verdad? —preguntó Bear, estrechando la mirada—. Porque si quieres hablar de mis sentimientos, no nos vamos a llevar bien en absoluto.

Ella rio.

—Bear, te juro que nunca te preguntaré por tus sentimientos, y te aseguro que no te hablaré de los míos. Solo quiero saber si eres bueno en lo que haces y si tienes algún problema trabajando para una mujer.

—¿Traerás algún gato al trabajo?

Sophie reflexionó sobre cómo CK había sido parte de su mundo durante casi dieciocho años. Cómo sus suaves maullidos y su ronroneo gentil eran tan familiares como el propio latido de Sophie. Recordó cómo sostuvo a CK en sus últimos momentos y cómo aún no podía creer que su dulce gata ya no estuviera con ella.

—No —dijo en voz baja—. No traeré ningún gato al trabajo.

—Entonces, no me importa si eres mujer o un zombi. Tengamos una entrevista y aclaremos esto. Si te parece que nos vamos a llevar bien, entonces comenzaré a redactar una propuesta sobre lo que voy a necesitar.

—Ya he escogido estantes y mesas.

—Ajá. Como dije, redactaré una propuesta y la revisaremos juntos. Usaré mi ordenador de casa hasta que consigas los nuevos para el almacén y las oficinas. Está bien. El peor día. Eso es fácil. Cuando un idiota trajo un montón de fruta de casa de su madre, al norte de aquí. La trajo al almacén sin detenerse a pensar que podría tener moscas de la manzana. Y las tenía. Maldito tonto. ¿Sabes lo que pueden hacer un par de docenas de moscas de la manzana reproduciéndose en un almacén lleno de cultivos de primera calidad?

Era algo en lo que realmente no quería pensar.

—Fue malo, ¿eh?

—Decir que fue malo ni siquiera se acerca a describirlo. Perdimos millones. Siempre he creído que la estupidez es para siempre. No tengo idea de dónde estará ese chico ahora, pero seguro que nunca más trabajará para mí. —Se quedó pensando un segundo—. El mejor día. Si te gusta lo que haces, entonces todos los días son buenos.

El corazón emprendedor de Sophie sintió un pequeño latido de felicidad.

—Voy a revisar tu currículum y a comprobar tus referencias —le comunicó Sophie—. ¿Quieres empezar a descargar las cajas?

Él miró las pilas de mercancía y suspiró.

—Gatos. Nunca hubiera imaginado que serían cosas para gatos...

Heather Sitterly llevó dos platos a través del comedor del Hostal Blackberry Island. Como de costumbre, había mucha gente desayunando, incluso siendo un lunes por la mañana. Los clientes eran una mezcla de visitantes y lugareños, que iban allí por la deliciosa comida a precios razonables. La *frittata* de beicon y verduras de primavera se vendía muy bien esa mañana.

—Aquí tienen —dijo, colocando los platos frente a una pareja mayor que había estado en el hostal todo el fin de semana—. Aguacate a un lado y extra de beicon para el caballero. —Sonrió—. Déjenme rellenar sus tazas de café, luego volveré para asegurarme de que están disfrutando de su desayuno.

—Gracias, querida —dijo la mujer. Probablemente tenía alrededor de sesenta y cinco años, con un cabello gris de aspecto suave y ojos oscuros. Se parecía mucho a la abuela materna de Heather, pero sabía que era mejor no hacer ningún comentario sobre eso. A nadie le gustaba que le dijeran que se parecía a un abuelo.

Sonrió de nuevo antes de caminar de forma apresurada hacia la zona de café. Vio que la cafetera de descafeinado estaba casi vacía, así que puso en marcha la máquina antes de tomar una de las jarras de café normal y dirigirse otra vez hacia sus mesas. Llenó media docena de tazas antes de volver a la mesa de la pareja de mayores.

—Excelente, como siempre —anunció la mujer, echando un vistazo a su etiqueta con el nombre—. Heather, ¿verdad? ¿Eres de aquí?

—Nacida y criada.

—¿Vas a la universidad? —preguntó el marido de la mujer.

—Voy a la universidad pública. Hay una en el continente, no muy lejos de aquí.

—Es estupendo que haya un puente —habló la mujer—. No tienes que preocuparte por esperar un ferri.

—Es cierto. Los ferris no pueden viajar cuando el tiempo es malo, pero el puente siempre está abierto —dijo Heather.

—¿Alguna vez sueñas con escaparte a otro lugar? —preguntó el hombre, guiñándole un ojo y con tono de broma—. ¿A una gran ciudad?

«Casi todos los días», pensó Heather, pero no lo dijo en voz alta. A esas personas tan amables no les interesaba saber nada sobre sus problemas personales ni cuánto anhelaba estar en casi cualquier lugar menos en el que se encontraba.

—Blackberry Island es un lugar encantador —respondió Heather con una sonrisa forzada. Luego se excusó para atender a otros clientes.

Exactamente una hora y cuarenta y siete minutos después, el turno de Heather terminó. Cerró su caja, guardó sus propinas y recogió la comida para llevar que Helen, la cocinera del comedor, siempre le dejaba. Como le había pedido, Helen había garabateado *Amber* en la bolsa. Al principio, la cocinera había escrito el nombre de Heather, ya que era ella quien hacía y pagaba el pedido. Pero Amber se había quejado de eso.

—La comida es para mí. ¿Por qué está tu nombre en la bolsa? ¿No debería estar el mío?

Heather había querido decirle a su madre que realmente no importaba de quién fuera el nombre. El desayuno estaba siendo entregado, gratis y delicioso. ¿Era tan importante el nombre? Pero no era una pelea que valiera la pena tener.

Colocó la bolsa con la comida en la cesta delantera de su bicicleta y se puso el casco. Tenía un coche, pero para trayectos cortos era más rápido y económico usar la bicicleta, sin mencionar que era un buen ejercicio. Mientras pedaleaba hacia la casa donde había crecido, planeaba el resto de su día. Llegaría sobre las nueve y cuarto. Eso le daba casi dos horas para estudiar para los exámenes finales antes de llevar a su madre a comprarse un coche.

Amber había sido embestida por detrás hacía tres semanas en el único semáforo de la isla. Su coche había quedado destrozado y su madre había sufrido lesiones de tejidos blandos que la habían dejado con discapacidad. Heather se sentía mal por todo lo que estaba sufriendo y esperaba que se recuperara pronto, pero había una pequeña parte de ella —una parte mezquina, malintencionada y mala— que se preguntaba si Amber realmente había resultado tan lesionada. Porque estar con discapacidad era mucho más fácil que ir a trabajar...

Heather recorrió el último kilómetro hasta la casa diciéndose a sí misma que no debía juzgarla. Era la vida de su madre, no debería involucrarse. Solo que estar involucrada siempre había sido su trabajo y ahí radicaba el problema.

Llegó frente al viejo bungaló donde vivía. El jardín delantero era grande, con un bonito césped y amplios parterres. En ese momento todo parecía descuidado después del largo invierno, pero ya se veían los primeros brotes verdes de los bulbos de narcisos y tulipanes asomando de la tierra oscura. En una semana o algo así, las flores harían su primera aparición.

La casa en sí necesitaba una mano de pintura, aparte de una reforma completa de la cocina y los baños. Pero prácticamente todo funcionaba y eso era mucho más importante que la apariencia de las cosas.

Ella aseguró su bicicleta en el porche trasero y entró por la puerta de atrás.

—Soy yo —dijo al entrar.

—¿Heather? —La voz de su madre era débil—. ¿Eres tú?

—Sí, mamá. ¿Quién más iba a ser?

—Nunca se sabe. Alguien podría entrar a robar y cortarme el cuello. Ha pasado antes.

—No a ti —dijo Heather, optando por el tono alegre porque el sarcasmo nunca funcionaba y realmente necesitaba empezar a estudiar lo antes posible—. Creo que todos estamos bastante seguros en la isla.

—¿Me trajiste el desayuno? Me duele tanto... y no puedo tomar mi pastilla hasta que coma.

—Sí, aquí lo tengo.

Heather puso la *frittata* en un plato y luego la calentó en el microondas. Sirvió café antes de llevar todo al pequeño y desgastado salón donde su madre estaba tumbada en el sofá.

Amber hizo un débil intento de levantarse, luego cerró los ojos con fuerza y gimió. Su hija la ayudó a levantarse para poder poner almohadas detrás de su espalda. Una vez que Amber estuvo cómoda, Heather le pasó el plato y dejó el café al alcance de la mano.

—Necesito ir a estudiar, mamá. Tengo mi último examen final mañana.

—Pero luego iremos a mirar coches, ¿verdad?

—Sí, iremos.

Heather pensó en la conversación que había estado evitando y supo que se le había acabado el tiempo. A regañadientes, se sentó en el sillón frente al sofá.

—Mamá, el cheque del seguro fue de nueve mil dólares. Y tú pretendes comprar un todoterreno de modelo reciente. Todos los que me has mostrado cuestan al menos veinte mil, incluso los usados. ¿Vas a pedir un préstamo por el resto?

Su madre, una mujer corpulenta de cabello oscuro y ojos marrones, dejó el plato a un lado.

—¿Qué estás diciendo?

Amber tenía solo treinta y ocho años, pero parecía tener al menos cuarenta y cinco. Había sido guapa cuando era joven, pero el buen aspecto que hubiera tenido parecía haberse desvanecido, junto con cualquier ambición.

—Solo digo que además hay que pagar impuestos y la tarifa de la licencia, así que un coche de veinte mil dólares terminará costando unos veintitrés mil. Eso es un préstamo de, ¿qué, catorce mil? Quizás quieras utilizar algunos ahorros para reducir la cantidad del préstamo.

Los ojos de la madre se llenaron de lágrimas.

—¿Ahorros? No tengo ahorros. Apenas mil dólares. Trabajo en ese horrible empleo donde me pagan una miseria. Con todos los gastos que tenemos, no queda nada. —Las lágrimas se derramaron por sus mejillas—. No sé qué voy a hacer. No es justo. Ese hombre chocó contra mí y destrozó mi coche, pero él ha salido impune. Soy yo la que va a tener que pagar por su descuido. Ojalá lo hubieran metido en la cárcel. Se lo merece. La policía casi ni le pone una multa. Dudo que lo hubieran hecho si yo no hubiera insistido.

—Mamá... —dijo Heather con suavidad, ignorando el nudo en su estómago—. ¿Un coche?

El labio inferior de su madre tembló.

—Supongo que no habrá coche para mí. Tendré que tomar el autobús. Solo hay un kilómetro desde la parada hasta casa. En cuanto se me cure la espalda, supongo que no habrá problema.

—¿Realmente solo tienes mil dólares ahorrados?

—¿Crees que te mentiría sobre eso? —dijo su madre, mirándola fijamente.

Heather estaba bastante segura de que sí lo haría, pero no tenía manera de verificarlo porque todas sus cuentas eran *online*. En cuanto a poder afrontar un préstamo...

«No», se dijo a sí misma. «Ni se te ocurra».

—¿Tienes algo de dinero? —preguntó su madre con voz débil—. ¿Algo que puedas prestarme?

Y ahí estaba. Lo que Heather había estado evitando. La pregunta que sabía que vendría desde el segundo en que se enteró del accidente. Porque la responsabilidad financiera recaía sobre ella. Solo tenía veinte años, pero había estado manteniendo el hogar desde los dieciséis.

Pensó en cómo había ahorrado y economizado con la esperanza de, algún día, tener suficiente dinero para poder escapar. Quería apuntarse a más de dos clases cada trimestre en la universidad pública local, quería tener un buen trabajo, no tres o cuatro a tiempo parcial. Y, sobre todo —por favor, Dios—, deseaba no tener que ser responsable de su madre algún día.

—¿Un préstamo? —dijo, incapaz de ocultar la amargura en su tono.

Amber se sobresaltó como si hubiera recibido una bofetada.

—¿Por qué lo dices así? Soy tu madre. Te he cuidado toda tu vida. Si no me hubiera quedado embarazada, podría haber ido a la universidad y haber hecho algo de mí misma. Estoy aquí para ti todo el tiempo, Heather. Tienes suerte de tenerme.

Lo cual podía ser verdad o no, pero lo que sí era cierto es que su madre nunca le devolvía el dinero. No importaba cuántas veces se lo hubiera «prestado».

—¿Cuánto tienes? —quiso saber Amber.

Heather quería mentir. Quería inventarse un número menor para poder guardar algo para su futuro, pero no podía. No tenía el gen de la mentira. Lo había intentado, pero siempre sonaba rara e inmediatamente confesaba.

—Seis mil dólares.

Los ojos de Amber se iluminaron.

—¡Eso es perfecto! Solo tendré que pedir un préstamo de ocho mil. Es un pago de préstamo muy factible. —Hizo un gesto hacia las habitaciones—. Estudia un poco, luego iremos a comprarme un coche. ¡Estoy tan emocionada! Espero que todavía tengan el azul. Es tan bonito y tiene muy pocos kilómetros. —Se removió en su asiento como si de repente su dolor de espalda hubiera desaparecido.

Heather caminó hacia su habitación, tratando de no enfadarse por el hecho de que su madre iba a ventilarle todos los ahorros mientras dejaba los suyos intactos. Acababa de abrir su ordenador para revisar sus notas cuando sonó su teléfono. Miró la pantalla y luego sonrió.

—Hola, Sophie —dijo al descolgar—. ¿Cómo va todo?

—Genial. Estoy en mi nuevo almacén. No es perfecto, pero lo haré funcionar.

Sophie, Amber y Kristine eran primas que habían crecido juntas. Amber era unos años mayor. Heather recordaba a Sophie y a Kristine cuidándola cuando era pequeña.

—Todavía no puedo creer que hayas alquilado un almacén sin haberlo visto.

—Tenía que hacerlo mientras pudiera. La alternativa hubiera sido algo en el continente y no quería eso.

—¿Cuándo llegaste?

—El sábado por la noche.

—¿Y ya estás en el almacén?

—Primero los negocios. Industrias CK está a punto de reanudar sus operaciones. Primero el personal y el inventario, luego el mundo. Me voy a ver la casa que alquilé. Me mudo a finales de esta semana. De aquí a entonces, me quedaré en el hostal. ¿Cenas conmigo el miércoles? Se supone que habrá un menú especial.

—Claro. Ese día lo tengo libre. Y dudo que mamá tenga algo que hacer.

—Entonces, nos vemos en el hostal ese día a las seis y ya hablamos allí.

Se despidieron y cortaron la llamada.

Sophie estaba trasladando su exitoso negocio a la isla. Y dirigir una empresa significaba contratar a gente. Heather iba a preguntarle si podía darle trabajo enviando mercancía o algo por el estilo. Si se daba de baja del trimestre de primavera en la universidad pública, podría recuperar sus tasas. Con suerte, Sophie tendría algún trabajo a tiempo parcial para que Heather no tuviera que renunciar a su turno de desayuno en el comedor del hostal. Las propinas eran buenas y las necesitaría para ayudar a reponer su cuenta de ahorros. Además, pasar tiempo con Sophie siempre era divertido. Ella veía el mundo como un lugar acogedor lleno de oportunidades. Heather quería ser como ella algún día.

«Estudia», se dijo a sí misma, volviendo su atención al ordenador. Luego el coche, y después la cena con Sophie. Y si tenía cinco minutos libres en algún momento, iba a cerrar los ojos e imaginar cómo sería su vida si alguna vez se marchara.

Capítulo 3

Aunque el restaurante del Hostal Blackberry Is-land ofrecía desayunos y almuerzos, no servía ce-nas..., excepto los miércoles alternos, cuando se abrían las puertas para una tradicional cena de pollo frito. Sophie había sido informada por la amable se-ñora de la recepción, y por dos mujeres que habían pasado a echar un vistazo al almacén, de que era un evento que no había que perderse.

Después de confirmar que Amber y Heather po-dían asistir, Sophie había reservado para tres. El res-taurante no tenía licencia para vender bebidas alcohólicas, así que pasó por una de las tiendas loca-les para comprar una botella de chardonnay y regre-só al hostal a tiempo para encontrarse con Heather y Amber en la recepción principal.

Sophie vio primero a Heather. La joven de veinte años mantenía la puerta principal abierta para su madre. Había oído hablar del accidente de coche de Amber, pero no se esperaba que usara un bastón y que caminara tan lento.

Aparte de eso, Amber lucía como siempre. Algo de-saliñada y con cara de desaprobación. Su cabello era de un castaño medio, casi del mismo tono que el de Kris-tine, pero sin los bonitos reflejos. Heather era más alta que todas ellas, con ojos avellana, en lugar del marrón que compartían las primas. Sophie siempre había pensado que Heather había heredado el color de ojos de su padre, un vaquero de rodeo que, según Amber, la había seducido en un encuentro de una noche que la había dejado embarazada y con la vida arruinada.

Pensándolo bien, tal vez debería haber invitado solo a Heather a cenar.

Ese pensamiento la hizo sonreír mientras se apresuraba a saludarlas.

—¡Has vuelto! —Heather la abrazó fuerte—. Estoy tan emocionada de verte y que me cuentes sobre tu negocio. No puedo esperar para ver el almacén que has alquilado. Es tan emocionante.

El abrazo de Amber fue menos entusiasta.

—No puedo creer lo lejos que está el estacionamiento de la puerta principal. Debería haberle pedido a mi médico que me diera una de esas señales de discapacitado para poder aparcar más cerca.

—Mamá, te dejé en la puerta principal y luego fui a aparcar.

—Donde tuve que quedarme sola, esperándote.

Amber puso los ojos en blanco.

—Bueno, pero ya estás aquí —dijo Sophie, tocando el brazo de Amber, sabiendo que la mejor manera de manejarla era cambiando de rumbo lo más rápido posible—. Gracias por acompañarme a cenar. ¿Vamos a tomar asiento?

Amber marcó un paso tan lento que Sophie se impacientó al instante. Se distrajo entrelazando su brazo con el de Heather.

—¿Qué tal las clases? ¿Sigues teniendo cuarenta y siete trabajos?

—Ayer hice mi último examen final. Las notas saldrán en cualquier momento. Y solo tengo tres trabajos.

—Eres muy trabajadora —dijo Sophie—. Has estado trabajando desde... ¿cuándo, los doce años? Debes de tener bastante dinero ahorrado. Bien por ti.

Heather miró a su madre y luego apartó la vista. Sophie notó un aumento instantáneo en la tensión entre madre e hija y se preguntó cómo había conseguido meter la pata durante los primeros tres minutos de la conversación.

—El almacén es enorme —dijo a continuación, esperando cambiar el tema a algo más neutral—. Casi el doble de metros cuadrados que lo que tenía antes. Hay menos espacio de oficinas, pero está bien. No necesito tantos empleados y, si fuera necesario, supongo que podríamos acondicionar fácilmente algunas oficinas. Tendré que verlo.

—¿Porque tienes demasiado éxito? —soltó Amber, con un tono más molesto que juguetón—. Pobre Sophie, abrumada por lo glorioso que es todo.

—¡Mamá! Tuvo que mudarse porque su negocio se incendió —intervino Heather—. Nos alegra que haya vuelto, pero no es como si se hubiera mudado por elección.

—Estoy bien —dijo Sophie con tono alegre—. O lo estaré. Es un poco difícil lidiar con todo. Tengo mucho trabajo.

Llegaron al restaurante y de inmediato las acomodaron en una mesa con vista al mar. Un velero aprovechaba el viento mientras se dirigía hacia el sol poniente en el horizonte. La anfitriona les entregó una delgada hoja de papel.

—El menú es bastante sencillo —dijo, saludando a Heather—. Pueden pedir dos, tres o cuatro piezas de pollo, junto con dos guarniciones. Hay una elección de tarta para el postre. Su camarero vendrá en breve para tomar su pedido y abrir el vino. Heather, ¿té helado para ti? —preguntó mirándola y sin dejar de sonreír.

—Solo agua, Molly. Gracias.

—¿Es una amiga tuya? —preguntó Sophie, pensando que parecían tener más o menos la misma edad.

—Soy camarera aquí por las mañanas. Siempre está lleno y las propinas son estupendas.

Sophie frunció el ceño.

—Lo siento. No sabía que trabajabas aquí. Podría haber elegido otro restaurante. Debes estar cansada de su comida.

—Yo sí lo estoy... —interrumpió Amber tras un suspiro—. Todas las mañanas tomo lo mismo para desayunar.

—No sabía que te sentías así, mamá. Siempre te pido el especial, sea lo que sea —dijo su hija, visiblemente tensa—. Dejaré de traerte el desayuno después de mi turno.

—No hay necesidad de hacer eso —contestó Amber—. Está bien.

La expresión de Heather era indescifrable. Entonces, se volvió hacia Sophie.

—Créeme, la cena de pollo es un verdadero placer. Solo la he probado una vez y estaba deliciosa.

—¿Cuándo cenaste aquí? —preguntó Amber con aspereza—. No sabía eso. Nunca tengo oportunidad de ir a ningún lado.

—Estás aquí ahora... —dijo Sophie mientras agitaba el menú—. Qué rico. Todos los acompañamientos parecen deliciosos.

—No puedo creer que solo tengan pastel de zarzamora de postre —volvió a refunfuñar Amber—. Yo quería tarta.

El camarero llegó a tiempo para salvar la situación. Abrió el vino y sirvió dos copas, luego trajo agua para Heather y unas galletitas saladas para ir abriendo boca.

Sophie pidió ensalada, macarrones con queso y dos piezas de pollo. Heather hizo lo mismo, sustituyendo la ensalada por frijoles horneados. Amber pidió la cena de cuatro piezas, que parecía mucho, pero Sophie supuso que se la llevaría a casa para el día siguiente.

—¿Cómo te va con el almacén? —preguntó Heather—. ¿Ya está listo o hay que pedir cosas como estanterías, escritorios y demás?

—Estaba totalmente vacío. Intento verlo como una oportunidad para personalizar el almacenamiento y el envío como yo quiera.

Un intento optimista de minimizar la verdad de sentirse desbordada, pensó Sophie.

—He contratado a un tipo para que se encargue del almacén. Se llama Bear y tiene un currículum fantástico. Es un poco brusco, pero creo que nos llevaremos bien. Ya me ha presentado una propuesta para la parte de los envíos. Y he pedido una carretilla elevadora.

—¿Se necesita licencia para conducir una carretilla elevadora? —preguntó Heather entre risas—. Creo que me gustaría aprender a hacer eso. ¿Habrá una feria de empleo?

—¿Porque necesitas otro trabajo? —preguntó Sophie, en tono de broma—. ¿Cuándo encontrarías el tiempo?

—Estoy buscando algo nuevo —respondió Heather.

—No necesitas hacer una entrevista —le dijo Amber—. Solo dile lo que quieres hacer. —Se quedó pensando un segundo—. Creo que a mí me gustaría contestar a las llamadas de teléfono. Suena fácil. Sí, eso es lo que quiero —declaró, mirando fijamente a Sophie—. ¿Hay algún problema?

—¡Mamá!

—¿Qué? A Sophie no le importa, ¿verdad? —La mirada de Amber se fijó en la de ella.

Sophie comenzó a sentir el inicio de un dolor de cabeza. Haber estado lejos le había permitido olvidar lo agotadora que podía ser Amber.

—Necesitaré contratar a una recepcionista, así que claro. ¿Y tú, Heather? ¿Cuál es el trabajo de tus sueños?

—No tengo experiencia en oficina. Quizás algo en el almacén o en los envíos. Pero estaré encantada de ir a la feria de empleo.

—Te avisaré cuando esté lista para empezar a contratar. Espero estarlo en los próximos días.

«Para el lunes sin falta», pensó. Los productos se estarían acumulando para entonces. Ya había perdido demasiado; no iba a perder su negocio también.

Después de una increíble cena de pollo, Sophie se despidió de Amber y Heather y se dirigió a su habitación. Tras dejar la botella de vino, con tres cuartos aún de su contenido, sobre su cómoda, miró alrededor del bonito espacio y supo que no podía pasar el resto de la noche encerrada. Tomó las llaves de su coche y la botella de vino y salió de allí.

De camino al aparcamiento, envió un mensaje rápido a Kristine:

Sophie: ¿Puedo ir a verte?
Kristine: Por supuesto. Me encantaría tener compañía.

Sophie condujo la corta distancia hasta la casa de su prima y aparcó en frente.

La casa de dos pisos parecía más acogedora que elegante. Todas las ventanas estaban iluminadas y, aun desde la calle, Sophie podía oír a los chicos gritar mientras corrían de un lado a otro. Vio un par de bicicletas apoyadas contra la barandilla del porche y dos todoterrenos en el camino de entrada.

Kristine y Sophie tenían la misma edad. Habían crecido en el mismo pueblo, habían ido a las mismas escuelas y, sin embargo, sus vidas no podían ser más diferentes. Kristine se había casado justo después de terminar el instituto. Era una madre que se quedaba en casa, horneaba galletas y llevaba a sus hijos a los entrenamientos de fútbol. Sophie nunca había querido nada de eso. Sin embargo, mientras caminaba hacia la puerta principal, se encontró preguntándose si quizás Kristine había tomado la decisión correcta.

—Hola, tú —dijo Kristine, abriendo la puerta y abrazándola—. ¿Qué pasa?

Sophie levantó la botella de vino.

—Ya está empezada, pero aún queda bastante.

—No voy a decir que no a una copa de vino contigo. Pasa. Ignora los gritos. Al parecer, no quemaron suficiente energía en la escuela. Nos escabulliremos al sótano porque, si descubren que estás aquí, no tendremos un minuto a solas. Por lo general, se calman a esta hora, pero hasta que eso ocurra, finge que el ruido es el suave gorjeo de las grullas de Puget Sound.

—¿Las grullas gorjean? —preguntó Sophie con una sonrisa en los labios.

Kristine rio.

—Quizá. No estoy segura.

Entraron en el sótano. Kristine señaló un sofá bastante usado y, mientras Sophie se sentaba, sacó dos copas de vino de un mueble empotrado y se unió a ella.

—Entonces, ¿qué pasa? —preguntó Kristine—. ¿Cómo estás?

—Bien. Acomodándome. Cené con Amber y Heather esta noche.

Kristine hizo una mueca de sorpresa.

—¿A propósito? —Se tapó la boca con la mano—. No puedo creer que haya dicho eso y ni siquiera puedo culpar al vino. Es solo que Amber es...

—Quien siempre ha sido —terminó Sophie la frase con desánimo—. Ella es un cuento con moraleja. Pero parecía estar peor de lo habitual. Y había una tensión evidente entre ella y Heather. ¿Está pasando algo?

Kristine tomó su copa de vino.

—Puedo imaginármelo. El coche de Amber quedó destrozado en el accidente. Ayer vino para enseñarme el nuevo que se ha comprado. Es un Subaru bastante reciente y debió de costar mucho más de lo que recibió del seguro.

—¿Y eso qué tiene que ver?

—Dudo que gane lo suficiente como para que le concedan un préstamo grande, lo que significa que tuvo que conseguir el resto por su cuenta. No pensarás que tiene ahorros, ¿verdad? Tuvo que obtener el dinero de algún lugar y diría que Heather es la víctima más probable.

Sophie se hundió contra el respaldo del sofá. Se acomodó y sacó un pequeño coche de juguete entre los cojines.

—Pobre Heather —murmuró—. ¿Y por qué se queda con ella?

—¿Cómo va a irse? Amber nunca se lo perdonaría si lo intentara. Además, solo tiene veinte años. Amber es su madre, por muy mal que se comporte. Y todos sabemos que Amber crio a su hija para que se ocupara de ella. Estoy segura de que Heather se siente atrapada. Amber es experta en persuadir a su hija para que le dé sus ahorros para sus propias *necesidades* —remarcó la última palabra—. Si hay algún problema entre madre e hija, yo diría que Heather es la que está enfadada y que tiene la razón.

—Dramas familiares. Había olvidado esa parte de volver a casa.

—En el fondo nos quieres —le dijo Kristine—. Bueno, ¿y qué está pasando realmente en el almacén? ¿Estás bien? Debes de estar abrumada. Es como si empezaras desde cero.

—Lo sé. Trato de no pensar en el panorama general. —Dejó su copa a un lado y dio vueltas al coche de juguete en su mano—. Todavía no me puedo creer que ningún empleado quisiera venirse conmigo. Nadie quiso mudarse aquí.

—Es porque no tienen ni idea de lo genial que es

esto. Se imaginan un lugar atrasado en vez de nuestra hermosa y genial isla.

Sophie puso los ojos en blanco.

—¿En serio? ¿Es ese tu argumento?

—Está bien, es pequeña, pero Seattle está a menos de una hora. Es mil veces mejor que Los Ángeles. La gente de la Costa Oeste es esnob.

Sophie sonrió.

—¿Te recuerdo que vivimos en la Costa Oeste?

Los ojos de Kristine se agrandaron.

—Ups. No soy buena hablando mal de los demás.

—No, no lo eres.

—De todos modos, mantengo lo que dije. Es el miedo a los pueblos pequeños. Estoy segura de que hay una palabra para eso.

Aunque la hubiera, Sophie no estaba segura de que importara. No podía evitar pensar que el hecho de que ni un solo empleado hubiera estado dispuesto a mudarse era un mensaje, y uno que debería escuchar, si pudiera descifrarlo...

Sus pensamientos fueron interrumpidos por un fuerte grito de: «¿La tía Sophie está aquí?», seguido por el sonido de pies retumbando escaleras abajo. Los tres hijos de Kristine irrumpieron en el sótano y volaron hacia el sofá. JJ y Tommy atacaron desde ambos lados mientras Grant se lanzaba sobre su regazo.

Se sintió un poco aplastada, pero rio mientras abrazaba, hacía cosquillas y sentía brazos delgados rodeando sus hombros y cuello.

Técnicamente, no era su tía, pero como ella y Kristine eran primas y habían sido criadas como si fueran hermanas, ser la «tía» hacía las cosas más fáciles para todos.

—Hola, chicos —dijo cuando los niños ya estaban relativamente calmados—. ¿Qué pasa?

—Saqué un sobresaliente en mi examen de ortografía —le contó Grant.

—Papá nos va a llevar de campamento en las vacaciones de primavera —anunció JJ—. Nos quedaremos en una cabaña. Mamá no quiere venir con nosotros.

—¿Tres chicos apestosos en una cabaña pequeña? —Kristine arrugó la nariz—. Os echaré de menos.

—No apestamos, mamá —dijo Tommy, apoyándose en su madre—. Es que tienes la nariz sensible.

—Así es.

Sophie miró a los chicos de cabello y ojos marrones. Se parecían lo suficiente como para que nadie tuviera que adivinar que eran hermanos. Si tuvieran la misma edad, podrían pasar por trillizos. Y cada uno de ellos se parecía mucho a su padre.

—Jaxsen tiene un ADN fuerte —comentó, apartando el cabello de JJ de sus ojos.

Él se puso de pie de un salto y gritó:

—¡Papá, la tía Sophie está hablando de esperma!

Jaxsen bajó las escaleras con su habitual aspecto de atleta en la flor de la vida.

—Sophie es una salvaje. —La saludó con un gesto de cabeza y una sonrisa—. Los niños te sientan bien, Soph. Deberías encontrar un hombre y sentar cabeza.

—Oh, por favor. Soy una tía fantástica, pero hasta ahí llega.

—Es genial tenerte de vuelta en la ciudad.

Ella asintió, pensando que conocía a Jaxsen casi desde que podía recordar. Él había ido dos cursos por delante de Kristine y ella. En el instituto había sido el jugador de fútbol más guapo y encantador, con chicas haciendo cola alrededor de la manzana. Sophie había perdido su virginidad con él en la parte trasera de su coche una noche de verano. La experiencia había durado apenas dos minutos y le había producido tanto asco que no solo nunca se lo había contado a nadie, sino que también había evitado a los chicos y las citas durante otros tres años. Miró a su prima.

Kristine era feliz, sin duda Jaxsen había mejorado con la edad y la experiencia.

—¿Qué te parece tan divertido? —le preguntó Kristine, empujando a Tommy para que se pusiera de pie.

—Solo estoy recordando cuando éramos jóvenes.

—Pero ¿vosotros habéis sido jóvenes? —preguntó Grant.

—Muy gracioso. —Kristine señaló hacia las escaleras—. Decid buenas noches, chicos.

—¡Buenas noches, chicos! —gritó JJ mientras lideraba la carrera escaleras arriba.

—No sé cómo lo haces —le dijo Sophie—. Son agotadores.

—Como también lo es dirigir un imperio empresarial.

—Sí, pero mi pequeño imperio puede quedarse solo por la noche y no está contando los días hasta que sea lo suficientemente mayor para conducir.

Kristine se dejó caer en el sofá y suspiró.

—¿JJ te dijo eso?

—Cree que debería comprarle un coche para su decimosexto cumpleaños.

Su prima se incorporó de golpe y la miró con los ojos muy abiertos.

—Dime que no dijo eso. ¡No pudo haberlo dicho! Lo siento. Tendré que hablar seriamente con él.

Sophie hizo un gesto restándole importancia.

—Lo tomé en el sentido que él lo quiso expresar. Tan solo es un deseo. No te preocupes, no le voy a comprar un coche.

Una de las razones por las que su empresa tenía tanto éxito era que reinvertía cada centavo que podía en ella. Se asignaba un salario decente, pero nadie podía acusarla de vivir a lo grande. Su coche tenía casi cinco años, su apartamento en Valencia era una modesta vivienda de dos habitaciones. Y había usado el segundo dormitorio para que CK probara nuevos productos. Se vestía de manera informal, compraba en rebajas y, excepto por los ocasionales viajes de regreso a Blackberry Island, no recordaba haberse tomado unas vacaciones. Siempre había gente que le pedía dinero, pero generalmente les decía que no. ¿Comprarle un coche a su sobrino en su decimosexto cumpleaños? Eso no iba a suceder.

—Gracias por entenderlo —dijo Kristine—. Y en cuanto a lo demás, ¿cómo te va?

—Me sentiré mejor cuando esté en mi casa de alquiler, que será mañana. Está amueblada, así que lo único que tengo que hacer es sacar mis cosas personales de las cajas y colocarlas. Los transportistas las traerán por la tarde.

—Necesitas un gato.

Sophie agarró su copa de vino.

—No. Es demasiado pronto. No quiero un gato.

—Necesitas un gato.

—¿De verdad has dicho eso?

—Porque es verdad. Eres una persona de gatos. Diriges un negocio que se trata de gatos. Claro que extrañas a CK, pero necesitas un gato en tu vida. Tener un gato te mantiene con los pies en la tierra y te hace sentir completa.

Una percepción que la habría incomodado si la hubiera dicho otra persona, pero Kristine y ella eran familia, se conocían de toda la vida. Después de que la madre de Sophie muriera, ella se mudó con Kristine y sus padres.

—Todavía no estoy lista.

Kristine sacó un papel de su bolsillo trasero.

—Sabía que dirías eso. Y tienes razón. Es demasiado pronto. Tienes que pasar el duelo y seguir adelante, pero eso no significa que no puedas tener gatos en tu vida. —Agitó el papel—. Hazlo aunque solo sea temporalmente. Estamos comenzando la temporada de cría y el refugio local de animales necesita personas que se hagan cargo de gatas embarazadas.

Sophie tomó el papel y miró fijamente el número de teléfono.

—¿Qué significa eso? No sé nada sobre acoger a una gata embarazada. Me pondría histérica cuando nacieran los bebés.

—No es tan difícil. Tienen madres con experiencia dando a luz. Tú les das un lugar donde estar mientras nacen los gatitos y luego los cuidas hasta que estén listos para ser adoptados. Tienen que socializarse, lo que sería bueno para ti. Cuando los gatitos tengan la edad suficiente, se irán para encontrar su familia definitiva. Lo mismo con la madre. La esterilizan, luego la ponen en adopción y tú vuelves a estar sin gatos. Para cuando eso suceda, podrías descubrir que estás lista para tener tu propio gato.

—Nunca pensé en hacer eso. Me ausento mucho, así que me preocupa el tema de la socialización.

—Los gatitos no necesitarán mucho hasta que tengan tres o cuatro semanas. Los chicos te ayudarán. Les encantará. Estableceremos un horario. Heather y yo pasaremos por aquí. No incluyo a Amber porque estoy segura de que se quejaría de algo y los gatitos no necesitan esa negatividad. Además, necesitas patitas de gato y ronroneos en tu vida, Sophie. Estás sola.

Sophie asintió lentamente.

—Eres una buena madre. Llamaré. Si pudiera asegurarme de que la gata madre ya sabe lo que hace, creo que podría hacerlo —dijo, agitando el papel—. Gracias por la información.

—Apareció en mi muro de Facebook y pensé en ti de inmediato.

—¿Es tan evidente que estoy rota?

Kristine rio.

—Sí, pero te curarás. Eres la persona más fuerte que conozco.

—No me siento fuerte en absoluto. Me siento como si fuera de cristal.

—Claro que sí, pero eso pasará y, en unas semanas, volverás a ser tú misma, atrevida y emprendedora. Ah, el domingo por la mañana nos vemos en el parque a las nueve.

—¿Qué? No —se negó Sophie. El domingo era el único día que se permitía dormir hasta tarde. Hacía cosas como la colada y la compra. Además, había planeado pasar ese domingo instalándose en su nuevo lugar.

—Te veré allí. Lo digo en serio. Iré a arrastrarte si es necesario.

—Odio cuando te pones mandona. ¿Qué pasa en el parque los domingos por la mañana?

—Taichí.

—¿Eso es como yoga o es la cosa esa de mover los brazos que hacen los ancianos?

—Es respiración y movimiento, y centrarte en ti misma. A mí me encanta, y a ti también te va a gustar. Además, Dugan, el instructor, está buenísimo. Y creo que está soltero... Y tú necesitas acostarte con alguien.

—¿Acostarme con alguien? ¿Qué somos, adolescentes?

—Tengo razón.

—No quiero un hombre. Tampoco estoy lista para eso.

—No te estoy pidiendo que te enamores. Solo digo que necesitas una distracción apetecible, y Dugan lo es. Además, quiero que me cuentes los detalles. He estado casada toda mi vida adulta. Necesito vivir a través de alguien y tú eres mi mejor opción.

—Me siento muy especial.

—Deberías. Así que el domingo a las nueve.

—Está bien —aceptó Sophie con una sonrisa—. Luego me lo llevaré a mi casa y haré un hombre de él.

—Esa es mi chica.

Capítulo 4

Kristine estaba bastante segura de que no había nacido siendo organizada, pero tener tres hijos en menos de cinco años, sin mencionar varias grandes lecciones de su madre, le había enseñado la importancia de desarrollar esa habilidad. Algunos días eran más fáciles que otros, pero en los más ajetreados se requería un plan. Su agotadora jornada se prolongó desde la tarde del jueves hasta la hora de dormir del viernes.

Comenzó justo después del almuerzo con un viaje al continente para ir a un gran almacén a abastecerse de suministros de repostería. Cuando llegó a casa, revisó el estofado que había comenzado en la olla de cocción lenta justo después del desayuno y luego guardó todo. No se permitían actividades extracurriculares el jueves. Era volver a casa directamente después de la escuela para terminar los deberes y las tareas antes de la cena.

Para las cinco ya tenía la ensalada hecha y los ingredientes para las galletas de queso chédar en la encimera. Separó las yemas de las claras de huevo y guardó las primeras para usarlas en una crema para el fin de semana. Después de picar cebollas verdes y medir la harina, la mantequilla y el queso rallado, revisó el horario que había colgado en la nevera.

—¡Grant! —gritó al pie de las escaleras—. Es hora de hacer galletas.

Los tres chicos aparecieron en la cocina.

—¿Estás segura de que le toca a él? —preguntó JJ, caminando para comprobar el horario él mismo—. Él ayudó la última vez.

—No, la última vez me tocó a mí —dijo Tommy—. Y a ti la anterior.

—Todos tenéis el mismo número de turnos. Rotamos por una razón. Ahora, fuera.

Tommy y JJ murmuraron mientras se retiraban. Grant se lavó cuidadosamente las manos y se quedó junto a la estufa.

—Estoy listo, mamá.

—Ya lo veo.

Aunque a Kristine le encantaría pensar que era su agradable compañía lo que hacía que los chicos estuvieran tan ansiosos por ayudarla en la cocina, sabía que el verdadero atractivo residía en la batidora profesional que había colocado en la encimera. Apreciaba su ética de trabajo y fiabilidad, pero a los chicos les encantaba el rugido de su motor y cómo era implacable como un Terminator en su incesante búsqueda de convertir ingredientes dispares en una mezcla suave y maleable.

Echó agua en una olla de acero inoxidable, luego añadió mantequilla y cayena. Grant observó la mezcla, removiéndola de vez en cuando.

—¡Hay burbujas, mamá!

—Excelente. ¿La mantequilla ya se derritió?

—Todavía no. Casi. —Removió un par de veces más—. ¡Ahora sí!

Ella retiró la olla del fuego y batió la harina. Después de volcar la masa en el bol de la batidora, sonrió a Grant.

—Es todo tuyo, campeón.

—¡Lo tengo, mamá! ¡Lo tengo!

Bajó cuidadosamente la batidora y la aseguró en su lugar antes de encenderla. Añadió los huevos enteros uno a uno y luego las claras. Para cuando terminó, ya había preparado dos bandejas para hornear galletas y comenzado con los almuerzos de los niños.

Grant dejó la masa enfriar y corrió de vuelta a su habitación. Tommy entró para poner la mesa mientras JJ esperaba a su padre.

Era una rutina bien conocida para ella. Otras noches, cuando había partidos y reuniones escolares o Jaxsen tenía que salir corriendo para encontrarse con los chicos de su liga de bolos, todo era un caos, pero los jueves eran más tranquilos. Al menos hasta que terminaba la cena.

—¡Papá ya ha llegado a casa! —gritó JJ desde el frente de la casa. Segundos después, oyó la puerta abrirse y luego golpear contra la pared. Grant chilló y bajó corriendo las escaleras. Tommy terminó de colocar los cubiertos antes de unirse a sus hermanos. Kristine mezcló rápidamente la cebolla picada y el queso chédar en la masa y comenzó a colocar cucharadas en las bandejas para hornear. Jaxsen entró con los tres niños colgados de él.

—Mira lo que me encontré afuera —dijo, acercándose a ella y dándole un beso—. ¿Podemos quedárnoslos?

—No sé. ¿Tenemos espacio?

—Sí que lo tenemos. Vamos, déjame quedármelos. Me ocuparé bien de ellos, lo juro.

Los niños se rieron a carcajadas como si no hubieran oído el chiste miles de veces antes. Kristine pensó por un breve instante que sería agradable si Jaxsen dijera la verdad y realmente se ocupara de los niños. No es que no ayudara, pero sus responsabilidades estaban claramente definidas. Jaxsen trabajaba duro en la cuadrilla de carreteras del Estado y aportaba el dinero. Todo lo demás dependía de ella. Después de todo, era una madre que se quedaba en casa. ¿Qué más tenía que hacer con su día?

—Veintiún minutos, chicos. Tenemos veintiún minutos —dijo Kristine, metiendo las bandejas en el horno.

Los niños salieron corriendo de la cocina. Jaxsen se apoyó en la encimera.

—¿Qué tal te ha ido el día? —preguntó ella.

—Bien. Un par de mis equipos fueron enviados a ayudar con la limpieza de la carretera North Cascade. Debería estar abierta para mediados de mayo si sigue haciendo calor. ¿Pasaste a ver el almacén de Sophie?

—Todavía no. Sé que está muy ocupada contratando gente y consiguiendo estanterías y cosas así. Pero iré. —Pensó en lo que su prima estaba atravesando—. Es increíble. Empezar de nuevo como lo está haciendo. Apuesto a que en un año o dos habrá duplicado el negocio.

—Yo creo que es triste.

—¿Por qué dices eso? Empezó de la nada y ahora tiene una gran empresa. ¿Sabes lo que esos empleos van a hacer por la isla? Además, está triunfando como mujer prácticamente sin ayuda de nadie. Es impresionante.

Él se acercó y la rodeó con sus brazos.

—Está sola. Incluso cuando estaba casada con Mark, parecía que estaba sola. Mira todo el amor que hay en esta casa. Tú, yo, los chicos. Ella vuelve a casa y no hay nada. Ojalá encuentre a alguien y deje de trabajar tanto.

Ella miró a Jaxsen a los ojos.

—No sabría decir si estás siendo dulce o un completo idiota.

—No estoy diciendo que una mujer no pueda ser feliz por sí misma, pero es mejor con un hombre.

Ella arqueó las cejas y él rápidamente se corrigió:

—O con un compañero de cualquier género... No

estoy diciendo que no deba ser lesbiana, si así lo desea. Incluso sería mejor, entonces podría mirar.

Ella le dio una palmada en el brazo y se apartó.

—No dejes que los chicos te oigan hablar así. Lo digo en serio.

—Sabes que estoy bromeando. Solo pienso que Sophie necesita a alguien a quien amar y que también la amen a ella. Necesita a alguien en su cama. —La atrajo hacia él de nuevo—. No podría vivir sin ti.

Kristine estaba bastante segura de que eso era cierto. Jaxsen trabajaba duro y era un buen padre, pero no era el tipo de hombre que hacía cosas que no le gustaban. Su *ayuda* con los chicos era solo cosas con las que él disfrutaba. Si uno de los niños enfermaba, no se le encontraba por ningún lado. Un defecto, pensó ella, al soltarse de su abrazo, pero uno con el que podía vivir.

—Entonces, ¿vas a hornear esta noche?

—¿Es jueves?

Ella hizo lo posible por mantener su tono ligero. Él hacía la misma pregunta dos o tres veces cada semana y ella no podía, por más que intentara, entender por qué. Horneaba cada jueves por la noche. Comenzaba después de la cena y trabajaba durante toda la noche, terminando alrededor de las cinco de la mañana del viernes. Hacía galletas y *brownies*, empaquetándolos para venderlos durante el fin de semana. Las bodegas locales eran sus mayores clientes. En verano se llevaban todo su inventario. Durante la temporada baja, se sacaba algún extra vendiendo los sábados por la mañana usando un pequeño carrito que instalaba junto al parque. La mayoría de los días vendía todo antes del mediodía.

—¿Estás segura de que no quieres unirte a nosotros para las vacaciones de primavera? —preguntó él.

—Lo estoy.

—Te vas a perder un buen momento.

En lugar de decir algo, ella caminó hacia la olla de cocción lenta y la apagó, luego puso la tapa en la encimera para poder revolver el estofado.

—Tuvimos suerte de encontrar una cabaña que pudiéramos pagar —continuó él—. Con una caravana sería mucho más sencillo.

—¡Jaxsen!

—Vamos, los chicos lo disfrutarían mucho. Le sacaríamos mucho partido —insistió su marido con entusiasmo.

—Ya hemos hablado de eso. Son caras. Y ya tenemos suficientes cosas. Tres tiendas de campaña, los ATVs, las motos acuáticas, las tablas de *snowboard* y ya ni me acuerdo de qué más... Los chicos están contentos con lo que tienen.

—Pero...

El temporizador sonó. Kristine se dirigió al horno y sacó las dos bandejas de galletas. Sus hijos entraron corriendo a la cocina, empujándose para posicionarse en el fregadero y lavarse las manos. Como de costumbre, Grant, el más pequeño, se quedó al final de la fila.

Jaxsen los condujo a la mesa mientras Kristine servía el estofado. Cuando todos estuvieron sentados, ella se tomó un momento para mirar a su familia. Eso era lo que siempre había querido, se recordó a sí misma. Estaba viviendo el sueño.

Para las nueve y media de esa noche, Kristine ya tenía su quinto lote en el horno. Mientras se horneaban las galletas, ella apilaba las bolsas de celofán que usaba. Cada una contenía seis galletas. También tenía cajitas pequeñas para los *brownies*. Costaban mucho más que las bolsas, pero la presentación era tan buena que podía cobrar más.

—Los niños ya están en la cama —dijo Jaxsen, entrando en la cocina—. Más o menos.

—Voy a verlos en un segundo —respondió ella, echando un vistazo al temporizador. Le quedaban cuatro minutos. Las siguientes dos bandejas de galletas estaban listas para entrar al horno. Luego tendría catorce minutos hasta que tuvieran que salir. Después empezaría con los *brownies*. Había perfeccionado sus recetas a lo largo de los años. Sabía exactamente cuánto tiempo llevaba hornear y enfriar cada cosa, al segundo.

—¿Tenemos tiempo para un rapidito? —dijo él, atrayéndola hacia sí.

Ella sabía a qué se refería. Un encuentro rápido, silencioso pero satisfactorio, en su baño, con el objetivo de terminar antes de que uno de los chicos llamara a la puerta, interrumpiéndolos. Era tentador, pero no encajaba en su apretada agenda.

—¿Esa sonrisa significa que sí? —preguntó él, mordisqueando el costado de su cuello.

El temporizador sonó.

—Lo siento —murmuró ella—. La próxima vez.

Algo brilló en los ojos de Jaxsen. Apareció y desapareció antes de que ella pudiera interpretar qué estaba pensando. Pero para cuando sacó las galletas del horno, él ya no estaba allí para preguntarle.

Antes de las seis de la mañana siguiente, Kristine contaba las galletas y las colocaba cuidadosamente en bolsas de celofán decorativas. Había terminado los *brownies* poco después de la medianoche y los había empaquetado alrededor de las cuatro. Podía hornear más *brownies* a la vez, pero la salida comercial para ellos era menor. En cuanto a las galletas, podría vender el doble de lo que horneaba.

En verano, cuando los turistas invadían la isla, horneaba durante toda la semana. Siempre estaba metiendo tandas de bandejas entre llevar a los chicos de un lado a otro y ocuparse de las cosas de la casa. Aunque podía congelar sus galletas, solo lo hacía durante los periodos de mucha actividad. Las galletas eran mejores frescas y eso significaba algo para ella. Durante el resto del año, podía arreglárselas con una sola noche de horneado. Era duro para ella, pero hacía que la semana fuera más fácil. Oh, si tuviera un horno de tamaño industrial o dos, pensó con anhelo. Uno que pudiera hornear varias docenas de galletas a la vez. Y una bandeja rodante de rejillas para enfriar. Había investigado todo eso, pero incluso si pudiera permitirse el gasto —lo cual no podía—, no tenía dónde poner nada de eso. Pero la idea de tener hornos de verdad le resultaba emocionante. No tendría que quedarse despierta toda la noche horneando para los clientes del fin de semana. No pasaría todos los viernes agotada. Podría...

Antes de que sus ensoñaciones la llevaran demasiado lejos, escuchó un golpe en la puerta trasera. Segundos después, Ruth, su suegra, entró en la cocina. Llevaba una enorme bolsa térmica en cada mano.

—Buenos días —dijo Kristine, apresurándose a ayudarla—. Parece pesado.

—Quiches —respondió Ruth con una sonrisa—. De jamón y beicon. A los chicos les encantan.

—A los chicos les encanta todo lo que haces.

Ruth era una cocinera de la vieja escuela. Nunca se preocupaba por cosas como las grasas saturadas o en hacer la versión *light* de algo. Había crecido con la idea de que cualquier receta podía mejorarse o salvarse añadiendo una generosa porción de mantequilla.

Ambas quiches todavía estaban calientes. Kristine negó con la cabeza.

—¿A qué hora te levantaste para hacerlas? Sabes que no tienes que hacer tanto por ellos, Ruth. Estarían igual de contentos con unos huevos revueltos.

Ruth, una mujer robusta a sus cincuenta y tantos, hizo un gesto con la mano quitándole importancia.

—Tan solo es una mañana a la semana. Tú te quedas despierta toda la noche horneando. Es lo menos que puedo hacer. —Echó un vistazo al reloj—. Tenemos unos minutos antes de que comience la locura. ¿Te enteraste de lo de la pastelería Blackberry Island?

Kristine le sirvió una taza de café a su suegra y se unió a ella a la mesa. A pesar del agotamiento por haberse quedado despierta toda la noche, sintió un destello de emoción ante la pregunta.

—Vi el cartel —admitió—. Pero eso no significa nada.

—Podría significar mucho. La ubicación es perfecta. ¿Has estado dentro? Me pregunto qué cambios habrán hecho.

La pastelería Blackberry Island había sido un punto de referencia local durante tanto tiempo como Kristine podía recordar. Hacía cuatro años, Yvette se mudó con su familia cuando su esposo recibió una increíble oferta de trabajo en París. La pastelería había sido vendida a alguien de Seattle. La calidad había empeorado y la tienda cerró en el primer año. Después de estar vacía durante aproximadamente el mismo tiempo, había abierto de nuevo, pero ahora como cafetería. Una vez más, la mala gestión y la comida de baja calidad habían condenado la empresa. La pastelería estaba de nuevo en el mercado, o al menos el edificio lo estaba.

—No sé —dijo Kristine—. Escuché algo de que los hornos todavía estaban allí.

Grandes y hermosos hornos industriales que podrían hacer realidad sus sueños.

—Deberías ir a echar un vistazo.

—No. ¿Para qué? Nunca podría abrir una pastelería. Sería demasiado caro.

—Es un alquiler, no una compra. Si el local ya está equipado, ¿cuáles serían los gastos? ¿Lo sabes?

Kristine sí lo sabía. Había elaborado un plan de negocio casi todos los años, modificándolo para reflejar los pagos de alquiler y varias mejoras. Pero no iba a contarlo, ni siquiera a Ruth. Su sueño era privado.

—Tal vez haya espacio para que también puedas hacer envíos —dijo su suegra—. Sé que los turistas siempre preguntan si envías galletas. Eso sería un flujo de ingresos diferente.

Kristine sonrió.

—¿Qué sabes tú de flujos de ingresos?

—He estado leyendo algo en Internet. Puede que no tenga muchos estudios, pero sé algunas cosas.

Desde arriba llegó el sonido de pasos.

—Alguien está despierto —dijo Kristine mientras se levantaba y se estiraba. Colocó las últimas galletas en la caja que usaba para transportarlas y miró alrededor de la cocina. Estaba tan impecable como cuando había empezado. Había lavado y guardado todo. Ruth llevaría a los chicos a la escuela y Kristine dormiría un par de horas antes de comenzar su día.

—Buena suerte con la manada —dijo Kristine mientras se dirigía hacia las escaleras, deteniéndose para dejar pasar a los tres chicos que la adelantaban gritando:

—¡Abuela! ¡Abuela! ¿Qué hay para desayunar?

Se dijo a sí misma que tenía mucha suerte: estaba rodeada de amor y apoyo. Un gran esposo e hijos, suegros maravillosos, una madre que le ofrecía sabios consejos y se llevaba a los niños durante dos semanas cada verano. Era feliz. Total y absolutamente.

En cuanto a la idea de alquilar la pastelería y comenzar su propio negocio, eso era un sueño tonto que simplemente debería olvidar. Lo que tenía ahora ya era suficiente.

* * *

Sophie terminó su jornada en el almacén alrededor de las cinco de la tarde. Aunque quería quedarse más tiempo, la realidad era que necesitaba recoger las llaves de la casa que había alquilado y mudarse allí. Podría volver al trabajo por la mañana.

Las estanterías habían sido entregadas. Bear estaba ocupándose de ensamblarlas y colocarlas en su sitio. La zona de envíos también estaba tomando forma. Los pedidos se acumulaban, así que Sophie pasaba parte de su tiempo llenando cajas y enviándolas. El día de las entrevistas de trabajo sería el martes, y la agencia de empleo estaba trabajando en cubrir los puestos más especializados. Considerando que había empezado con un almacén vacío hacía menos de una semana, las cosas iban bastante bien. No tan bien como habían estado, pero mejor que cuando llegó. Condujo hasta la oficina de la inmobiliaria, mostró su identificación y recogió sus llaves. La casa estaba en uno de los barrios centrales, lo más lejos del océano que podías estar y seguir en la isla. A Sophie no le importaban las vistas. ¿Cuándo iba a estar en casa para disfrutarlas?

Aparcó frente a una casa de estilo rancho de una sola planta. El jardín era pequeño pero estaba en buen estado. Por dentro estaba limpia, aunque un poco anticuada. La cocina y los baños parecían tener unos veinte años. Uno de los tres dormitorios tenía un baño dentro, lo que lo convertía en una especie de dormitorio principal. Y, en general, la casa estaba amueblada de manera espartana.

Salió al garaje y vio que sus pertenencias personales ya habían llegado. Veinte cajas estaban apiladas de forma ordenada. Las movió hasta encontrar una que tenía escrito: *Ropa de cama* y la abrió. Ver sus sábanas y mantas la reconfortó.

Hizo su cama, colgó toallas en uno de los baños y luego se obligó a ir al supermercado. Después se acostaría temprano para poder volver al trabajo a las seis de la mañana siguiente. Cuanto antes pusiera en marcha Industrias CK, mejor se sentiría. Quizás así la sensación que la carcomía por dentro de que nada estaba bien desaparecería al fin.

Capítulo 5

Heather sabía que algún día querría conocer a alguien especial, casarse y tener un par de hijos. Pero para ella, «algún día» estaba a años de distancia. Se sentía demasiado joven y, sin un plan claro para su futuro, asumir la responsabilidad de otra vida, más allá de su madre, por supuesto, le parecía abrumador. Pero su amiga Gina había hecho exactamente eso sin pensarlo dos veces. Se había casado recién salida del instituto con el único chico con el que había salido. Ella y Quincy querían tener hijos de inmediato, así que, un año después de su boda, nació Noah. Ahora el pequeño estaba feliz, con catorce meses de edad y pasando de bebé a niño pequeño con una rapidez pasmosa.

Daphne, otra amiga cercana de Heather, había tomado el camino de la universidad. Estaba terminando su segundo año en la Universidad de Washington. Volvía a casa algunos fines de semana por trimestre y pasaba los veranos en la isla.

Sus dos amigas habían hecho algo con sus vidas, pensó Heather mientras se sentaba frente a Gina a la mesa de la cocina de su amiga. Ambas sabían lo que querían y lo habían logrado. Heather, sin embargo, tenía poco que contar de lo que había pasado en los últimos dos años de su vida. Estaba trabajando más duro que nunca, pero sin avanzar a ninguna parte. Lo único que parecía haber mejorado era la idea de comenzar a trabajar con Sophie.

—Debes de estar muy enfadada por lo de las clases —dijo Gina con comprensión—. Sé que querías apuntarte a dos asignaturas más en el trimestre de primavera.

Heather no hablaba de su madre con muchas personas, pero Gina y Daphne conocían la verdad.

—Estoy tan enfadada —admitió Heather—. Siempre hace lo mismo. Justo cuando avanzo un poco, ella aparece y se lleva el dinero.

—Ella no te lo quita... —murmuró Gina antes de encogerse de hombros—. Solo digo que tienes que asumir tu parte responsabilidad en esto.

—Crees que debería decirle que no.

—Todo el mundo piensa que deberías decirle que no. —La expresión de Gina se volvió comprensiva—. Entiendo que es fácil para mí decirlo. Ella es tu madre y la has estado cuidando toda tu vida. Alejarte de eso, de quién eres, sé que sería difícil. Pero es que odio verte atrapada.

—Yo también —dijo Heather, deseando que hubiera un lado positivo en su situación—. Una vez que obtenga mi título, las cosas serán diferentes. Tendré opciones. —Forzó una sonrisa—. Además, como irás a clase conmigo en otoño, tendré que ponerme las pilas o me darás una paliza.

Gina sonrió.

—No me veo dando palizas a nadie, pero haré una excepción contigo. —De repente, su humor se desvaneció—. Ojalá pudieras irte. Necesitas alejarte de ella.

—Lo sé, pero no es tan fácil hacerlo —respondió Heather, su voz reflejaba la resignación que sentía.

—Simplemente no entiendo cómo te trata. No está bien. Yo nunca le pediría a Noah que renunciara a algo por mí. Quiero mejorar su vida.

Heather sabía que Gina intentaba apoyarla, pero sus palabras no eran de ayuda. Durante tanto tiempo como podía recordar, había sido la razón de la infelicidad de su madre. Ella siempre hablaba de todo lo que podría haber hecho y sido si no se hubiera quedado embarazada.

Durante mucho tiempo, Heather había creído cada palabra que su madre decía. Había crecido sintiéndose culpable por estar viva. Con el tiempo, su perspectiva había cambiado y ahora había días en los que sabía que, pasara lo que pasara, su madre encontraría la manera de ser infeliz y culpar a alguien más. Ella simplemente era así. Pero esos días no llegaban con la suficiente frecuencia. Había momentos en los que Heather se preguntaba si estaba ignorando lo obvio: que de alguna manera era como su madre, culpando a alguien más por sus circunstancias. Irse a los dieciséis o incluso a los dieciocho había sido imposible, pero ¿qué pasaba ahora? Tenía veinte años. Tenía un coche. Podría conseguir un trabajo en otro lugar. Entonces, ¿por qué no atravesaba el puente y seguía adelante con su vida?

Parte de la razón era que ya no tenía ahorros. Con los seis mil dólares desaparecidos, solo le quedaba lo que recibiera en su próximo sueldo. También estaba la sospecha persistente de que su madre no podría arreglárselas sin ella. Amber no pagaba ninguna factura, no compraba comida. Si se iba, ¿cómo sobreviviría? Y aunque podía decirse a sí misma que ese no era su problema, no podía acabar de creérselo. Lo que significaba que Gina tenía razón: estaba atrapada y no parecía encontrar una salida.

Industrias CK estaba en plena actividad. Y eso a Sophie le encantaba porque significaba que su empresa se estaba recuperando. Había organizado un evento para conseguir empleados y además la agencia de empleo le estaba buscando candidatos para los puestos de contable y gerente de oficina.

Sacó a Heather del Departamento de Envíos para que la ayudara con la gran multitud de personas que se habían presentado a las diez de la mañana para las entrevistas. Sophie miró a las veinticinco o treinta personas que había en el aparcamiento y pensó que tal vez debería haber contratado un gerente de oficina primero. O haber planeado mejor la feria de empleo. Ni siquiera estaba segura de cuántas personas necesitaba y para qué puestos.

Sophie llamó a Bear mientras arrastraba una pizarra rodante hacia la zona principal del almacén.

—¿Cuántas personas necesitas y por qué? —le preguntó, quitando el tapón a un rotulador—. Me dijiste que una persona de inventario.

—En realidad dije que necesitaba un gestor de control de inventario. Hay una diferencia. Necesitamos al menos tres reponedores y preparadores de pedidos más. Sabes que en algún momento tendrás que considerar el uso de robots.

—Hoy no —respondió ella, anotando en la pizarra: *gestor de control de inventario, reponedores/preparadores de pedidos*—. ¿De verdad crees que encontraremos a alguien con experiencia en control de inventario en una feria de empleo?

—Si no lo hacemos, puedes decírselo a la agencia. Al menos, de esta manera te ahorras su tarifa.

A Sophie le gustó la idea.

—Vale, ¿quién más?

—Necesitamos más gente en envíos —dijo Heather—. Al menos dos. —Dudó un momento—. Sé que solo llevo un par de días trabajando aquí, pero he llevado la cuenta de cuántos pedidos puedo preparar en un turno y, aunque mejore mi velocidad, necesitamos dos personas más.

—Confío en tu valoración. —Sophie le sonrió y añadió en la lista a los encargados de envíos.

—Un conserje de algún tipo —añadió Bear—. Y necesitas gente al teléfono para procesar pedidos.

—Eso ya lo hacemos *online* —dijo ella—. Y tenemos atención al cliente. Uso un centro de llamadas para eso, así que está cubierto. Cualquier problema que no puedan resolver se nos deriva, pero no suelen ser muchos.

—Aun así, alguien necesita tener la responsabilidad. Si no es un trabajo de tiempo completo, se puede combinar con algo más. —Bear frunció el ceño—. ¿Cómo hacías las cosas en California? ¿No tienes tu organigrama? Podemos simplemente copiar lo que hacías.

—No tengo ninguno. He estado demasiado ocupada como para lidiar con la contratación de personas hasta ahora. Ayer estuve aquí hasta las diez de la noche, desembalando cajas de comida para gatos. ¿Cómo crees que llega todo a los estantes?

—Ese no es tu trabajo, Sophie. No te estás concentrando en lo importante. Solo porque puedas hacer cada una de las tareas no significa que sea buena idea gastar tu tiempo de esa manera —dijo el empleado.

—Pero no hay nadie más para hacerlo.

Bear suspiró de forma ruidosa.

—¡Para eso es la feria de empleo!

Ambos se lanzaron miradas desafiantes y Heather carraspeó antes de hablar:

—Entonces, eh..., ¿estos son todos los puestos vacantes?

Sophie miró la lista en la pizarra.

—Por ahora.

—¿Quién hará las entrevistas? —preguntó Heather.

—Yo.

Bear puso los ojos en blanco.

—Por supuesto que lo harás tú misma. ¿Por qué pedir ayuda cuando eres tan malditamente capaz?

Hoy llegarán los escritorios, si quieres, puedes armarlos y colocarlos en su sitio. También podrías darle una mano de pintura a todo esto si te queda tiempo.

Amber frunció el ceño.

—Tu actitud no hace que te aprecie más.

—Es bueno saberlo. Estoy empezando a pensar que has tenido éxito a pesar de ti misma y no por ninguna habilidad que poseas.

—Haré como que no he oído eso.

—Ambos sabemos que es verdad.

Heather dio un paso atrás.

—A los niños no les gusta cuando mamá y papá discuten.

Sophie forzó una sonrisa.

—No estamos discutiendo. Bear está siendo testarudo. Hay una diferencia.

Estaba claro que aquel hombre no entendía cuánto trabajo implicaba una empresa como Industrias CK. Nadie conocía el negocio tan bien como ella. Nadie se preocupaba tanto.

—Hay gente esperando afuera —dijo Amber, entrando en el almacén—. Han formado una fila. No pensé que esperaras que hiciera cola. —Hizo una pausa, expectante—. Bien, aquí estoy.

Sophie deseaba que hubiera una alternativa para contratar a Amber, pero no podía imaginar cuál sería. Al menos su prima caminaba un poco más rápido y sin ayuda.

—Genial —dijo Sophie—. Querías contestar teléfonos, ¿verdad? Entonces, ¿por qué no apareciste ya hace días?

—¡No me llamaste para decirme que empezara!

—Pero sabías que no tenía a nadie trabajando aquí. Sabías que necesitaba ayuda.

Amber suspiró.

—¿Quieres que conteste a las llamadas o no?

Sophie hizo un gesto hacia las oficinas. Amber entró por la primera puerta, luego se volvió y dijo:

—No hay escritorio.

—Pero sí hay un teléfono.

Como si fuera una señal divina, el teléfono comenzó a sonar. Sophie señaló el aparato.

—Pero no hay escritorio —insistió Amber—. No hay papel ni bolígrafos. ¡Ni tampoco ordenador! Y sin escritorio...

El teléfono continuó sonando. Entonces, Heather corrió y lo descolgó.

—Industrias CK, le atiende Heather, ¿en qué puedo ayudarle?

Amber cruzó los brazos sobre su pecho.

—No voy a trabajar sin escritorio ni material. Es ridículo. ¿Por qué contratas gente si no estás preparada para ellos? Así no se dirige un negocio.

Bear desapareció dentro de su oficina, para luego volver con una silla, un bloc de notas y un bolígrafo.

—Aquí tienes. Tendrás un escritorio un poco más tarde.

Heather hizo señas frenéticas pidiendo papel y bolígrafo.

—Ajá. Las tazas equivocadas. Lo siento. Permítame investigar eso. ¿Tiene su número de pedido?

Escribió la información y prometió que alguien devolvería la llamada. Cuando colgó, intentó darle la información a su madre.

—De ninguna manera —le dijo Amber—. No voy a lidiar con un montón de clientes enfadados. Contestaré los teléfonos para Industrias CK, pero necesitas a alguien más para procesar las quejas. Eso no es lo mío. Además, necesito un escritorio.

—Los escritorios están en camino —dijo Sophie, tratando de no apretar los dientes—. Hasta entonces, ¿podrías arreglártelas, por favor?

Amber levantó las manos.

—Estás de mal humor. No sabía que sería tan difícil trabajar contigo. No estoy segura de que esto vaya a funcionar.

—Por favor, inténtalo —pidió Bear, empujando una silla hacia la oficina vacía.

Sophie extendió la mano para tomar el papel.

—Yo me ocuparé de ese pedido.

—No, tú entrevistarás a la gente —ordenó Bear, arrebatándole el papel de las manos—. Yo me ocuparé del pedido.

—Pero...

—Sophie —interrumpió el empleado, con cara de enfado—. Tú dedícate a contratar a algunas personas.

—Lo haré, lo haré...

Y antes de que pudiera volver la mirada hacia los aspirantes que hacían cola, un gran camión entró en el aparcamiento.

—Ahí está, en todo su esplendor —dijo Sophie, con una gran sonrisa.

—¿Qué es? —preguntó Amber.

—Una carretilla elevadora. Estoy enamorada.

Bear miró del camión de entrega a ella y de nuevo al camión.

—Déjame adivinar. Sabes conducir una carretilla elevadora.

—Por supuesto. Bear, no hay ningún puesto en mi empresa que yo no pueda desempeñar.

Él volvió su atención hacia ella.

—Estoy seguro de que eso es cierto.

—Lo dices como si no fuera algo bueno.

Él negó con la cabeza, luego señaló hacia la puerta abierta del muelle de carga, donde la gente seguía esperando.

—Consígueme ayuda.

—Eres tan mandón... —pronunció las palabras con una sonrisa. Tenía una nueva carretilla elevadora. Iba a ser un buen día.

* * *

Kristine conducía hacia la pista de aterrizaje privada, que se encontraba más allá del puente hacia el continente. Su segundo trabajo a tiempo parcial consistía en atender a los *jets* privados que utilizaban el pequeño aeropuerto. A excepción de Bruno, solo había un puñado de vuelos al año, pero Bruno se dirigía a la zona al menos una vez al mes, a veces con más frecuencia. El piloto se ponía en contacto con ella un par de días antes de cada vuelo, informándole sobre lo que Bruno deseaba tener a bordo. Kristine proporcionaba la comida y facturaba a la empresa que alquilaba el *jet*.

No tenía formación profesional en cocina, pero una amiga le había hablado del trabajo un par de años atrás y Kristine había presentado su solicitud. La entrevista requería que proporcionara un almuerzo. Había ofrecido una versión del té de la tarde, pero en lugar de sándwiches de salmón ahumado o ensalada de huevo, había preparado pequeños cuadrados de pavo con queso *brie* y el famoso curri de pollo de su madre. Añadió sus *brownies* de mora, un par de botellas de vino local y fue contratada en menos de tres bocados.

Kristine no estaba interesada en la restauración, pero el margen de ganancia para las comidas de los *jets* privados era del trescientos por ciento. Además, contaba con un presupuesto ilimitado para la comida. Era divertido ir a Seattle cada par de meses y abastecerse de ingredientes exóticos para complementar lo que conseguía localmente.

Bruno Provencio era un distribuidor de vinos. Volaba a la zona para hacer tratos con los vinicultores. Al menos eso era lo que ella creía que hacía. La información que le había dado había sido vaga y ella tenía miedo de pedir demasiados detalles, por temor a sonar como la campesina —o isleña— que era. No era mucho más alto que ella, pero era muy atractivo y siempre iba muy bien vestido. Llevaba trajes elegantes e impolutos que sospechaba que costaban más que su hipoteca y el pago del coche juntos. Y era amable. Siempre que volaba, preguntaba por su familia y elogiaba la comida del vuelo anterior. Sí, era una mujer felizmente casada, pero de vez en cuando era divertido pasar tiempo con un hombre guapo que volaba en un *jet* privado y hablaba de vino y de ir a Italia o Francia como ella hablaba de ir a comprar a Costco. Llegó unos minutos antes de que el *jet* aterrizara y aparcó su todoterreno. El día estaba nublado, pero las nubes parecían no tener mucha energía, así que dudaba que fuera a llover. Mientras estaba sentada en la tranquilidad de su coche, pensó en lo que Ruth había mencionado: el local de la pastelería que ahora se alquilaba en el pueblo.

Estaba tentada. Alquilar la antigua pastelería significaría tener hornos de verdad, batidoras y espacio en la encimera. Podría trabajar durante el día y no tendría que preocuparse por dónde guardar el equipo cuando terminara. Podría dejar de hornear frenéticamente la noche antes del fin de semana. Podría empezar a hacer envíos de sus galletas y *brownies*. Las bodegas cada vez demandaban más galletas con cada pedido, pero estaba limitada por el tiempo y el espacio. No creía que pudiera trabajar físicamente dos noches seguidas, y hornear en su cocina durante el día era un problema. Solo prepararlo todo llevaba una hora y luego tenía que limpiar y prepararse para la cena. Tener un lugar específico para hacer todo eso tenía más sentido.

Kristine había preparado con esmero una bolsa llena de galletas envueltas y una bolsa de mano repleta de todos los ingredientes necesarios para una tabla de embutidos y quesos muy sofisticada, que incluía una variedad de galletas saladas y un recipiente para llevar con ensalada de pollo del comedor del Hostal Blackberry Island. Aunque Bruno nunca había mencionado que era su favorita, ella sabía que así era.

Cuando el *jet* privado aterrizó, Kristine salió de su vehículo y cerró la puerta trasera de su todoterreno, de donde había recogido las bolsas. Observó cómo la elegante aeronave, mucho más pequeña que un *jet* comercial y con capacidad para ocho pasajeros, tocaba tierra. Dentro, cada detalle era un lujo, destacando los asientos de cuero suave como la mantequilla.

En cuanto Bruno descendió del avión, buscó con la mirada hasta encontrarla. Al verla, sonrió, la saludó con la mano y se dirigió hacia ella.

—Kristine. Qué alegría verte —dijo él, tomando su mano y luego atrayéndola hacia sí para darle un beso en cada mejilla—. Siempre llegas puntual. Lo valoro mucho.

Ella estuvo a punto de decirle que no era para tanto, que todo en la isla estaba cerca y que solo tenía que cruzar el puente para llegar al aeródromo, pero en lugar de eso, asintió con la cabeza. A veces, menos era más.

—Te he traído las galletas —le dijo Kristine, extendiendo la primera bolsa—. Seis docenas, tal como pediste.

—Muchas gracias —dijo él, mirando dentro de la bolsa—. Mi hermana menor se va a casar y me rogó que las galletas formaran parte de las bolsas de regalo que está preparando para su despedida de soltera en Las Vegas con sus once mejores amigas. —Hizo una mueca—. Solo puedo esperar que regresen a casa sanas y salvas. —Señaló el avión—. ¿Vamos? Estoy seguro de que solo tienes unos minutos antes de seguir con tus... ¿Cómo los llamas?

—¿Mis cincuenta mil recados? —preguntó ella, entre risas—. En realidad, hoy no estoy tan atareada. Lo que no es habitual.

Caminaron hacia el avión y subieron las escaleras.

El interior estaba decorado en tonos crema y caramelo intenso. Ella podía estar de pie sin necesidad de agacharse y todavía había espacio de sobra hasta el techo. Mientras Bruno guardaba las galletas en un armario, ella limpiaba los platos y la comida del servicio de desayuno, luego preparaba la bandeja de embutidos y quesos, la envolvía en plástico y la guardaba en la sorprendentemente amplia nevera. Colocó frutas cortadas en otra bandeja más pequeña y también la guardó. Luego le mostró el recipiente de ensalada de pollo.

—No te olvides de esto —dijo Kristine con una sonrisa—. Sé que te encanta.

—Sí, mucho.

Estaban en un espacio bastante reducido. Su cabello era casi negro, sus ojos solo un poco más oscuros que los asientos de cuero. Olía bien, a algún tipo de jabón caro y un toque de colonia. Bruno a menudo mencionaba a una de sus tres hermanas, a su hermano o a sus padres, pero nunca hablaba de una esposa o novia. No estaba segura de qué significaba eso. ¿Estaba soltero, no le gustaban las mujeres o, lo que era más probable, no era asunto suyo?

Él se estiró a su alrededor, rozando su costado con su antebrazo.

—Mi cita de la mañana no es hasta dentro de una hora —dijo él con ligereza, agarrando una taza—. ¿Tienes tiempo para tomar un café?

—Sería estupendo —murmuró ella—. Gracias.

Aunque realmente no le apetecía un café, sí quería sentarse en uno de esos mullidos asientos. Solo por unos minutos. Podría cerrar los ojos y fingir que su estilo de vida significaba viajar adonde fuera en un lujo increíble. Oh, y que no le resultaba sorprendente en absoluto.

Contuvo una risa mientras tomaba la cafetera y servía un café a cada uno.

—¿Crema o azúcar? —preguntó girándose hacia Bruno.

—No, gracias.

Ella añadió crema al suyo y luego se sentó frente a él. El asiento era incluso más cómodo de lo que había imaginado. Había muchos botones e interruptores al lado. Tuvo cuidado de no tocarlos mientras pasaba los dedos por el borde de madera de nogal.

—¿Cuántas bodegas vas a visitar hoy? —se animó a preguntar Kristine.

—Solo una. Tengo un cliente especial que insiste en tener la primera oportunidad para un nuevo lanzamiento, así que aquí estoy. Probaré el vino y, si es todo lo que promete, haré un trato exclusivo con la bodega. —Hizo una pausa—. El próximo mes viajaré a Italia y Francia para hacer una gira de compras.

—¿En tu avión privado?

—Sí —dijo él con una risita. Su cálida mirada se posó en ella—. ¿Has estado en Europa?

—¿Yo? Me encantaría, pero no. Jaxsen y yo hablamos de ello alguna vez, pero con los tres chicos es muy complicado. —No podían permitírselo, aunque sospechaba que, incluso si tuvieran suficiente dinero, a Jaxsen le gustaría mucho más hacer *rafting* en algún lugar exótico o surfear en Costa Rica. No era de su estilo viajar a Europa—. Tal vez cuando sean mayores...

—¿Cómo le va a Tommy con sus nuevas tareas de lavandería?

Ella lo miró por encima de su taza.

—¿Cómo puedes recordar que hablamos de eso? —Se rio—. En realidad, le va muy bien. Con JJ fue una pesadilla, pero Tommy es más de seguir la corriente. No estoy segura de cómo reaccionará Grant. Supongo que me salvará el hecho de que, si sus hermanos mayores lo hacen, él también querrá hacerlo.

—Parecen chicos extraordinarios.

—Lo son para mí y eso es lo que importa, ¿verdad?

La mirada de Bruno se fijó en la de ella. Su intensidad fue inesperada y un poco confusa. Kristine se sintió desconcertada e incómoda, lo cual no era una combinación agradable.

—Yo, eh..., debería dejarte trabajar —dijo ella mientras se levantaba y llevaba su taza de vuelta a la pequeña cocina. La lavó y la colocó en el escurridor. Cuando terminó, bajó las escaleras y salió a la fresca y nublada mañana. Bruno la siguió.

—Que tu gente me avise la próxima vez que estés en la ciudad —pidió Kristine, poniéndose frente a él—. Hornearé más galletas.

Él se rio.

—Eso estaría bien.

—Disfruta en Europa.

—Lo haré. —Hizo una pausa—. Deberías acompañarme alguna vez.

Aunque sabía que él solo estaba siendo amable al decir eso, no pudo evitar reírse de la idea.

—Ambos sabemos que eso nunca sucederá. Mi familia dejaría de funcionar si yo no estuviera.

Escaparse a Francia e Italia en un *jet* privado... Claro, ¿por qué no? Todavía se estaba riendo cuando se despidió de él y volvió a su todoterreno. Como si eso fuera posible. No es que el *jet* no fuera agradable, pero, honestamente, si fuera a lanzarse a la aventura y hacer algo totalmente fuera de lo común, preferiría abrir su propia tienda y vender sus galletas y *brownies*. Dejaría los viajes glamurosos a las Kardashian y soñaría despierta con estantes rodantes de enfriamiento y hornos de tamaño industrial.

Capítulo 6

—Levántate.

Sophie yacía boca arriba, intentando desesperadamente mantener esa sensación relajada de «podría volver a dormirme».

—Trabajo duro toda la semana —dijo, tapándose con las sábanas y acurrucándose en el calor de su cama. Cambió el teléfono de mano—. El domingo es el único día que puedo dormir hasta tarde. Sé que me quieres. ¿No crees que merezco quedarme en la cama?

—Creo que necesitas hacer algo más que dormir y trabajar. —Kristine sonaba más divertida que molesta—. Me esquivaste la semana pasada. No lo vas a hacer de nuevo. Levanta tu trasero de la cama, ponte unos pantalones de yoga y prepárate en treinta minutos. Si no vienes a la clase de taichí, te llevo a tres niños que acaban de tomar demasiado sirope en sus tortitas. Puedes respirar y relajarte o puedes escuchar su energía estridente. Tú decides.

—¿Desde cuándo te volviste tan mandona?

—En cuanto tuve tres niños menores de cinco años.

—¿Y yo qué estaba haciendo?

—Construir un imperio.

—Ah, cierto —Sophie se sentó—. ¿Al menos puedes traerme un café cuando pases a recogerme?

—Déjame adivinar. Aún no has desembalado tu cafetera y no hay comida en la casa.

Sophie pensó en todas las cajas aún apiladas en su garaje.

—Iba a hacer eso hoy, pero tengo que ir a una clase estúpida de taichí... ¿De qué va exactamente? ¿Es como el yoga?

—Ya lo preguntaste antes. No, no es como el yoga. Se trata de encontrar el equilibrio y estar centrado. Y de respirar.

—Nada en lo que yo sea buena —dijo Sophie entre risas.

—Exacto. Y esa sería la idea. Tic, tac, tic, tac.

Con eso, Kristine colgó.

Sophie lanzó el teléfono sobre la cama y se estiró. Si iba a hacer ejercicio, no tenía sentido ducharse. Se levantó y rebuscó en su cómoda. Al menos había logrado desembalar la mayoría de su ropa. Los artículos de cocina le habían parecido menos importantes. Normalmente compraba algo de desayuno para llevar de camino al almacén. Pero realmente tenía que pensar en tener más comida en casa en algún momento. Y colocar la cafetera en su sitio.

Quince minutos después, llevaba puestas unas mallas, una camiseta de manga larga y una sudadera grande con el logo de CK en el frente. Estaba planteándose ir a buscar su cafetera cuando sonó el timbre.

—Llegas temprano —le dijo a su prima cuando Kristine entró en la casa.

—Necesitas algo de tiempo para tomar esto.

Sophie aceptó el termo que ella le ofreció con una gran sonrisa.

—Me has salvado. ¿Por qué eres tan amable? —Tomó un sorbo, preparada para la calidez y suavidad de un café perfecto, pero lo que encontró fue una sustancia fría, espesa y desagradable en su lengua. Logró tragar antes de fulminar con la mirada a su prima—. ¿Qué es esto? ¿Ortigas con salmuera? Dios mío, es horrible. Por favor...

Kristine puso los ojos en blanco.

—¿En serio? Es un batido de proteínas de vainilla con sabor a moras. ¿Cuándo te volviste tan exagerada?

¿Un batido de proteínas? Sophie hizo un esfuerzo por contener las arcadas.

—Cuando empezaste a intentar matarme. ¿No te basta con ser la madre perfecta? ¿Ahora también tienes que ser saludable? Ya no eres mi prima favorita.

Kristine alzó las cejas.

—¿De verdad? ¿Prefieres a Amber antes que a mí?

Sophie dio otro sorbo a la desagradable bebida.

—Vale, no, pero si tuviera una tercera prima, seguro que me caería mejor.

—Estás mintiendo. Ahora termina tu bebida.

—Preferiría un café.

—Estoy segura de que sí. Puedes tomar café después de la clase.

—Y un rollo de canela.

Sophie bebió de un trago el resto de su batido de proteínas y luego fue a cepillarse los dientes. Otra vez. No iba a pasar la mañana con ese sabor repugnante en la boca. Agarró su bolso y siguió a Kristine afuera.

—¿Dónde es la clase?

—Cerca del mar.

—¿Al aire libre? ¿Por qué?

—Porque es hermoso.

—Vivimos en el noroeste del Pacífico, donde hace frío y llueve el ochenta por ciento del tiempo. ¿Me estás diciendo que haces taichí al aire libre con frío y lluvia?

—Centra la mente.

—También puedes agarrar una neumonía. —Sophie estaba cada vez menos convencida con todo aquello—. Iré en mi propio coche.

—¿Para irte a mitad de clase?

—¿He dicho eso?

—No hacía falta.

—Crees que lo sabes todo.

—Te conozco muy bien —dijo Kristine con una sonrisa diabólica.

Condujeron hasta el parque junto a la playa. A pesar de que era muy temprano y del persistente sabor del batido de proteínas, Sophie se encontró disfrutando de la vista a lo largo de la costa. Podía ver la península al otro lado del Sound y un ferri que iba de Bainbridge a Seattle. Para cuando llegaron al parque, estaba casi animada.

Sophie estacionó su coche junto al de Kristine y se sorprendió por la cantidad vehículos que había. Al parecer, la locura era contagiosa. Se bajó y miró a su alrededor, dándose cuenta de que era una de esas raras mañanas de primavera despejadas. El Sound estaba tranquilo y ni siquiera había una pequeña brisa. Probablemente solo había unos siete grados, pero, aun así, aquello era hermoso.

Se tomó un segundo para mirar la orilla, el ascenso de la isla al este, las gaviotas que giraban en círculos en el cielo y las grúas de Puget Sound en la distancia.

—Esto es agradable —confesó Sophie—. Muy relajante.

—Mira —dijo Kristine asintiendo hacia una camioneta que se acercaba—. Y está a punto de mejorar.

Al principio, Sophie no entendió a qué se refería hasta que la camioneta aparcó y se abrió la puerta del conductor. El hombre que salió de dentro era guapísimo. En serio. Cabello rubio oscuro y rizado, ojos azules penetrantes y un cuerpo que era mejor que perfecto. Sophie sintió que se le caía la baba, y no le importó.

—Te lo dije —comentó Kristine mientras pasaba por su lado—. Y... de nada.

Sophie se apresuró a alcanzarla.

—Así que no se trata de hacer ejercicio en absoluto. Se trata de un espectáculo. ¿Por qué no lo dijiste?

—No me habrías creído.

—Ahora soy creyente, hermana. Creo. ¿Cómo se llama?

Kristine suspiró.

—Realmente no me escuchas cuando hablo, ¿verdad? Se llama Dugan y, por lo que sabemos, está soltero. Por si acaso eso te interesa.

—Podría interesarme.

Pero cuando todos se alinearon en filas para comenzar la clase, vio que no era la única que había notado lo atractivo que era su instructor. De hecho, todas las presentes eran mujeres y la mayoría miraba a Dugan con un hambre nada disimulada. Vaya, maldición. Odiaba ser parte de una multitud.

—Buenos días —dijo Dugan. Su voz sonaba tan sexi...

—Buenos días —respondieron las mujeres.

Las guio para realizar varios ejercicios de respiración y luego pasó a lo que Sophie asumió que era taichí, pero que a ella solo le parecieron un montón de movimientos de brazos y cambios de peso incómodos con respiración controlada.

—Atraemos el océano —dijo el profesor, llevando sus brazos hacia él—. Empujamos el océano.

—¿Sabe que el océano hace eso por sí solo? —preguntó Sophie a su prima—. Se llama marea.

—Shh. Concéntrate.

Sophie lo hizo lo mejor que pudo. Respiró cuando se lo indicaron, movió los brazos e intentó seguir los pasos. Todo era tan lento y profundo. Podría haber descargado un par de docenas de cajas en ese tiempo. Y utilizado su nueva carretilla elevadora. Y revisado pedidos y... quién sabe qué más. Lento, lento, muy lento.

Cuando empezó a sentirse inquieta, volvió su atención a Dugan. Era realmente guapo, pensó. Debía de ejercitarse mucho para tener los hombros y los brazos así. Dado que el Señor daba y quitaba en igual medida, solo podía asumir que tenía el coeficiente intelectual de un tronco de árbol, pero eso estaba bien. A veces, ser guapo era suficiente.

Hubo más empujones oceánicos y algunos estiramientos y saludos. Sophie se perdió completamente en la secuencia y se quedó quieta. Dugan la miró fijamente con sus ojos azules.

Ella había mirado a otros hombres antes. Había estado casada y todo, pero había algo diferente en la mirada de Dugan. Algo... intenso. Cautivador. O quizás era miope y la veía borroso. Fuera cual fuera la razón, sintió su atención hasta en la punta de los pies. Un calor la invadió y tuvo el repentino impulso de acercarse a él y besarlo, justo allí, en la clase de taichí.

Pero no lo hizo y él se alejó, y entonces ella se encontró parada al borde de la playa un domingo por la mañana, cuando podría haber estado durmiendo. Cuando la clase terminó, algunas mujeres se fueron de inmediato, pero un número importante se reunió a su alrededor. Él habló con cada una de ellas, sonriendo y riendo, pero manteniendo la distancia, tanto física como emocionalmente. Por lo que Sophie podía decir, él no tenía nada con ninguna mujer de Blackberry Island. Al menos no con las que asistían a su clase.

Kristine esperó a que todos se fueran antes de acercarse a Dugan.

—Buena sesión —dijo ella.

—Gracias. Y tú has avanzado mucho.

—Todo se trata de enfoque, equilibrio y respiración.

—Así es.

—Esta es mi prima —dijo Kristine, haciendo un gesto hacia Sophie.

Dugan la miró.

—La misteriosa Sophie Lane. Por fin —dijo, extendiendo su mano—. Kristine habla mucho de ti. Es un placer conocerte.

—Es un placer ser conocida —respondió Sophie, tomando su mano y complacida al sentir muchas chispas. Oh, sí, tenían química. O al menos ella la tenía.

En ese momento, su vida era un desastre. Estaba intentando poner en marcha Industrias CK. Extrañaba a su gato y, aunque no quería volver a Los Ángeles, tampoco sentía que Blackberry Island fuera su hogar. Estaba cansada, abrumada y desorientada, así que sentir una fuerte atracción por un hombre al que apenas conocía era una distracción muy agradable.

Él le sonrió. Era una buena sonrisa, no, una excelente, que la hacía sentir especial.

—¿Qué te ha parecido la clase?

—No tuvo ningún sentido para mí. ¿Qué es eso de que el océano te atrae y te empuja? ¿Quién inventó los movimientos y por qué están en ese orden? No estoy segura de necesitar equilibrio en mi vida tanto como diez empleados en los que pueda confiar y un mejor café por la mañana. Además, ¿por qué es tan lento? Creo que podría gustarme si pudiéramos acelerar un poco las cosas.

Kristine parecía horrorizada por su arrebato, pero Dugan se rio sin parar.

—Me gusta que digas lo que piensas —dijo él—. Estás equivocada en la mayor parte, pero es bueno tener una opinión propia.

—No estoy equivocada.

—Mientras puedas ver ambos lados de las cosas...

—Oh, puedo ver ambos lados —le dijo ella con una sonrisa—. Incluso cuando la otra persona está equivocada.

—¿Y te regodeas en su equivocación?

—Cada segundo de cada día.

—Así que a la señorita le gusta tener razón.

—A la señorita le gusta, sí.

Él la miró con los ojos entrecerrados unos segundos.

—Y estar al mando.

—¿Lo preguntas o lo afirmas?

—No estoy preguntando.

No estaba segura de sobre qué estaban hablando, pero le gustaba la conversación.

—Vale, yo me voy a casa —los interrumpió Kristine—. Que os divirtáis los dos solitos.

Sophie echó un vistazo a su prima, quien le hacía señas mientras se alejaba diciendo: «Llámame más tarde. Lo digo en serio. Llámame».

Quería decirle que no iba a haber nada de qué hablar, pero no sabía cómo expresarlo en voz alta sin que sonara extraño.

Cuando su prima llegó al coche, Sophie se volvió hacia Dugan.

—Yo también debería irme.

—¿Qué tal si vamos a tomar el *brunch*?

Ella echó un vistazo a su atuendo, poco elegante, y luego a lo que él llevaba puesto.

—No es que vayamos muy bien vestidos como para ir a tomar un *brunch*.

—Entonces, deberíamos hacer otra cosa.

Eso captó su atención. Pensó en preguntarle si él insinuaba lo que ella creía, pero decidió que sería una tontería hacerlo...

—¿Con cuántas de tus alumnas te has acostado?

—¿Te incluyo a ti?

Sophie asintió.

—Una.

Aunque le gustaba el número, no estaba segura de creerle.

—¿Así que no es esta la manera en que conquistas a las mujeres?

Él le regaló otra de sus sonrisas increíbles.

—No necesito trucos, Sophie. Y sí, te estoy diciendo la verdad. Tengo muchos defectos, pero mentir no es uno de ellos.

Ella se acercó y puso una mano en su brazo. Sí, era grande y fuerte, algo que pensó que podría gustarle mucho. Luego se puso de puntillas y presionó sus labios contra los de él.

Su boca era cálida y firme. Él la dejó hacer todo el trabajo, algo que también le gustaba. Su cuerpo reaccionó inmediatamente. El calor se encendió, el deseo la envolvió y quiso restregarse contra él de una manera muy evidente. Todo eso sin ninguna acción de lengua, pensó, alejándose.

—Todavía estoy instalándome en mi casa, así que está hecha un desastre. Sugiero que vayamos a la tuya.

No solo prefería ser la que podía irse sin más, sino que también quería asegurarse de que no hubiera alguien esperándolo en casa.

—Me parece bien —dijo él y comenzaron a caminar hacia sus vehículos.

—Estás soltero, ¿verdad? —preguntó ella—. Kristine me dijo que lo estás.

—No tengo a nadie en mi vida.

—¿Lo prefieres así?

—Por ahora.

—¿No vas a preguntar si yo estoy soltera?

Él le sostuvo la puerta del coche abierta.

—Ya sé que lo estás.

—Oh.

Ella no sabía si considerar eso bueno o inquietante. Antes de que pudiera decidirlo, él pasó su brazo alrededor de su cintura y la atrajo hacia él. Completamente contra él. Podía sentir los músculos duros como una roca de su cuerpo. Entonces, él bajó la cabeza y la besó. La besó de verdad.

Se tomó su tiempo, moviendo sus labios contra los de ella, provocando, prometiendo, excitando.

Sophie puso las manos en sus hombros y se inclinó hacia él. Cuando Dugan acarició su labio inferior, ella lo entreabrió. Al primer roce de su lengua, comenzó a derretirse desde dentro. Un hambre ardiente la consumía y en cuestión de segundos se quedó sin aliento.

Era mucho mejor que tener citas, pensó, deseando estar ya en su cama y que él estuviera dentro de ella. En términos de tiempo, eso sería mucho más eficiente.

Se separaron de su beso. Él parecía tan excitado como ella se sentía.

—¿Tienes preservativos? —preguntó Sophie.

—No llevo ninguno conmigo.

Ella rio.

—Me refería a si tienes en tu casa.

—Sí.

—Entonces, vámonos.

Treinta minutos después, Sophie yacía boca arriba, haciendo lo posible por recuperar el aliento. Había esperado tener un orgasmo medianamente decente. Y Dugan había cumplido con creces. Era obvio que entendía lo básico de la anatomía femenina, incluido para qué servía el clítoris, pero Sophie no se había esperado llegar al clímax después de dos minutos de coito.

—Me estás juzgando —dijo Dugan mientras se giraba hacia un lado y colocaba su mano grande en el vientre desnudo de ella—. Puedo oírlo.

—Solo de manera positiva. Estaba agradeciendo que quisieras que yo terminara primero.

—Me pareció lo cortés.

Sus ojos eran de un azul oscuro, con espesas pestañas rubias. Su rostro estaba cincelado. Sí, era guapo, musculoso y bueno en la cama.

—No todos los chicos son corteses —le dijo ella.

—He oído eso. Nunca he entendido por qué no. Es divertido hacer feliz a tu pareja.

—Estoy de acuerdo.

—¿Cómo te sientes al volver después de todos estos años?

Ella parpadeó sorprendida.

—¿Qué?

—De vuelta en Blackberry Island. Creciste aquí, te fuiste, empezaste un negocio y ahora has vuelto. Eso tiene que ser bueno, pero también desconcertante.

Sophie se incorporó de un salto y subió la sábana.

—Ahora me estás asustando.

Él también se sentó, sin preocuparse por taparse. Y, aunque ella apreciaba la vista, no iba a permitir que la distrajera.

—No te asustes —dijo él con una sonrisa tranquila—. Kristine habla mucho de ti. Se ve que entre vosotras dos hay una gran conexión.

—Somos familia.

Ella lo estudiaba, intentando descubrir sus intenciones. Y como si pudiera leer su mente, él sonrió.

—No quiero nada, Sophie. No te alteres. Como dije, he oído hablar de ti y creo que eres interesante. —Ella levantó una ceja—. Es agradable cuando resulta que lo que se dice es cierto.

Vale, agradecía el cumplido y el sexo había sido genial, pero aun así... ¿Quién era ese hombre? Maldijo en silencio, pensando que debería haber hecho esa pregunta antes de acostarse con él.

—¿Quieres desayunar? —preguntó Dugan.

Y ahí estaba. La incómoda parte del «después».

—Estoy bien. —Sophie se sentó y le sonrió—. Ha sido increíble y exactamente lo que necesitaba, pero aquí acaba la cosa. No soy muy buena en las relaciones. Ya estuve casada antes y no salió bien. Estoy muy metida en mi trabajo y más aún ahora que acabo de reubicar mi empresa y estoy intentando poner todo en marcha. —Se detuvo, preguntándose si debía explicar en qué consistía su trabajo o qué era una reubicación, pero decidió que no importaba—. Así que, aunque ha sido genial, no me quedaré a desayunar. Aclarado esto, si estás abierto a repetirlo en el futuro, entonces soy tu chica.

La expresión de Dugan era indescifrable.

—Tienes claro lo que quieres.

—Lo tengo. Es más o menos mi manera de hacer las cosas —afirmó ella.

—Me parece bien.

¿Me parece bien? ¿Realmente había dicho eso? Contuvo un suspiro y se levantó de la cama. Tardó un par de minutos en encontrar su ropa y vestirse. Una vez lista, miró alrededor de la habitación.

Era grande, con una vista impresionante de Puget Sound. Estaba la cama en la que acababan de estar, una chimenea de piedra y, por lo que podía ver, un enorme baño principal.

Los muebles eran todos de alta calidad y de gran tamaño. No era un simple apartamento de soltero, pensó, recordando que habían caminado un trecho desde la puerta de entrada hasta el dormitorio. No es que hubiera prestado mucha atención a su entorno. Había estado demasiado ocupada besando y siendo besada por Dugan.

Ahora, mientras él la acompañaba a la puerta de entrada, vio que el resto de la casa era tan agradable como el dormitorio. Los suelos de madera brillaban y había vistas del Sound desde casi todas las habitaciones por las que pasaban. Alcanzó a ver una cocina *gourmet* con kilómetros de encimera y una sala de estar casi del tamaño de su casa de alquiler entera. Sí, esa casa había costado una fortuna.

Lo miró de reojo.

—Entonces, ¿haces algo más aparte de tus clases de taichí en la playa?

—Doy algunas clases. Cosas sobre el equilibrio en la vida.

Dudaba que eso se pagara muy bien. Debía de venir de una familia con dinero o haberlo heredado. Pensó en su ex y se preguntó si, como Mark, se había casado con alguien exitoso y luego la había desplumado. Pensar eso hizo que el resplandor postorgásmico se desvaneciera un poco, así que apartó el pensamiento.

Se detuvieron junto a la puerta de entrada. Dugan le sonrió. Como respuesta, ella sintió un temblor en la parte baja de su vientre. Él era así de bueno.

—¿Quieres mi número? —preguntó él.

Vio su bolso donde lo había dejado caer y sacó su teléfono, luego se lo entregó. Él introdujo la información.

—¿Quieres el mío?

—Llámame tú. Te sentirás más cómoda así. Además, estaré por aquí —dijo Dugan, devolviéndole su teléfono, y luego se inclinó para besarla—. Gracias por una mañana estupenda, Sophie Lane.

Ella le devolvió el beso, disfrutando de la presión de sus labios sobre los suyos y de cómo la hacía sentir.

—Gracias —dijo ella, mirándolo a los ojos. Dios, era muy atractivo—. Oh, espera. No sé tu apellido.

—Eso es algo más de una segunda cita, ¿no crees? —respondió él, abriendo la puerta.

Ella rio.

—No lo sé. Ya hemos tenido sexo.

—Sí, pero eso fue solo físico. Puedes desconectar el placer de la persona. Saber quién soy es diferente, y para ti es demasiado pronto.

¿Qué? Parpadeó hacia él, pero antes de que pudiera siquiera formular una pregunta o averiguar si la había insultado, se encontró afuera en el porche de su casa y la puerta se cerraba en su cara.

¿Qué demonios? Pensó en llamar al timbre y decirle que no tenía derecho a hablarle así o actuar de

esa manera, solo que no se le ocurría nada para decirle que hubiera hecho mal.

Está bien. Lo que sea. Había tenido un sexo increíble y ahora podía seguir con su vida.

Tenía una empresa que dirigir.

Capítulo 7

Heather entró en la página web de su universidad y seleccionó la opción para revisar sus calificaciones finales. Aunque estaba segura de haberlo hecho bien, sintió alivio al ver un sobresaliente junto a cada una de sus asignaturas. El trabajo duro daba sus frutos, pensó mientras cerraba la sesión. Al menos su media estaba intacta. Esperaba poder ahorrar lo suficiente en verano para volver a la universidad. Dependiendo de cómo le fuera trabajando para Sophie, tal vez podría dejar su trabajo de fin de semana, o incluso su turno a primera hora en el restaurante. Si pudiera arreglárselas con un solo trabajo, podría apuntarse a tres asignaturas por trimestre, acercándose así más a la posibilidad de pasarse a una universidad de cuatro años. Claro que, antes de que eso sucediera, tendría que elegir una especialidad. Se sentía atraída por el Diseño Gráfico, pero no tenía claro el mercado laboral. Había muchas oportunidades, pero la mayoría requerían experiencia. Existían bastantes prácticas, pero eran para estudiantes universitarios. Había pensado en especializarse en *Marketing*, con una subespecialidad en Diseño Gráfico, pero eso añadiría más tiempo a su estadía en la universidad. Por ahora no estaba pagando mucho por crédito, pero cuando fuera a una universidad de cuatro años, el precio aumentaría considerablemente. Aun así, valdría la pena, se dijo a sí misma.

Echó un vistazo por encima del hombro y se aseguró de que su puerta estuviera cerrada, luego escribió la dirección de la página web de la ciudad de Boise, Idaho. Como siempre, incluso mirar las fotos la hacía feliz. Había ido allí con Gina y Daphne en el instituto y todo sobre la ciudad le había gustado. Desde entonces, no podía dejar de pensar en cómo sería su vida allí.

Boise estaba lo suficientemente lejos para alejarla del alcance de su madre, pero lo bastante cerca como para poder conducir a casa en unas ocho o nueve horas. Era factible, pensó, dirigiéndose a la web de la Universidad Estatal de Boise. Ofrecían *Marketing* como carrera o como subespecialidad. El programa de Diseño Gráfico era increíble. Tal vez podría obtener una licenciatura de Bellas Artes en Diseño Gráfico con una subespecialidad en *Marketing*. Si se mudaba a Boise por un año, calificaría para la matrícula como residente del estado. Debería haberlo hecho cuando tuvo la oportunidad.

Seis mil dólares habían sido suficientes. Todo lo que tenía que hacer era decirle a su madre que se iba e irse. Sin embargo, aunque sonaba muy fácil, no era algo que se sintiera capaz de hacer. Y ahora, sin ahorros, estaba empezando de nuevo.

Al menos tenía un buen trabajo, pensó, escribiendo ClandestineKitty.com en el navegador. Cuando apareció el logotipo, sonrió. Le encantaba la simplicidad de este, la curva de la cola del gato y el equilibrio de la K mayúscula.

Sophie tenía todo bajo control, pensó Heather. Nunca dejaría que alguien más dictara su vida. Había creado una empresa de la nada y crecía cada día. Debería observarla más de cerca y averiguar cómo lograba tener siempre tanta seguridad en sí misma.

Cerró la sesión en la página web y abrió su programa de gráficos favorito, luego cargó el logo de CK que había escaneado hacía un par de días. Tenía algunas ideas sobre diferentes maneras de usar el logo en productos personalizados. Industrias CK tenía tazas y camisetas, pero eran genéricas. ¿Y si un cliente quisiera combinar el encantador logo con, digamos, una foto de su propio gato?

Buscó un par de imágenes de gatos y luego las centró en una taza. Superpuso el logo de CK y comenzó a jugar con la escala de cada uno, solo para darse cuenta de que la imagen era demasiado detallada para funcionar en una taza. Abrió su programa de diseño y transfirió la imagen y el logo de CK a este. «Mucho mejor», pensó felizmente. Necesitaría algunas modificaciones, pero iba por buen camino. Cuando sonó su teléfono móvil, no se molestó en mirar la pantalla antes de contestar:

—¿Hola?

—¿Cómo está mi nieta favorita?

—¡Abuela! —Heather guardó su trabajo, cerró el programa y se alejó de la pantalla—. ¿Cómo estás? ¿Qué tal el tiempo? Aquí no ha estado tan mal. Fresco, pero sin llover como suele hacer en primavera.

—Aquí está perfecto. Sol todos los días y está empezando a hacer calor. Me estoy convirtiendo en una lagartija en mi vejez porque me encanta el calor. ¿Cómo te fue en tus clases?

Heather sonrió.

—Saqué todo sobresalientes.

—Esa es mi chica. Estoy muy orgullosa de ti. ¿Qué asignaturas vas a elegir en primavera?

Heather se acomodó en su asiento.

—Eh..., no voy a tomar ninguna clase. Quiero ahorrar algo de dinero, así que estoy trabajando a tiempo completo para Sophie.

—¡Pero si ya has estado ahorrando dinero! No entiendo.

Heather no tenía ni idea de cómo explicárselo. De todas las personas, su abuela, la madre de Amber, entendería el problema, pero aún sentía que si mencionaba lo que había sucedido estaría siendo desleal.

—No me digas que... —Su abuela resopló—. ¿Qué ha hecho esta vez?

Heather suspiró.

—Necesitaba el dinero para el pago inicial de un coche. El suyo quedó destrozado en el accidente.

—Déjame adivinar. No tenía ahorros propios.

Heather pensó en los mil dólares que su madre había afirmado tener, pero no usó, y sabía que no había nada que pudiera decir.

—¿De verdad quedó destrozado su coche? —preguntó su abuela.

—Sí. Hablé con la compañía de seguros yo misma. Le enviaron un cheque.

—Así que tenía ese dinero y el tuyo. Debe de tener una cuota mínima por el coche. ¿Sigue de baja por incapacidad?

—Ya sabes, abuela, podrías llamarla y preguntárselo tú misma.

—Sí, podría hacerlo, pero prefiero hablar contigo. Sé que me darás una respuesta sincera.

—Creo que va a dejar la baja por incapacidad. Va a trabajar para Sophie. Contestando llamadas.

—Veremos cuánto tarda en meter la pata. ¿Se lesionó de verdad en el accidente? —La abuela exhaló bruscamente—. No importa... No es justo que te pregunte eso a ti y puedo adivinar la verdad por mí misma. Aunque estuviera lesionada, lo aprovechó. Ambas lo sabemos. Te juro que no puedo entender a esa chica. Sé que soy parcialmente responsable, pero te juro que no puedo entender qué hice mal. Al menos tú saliste una chica genial.

A pesar del tema, Heather sonrió.

—Gracias, abuela. Tú también lo eres.

—Puede que ahora lo pienses, pero eso está a punto de cambiar. Lo siento, Heather, pero no siento que tenga otra opción.

Heather no tenía idea de lo que iba a decir, pero sintió un nudo frío formarse en su estómago. Lo que fuera, no serían buenas noticias.

—Voy a vender la casa.

La frase no tuvo sentido para ella al principio. Vender la...

—¿La casa donde vivimos? —dijo alarmada, preguntándose si había sonado tan atónita como se sentía—. ¿*Esta* casa?

—Sí. Lo siento, querida, pero tengo que hacerlo.

«¡No!». Heather logró contener el grito en su interior. ¿Vender la casa? ¿Venderla? ¿Qué pasaría después? ¿Dónde irían? Heather había vivido en esa casa toda su vida. Amber también. Ambas habían crecido en ella. Era su hogar.

Más que eso, pensó Heather, intentando seguir respirando. Era su red de seguridad. Lo que pagaban de alquiler por estar en ella era irrisorio. Luego estaba el seguro, los impuestos y todos los servicios públicos. No había mucho mantenimiento porque Amber nunca quería arreglar nada, pero incluso con eso, pagaban mucho menos que el valor de mercado. O mejor dicho, pagaba Heather. Amber a veces pagaba la comida, y se encargaba de su propia gasolina y mantenimiento del coche, pero, por lo demás, todos los gastos recaían en Heather.

Sin la casa, no tenían dónde vivir.

—Abuela, ¿por qué?

—No me hago más joven y quiero el dinero de la casa. Después de todo, es mía. Aunque tu madre no lo verá así, estoy segura. Amber tiene treinta y ocho años y nunca ha asumido la responsabilidad de sus actos, y mucho menos se ha cuidado a sí misma. Siempre ha sido mimada. No sé cómo lo hace, torciendo todo para que siempre sea culpa de alguien más. Es una víctima profesional y no quiero ser parte de eso nunca más. Lo hizo conmigo, lo hizo con tu padrastro. Era un buen hombre, pero, en cuanto se casaron, ella dejó su trabajo y plantó el trasero negándose a hacer cualquier cosa. No es de extrañar que la dejara. Ahora tú estás atrapada. La casa es mía y quiero venderla.

La voz de su abuela se suavizó.

—Lo siento por hacerte esto, Heather. Eres una buena chica y te quiero mucho. Me preocupa que te sientas atrapada. Necesitas armarte de valor y salir de ahí. Tienes ahorros. Simplemente vete.

—Tenía ahorros —susurró Heather, preguntándose cómo iba a manejar la situación. Encontrar un nuevo lugar donde vivir sería una pesadilla. Vivir en la isla era más barato que vivir en Seattle, pero, aun así, el alquiler iba a ser mucho más de lo que pagaban en esa casa.

—Cierto. El coche. Si no sales de ahí, ella te va a consumir la vida. Te usará hasta el día de su muerte. Es mi hija y probablemente no debería hablar así, pero ambas sabemos que es verdad. Así que voy a vender la casa. Un agente inmobiliario se pondrá en contacto contigo para explicarte el proceso. Tendré que hacer algunas reformas para arreglarla un poco. No tendrás que mudarte hasta que cerremos el fideicomiso, pero quiero que sepas lo que se avecina.

Heather luchó contra las lágrimas.

—Entiendo —dijo Heather, luchando por contener las lágrimas mientras asentía—. Tienes derecho a hacer lo que quieras con lo que es tuyo, pero aun así..., qué lío para nosotras.

—Voy a llamar a tu madre ahora para que no tengas que ser tú quien se lo diga. De esa manera, yo seré la mala de la película en lugar de ti. Espero que llegues a comprender por qué tengo que hacer esto. Hablaré contigo pronto.

—Adiós, abuela.

Heather colgó y dejó su teléfono sobre el escritorio. El terror la envolvía con tanta fuerza que no podía respirar. Iban a perder la casa. No tenían otro lugar adonde ir. Tendría que alquilar un apartamento, lo que significaba un contrato a su nombre. De ninguna manera Amber asumiría esa responsabilidad. Y entonces ella se quedaría legalmente atada al alquiler, a la isla y a su madre, muy probablemente para siempre.

Kristine terminó de pagar la última de las facturas. Después de anotar los números de transacción en la chequera, cerró el programa de banca y abrió Excel. No había podido desprenderse de la idea de alquilar el antiguo local de la pastelería. Sería perfecto para ella y estaba bastante segura de que podría ponerse en marcha mucho antes de que comenzara la temporada turística.

Todavía estaba calculando los números. En cuanto tuviera el valor de llamar al agente inmobiliario para ver el local, podría determinar qué remodelaciones serían necesarias y obtener un presupuesto. Con esas cifras y la información del alquiler, podría finalizar su plan de negocio y decidir si hablaría con Jaxsen sobre esa oportunidad.

No es que él fuera a entusiasmarse, pensó con tristeza. Cada vez que había mencionado la idea de abrir una tienda en lugar de trabajar desde casa, él había encontrado docenas de razones por las que no funcionaría. La primera vez le había dicho que los niños eran demasiado pequeños. La segunda vez acababan de cambiar el techo y eso les había afectado económicamente. Ahora, bueno, no sabía qué iba a decir, pero independientemente de ello, estaba decidida a mantenerse firme.

Quizás.

La indecisión la hacía querer abofetearse. O creía en ello y se ponía en marcha o debía dejar de jugar a «qué pasaría si...». Los niños eran mayores, el antiguo local de la pastelería tenía potencial y, si no lo hacía ahora, entonces no lo haría nunca. La verdad no era agradable, pero, que le gustara o no, no la hacía menos real.

Escuchó pasos en el pasillo y cerró rápidamente el programa de Excel. Jaxsen entró en el dormitorio y se sentó en el borde de la cama.

—Los niños siguen viendo su película —dijo él, sin mirarla directamente mientras hablaba.

Ella contuvo un suspiro, preguntándose qué tendría en mente. ¿Querría una camioneta nueva? ¿Otro vehículo todo terreno? Unos esquíes no podía ser, no era la temporada, y tampoco se trataba de la moto acuática para Grant. Era demasiado joven.

—Los niños y yo hemos estado hablando de nuestros planes para el verano —dijo él—. Queremos hacer muchas caminatas y acampar.

—Eso suena divertido.

Su mirada se encontró con la de ella.

—Los niños son demasiado grandes para la tienda. JJ es más alto que tú y Tommy no se queda atrás.

El corazón de ella se hundió al darse cuenta de adónde iba la conversación.

—Jaxsen, no.

Él la ignoró.

—Deberíamos comprar un remolque caravana.

Ella pensó en todo el equipo deportivo que abarrotaba el patio lateral y el equipo de acampada que llenaba un compartimento entero del garaje.

—¿No tenemos ya suficiente?

—Me desharía de la mayoría de lo que tenemos —dijo con voz acelerada por el entusiasmo—. Vamos, Kristine, sería genial. Encontré el que quiero en Internet. Es perfecto. Tiene de todo, incluso ducha.

No estaba segura de querer saber cuánto costaría.

—Es para la familia. Algo que podemos utilizar todos juntos. Algo que los chicos recordarán por el resto de sus vidas.

Y ahí estaba. Cada vez que Jaxsen hablaba de algo «para la familia», generalmente significaba que era algo para él y los chicos, y ella debería estar de acuerdo porque ellos eran cuatro y ella solo una. Cuando eso no funcionaba, sacaba lo de «los chicos lo recordarán para siempre». El hecho de que hubiera recurrido a eso de inmediato la puso en alerta de que se avecinaban más malas noticias.

—¿Y? —preguntó ella.

—Son solo veinte mil dólares.

—¿Veinte mil? —Se esforzó por no dejar caer la mandíbula—. ¿Estás bromeando? ¿De dónde sacaríamos esa cantidad de dinero?

—Tomaríamos diez mil de la línea de crédito sobre el valor líquido de la casa que tenemos. No debemos nada.

Él tenía razón en eso. Hacía siete años, sus padres habían insistido en que sacaran una línea de crédito sobre el valor líquido de su casa. Los precios en el área estaban empezando a subir y les habían dicho que siempre era una buena idea tener un colchón en caso de emergencia. Habían seguido el consejo y habían tenido que usar la línea de crédito dos veces desde entonces. Kristine siempre se aseguraba de que la pagaran lo más rápido posible. No quería que formara parte de su presupuesto regular. Solo que ahora Jaxsen quería usarla para una caravana...

—Entonces, ¿quieres financiar el resto? —preguntó ella, preguntándose cuánto sería ese pago. Más la línea de crédito, pensó con pesar. Eso sería un gran golpe para su presupuesto mensual. No estaba segura de que su flujo de efectivo pudiera soportar eso en absoluto.

—Está el dinero de tu abuela.

Al principio no entendió lo que él decía, pero en cuanto el significado se asentó en su cerebro, se levantó de un salto y lo miró fijamente.

—No —dijo ella con tono firme.

—Eres tan malditamente irrazonable.

—¿Lo soy? Mi abuela me dejó ese dinero. Es mío y no lo usarás para una caravana.

—¿Por qué no? ¿Por qué lo guardas? ¿Por qué eres tan egoísta? Estamos casados. Ese dinero debería ser para la familia.

Esa no era la primera discusión sobre su herencia y dudaba que fuera la última. Desde el momento en que descubrieron que su abuela materna le había dejado diez mil dólares, Jaxsen había estado ansioso por gastarlos. No importaba cuántas veces intentara explicarle que ese dinero era especial y que quería usarlo para algo significativo, algo que realmente marcara la diferencia en su vida, él insistía en que no era una cosa de ella, sino de ambos.

—¿Por qué te molesta tanto que yo tenga eso? —preguntó Kristine—. ¿Por qué no puedo tener algo propio? ¿Por qué quieres quitármelo?

—No te estoy quitando nada. Somos una familia. Trabajamos juntos. Pero tú tienes que guardarte algo solo para ti. No está bien.

Se puso de pie mientras hablaba, parecía tan enfadado como ella se sentía. Pensó en señalarle que, legalmente, el dinero era únicamente suyo. Mientras lo mantuviera en una cuenta separada, no era propiedad común. A Jaxsen no le había hecho gracia descubrir eso.

—Jaxsen, no voy a gastar ese dinero en un remolque caravana. Si quieres hablar de financiación, entonces supongo que tendremos esa discusión, pero debo decir que realmente creo que no es algo que podamos permitirnos.

—Pero sí podemos permitírnoslo, si solo aportaras algo de dinero. ¿Por qué es eso irrazonable? Trabajo duro y pago por todo esto. No escondo parte de mi sueldo, Kristine. Cada centavo lo doy a la familia. Todo lo que pido es que hagas lo mismo.

—Lo hago. Todas las ganancias de mi negocio vuelven al hogar. Y hago exactamente lo mismo cuando recibo un sueldo en verano. Cada centavo va a nuestra cuenta corriente. Lo sabes. No hagas como si no fuera así.

—Gastas mucho de lo que ganas con las galletas en suministros. Y compraste una nueva batidora el año pasado.

La acusación implícita la enfureció.

—La vieja se rompió. ¿Cómo voy a hacer las galletas sin una batidora? Es un negocio. Claro que hay gastos —respondió ella, y negó con la cabeza—. Aquí está la parte que no entiendo. Te opusiste a que consiguiera un trabajo. Me dijiste que era importante que estuviera aquí para los chicos. Así que se me ocurrió algo que puedo hacer desde casa, que realmente no se interpone en nada, y ahora también te opones a eso. Al mismo tiempo te quejas de que no aporto dinero. No hay manera de que yo gane.

Quería decir más, pero sabía que no tenía sentido. No sabía si él realmente no entendía o si no quería entender.

Esperó para ver si él decía algo más, pero solo se alejó de ella, así que fue a ver cómo estaban los chicos. Cuando todos estuvieron acostados en la cama, se retiró al sótano. El sofá allí era bastante cómodo. No es que fuera a dormir mucho. Estaba demasiado alterada.

Jaxsen era un gran hombre y un buen padre. Amaba a su familia; se involucraba con los niños. No engañaba y, cuando salía con sus amigos, siempre era en casa de alguno de ellos, donde no pasaban de la tercera ronda de cervezas y gritaban al televisor durante un partido.

Pero había facetas de él que no lograba comprender. Podía ser irracional, especialmente en lo que respectaba a su trabajo y, definitivamente, en cuanto a la herencia. No importaba cómo intentara hacerle ver su punto de vista, que fuera un poco más flexible, él se negaba a entender, dejándola siempre en la posición de tener que ceder. Y no estaba segura de tener algo más que añadir sobre ese tema.

Mientras sacaba una almohada y una manta del armario en el sótano, pensó en la vieja pastelería y se preguntó cuántos vasos sanguíneos le estallarían a él si le hablara de ello. No sería bonito. ¿Qué significaba eso? ¿Que no debía intentarlo? ¿Que debía vivir la vida que él le había asignado? Eso no era lo que ella quería y, en el fondo, no creía que fuera lo que Jaxsen quisiera para ella tampoco. Sin embargo, era como él actuaba y ella realmente no sabía cómo hacerle cambiar o cómo aceptarlo ella misma. ¿De verdad pretendía seguir fingiendo que no deseaba algo más allá de lo que tenía? Amaba a su familia más que a nada, pero ya no era suficiente. Ya no lo era.

Capítulo 8

—¿Sophie Lane?

—Sí —respondió Sophie mientras activaba el altavoz del teléfono móvil para poder hablar y seguir organizando el material de oficina de su escritorio. Los muebles habían llegado hacía un par de días, pero no había tenido tiempo de acomodar su despacho. Había dejado el espacio más grande para dedicarlo a sala de reuniones. Aunque aún no contaban con una mesa de conferencias ni sillas, las tendrían en un futuro no muy lejano. Por ahora, las reuniones se hacían sobre la marcha. Con el tiempo, todo se organizaría mejor, pero hasta entonces, todos tendrían que arreglárselas.

—Soy Jessica, del refugio de animales. Llamo para hacer seguimiento a su solicitud para acoger a una gata embarazada.

—Ah, claro. Hola. —Sophie dejó de guardar bolígrafos y clips y miró su teléfono—. Mi prima me habló de su organización. Hace un par de noches, por impulso, entré en la web y completé el papeleo. Recientemente perdí a mi gata. Tuve a CK durante casi dieciséis años. —Sintió un nudo en la garganta—. Era tan buena... La extraño mucho. No estoy lista para adoptar, pero sí me gustaría ayudar. No sé si me entiende... Necesito tener una gata en mi vida.

—La entiendo perfectamente. Sé muy bien a qué se refiere.

—Nunca he tenido una gata embarazada antes. Preferiría una madre con experiencia que sepa lo que hace.

—Tenemos muchas, no se preocupe. Supongo que ya sabe que, una vez nazcan los gatitos, deberá cuidarlos hasta que estén listos para ser adoptados.

—Sí, puedo hacerlo. Sé cómo socializarlos.

—Perfecto. Agradecemos su ayuda. Es temporada de crías y no tenemos espacio en el refugio para todas las gatas embarazadas que nos traen. ¿Vive en una casa o en un apartamento?

—En una casa. De alquiler. Ya lo consulté con el propietario. Tengo una habitación extra.

—Excelente. Nos pondremos en contacto con usted en unos días para informarle cuándo esperar a su gata madre.

—Lo espero con ilusión.

Cuando colgó, Sophie pensó brevemente en el parto felino y decidió que era mejor esperar y preocuparse en su momento. No tenía mucho tiempo libre esos días como para inquietarse por algo que ni siquiera estaba en el calendario aún.

Terminó de organizar su escritorio, confirmó que su nueva línea fija funcionaba y consideró pasar archivos de su portátil al nuevo ordenador de sobremesa, pero decidió que no era el momento. Se levantó y salió de su despacho, para tropezarse literalmente con Dugan. Estaba parado en medio del pasillo, luciendo tan sexi con unos vaqueros y un suéter azul oscuro.

La fina textura del tejido le indicaba que el suéter no era barato y apostaría a que era suave al tacto. Estaba a punto de estirar la mano hacia él para averiguarlo cuando la pregunta salió de su boca sin pensarlo:

—¿Qué haces aquí?

—Hola a ti también —dijo él, ofreciéndole una suave sonrisa.

—Hola... ¿Qué haces aquí? —repitió ella.

—Quería echar un vistazo. Toda la isla está hablando de lo que tienes montado aquí.

No estaba segura de qué quería decir con eso. ¿Era curiosidad o necesidad? Porque mientras lo primero era aceptable, lo segundo le producía escalofríos, incluso si él olía a jabón sexi y tenía el aspecto de protagonizar su propio calendario.

—¿No hay taichí esta mañana? —preguntó ella.

—Solo en privado.

Era una respuesta completamente normal, entonces, ¿por qué sonaba sugerente?

—¿Quieres que te haga un recorrido? —se ofreció Sophie.

—Me gustaría mucho.

—De acuerdo, aunque no hay mucho que ver.

Ella giró en círculo y luego comenzó a señalar.

—Estas son las oficinas. La mía, una para el gerente de oficina, *marketing*, ventas, el contable.

—Están todas vacías. ¿No funciona mejor un negocio cuando hay empleados?

—El contable empieza el lunes. Y aún no he contratado a nadie para los otros puestos. Las personas que la agencia de empleo envió no eran adecuadas para mí. Además, la parte frontal del negocio no es tan importante como el trabajo real que se hace en el almacén.

—Pero si no tienes un departamento de ventas, entonces no vas a tener pedidos para que el almacén los cumpla.

Ella le dio una palmadita en el brazo.

—Casi todos nuestros pedidos se ordenan *online* a través de la página web.

—Entiendo, pero ¿dónde está tu gente de publicidad digital? Necesitas tener anuncios dirigidos en

Internet. No puedes seguir publicando los mismos cuatro anuncios.

Ella lo miró, preguntándose si había algún tipo de inteligencia detrás de esos hermosos ojos azules.

—¿Cómo sabes eso?

—Escucho cosas.

—Vale, externalizo gran parte de la publicidad. Es más barato y eficiente.

—Eres lo suficientemente grande para tenerlo dentro de la empresa. Así tendrías control total. Ahora mismo estás obteniendo un enfoque más general.

—La empresa que tengo contratada es muy buena. —Tuvo el repentino impulso de decirle que su bonita cabeza no tenía que preocuparse por eso, lo cual era ridículo e insultante para ambos—. En cuanto al gerente de ventas, tengo a alguien en mente. Espero poder traerla para una entrevista en las próximas semanas. Vayamos al verdadero corazón de la organización.

Caminaron hacia el almacén. Había habido una entrega esa mañana. Enormes cajas estaban apiladas en palés. Uno de los chicos de Bear estaba moviendo cosas con la carretilla elevadora. Dugan observó las filas de estanterías y la amplia zona de envío.

Señaló una nota adhesiva de treinta por treinta centímetros en la pared junto a la oficina de Bear.

—¿Qué es eso?

—Dejo notas —dijo Sophie, observando cómo él alternaba la mirada entre el pósit y ella—. Trabajo más tarde que todos los demás y las dejo para que la gente las encuentre por la mañana.

No estaba segura de por qué, pero el comentario de él la hizo sentirse a la defensiva.

—Veo cosas que necesitan ser corregidas o doy una sugerencia para un problema. Siempre uso notas del mismo color para que la gente sepa que son mías.

—¿No crees que el tamaño es revelador?

—Me gusta tener espacio para decir lo que quiero decir.

—Ya veo.

Él caminó hacia las filas de estanterías llenas de productos. Había bolsas de arena para gatos, pilas de todo tipo de comida para gatos: enlatada, liofilizada, seca. Había *snacks*, juguetes de toda variedad, camas, jaulas, transportines, árboles para gatos, golosinas, collares, correas y ropa.

Dugan lo observaba todo. Ella se preguntaba qué estaría pensando. Todo eso debía de ser tan diferente para él; nada que ver con el taichí. En el almacén, la gente se movía con prisa de un lado para otro.

—¿Estáis presentes en alguna tienda? —preguntó él.

—En alguna. Principalmente en las cadenas.

—Compras productos existentes y los renombras como Clandestine Kitty —dijo él señalando la comida enlatada—. Esta es la formulación de alguien más.

—Sí. Tenemos un puñado de productos que hemos formulado nosotros mismos, pero es prohibitivamente caro. Hoy en día hay tantas comidas de alta calidad que no veo el interés de inventar las nuestras.

—Estoy de acuerdo contigo en eso. Algunos productos no tienen suficiente diferenciación como para justificar los costes de investigación y desarrollo. Pero ¿por qué no juguetes originales o camas o algo por el estilo?

Ese hombre no sonaba como un profesor de taichí.

—¿Tienes experiencia en negocios? —preguntó Sophie.

—Algo —respondió él, encogiéndose de hombros—. Me he quedado con algunas cosas de aquí y allá.

Dinero familiar, pensó ella. Aunque él eligiera no trabajar, debía de haber escuchado cosas mientras crecía. Aprendió en la mesa del comedor o quizás fue a la universidad y estudió algo relacionado con los negocios.

—He intentado vender artículos originales —dijo ella—. Tenemos varias telas originales para nuestras camas de gatos. Algunas con el logo de CK y otras que son más bonitas de lo que normalmente está disponible en ese rango de precios. Me gustaría hacer más artículos únicos, pero las personas creativas son muy molestas para trabajar.

—Necesitarás algunas cosas si quieres estar presente en las tiendas caras. Lo que tienes ahora no les interesará.

Algo que ella ya sabía y en lo que estaba trabajando, pero ¿cómo lo había descubierto él?

—¿Investigaste sobre mi empresa?

—Un poco —dijo él con una sonrisa—. Sé buscar muy bien en Internet.

Así que estaba investigando sobre ella. ¿Por qué? ¿Para averiguar cuánto valía? ¿Y si no había heredado dinero? ¿Y si lo había robado de mujeres desprevenidas con las que se había acostado?

Él la estudió.

—Deja de pensar lo que estás pensando.

—¿Cómo sabes que estoy pensando algo?

—Pasaste de estar a la defensiva a tener pánico. No hay necesidad. No estoy aquí para hacerte daño, Sophie.

—No me conoces lo suficiente como para hacerme daño. Además, soy perfectamente capaz de cuidar de mí misma.

—No tengo dudas al respecto —dijo él, mirando alrededor—. Necesitas un director de *marketing*. Podría conocer a alguien.

Ella quería poner los ojos en blanco.

—¿En serio? ¿Es un cliente?

—Un amigo. Elliot Young. Fue vicepresidente

senior en Procter & Gamble, así que supongo que sabe lo que hace.

¿P&G? ¿Un vicepresidente *senior*? De repente, su día parecía mejorar.

—¿Está por la zona?

Dugan asintió.

—Se mudó aquí hace aproximadamente un año, cuando su madre enfermó. Ella falleció y él decidió no volver a lo que había estado haciendo antes. Ha estado buscando en Seattle, pero no ha encontrado el trabajo adecuado. Creo que estaría interesado. ¿Le doy tu número?

—Y mi tarjeta. Me encantaría hablar con él. —Sophie pensó en cómo Dugan y ella se habían conocido—. No va a hacer taichí en la oficina, ¿verdad?

—No creo, pero tal vez debas preguntárselo para estar segura —dijo él, conteniendo la risa.

—Es una pregunta de lo más normal.

—Si tú lo dices.

Ella puso los ojos en blanco.

—Por favor, no me des ninguna charla sobre zen, te lo suplico. No es lo mío.

—¿Y qué es lo tuyo?

—Esto. Industrias CK. El trabajo.

—¿Y qué hay del ocio?

—¿Lo preguntas o me estás invitando a algo? —dijo ella, girándose para mirarlo.

—¿Qué preferirías?

—Ahora estoy trabajando.

—Entonces, preguntando.

Ella se quedó pensando su respuesta unos segundos.

—Supongo que todo eso del equilibrio entre el trabajo y la vida personal es importante, pero también lo es mi empresa. No tengo miedo de decir que soy ambiciosa. Industrias CK duplicó sus ventas cada año durante los primeros cinco años y desde entonces nuestro año más lento ha sido un crecimiento del diez por ciento. Hay tantos mercados por explorar y estoy más emocionada por lo que puede suceder aquí que por cualquier otra cosa.

Sus ojos azules parecían querer mirar en su interior.

—¿Y cuando llegas a casa? ¿No quieres algo más?

—¿Te refieres a un hombre? No lo sé. Estuve casada. No salió bien y, una vez que nos divorciamos, nunca lo extrañé. No quiero pasar por eso otra vez.

—No tienes que estar casada para ser parte de algo.

—Te sorprendería saber cuántos hombres no creen eso.

—¿Y qué hay de los niños? —preguntó él.

—Me gustan mucho los niños. Desde la distancia. Nunca los he querido para mí —confesó agitando la mano—. Este negocio es mi hijo. Este es mi legado y, por favor, no intentes decirme que no sé lo que me pierdo.

—Sophie, has creado una exitosa empresa multimillonaria desde cero, prácticamente tú sola. Eres lo suficientemente mayor para saber lo que importa. Si no quieres hijos, esa es tu decisión.

—Desconfío de tu aceptación. La mayoría de los hombres intentan convencerme de que no me sentiré totalmente llena si no tengo hijos.

—No estoy tratando de hacer eso. Solo me pregunto si eres feliz. Dejando de lado los pósits gigantes.

—¿Quién es feliz? ¿Qué es la felicidad? Eso es volverte zen, ¿no? Ya hablamos de eso.

—Cierto. Vale, ¿qué te parece esto? Ven a mi casa a las siete. Cenaremos y luego te haré temblar de todas las formas posibles.

A ella le gustó la idea.

—Estamos hablando de sexo, ¿verdad? Porque no me interesa mucho ver tu colección de vasos de chupito.

—No tengo una colección de vasos de chupito. Y sí, hablo de sexo.

—Es una invitación bastante directa.

—Pensé que apreciarías que fuera al grano. Ahorrando tiempo y todo eso.

—Lo aprecio, sí. ¿Me dirás tu apellido?

Él sonrió.

—Después del sexo. Será algo que podrás esperar con ansias.

—Preferiría esperar con ansias el orgasmo. Sin ofender...

—No hay problema.

Al quinto día de Heather en el almacén de Industrias CK, la habían trasladado al control de inventario, donde aprendió a confirmar que lo que se entregaba era lo que se había pedido. Disfrutaba aprendiendo algo nuevo y encontraba todos los productos de CK interesantes. Ahora, mientras revisaba el trabajo que había hecho combinando el logo de CK con fotos de gatos de archivo, se preguntaba si había una forma de expandir lo que Sophie vendía.

Ella eligió una imagen y la importó a su programa de diseño de patrones de colchas. Una vez hecho eso, amplió la foto. Tenía problemas con la transferencia, pensó.

El programa era muy literal, superponiendo una cuadrícula sobre la imagen y asignando a cada cuadrado de la cuadrícula un valor de color. El tamaño de la cuadrícula, y por lo tanto de los cuadrados de la colcha, podía ser grande o pequeño. Cuanto más pequeña la cuadrícula, más detallada la imagen y más complicada la colcha.

Convertir algo como un diseño simple en una colcha era relativamente fácil, pero cuanto más compleja era la imagen o patrón original, más difícil resultaba. Heather tendría que trabajar en las sombras para hacer reconocible al gato. También estaba

el asunto de hacer la colcha. Ofrecer colchas personalizadas era posible, pero sabía que el coste sería muy
alto y fuera del alcance de la mayoría de las personas.
Pero un kit era algo diferente. El programa que usaba
generaba un patrón. Luego era solo cuestión de tener
el número correcto de cuadrados para los diferentes
colores de tela para incluir en el kit. Seguiría siendo
caro, pero no prohibitivo.

O eso creía ella. Heather no tenía experiencia en
crear kits para acolchados. Había utilizado el programa para hacer algunos patrones. Le gustaba acolchar.
Era algo que había hecho con su madre cuando era
joven. Tomaban retazos de tela y creaban algo bonito.
No podía recordar cuándo habían dejado de hacerlo
juntas, pero había sido hacía mucho. En los últimos
tiempos, Heather no tenía tiempo para hacer casi
nada más que trabajar. Pero algún día, pensó con anhelo, algún día le gustaría tener una habitación solo
para hacer colchas, con estanterías llenas de telas
preciosas. Y un perro. Se rio para sí misma, haciendo
una nota mental de no mencionar nunca nada de tener un perro a Sophie. Estaba segura de que la dueña
de Clandestine Kitty no lo aprobaría.

Capítulo 9

Kristine lanzó besos al todoterreno que se alejaba.

—¡Adiós! Os extrañaré.

Los tres chicos tenían sus brazos fuera de las ventanas mientras le decían adiós. No hubo despedida de Jaxsen. Aún no hablaban mucho. No era ninguna sorpresa, dada su última pelea. Hacía dos días, él le había preguntado si estaba lista para dejar de ser egoísta y ella le había respondido que era un imbécil.

Se dijo a sí misma que las cosas mejorarían cuando volvieran a casa. Una semana era mucho tiempo para estar separados. Se extrañarían y eso ayudaría a la situación. No es que alguno de los dos estuviera dispuesto a ceder en el tema, pensó mientras se subía a su coche y se dirigía al paseo marítimo. No iba a permitir que Jaxsen gastara su herencia en una caravana y él parecía no querer entender por qué ella quería guardar el dinero para sí misma. Mejor pensaría en ese problema en otro momento, se dijo.

Encontró un lugar para estacionar en el extremo más lejano del aparcamiento. Water's Edge Park tenía vistas a Blackberry Bay. Docenas de barcos estaban amarrados en la marina, y aún más estaban en el Sound.

Era un hermoso sábado por la mañana y no había querido perderse el auge de ventas que siempre llegaba cuando las salas de degustación abrían. Normalmente, ella misma habría atendido el carrito, pero había querido despedirse de los chicos, así que había pedido ayuda a Amber. Habría preferido dejar a Heather a cargo, pero a esas horas estaba trabajando en la bodega y no estaba disponible.

—¡Por fin! —dijo Amber cuando vio a Kristine—. Esto ha estado muy concurrido. No me dijiste que sería tan ajetreado. Además, el lector de tarjetas no está funcionando bien.

Kristine echó un vistazo al pequeño cuadrado adjunto a un teléfono celular y vio que la pantalla estaba en blanco. Cuando presionó el botón de inicio, no pasó nada. Pulsó un botón en la parte superior y el teléfono cobró vida.

—Amber, el teléfono tiene que estar encendido.

—Eso tampoco me lo dijiste.

Kristine apretó los labios, diciéndose a sí misma que no debía entrar en discusiones. No valía la pena. Aun así, no pudo evitar decir:

—Como pasa con todos los aparatos, si quieres que funcionen, tienes que asegurarte de que estén encendidos.

—¿Puedo irme ya? —preguntó Amber tras un suspiro.

—Sí. Muchas gracias por tu ayuda.

—He estado aquí dos horas —dijo Amber extendiendo la mano—. Pero tuve que venir desde mi casa hasta aquí, así que deberías pagarme por tres.

Kristine estaba segura de que Amber se habría comido casi una hora de salario en galletas, pero, de nuevo, no era un tema que valiera la pena discutir. Así que le entregó cuarenta y cinco dólares.

—¿No me vas a dar algunas galletas? —preguntó Amber, guardando el dinero en el bolsillo de sus vaqueros.

—¿No has comido ya varias?

—Está bien. Quédate con tus estúpidas galletas. Dios mío, no querrías separarte de una sola. No son oro, ¿sabes?

La diatriba era familiar. Kristine esperó pacientemente, sabiendo que Amber se acabaría calmando. Antes de que eso sucediera, un coche se estacionó y dos parejas salieron y se dirigieron hacia el carrito.

—¡Ahí estás! —dijo una mujer entre risas—. Te hemos estado buscando toda la mañana. Nos dijeron que estarías en el hostal, pero no estabas y le dije a Ralph que no me iría de la isla sin tus galletas.

—Pues aquí estoy —respondió Kristine alegremente.

El hombre a su lado sacó su cartera.

—Sería genial que hicieras envíos de tus galletas. Me haría la vida más fácil.

—Estoy trabajando en ello —dijo Kristine, esperando que eso fuera verdad y no solo un pensamiento optimista de su parte.

—Me voy —anunció Amber.

—Gracias —dijo Kristine, y luego se volvió hacia sus clientes de nuevo—. ¿Qué les apetece hoy?

Les vendió tres docenas de galletas y pasó la siguiente hora vendiendo el resto de su *stock*. A las once, el carrito ya estaba vacío. Lo enganchó a su todoterreno y lo remolcó de vuelta a su casa. Pasó una hora reorganizando el congelador en el sótano para maximizar el espacio de almacenamiento. Ruth iba a permitirle usar su congelador extra también. Kristine planeaba estar en Costco a primera hora de la mañana para comprar más ingredientes. Luego comenzaría la gran hornada de vacaciones de primavera. Pero primero...

A las doce y media en punto, Kristine aparcó frente a lo que había sido la pastelería Blackberry Island. La gran ventana delantera estaba sucia, pero eso era fácil de solucionar. Le gustaba cómo estaba ubicado el espacio en una calle relativamente concurrida.

Había mucho aparcamiento y tráfico peatonal. Había dos salas de degustación al otro lado de la calle y un par de lugares para desayunar más abajo. La ubicación era inmejorable.

Un coche se detuvo detrás de ella y una mujer bien vestida se bajó. Stacey Creasey se encargaba de la mayoría de los arrendamientos comerciales en la isla.

—Me sorprendió recibir tu llamada —dijo Stacey—. ¿Tu negocio de carritos se está expandiendo?

Kristine asintió.

—Ya vendo a las salas de degustación y las bodegas, además del carrito. Se está volviendo un poco demasiado para mi cocina.

Stacey asintió.

—Entiendo. Vamos a ver el interior.

Desbloqueó la puerta delantera, la abrió y se hizo a un lado para que Kristine entrara primero. El estómago de Kristine se revolvió, ya fuera por la emoción o el terror, no podía decirlo. Se dijo a sí misma que solo estaba mirando, no firmando nada, y que debía mantener la mente abierta. Entonces cruzó el umbral y observó el local.

La gran ventana delantera dejaba entrar mucha luz. Había una amplia zona abierta que en su día había estado llena de mesas y sillas. Un mostrador separaba el área de comedor del espacio de trabajo que habían utilizado los camareros. Detrás estaba la cocina.

Kristine miró a su alrededor y se dio cuenta de que no estaba segura de lo que buscaba. Metros cuadrados, supuso. ¿Era suficiente para sus propósitos? Además, ¿qué reformas tendría que hacer? Quería una vitrina y tal vez un par de mesas y sillas de bistró, pero en su modelo de negocio quería que los clientes más bien acudieran, hicieran una compra y luego se fueran. No necesitaba todo ese espacio al frente de la tienda. Necesitaría un mostrador, y era posible que el que ya había en el local fuera suficiente si lo movía más cerca de la ventana.

Se dirigió a la cocina. Los grandes hornos industriales seguían en su lugar y había kilómetros de espacio en el mostrador y mucho almacenamiento. Tendría espacio para hornear y para instalar una zona de envío. El inquilino anterior no había modificado demasiado la cocina original de la pastelería. Una enorme nevera ocupaba el espacio vacío donde antes había estado la cocina empotrada.

—¿Funciona?

—Se supone que sí. Si estás interesada, hablaré con el propietario para asegurarme —dijo Stacey con confianza.

Kristine asintió y sacó su teléfono para empezar a tomar fotos. Había llevado una cinta métrica y papel para hacer anotaciones detalladas. Si los hornos funcionaban, no tendría que comprarlos y eso representaría un ahorro importante. Utilizaría las encimeras y la zona de almacenaje ya existentes, así como la nevera que ya estaba en el local. Necesitaría una cocina, y ya sabía de un par de ellas de segunda mano en venta en Seattle.

Observó que también había una pequeña oficina y dos baños en la parte trasera y tomó fotos de todo, luego regresó al frente de la tienda. Allí sería donde tendría que hacer la mayoría de las modificaciones, pensó. Reemplazar el suelo, pintar de nuevo, mover el mostrador hacia delante y poner una vitrina. Había visto un par de ellas en venta y tendría que revisarlas para ver si servirían. Su idea era decantarse por artículos usados, pero que fueran de buena calidad. Trabajaría con un presupuesto muy ajustado.

—¿Qué opina Jaxsen de todo esto? —preguntó Stacey—. ¿Está emocionado?

El inconveniente de la vida en la isla, pensó Kristine. Todos conocían los asuntos de los demás.

—Todavía estamos trabajando en los números —respondió, lo cual era casi cierto. Ella estaba calculando los números y él no sabía nada de sus planes. Había mencionado un par de veces que el espacio estaba disponible, pero dudaba que él hubiera prestado suficiente atención como para pensar que podría estar hablando en serio.

—¿Cuánto es el alquiler? —preguntó, cruzando mentalmente los dedos para que no fuera demasiado.

—Está el precio de tres años y el de cinco —dijo Stacey, sacando una hoja de papel de su bolso y pasándosela—. Serías responsable de tus propios servicios, por supuesto. Se requiere comprobante de seguro. La lista de todo lo que está incluido está ahí.

Kristine pensó en qué más debería preguntar.

—¿Y el estacionamiento?

—Tienes tres plazas designadas en la parte trasera.

—Este sería mi negocio —dijo de la forma más casual que pudo—. El contrato de arrendamiento iría a mi nombre.

Stacey asintió.

—Así lo supuse. Jaxsen está ocupado con su propia carrera.

Bien, no sería necesario que él firmara el contrato de arrendamiento. Eso era un alivio. No es que esperara eso en estos tiempos, pero, de todas formas, era bueno saberlo.

Kristine echó un último vistazo.

—Gracias por mostrármelo. Necesito revisar los números y mi presupuesto. Me pondré en contacto contigo.

—No hay problema. Debo decirte que hay otras seis personas interesadas, pero ya sabes cómo son las cosas en la isla. No nos apresuramos.

Salieron al exterior. Kristine le dio las gracias y se fue a su coche, donde se quedó sentada durante mucho tiempo mientras las posibilidades giraban en su cabeza.

¿Podría hacerlo? ¿Estaba dispuesta a correr el riesgo? Siempre había dicho que su sueño era tener una tienda y no iba a encontrar nada mejor en la isla. El pago del alquiler la hizo tragar saliva, pero era algo inevitable.

Heather decidió que haría lo que había dicho. Haría los cálculos. Contactaría a Jerry, el contratista que había trabajado para ellos antes, para que le hiciera un presupuesto. Y haría una investigación sobre cómo enviar galletas y *brownies*. Tenía que haber vídeos en YouTube, junto con información de la oficina de Correos sobre las tarifas de envío. Una vez armada con toda la información, podría tomar una decisión. En cuanto a Jaxsen y su opinión sobre todo el asunto, bueno, se ocuparía de eso si llegaba a tanto. Quizás él la sorprendiera. Tal vez se mostrara emocionado y quisiera ayudarla. Aunque, probablemente, pensó mientras conducía a casa, lo que haría sería poner a prueba su matrimonio como nunca antes.

Heather miró el importe de la factura del cable y se dijo a sí misma que no debía entrar en pánico. Siempre cobraban la misma cantidad, pero ese mes era casi cien dólares más cara. Revisó la factura anterior y vio que el importe de pago había sido el de siempre. Entonces, ¿qué había pasado? No había recibido ningún aviso de aumento de tarifa; además, no la subirían tanto, ¿verdad?

Hizo clic en el botón para obtener más detalles y revisó la factura, página por página. En la página tres vio de dónde provenían los cargos adicionales. El susto se transformó en ira mientras agarraba su portátil y caminaba hacia la sala de estar.

Era temprano por la tarde y su madre estaba sentada donde siempre, en el sofá, frente al televisor. Había una revista abierta en su regazo, aunque su atención estaba en el programa de telerrealidad que se emitía en la pantalla. Porque Amber no hacía nada por las tardes. No pagaba facturas, ni lavaba ropa, ni limpiaba. Nada. No, ella se relajaba después de su duro día. Eso era lo que decía. Necesitaba relajarse. ¿A quién le importaba que su hija estuviera trabajando a tiempo completo en CK, los fines de semana en las bodegas y cuidando niños tres o cuatro noches a la semana? No, Amber no se preocupaba por eso en absoluto.

—Mamá, necesito hablar contigo —dijo Heather mientras silenciaba el televisor.

Su madre la miró con enfado.

—Estaba viendo eso. ¿Qué es lo que no puede esperar a los anuncios?

Heather se sentó frente a ella.

—Acabo de recibir la factura del cable.

Su madre la miró sin expresión.

—¿Y? —dijo su madre, mirándola con cara inexpresiva.

—Es cien dólares más cara de lo habitual. Cien dólares, todos en películas de pago por visión. ¿Cuántas viste?

La madre se acomodó en su asiento.

—No fui yo.

—Claro que fuiste tú. Yo no lo hice. Estoy trabajando todo el tiempo.

—Bueno, ¿qué esperabas? Estaba de baja por enfermedad. Estaba herida. Tenía que hacer algo. —Las lágrimas llenaron sus ojos—. Tenía tanto dolor. No puedo creer que me reproches un poco de consuelo.

—Mamá, tenemos cuatrocientos canales en nuestra televisión. Tenemos todos los *premium* porque insistes en que los tengamos. ¿No podías encontrar películas para ver ahí? Son cien dólares. No tengo cien dólares extra. Primero el coche y ahora esto. No puedo más.

—¿Me estás echando en cara lo del coche? ¿Qué querías, que fuera caminando a todas partes? Quieres que sufra, ¿verdad? Te gusta cuando estoy dolorida y encerrada en esta casa sin nada.

Heather recordó cuando tenía casi ocho años y su madre conoció a un hombre. George había sido divertido y dulce, un tipo realmente bueno. Y lo más importante para ella, se había mostrado emocionado por ser su padrastro. Había hecho cosas con ella, como llevarla a montar a caballo y a pescar. Él no hablaba mucho, pero había sido una presencia cálida y reconfortante en sus vidas.

Aunque eso no duró mucho. En cuanto se casaron, Amber dejó su trabajo. Ella se quedaba en casa, haciendo quién sabe qué, mientras George se iba a trabajar y Heather a la escuela. Su madre jamás se había ocupado de la casa ni cocinado. De las peleas que Heather había escuchado, él se había quejado de que no se había casado con ella para cuidarla mientras ella no hacía nada. Amber había dicho que él era irrazonable y malo. La relación había ido cuesta abajo y, un año después de la boda, George ya se había ido.

Heather pensó en él y esperó que fuera feliz, dondequiera que estuviera. Amber no había parado de quejarse de él después de que se fuera, pero Heather lo había extrañado mucho. Ahora miraba a su madre y sabía que nada había cambiado. Ella nunca asumiría la responsabilidad de nada porque creía que todo se le debía. Eso no era ninguna novedad. El problema era que Heather no podía evitar creer que tenía que cuidarla. Que, sin ella, Amber no sobreviviría.

La frustración de la trampa y el conocimiento de que no tenía idea de cómo liberarse la hicieron menos cautelosa de lo habitual.

—Hay un océano entero entre querer que sufras y pedirte que respetes el hecho de que yo pago todo en esta casa. Todo recae sobre mí. Tengo veinte años,

mamá, y he estado manteniéndonos desde que tenía
dieciséis. —En ese momento, se dio cuenta de que no
importaba. Sabía que no iba a ganar la pelea. Estaba
exhausta—. No tengo dinero... No tengo ahorros. Ya no.

—Sigues echándome eso en cara.

—¿Por qué no aportaste nada? ¿Qué hay de tus mil
dólares? Que, por cierto, se supone que todavía tienes.

—Está bien —replicó Amber, acercándose a su
bolso y sacando su cartera—. ¿Quieres mi dinero? Tó-
malo. —Arrojó dos billetes de veinte dólares al suelo—. Quizás deberíamos empezar a llevar la cuenta
de la comida que como. Esta mañana le puse mantequilla a mi tostada, Heather. ¿Quieres un billete extra
por eso?

—Mamá, no seas así. No ayuda. Estoy tratando de
explicarte que ya no puedo con todo.

La expresión de su madre se endureció.

—Heather, puedes irte cuando quieras. Nada te
retiene aquí.

Su hija la miró y luego a la puerta principal. «Si
pudiera hacerlo...», pensó. En lugar de eso, dijo:

—Desearía que fuera verdad, mamá. No tienes
idea de cuánto.

—Aquí tienes toda la información y el número de
emergencia —dijo la amable señora del refugio—. Una
vez que nazcan los gatitos, uno de los veterinarios pasará para asegurarse de que todo esté bien. Traerás a
toda la familia, según el calendario previsto. Tenemos
comida, arena y una gata que ha tenido varias cama-
das. Así que te llevas a una madre con experiencia.

Sophie pensó que todo eso era culpa de Kristine
mientras intentaba parecer interesada en lo que le
decían en lugar de totalmente aterrorizada. Hacerse
cargo de una gata para volver a tener un animal en su

vida sin tener que comprometerse emocionalmente había sonado tan sensato. Fácil, incluso. Pero ahora, ante la realidad del parto felino en su casa alquilada, no estaba segura de poder hacerlo. No es que fuera responsable del parto en sí, pero ¿y si algo salía mal?

—Todo irá bien —añadió la mujer.

Sophie asintió, porque acurrucarse en posición fetal y gemir no daba muy buena impresión a nadie. Además, había otra familia recibiendo un gato de acogida y todos escuchaban con atención, con aparente tranquilidad con todo el proceso.

—¿Vamos a conocer a las mamás gatas? —preguntó la mujer.

—No podemos esperar —dijo la otra madre de acogida—. Va a ser una experiencia maravillosa para nosotros y nuestros hijos. Es el ciclo de la vida.

Lo cual sonaba muy racional y normal. Sophie se quedó sintiéndose confundida, sabiendo que su experiencia con cualquier tipo de gestación se limitaba al moho que crecía en el queso dejado demasiado tiempo en la nevera.

La trabajadora del refugio las dejó por un segundo. La otra familia conversaba entre ellos mientras Sophie resistía la necesidad de pasearse inquieta y huir. Pero antes de que pudiera lanzarse hacia la puerta, la trabajadora regresó con un transportín en cada mano.

—Aquí tienen.

Puso un transportín frente a Sophie y caminó hacia la otra familia para entregarles el suyo. Sophie miró en el interior y vio a una gata blanca de pelo corto con ojos amarillos. Le faltaba parte de una oreja y tenía una cicatriz en una mejilla. Parecía cansada y malhumorada, y cuando miró a Sophie su expresión era a la vez cansada y sin esperanza.

Sophie tomó los papeles y echó un vistazo al nombre de la gata.

—¿Lily? —murmuró—. Hola. Soy Sophie. Vas a quedarte conmigo por un tiempo.

Tomó el transportín y sus papeles y se dirigió hacia la puerta. Un voluntario la siguió para cargar comida y arena en el coche. Una vez cerradas las puertas y encendido el motor, Lily comenzó a aullar a un volumen ensordecedor.

—Lo sé, pequeña —dijo Sophie por encima de los chillidos—. Es aterrador estar en un transportín, y no saber qué va a pasar solo lo empeora. Pero yo cuidaré bien de ti.

Lily no se mostró impresionada y continuó aullando durante todo el trayecto de treinta minutos de regreso a la isla y a la casa alquilada de Sophie. Al llegar, primero llevó a la gata adentro, luego todos los suministros. Lo primero que hizo fue verter arena en la caja que había comprado el día anterior, cerró la puerta del dormitorio y abrió el transportín.

Lily se quedó dentro y bufó.

—¿En serio? —preguntó Sophie, sentándose con las piernas cruzadas en el suelo—. ¿Qué hay del hecho de que hice todo esto por ti?

La habitación no era muy grande, pero tenía una ventana amplia y mucha luz, al menos cuando estaba soleado. El alféizar era lo suficientemente ancho como para que Lily pudiera sentarse y mirar hacia afuera. Dugan había pasado hacía un par de días para ayudarla a vaciar la habitación. También habían tenido relaciones sexuales, pero el propósito real había sido preparar la habitación para la gata. Después de sacar la cama, la cómoda y las mesitas de noche, habían colocado un cómodo sillón que había encontrado en una tienda de segunda mano para que la futura mamá gata tuviera un lugar donde escapar de los gatitos. Había un nuevo rascador, un dispensador de comida y, lo más importante, una caja resistente colocada de lado. Había investigado un poco en Internet, así que había puesto una capa gruesa de periódicos y encima empapadores para cachorros. Sobre eso había varias mantas y toallas viejas. Había comprado suficientes de cada en la tienda de segunda mano. Una vez que nacieran los gatitos, pondría la caja de pie y cortaría un lado para que Lily pudiera saltar fácilmente mientras los gatitos quedaban retenidos.

—Tengo juguetes para ti, pero probablemente sea demasiado pronto. ¿Te diste cuenta de que puse la caja de arena en el armario? Dugan quitó la puerta, así que no se cerrará accidentalmente. Creo que él te gustará. Es un tipo interesante. Enseña taichí, lo cual es raro. Y tiene dinero, eso seguro. Creo que lo heredó o algo así —susurró bajando la voz—. Entre tú y yo, es más guapo que inteligente, pero intenta ayudarme con el negocio, cosa que aprecio. —Se detuvo un segundo—. Bueno, en realidad no, pero sé que lo está intentando. Me dio el nombre de un chico de *marketing*. Me reuniré con él esta tarde. Espero que acepte el trabajo.

Lily salió cautelosamente de su transportín. Sophie se quedó quieta, sabiendo que el animal era quien debía dar el primer paso.

—He tenido una gata antes, para que lo sepas. CK era una gatita pequeñita cuando se vino a vivir conmigo —dijo con la garganta apretada—. La quería mucho. Murió. Fue muy triste....

Lily se acercó con cautela y la olisqueó, luego comenzó a explorar la habitación.

—La esterilicé, así que nunca tuvo gatitos. Además, era una gata de interior. Así que tú vas a ser mi primera gata embarazada. Realmente espero que sepas lo que haces porque no tengo ni idea y no me da vergüenza decirte que estoy bastante nerviosa con todo esto. No soy muy maternal. Quisiera serlo. —Hizo una pausa—. Bueno, no estoy segura de querer serlo, pero creo que el mundo espera que sí lo sea, porque soy mujer.

Lily olfateó la caja preparada para el parto, pero no entró. También ignoró el agua y la caja de arena. Después de saltar al alféizar de la ventana, miró a Sophie.

—Las nuevas relaciones son difíciles —le dijo Sophie—. Lo entiendo. Es difícil confiar en las personas. Mi madre siempre me decía que tuviera cuidado, que la gente me rompería el corazón, y tenía razón. —Hizo otra pausa, sin saber qué más compartir—. Estuve casada. No salió bien. Nos conocimos en la universidad. Éramos demasiado jóvenes y queríamos cosas diferentes.

Mark no había entendido su ambición y ella no había estado dispuesta a cambiar para hacerlo feliz.

—Es que el trabajo es seguro, ¿sabes? Me encanta, se me da bien y nunca tengo que preocuparme de que me vaya a defraudar. Puedo perderme en él y ser feliz. Tratar con la gente es más complicado y no se me da bien.

Lily la observaba sin parpadear. Sophie estaba a punto de acercarse a ella cuando pasó un coche. La gata se metió de nuevo en su transportín. Sophie se inclinó y enganchó la puerta para que quedara abierta y no atrapara a Lily dentro, luego se puso de pie.

—Voy a ponerme a trabajar. Volveré más tarde para ver cómo estás. Espero que puedas relajarte y sentirte segura aquí. Puede que no sepa nada sobre partos de gata, pero soy una madre gatuna bastante buena y prometo cuidarte. —Se quedó mirándola en silencio unos segundos—. Sé lo que es estar completamente sola, Lily. Y ya no lo estás. Estaré a tu lado.

Capítulo 10

Ya en la oficina, Sophie se puso al día con lo que se había perdido mientras había estado en el refugio y acomodando a Lily. Bear le presentó a un par de personas más que había contratado para el almacén y le recordó que las cosas irían mucho más rápido si se ocupaba de contratar a personal de oficina.

—Hoy tengo una entrevista con alguien para el puesto de jefe de *marketing*.

—Genial. ¿Y qué hay del gerente de oficina? —Bear miró alrededor y bajó la voz—: Por cierto, no estoy seguro de que Amber encaje muy bien para contestar a las llamadas. Parece que no quiere hacerlo.

Sophie suspiró. Temía que fuera a ser difícil. No, se corrigió para sí misma. No temía, estaba segura de que lo sería. Pero ella había sido quien le había dado el trabajo a Amber, así que la culpa era suya.

—Gracias por avisarme. Estaré pendiente de ella.

—¿Junto con los otros cuarenta y siete trabajos que ya estás haciendo?

Antes de que pudiera decidir cómo responder a eso, un hombre alto y de aspecto distinguido entró en el almacén. Tenía la piel y los ojos oscuros y algunas canas en las sienes. Su traje parecía hecho a medida y sus zapatos eran mucho más bonitos que los de ella.

—Creo que mi cita de las dos y media ha llegado —anunció Sophie.

—Intenta no asustar a este.

—Yo no hago eso...

—Claro que sí.

Sophie ignoró el comentario y se dirigió hacia el hombre del traje.

—¿Elliot Young? Soy Sophie Lane.

—Encantado de conocerte, Sophie Lane —dijo él, extendiendo la mano para saludarla, luego miró alrededor—. Así que aquí es donde sucede el espectáculo.

Había algo en su tono que hizo que ella se preguntara si estaba siendo sincero o sarcástico.

—Has logrado mucho en poco tiempo —añadió él.

—Todo lo que había en California se destruyó en un incendio. No tuve muchas opciones. ¿Vamos a mi oficina?

Una vez que él se sentó junto a su escritorio, ella cerró la puerta y se acomodó en su silla. Abrió el archivo que había preparado la noche anterior. Había impreso su currículum, junto con un par de entrevistas que había encontrado en Internet, pero antes de que pudiera comenzar con sus preguntas, él ya estaba hablando:

—Básicamente, tu modelo de negocio es como la marca propia de una tienda de comestibles. Compras a grandes fabricantes y reempaquetas el producto para venderlo como propio.

—No es exactamente así —contestó ella, haciendo un esfuerzo por no sonar a la defensiva, aunque se sintiera bastante a la defensiva—. Vendemos a un mercado más exclusivo.

—Quieres vender a un mercado de lujo, pero no llegas a hacerlo, ¿verdad? Tu presencia en Internet es decente, pero hay algunas lagunas en tu *marketing*. Supongo que actualmente estás subcontratando tu publicidad digital. —Elliot se puso unas gafas de leer y sacó un bloc de notas de su maletín—. Me tomé la libertad de investigar un poco sobre tu empresa. Espero que no te importe.

—Por supuesto que no.

Él se quedó en silencio unos segundos leyendo sus anotaciones, luego continuó hablando:

—Veo lo que intentas hacer, pero no das en el blanco. Vendes bien en los grandes minoristas, pero te estás perdiendo un flujo de distribución en *boutiques* muy importante. No eres lo suficientemente barata para competir con las marcas propias y tampoco lo suficientemente distintivo para justificar precios más altos y, por lo tanto, márgenes mayores. No eres ni chicha ni limonada. —Pasó una página y volvió a mirar sus notas unos segundos—. El sitio web funciona. Eso es algo. Pero le falta un punto de vista. No has decidido quién es tu cliente ideal, así que no estás enfocando las ventas. —La miró por encima de sus gafas y dijo—: Deberías tener una empresa de *marketing* contratada para recibir retroalimentación constante de grupos focales. Lo que el dueño de un gato quiere para una cama de mascota hoy no es lo que querrá en seis meses. ¿Y qué hay del *branding* de color?

Sophie parpadeó.

—¿Perdón?

—La decoración de interiores siempre está de moda, pero ahora mismo está especialmente candente. Los colores cambian. ¿Por qué no vendes artículos de decoración de interiores de lujo basados en gatos y en los colores actuales? Si lo que vendes sigue las tendencias actuales, entonces, cuando las tendencias cambien, un porcentaje importante de tus clientes querrá algo nuevo.

Él se quitó las gafas y la miró fijamente.

—¿A quién tienes trabajando en ventas?

Ella todavía estaba absorta con la idea de las camas de gatos como decoración de hogar.

—Yo, eh..., no tengo a nadie en este momento. Estoy entrevistando a un par de personas y a una candidata de ensueño. Maggie Heredia. Estoy trabajando para concertar una entrevista con ella.

La expresión de Elliot se tornó compasiva.

—Quizás debas buscar a otro candidato. —Movió la mano hacia las oficinas vacías—. No estoy seguro de que este sea su estilo.

Sophie se crispó.

—Es una oportunidad única en la vida.

—Podría serlo. —Él volvió a mirar a su alrededor—. Con algo de trabajo...

—Sabes que hubo un incendio, ¿verdad? El negocio se quemó hasta los cimientos. Literalmente. Nadie que trabajaba para mí allí quiso mudarse aquí, así que vine sola. La empresa ni siquiera lleva un mes en funcionamiento en la isla. En mi opinión, creo que esto es casi un milagro.

—Te pones a la defensiva. —Elliot sonó más intrigado que crítico—. No me lo esperaba. ¿Hay alguna otra pregunta que quieras hacerme?

—¿Qué?

—Para la entrevista. ¿Qué querías preguntarme? —dijo agitando la cabeza hacia la carpeta que Sophie tenía frente a ella—. Tienes mi currículum. Aquí tienes algunas referencias adicionales. —Le pasó una hoja de papel.

Echó un vistazo a los nombres y vio que había tres directores ejecutivos de empresas de la lista *Fortune 500*.

—Me estás tomando el pelo, ¿verdad? —preguntó, sabiendo que no era así.

Elliot solo sonrió.

Ella reflexionó sobre todo lo que él había dicho. Y tenía razón. No importaba cuántas horas trabajara, nunca se ponía al día. Podía hacerlo todo, pero no podía hacerlo a tiempo. Ni siquiera cerca de estar a tiempo.

—Me gustaría ofrecerte el trabajo.

—Excelente. Prepárame una oferta para mañana. Mientras tanto, iré empezando. —Miró a su alrededor, hacia todas las oficinas vacías—. Supongo que puedo elegir la que quiera, ¿verdad?

—La que te haga feliz.

—Las revisaré. También querré contratar a mi propio personal.

—¿Quieres personal?

Él se quedó pensando un momento.

—Dos personas para empezar. Puede que tarde un poco en encontrar a las adecuadas, pero una vez que tenga mi equipo formado, vamos a impresionarte.

Ella se quedó pensando en la palabra «equipo».

—Sabes que esta es una empresa relativamente pequeña, ¿no? ¿Realmente necesitas un equipo?

—¿Quieres hacer tú mi trabajo o prefieres que lo haga yo? —dijo él, con mirada firme.

—¿Tengo que elegir? —preguntó ella. Él no respondió—. Está bien. Haz tú tu trabajo.

Elliot sonrió.

—Probablemente sea lo mejor.

—Podríamos haber pedido comida para llevar —dijo Sophie de manera casual mientras se sentaba a la mesa de la cocina de su casa alquilada.

—Sabía que estarías cansada de la comida para llevar.

—Aunque es un detalle muy considerado de tu parte, ¿no estás cansada de cocinar?

Kristine negó con la cabeza.

—He estado sola durante una semana. No he cocinado nada para mí.

Había horneado un montón de galletas y *brownies*, pero eso era diferente. Ahora observaba el salmón mientras chisporroteaba en la sartén. «Menos de un minuto», pensó, viendo cambiar el color en el lado del trozo de pescado. Subió el fuego bajo la olla de agua que había puesto a hervir antes de empezar con el pescado, y luego echó la pasta fresca que tenía preparada. Tras darle una rápida vuelta, volteó el pescado para que la piel quedara hacia arriba, revolvió la pasta de nuevo y miró a su prima.

—Podrías servir el vino.

—¿Eso es una forma educada de decir que haga algo útil?

—Lo es. Además, te tocará a ti limpiar el desorden.

—Eso es más que justo.

Kristine apagó el fuego bajo el salmón unos treinta segundos antes de que el pescado estuviera listo. Escurrió rápidamente la pasta y luego la puso en una sartén precalentada y vertió la salsa pesto que había hecho esa tarde. Después de colocar la sartén en un quemador, emplató el pescado, añadió una ramita de eneldo fresco y puso los platos en la mesa. Regresó a la cocina, dio un par de vueltas a la pasta y luego la vertió en una fuente para servir que había traído consigo y la llevó a la mesa también.

Se sentaron una frente a la otra. Sophie levantó su copa.

—Invitarte a cenar ha sido la mejor decisión que he tomado hoy.

Kristine rio.

—Siento lo mismo. Además, agradezco la oportunidad de comer pesto. A los niños no les gusta y a Jaxsen no le importa, así que nunca tengo la oportunidad de disfrutarlo.

Sophie enrolló la pasta en su tenedor y dio un bocado.

—Mmm... Eres una cocinera increíble.

—Gracias. Prueba el pescado. También está increíble.

—Modesta, ¿eh?

—Sé cómo freír salmón en una sartén. Puedo estar orgullosa de lo que hago bien.

—Tienes razón. Lo siento.

Se oyó un maullido desde el pasillo. Una gata blanca muy embarazada entró a la cocina. Olfateó el aire y maulló de nuevo.

—Alguien más aprecia tu cocina —dijo Sophie, levantándose y sacando un plato pequeño del armario.

—¡Lily! —la saludó Kristine—. Por fin has salido de tu transportín.

—Se está acostumbrando a la casa. No es que sea muy amigable, pero ya no bufa. —Sophie puso una pequeña cantidad de salmón en el plato y luego lo colocó en el suelo.

—Está enorme. Los gatitos no creo que tarden en llegar.

—Lo sé y me aterra por completo. No estoy lista.

—¿Qué tienes que hacer?

—No lo sé. Posiblemente nada, pero ¿y si pasa algo? ¿Y si ella espera que yo haga algo?

—¿Cómo va a esperar algo de ti?

Lily terminó el salmón. Comenzó a relamerse y luego se frotó lentamente contra las piernas de Sophie. El sonido de un ronroneo impresionante llenó la cocina.

—¡Mira eso! —dijo Kristine, observando a la gata—. La has conquistado con el salmón. Se deja sobornar.

Sophie acarició suavemente a la gata. Lily se restregó contra sus dedos.

—Me gusta eso en una gata.

Terminaron de cenar y luego llevaron la botella de vino al salón, donde se relajaron en el sofá.

—¿Vas a tomarte algún tiempo libre? —preguntó Kristine, estudiando las sombras bajo los ojos de Sophie—. Se te ve cansada.

—Estoy trabajando mucho, pero es un problema a corto plazo. Una vez que todo funcione bien, podré relajarme.

—Cariño, te conozco de toda la vida y nunca te he visto relajada.

—Está bien. Pasaré de trabajar siete días a la semana a seis.

Kristine pensó en mencionar que sonaba como Heather, pero eso llevaría a una discusión sobre Amber y ¿para qué hacerlo? Luego se reprendió por no ser una buena prima.

—Has montado tu negocio muy rápido —dijo Kristine finalmente—. Es impresionante.

—Gracias. Tenía un buen seguro y eso ayudó. Al menos no estoy sin liquidez.

Lily se unió a ellas. Saltó a una de las sillas y comenzó a acicalarse.

Kristine miró alrededor de la habitación.

—La casa que has alquilado es muy bonita. ¿Cuánto tiempo crees que te quedarás aquí?

—No tengo ni idea. En algún momento querré comprar algo, pero no tengo prisa.

¿Comprar algo? Kristine intentó asimilar eso.

—¿Qué? —preguntó Sophie—. Pareces sorprendida.

—No. Más bien asombrada. Simplemente vas a comprar una casa, un apartamento o algo así.

—Sí. ¿Por qué no? Ya tenía un apartamento en propiedad en Valencia.

—Es que te tomas tan a la ligera comprar una casa para vivir sola.

Sophie rio.

—No estoy esperando a un hombre, si es eso lo que insinúas. No soy como tú, Kristine. Lo sabes. Amo Industrias CK y eso es suficiente para mí.

—Entonces, Dugan no es...

—Tiempo muerto —la cortó Sophie, extendiendo las manos en forma de T—. Conozco a Dugan desde hace... ¿cuánto, tres semanas? Él no forma parte de ninguna decisión que deba tomar.

—Pero te acuestas con él.

—¿Y qué? El sexo no es una relación.

—¿No te consideras en una relación?

—Dios, no. Quiero decir, él es genial. Divertido y sexi. —Frunció el ceño—. ¿Cuánto habéis hablado sobre mí?

—Solo un poco... —dijo Kristine, sonriendo—. Pero solo cosas buenas. Y como él parecía interesado, le conté alguna cosa más. ¿Por qué?

—Has hecho de celestina.

—Un poco, por eso quiero que sea algo más que solo sexo.

—No todo el mundo quiere enamorarse y casarse.

Kristine pensó en recordarle que eso era exactamente lo que Sophie había hecho hacía años, solo que su matrimonio nunca había sido feliz. Mark no había sido el adecuado para ella, pero Kristine no podía evitar pensar que Dugan tenía más posibilidades de conquistar su corazón.

—Necesitas a alguien, Soph. Me preocupa que estés sola.

—Me gusta estar sola.

—Tienes miedo.

—Eres un poco pesada.

Ambas rieron y Sophie agarró su copa de vino.

—Entonces, ¿qué has hecho esta semana? Tenías toda la casa para ti sola y, hablando de personas que no pueden relajarse, ¿lo intentaste siquiera?

—Claro.

Sophie resopló.

—¿Quieres intentarlo de nuevo?

—Horneé mucho, hice limpiar las alfombras y desatascar las canaletas, revisé mi coche e hice un poco de limpieza de primavera yo misma.

Sophie puso los ojos en blanco.

—Te quiero y te admiro, pero yo nunca podría ser como tú. Eres tan perfecta.

A Kristine le encantaba que dijera eso, pero no era cierto.

—Soy tan imperfecta como cualquier otra persona.

Sophie negó con la cabeza.

—De ninguna manera. Eres una gran madre y una esposa maravillosa. Y sabes cocinar. Incluso eras así cuando éramos más jóvenes. Seguías las reglas y rara vez causabas problemas. —Terminó su copa de vino de un gran trago—. Dios mío, tú querías guardarte para un hombre al que amaras y yo entregué mi virginidad al primer chico que la aceptó después de cansarme de que mi madre asumiera que ya estaba teniendo sexo.

Kristine sintió que su boca se abría de sorpresa.

—No hiciste eso. Me lo habrías contado. Sophie, vamos.

Sophie se removió incómoda, luciendo más culpable de lo que Kristine la había visto nunca.

—Tienes razón. Lo siento. Fue un error. Entonces, ¿estás emocionada de que los niños vuelvan, eh?

Los sentidos de Kristine se pusieron en alerta. Algo no estaba bien.

—¿Qué no me estás contando?

—Nada.

—Vamos, Sophie. ¿Es por el chico? ¿Te da vergüenza decirme con quién fue?

Ahora que lo pensaba, Kristine se dio cuenta de que nunca habían hablado sobre la primera vez de Sophie, lo cual era extraño, ya que siempre hablaban de todo.

Su prima, la imperturbable, se sonrojó de repente.

—No quiero hablar de eso. Hay una razón por la que nunca lo mencioné.

—No fuiste violada, ¿verdad? Por favor, dime que no fue eso.

—No, tranquila. Lo juro. Fueron solo noventa segundos muy patéticos en la parte trasera de una camioneta. Era joven y estúpida y él era... —Suspiró—. Cambiemos de tema.

Kristine no entendía cuál era el problema.

—¿Qué es lo que no me estás diciendo?

—Nada.

—¿Qué?

Sophie la miró fijamente.

—Deja de preguntarme.

—Sophie Jean Lane, dímelo ahora mismo.

—Jaxsen —soltó Sophie de golpe—. Lo siento. Fue mucho antes de que vosotros dos estuvierais juntos. Como meses y meses. Iba a decírtelo, pero me daba vergüenza haber sido tan tonta. Luego empezaste a salir con él y me pareció raro decírtelo. Después me olvidé del tema. Lamento que haya pasado. Créeme, lo lamento.

—Oh.

Eso fue todo lo que pudo decir. La única sílaba. Porque nada de lo que Sophie decía tenía sentido. Tenía que estar hablando de alguien más. Jaxsen no se había acostado con Sophie. Ella sabía que no lo había hecho, porque él le había dicho que ella había sido la primera. Recordaba todo sobre aquel momento. Había estado resistiéndose a ir más lejos con él durante al menos dos meses, negándose a ser una conquista más. Finalmente, él había admitido que las historias sobre él eran exageradas. Serían la primera vez el uno para el otro. La había mirado a los ojos y le había dicho que la amaba. Que siempre la amaría. Fue el momento en que supo que él era el indicado. Que se casarían y vivirían felices para siempre. Y había tenido razón. O eso había pensado.

—Entonces, tú fuiste su primera vez.

—¿Qué? No, ni de lejos. —Sophie se tapó la boca con la mano—. Lo siento. No debería haber dicho eso.

Kristine sintió como si se desconectara de su cuerpo. Era necesario para poder sobrevivir al momento.

—Los rumores sobre él no eran solo rumores, ¿verdad?

Sophie se tumbó boca abajo en el sofá.

—No me preguntes eso.

Esa respuesta le bastó a Kristine. Un zumbido llenó sus oídos. Su estómago se revolvió hasta que temió vomitar la cena.

Jaxsen le había mentido. Había mentido. Ella había creído que su primera vez juntos había significado algo para ambos. Le había entregado su virginidad y su corazón, pero para él solo había sido otra conquista. Todo había sido una mentira.

—Lo siento —insistió Sophie, sentándose de nuevo y con una expresión de miseria—. Lo siento de verdad.

—Está bien.

—No lo está.

Kristine miró a Sophie.

—Tenías razón. Ni siquiera estábamos juntos cuando sucedió.

—Ya lo sé, pero es raro y te quiero. Soy una persona horrible y... lo siento.

Sophie no era quien le había roto el corazón y traicionado su confianza. Sophie no había hecho nada malo.

—Estoy bien —mintió Kristine—. Lo juro. —Mentira número dos. Seguro que iría directa al infierno.

Logró seguir con la conversación unos minutos más, pero luego le dijo a Sophie que tenía que volver a casa. Una vez sola, entró en la habitación y se sentó en el borde de la cama. La parte racional de su cerebro le decía que no era para tanto. Eso había ocurrido hacía años y ahora ella y Jaxsen tenían una relación sólida y feliz. Pero el resto de ella, su corazón, se sentía traicionado y destrozado. Si había mentido sobre eso, ¿qué más cosas no serían ciertas?

Capítulo 11

Los chicos y Jaxsen llegaron a casa el domingo por la tarde. Kristine no había dormido bien la noche anterior. Se había despertado con tres mensajes de texto de Sophie pidiéndole disculpas y la había llamado para asegurarle que todo estaba bien, luego había pasado el resto de la mañana alternando entre las ganas de ver a sus hijos y el temor de tener que hablar con Jaxsen. ¿Qué se suponía que debía hacer o decir? ¿Hacer como que no había pasado nada? ¿Fingir que no lo sabía? ¿Enfrentarse a él? No había una buena respuesta y aún se sentía insegura de sí misma cuando el todoterreno se detuvo en el camino de entrada.

Los chicos salieron en tropel y corrieron hacia la casa gritando: «¡Mamá! ¡Mamá!».

Los tres irrumpieron en la cocina y corrieron hacia ella, con los brazos extendidos.

Ella comenzó a reír y a abrazarlos, consciente de que estaban sucios y olían mal, pero no podía estar más feliz de verlos. Se aferraron como si nunca fueran a soltarla, incluso JJ, que a veces se retraía cuando ella intentaba ser cariñosa con él.

—¿Qué tal lo habéis pasado? —preguntó ella.

—Lo pasamos genial.

—Fuimos a pescar y Tommy se cayó del bote.

—No es cierto.

—Sí lo es.

—JJ y yo estábamos luchando y él me empujó.

—Yo no te empujé.

Jaxsen entró en la cocina y dejó caer varias bolsas de lona en el suelo.

—Creo que es mi turno con mamá. ¿Por qué no lleváis vuestras bolsas a la lavandería y luego me ayudáis a sacar el resto del equipo del coche?

Los chicos murmuraron un poco, pero la soltaron para hacer lo que su padre les dijo. Grant se demoró un poco más. Kristine le apartó el pelo, demasiado largo, de los ojos y le dijo:

—Esta noche haré lasaña.

Él sonrió.

—Gracias, mamá.

—De nada.

No quería que se fuera porque eso la dejaría sola con Jaxsen, pero no podía aferrarse a él para siempre. Grant agarró una bolsa y se dirigió a la lavandería, dejándola frente a su marido.

Ella inhaló profundamente, preparándose para la sensación de traición y dolor, pero antes de que pudiera decidir lo que sentía, él ya la estaba atrayendo hacia sí y besándola.

—Hola, preciosa. ¿Nos extrañaste?

—Por supuesto.

—Lo pasamos genial. —Su mano se movió hacia su trasero y lo apretó mientras frotaba su entrepierna contra su vientre—. Habría sido mejor si hubieras venido con nosotros.

—No, gracias. No es lo mío.

Él se rio y la soltó.

—Eres una chica tan isleña.

Una broma familiar, una que normalmente la hacía sentir que estaban conectados y felices y que estarían juntos para siempre. Solo que ese día no.

Los chicos salieron en fila de la lavandería. Ella

agarró una pequeña lata del mostrador y le quitó la tapa. Cada chico sacó un pequeño disco de madera pintado con un número.

—Siete —dijo Grant, sonriendo.

—Cinco —anunció Tommy, mostrando el suyo.

JJ frunció el ceño.

—Uno.

—¡Ja! —Tommy dejó caer su disco de vuelta en la lata—. Avísame cuando hayas terminado.

JJ se dirigió hacia las escaleras.

—No tan rápido, jovencito —le dijo Kristine—. Zapatos fuera. Deja tu ropa en el pasillo. Toda. Ponte ropa limpia.

Normalmente, JJ se habría quejado de que eso significaba más lavandería para él, pero después de viajes como ese, Kristine se encargaba de la ropa sucia. Cuando volvían de acampada, a ella le gustaba asegurarse de que todo estuviera bien lavado, como ella lo haría. Así no sobrecargaba las máquinas y generalmente se sentía mejor ocupándose de ello. Además, solo se iban de viaje unas pocas veces al año. En ocasiones, le gustaba hacer cosas de madre para ellos.

Mientras JJ se quitaba los zapatos, los otros chicos corrían escaleras arriba. Los discos habían determinado el orden en el que se ducharían. Mientras JJ ocupaba el baño, Tommy y Grant tendrían tiempo para el teléfono. Jaxsen no tenía muchas reglas, pero una de ellas era no usar los teléfonos móviles en los viajes con él, así que los únicos mensajes que podían enviar eran a su madre, y desde su teléfono. Los chicos necesitaban averiguar qué había pasado durante su ausencia.

Cuando volvieron a estar solos, Jaxsen le sonrió.

—Yo también tengo que ducharme. ¿Quieres acompañarme?

Como todo lo demás en sus vidas, el regreso de él

de sus viajes con los chicos tenía un ritmo familiar. Primero, todos se acomodaban, luego ella y Jaxsen tenían un rápido reencuentro íntimo. Más tarde, esa noche, volverían a hacer el amor, más despacio. Después, él la abrazaría hasta quedarse dormido. Kristine permanecería despierta un poco más, pensando en lo afortunada que era y cuánto lo amaba.

Solo que eso no iba a suceder hoy.

Todavía no sabía cómo abordar con él lo que había descubierto. Había ocurrido hacía muchos años y ahora eran tan diferentes, con hijos y una vida juntos. Debería dejarlo pasar. Solo que no podía y, cuando lo intentaba, su garganta se apretaba y su estómago se retorcía y...

—Kristine, ¿qué pasa? —preguntó él—. ¿Te encuentras bien?

—Me siento bien —dijo ella, dándose cuenta de que no iba a poder seguir adelante sin más. Iba a tener que decir algo. Algo como... —: Te acostaste con Sophie.

—¿Qué? —Su voz fue un chillido. La miró fijamente—. ¿De qué estás hablando? No me he acostado con Sophie ni con nadie. ¿Por qué piensas eso?

—Te acostaste con ella, en el instituto. Me dijiste que eras virgen y que yo era tu primera vez, y resulta que todo era una mentira. Y no fue solo con ella, al parecer. Fue con todas.

Ella esperó a que Jaxsen se encogiera, a que se disculpara y le rogara perdón. Lo que no esperaba era que él comenzara a reírse.

—¿Estás bromeando? —preguntó él—. ¿En el instituto? Vamos, Kristine, habla en serio.

—Hablo en serio. Muy en serio. Me mentiste.

Él alzó las manos.

—Por supuesto que te mentí. Era un chico de diecisiete años que estaba locamente enamorado de ti. También quería acostarme contigo. Era una hormona andante en ese momento y tú eras la chica más increíble que había conocido. Habría hecho cualquier cosa para acostarme contigo.

Palabras que no estaban diseñadas para hacerla sentir mejor.

—Así que mentiste.

—Claro. Vamos. No puedes estar molesta por eso. Éramos niños.

—Yo estaba guardándome para mi único y verdadero amor —le recordó ella—. Perder mi virginidad era importante para mí. Era significativo.

Él frunció el ceño.

—Lo sabía. Kristine, yo estaba enamorado de ti. Estábamos planeando nuestra vida juntos. Nos casamos, por el amor de Dios. ¿Cuál es el problema?

—Me mentiste.

—¿Podrías dejar de decir eso? ¿Qué importancia tiene ahora? Tenemos hijos y una gran vida. ¿Qué ha pasado para que actúes así?

—No ha pasado nada —le dijo ella, furiosa porque él no entendía su punto de vista—. No tiene que pasar nada, Jaxsen. Simplemente descubrí que me engañaste para que perdiera la virginidad. Como ya te habías acostado con la mitad de la población femenina del instituto, entiendo que para ti no tiene importancia, pero para mí sí y cambia cómo veo nuestro pasado. Yo te entregué mi corazón y tú solo estabas interesado en acostarte conmigo.

Él la miró fijamente.

—Sí que estás enfadada.

—¿Ahora te das cuenta?

—También estás actuando de manera irracional. ¿Tienes la regla o algo así?

—Esto no es por las hormonas. Es por descubrir que me mentiste.

—¿Podrías dejar de decir eso? —rugió él.

—¿Qué preferirías que dijera entonces?

Jaxsen la miró fijamente durante un largo rato, luego se giró.

—Nada —murmuró mientras se marchaba—. No digas nada en absoluto.

La mañana había comenzado con alguien abriendo un palé de arena para gatos con un cuchillo afilado y cortando media docena de bolsas en el proceso. La arena se derramó por el suelo del almacén, creando un desastre que no debería haber sido un problema, solo que las nuevas aspiradoras industriales aún no habían llegado y solo había dos escobas de mano. Sophie había pasado casi treinta minutos intentando limpiar el desorden, deteniéndose solo cuando Bear la sacó de la zona.

—¿No tienes trabajo real que hacer? —le preguntó él, sonando exasperado—. Deja de intentar manejar cada detalle tú misma. Yo me encargo de esto.

—¿Y el idiota que creó el problema?

Bear negó con la cabeza.

—No voy a hablar de eso contigo, Sophie. Este es mi departamento. Yo me encargaré.

Ella le entregó la escoba y se dirigió al baño, donde se lavó las manos antes de dirigirse a su oficina. Estuvo a punto de darse la vuelta cuando vio a tres mujeres bien vestidas esperando allí.

¿Quiénes eran y, más importante, quién las había dejado entrar? No estaba de humor para ser amable. A pesar de que Kristine le había asegurado que estaba bien, Sophie todavía se sentía horrible por lo que había dicho.

—¿Puedo ayudarlas? —preguntó, parada en el pasillo.

Las mujeres se giraron hacia ella. La más baja de las tres —una morena de unos treinta y tantos— sonrió.

—Buenos días. Soy Cathy, del refugio para mujeres de Marysville. Esperábamos hablar contigo sobre lo que hacemos y quizás llegar a un acuerdo para un patrocinio.

Dinero. Querían dinero. No tenía dudas de que la causa era excelente, pero eso no era algo con lo que quisiera lidiar ese día. O cualquier día.

—Si pudiéramos tener solo unos minutos de tu tiempo —continuó Cathy.

Sophie contuvo un gemido.

—Estoy ocupada ahora mismo. Si hubierais concertado una cita, habría sido más fácil para mí.

Las mujeres parecían confundidas.

—Pero si concertamos una cita.

—¿Con quién? No tengo secretaria.

Sophie oyó sonar un teléfono y esperó a que alguien contestara.

—No estoy segura —dijo Cathy—, pero llamé con antelación.

El teléfono seguía sonando.

—Disculpen —dijo Sophie, apresurándose hacia la oficina de enfrente donde Amber jugaba al solitario en el ordenador del trabajo.

—Amber, el teléfono...

Su prima la miró.

—Estoy en mi descanso. No es culpa mía que no tengas a alguien de respaldo cuando estoy en mi descanso. ¿O es que pretendes que trabaje sin parar? Eso es ilegal, por cierto. Conozco mis derechos.

El teléfono se silenció cuando la persona que llamaba desistió. Amber sonrió.

—Ves. Problema resuelto.

Sophie tragó el grito que sentía formarse en su interior y volvió con paso firme a su oficina donde las mujeres la esperaban.

—Este no es un buen momento —dijo con los dientes apretados—. Lamento que hayan venido desde tan lejos, pero no puedo ocuparme de esto ahora.

—Entonces, nos pondremos en contacto —le aseguró Cathy mientras las mujeres se marchaban.

Sophie las vio irse antes de pasar de nuevo por el escritorio de Amber.

—Por favor, avisa a alguien cuando te tomes un descanso para que el teléfono sea atendido.

—Claro.

Su respuesta tan a la ligera no le dio ninguna seguridad.

Al entrar en la zona abierta del almacén, vio que las mesas de envío habían sido reorganizadas en una nueva configuración.

—¿Qué estás haciendo? —le preguntó a Bear—. ¿Estás cambiando las cosas de sitio?

—Así será más eficiente, y ya hemos hablado de esto. —La guio hacia su oficina—. Sophie, tienes que dejarme en paz. Lo digo en serio.

—Pero ¿la zona de envíos? Es mi favorita.

—Todo aquí es tu zona favorita. No es que estés involucrada, estás obsesionada. Estás dejando de lado lo importante para poder contar clips.

Antes de que pudiera decirle que eso no era cierto, Amber apareció:

—Una señora ha venido a la entrevista para el puesto de gerente de oficina. La he enviado a tu despacho.

—No tengo tiempo para eso. Reagenda la entrevista.

—Ya la has reprogramado dos veces —le informó Amber—. Parecía molesta cuando me lo comentó.

La mirada de Bear era incisiva.

—Necesitas un gerente de oficina. Y una asistente. Y un contable y Dios sabe qué más. Concéntrate, Sophie.

—Estoy concentrada.

Y lo estaba, cada segundo de cada día. Simplemente había demasiado que hacer. Intentaba pasar de cero a sesenta ella sola y, justo cuando todo parecía ir en la dirección correcta, algún idiota cortaba una docena de bolsas de basura con un cuchillo.

—Tienes que encargarte de la entrevista. Yo me ocuparé de todo lo demás en el almacén.

Ella miró a Bear y asintió lentamente. Era un buen tipo. Estaba empezando a confiar en él, algo que no le resultaba fácil. Sabía que él solo estaba haciendo su trabajo.

—Está bien. La entrevistaré, pero no me gustará.

Treinta minutos después, Sophie entró de nuevo en la oficina de Bear.

—¿Cómo fue la entrevista? —preguntó él.

—No me impresionó.

—¿La dejaste intentarlo?

—No era la adecuada. Eso no es lo importante. Necesito que encuentres un trabajo para Amber.

—Pensé que ya estaba contestando a las llamadas.

—Está sentada en el escritorio, pero no está haciendo el trabajo.

Bear arqueó las cejas.

—Entonces, despídela.

—No puedo.

—Entonces, permíteme que yo lo haga.

—No. No estoy diciendo que no pueda despedir a alguien. Puedo hacerlo. No me gusta, pero puedo. No, es que ella es familia. Mi prima.

Bear frunció el ceño.

—Nunca contrates a familiares.

—Ahora es demasiado tarde. De todos modos, necesita un trabajo. Y también necesito a alguien para contestar a las llamadas. Estoy tan cansada de contratar gente.

—Si tuvieras un gerente de oficina, podría hacerlo por ti. Estás siendo corta de miras, Sophie.

Ella sabía que tenía razón, pero se sentía tan desbordada. Tanto que parecía fuera de control.

—Déjame pensarlo.

Sophie salió de la oficina y caminó por el almacén. Observar el *stock* listo para ser enviado a los clientes siempre la reconfortaba. Al doblar una esquina, vio a Heather fotografiando cuidadosamente unos botes. Mientras miraba, Heather midió el bote más grande y anotó las medidas, luego tomó varias fotos más.

—¿Qué estás haciendo? —exigió saber Sophie con un chillido—. ¿Qué sucede? ¿Estás robando? ¿Haciendo imitaciones para vender en eBay?

Heather se giró hacia ella, con los ojos muy abiertos.

—Sophie, no. No es eso.

—Confié en ti y te di un buen trabajo. ¿Cómo puedes hacerme esto?

Los demás empleados se acercaron para ver qué pasaba y Bear se colocó al lado de Sophie.

—¿Qué pasa? —preguntó él con voz baja.

Las lágrimas llenaron los ojos de Heather.

—No es lo que piensas. No estoy robando ni nada por el estilo. Sophie, por favor. Déjame explicarte. Por favor.

Heather temblaba tanto que pensó que podría vomitar. Todos la miraban como si fuera una criminal, pero la decepción y el dolor en la expresión de Sophie eran lo peor.

—Mi ordenador está en mi casillero —logró decir Heather, con los ojos llenos de lágrimas—. Puedo mostrarte lo que estoy haciendo.

Sophie parecía incrédula, pero asintió una vez.

—Vamos a ver en qué andas.

Heather la guio hasta la sala de descanso y abrió su casillero. Llevó su portátil a la mesa y lo encendió, luego se sentó y abrió el archivo de CK.

Se secó las lágrimas y luego hizo un gesto hacia la silla a su lado.

—Sería más fácil si te sentaras para que pudieras ver la pantalla.

Sophie la miró durante un largo rato antes de acercar una silla.

—Me gusta hacer colchas —dijo Heather, deseando que sus manos dejaran de temblar—. Mi madre me enseñó cuando era pequeñita. Hacíamos los fáciles, los que se pueden hacer en un día. Después de un tiempo, quise trabajar en algunos más complicados. Encontré un programa gratuito que convierte una imagen en un patrón para hacer colchas, dividiendo la fotografía o diseño en cuadrados individuales. Es bastante rudimentario, pero he estado experimentando con él.

Mostró el primer patrón de colcha con el logo de CK.

—Me preguntaba si el logo quedaría bien en una colcha. Es encantador y divertido. Pero luego empecé a pensar si alguien querría hacer una colcha con el logo de una empresa, así que me pregunté cómo podría personalizar la colcha o el logo.

Hizo clic en el archivo con la foto de un gato superpuesta en el logo de CK.

—Así que hice esto. No me ha quedado muy bien. He estado jugueteando con ello un rato, intentando averiguar las proporciones. No tengo formación profesional, así que es un poco ensayo y error.

Se giró hacia Sophie.

—He pensado que a la gente le gustarían más artículos especiales. Quizás botes con la foto de su gato o cosas así. Estaba midiendo los que tenemos para que las fotos encajen. No estaba robando.

—¿Y cómo sería lo de las colchas? —preguntó Sophie, ahora con expresión menos severa—. ¿La gente compraría una con la foto de su gato?

—Podríamos hacer eso, pero una colcha hecha a mano sería realmente cara. Son cientos de horas de trabajo. Pero estaba pensando que podríamos hacer un kit. Ellos envían la foto y nosotros devolvemos un patrón con las telas. Luego, ellos harían la colcha. También podríamos hacer lo mismo con el bordado o el punto de cruz. Además de los botes. —Tragó saliva—. No estaba robando, lo juro. Estaba intentando idear algunos productos que pudiera mostrarte. Es solo que aún no están terminados.

Sophie suspiró y luego la abrazó fuerte.

—Lo siento —dijo, sosteniéndola unos segundos antes de soltarla—. Fui horrible y lo siento. Mira lo que estás haciendo. Es increíble. No puedo creerlo. Estas ideas son fantásticas. Estás ocupada cada segundo de cada día y aquí estás intentando hacer crecer la empresa.

Heather se sintió relajada.

—Probablemente debería haberte dicho lo que estaba haciendo.

Sophie desestimó ese comentario.

—Está bien. Entiendo que querías que estuviera bien antes de mostrármelo. Reaccioné de forma exagerada. Estoy lidiando con mucho y a veces no puedo mantenerme en pie. De todos modos, esto es genial. Estás desaprovechada en el almacén. Mañana quiero que empieces a trabajar con Elliot en *marketing*. Necesita gente y tú eres inteligente, talentosa y trabajadora.

Heather no podía creerlo.

—¿*Marketing*? Pero no tengo ninguna formación.

—Aprenderás en el trabajo. Estas ideas son geniales. Justo lo que necesitamos. Le diré a Elliot que te espere. —Sophie se levantó del asiento con una gran sonrisa—. Me has alegrado el día, Heather. Gracias.

Heather no estaba segura de qué hacer con el repentino cambio de acontecimientos. Guardó el ordenador en su casillero, luego se giró y se encontró con su madre en la sala de descanso. Amber no parecía feliz.

—No puedo creer que te hayan promocionado así —dijo su madre con cara de asombro.

—¿Estabas escuchando?

—Claro que estaba escuchando. Sophie estaba furiosa. Pensé que iba a despedirte. Y si eso llega a pasar, ¿qué sería de nosotras? Iba a decirle que no podía hacerlo. Pero, como siempre, las cosas te salen bien sin que hagas nada en absoluto.

—Mamá, trabajé horas en esos diseños.

—Lo que sea. Voy a hablar con Sophie. No está bien que me trate tan mal. Voy a decirle que insisto en un mejor trabajo y un aumento de sueldo. Se lo tiene muy creído con esta estúpida empresa.

Su madre siguió hablando, pero Heather ya no estaba escuchando. Estaba pensando en su nuevo trabajo en *marketing*. Había visto a Elliot por el almacén y sabía quién era. Podía aprender mucho de él. Se prometió a sí misma que llegaría muy temprano, se quedaría hasta tarde y haría todo lo posible para impresionarlo. Esa era una oportunidad única en la vida y estaba decidida a aprovecharla al máximo.

Capítulo 12

Después de salir del trabajo, Sophie se obligó a ir al supermercado. No tenía comida en casa y le daba vergüenza recibir otra entrega más de *pizza* a domicilio. Compró un par de cenas congeladas, junto con un pollo asado y varias ensaladas del mostrador de la charcutería. Incluso compró huevos para el desayuno, junto con más café. Aunque tal vez debería beber menos café, teniendo en cuenta que últimamente no dormía muy bien. Y no es que la falta de sueño fuera necesariamente inducida por la cafeína. La noche anterior había sido por la culpa que sentía por Kristine, pero la mayoría de las veces era por el trabajo.

Sabía que se estaba quedando cada vez más atrás. Como Bear le decía continuamente, no podía hacerlo todo y ella no estaba dispuesta a soltar responsabilidades. Si seguía así, la empresa iba a tener problemas graves, pero saberlo y hacer algo al respecto eran cosas muy distintas.

—Hola, bonita —saludó a Lily mientras ponía las compras sobre la encimera—. ¿Cómo te encuentras hoy? Siento llegar tan tarde. Debes de tener hambre.

Pero en lugar de apresurarse a entrar en la cocina para exigir su cena, Lily no estaba por ningún lado. Sophie caminó rápidamente por la cocina hacia el pasillo, llamando a la gata mientras avanzaba.

—¿Lily? ¿Estás bien?

Entró en el dormitorio donde había preparado todo para el parto y encendió la luz. Lily yacía en la caja, con cuatro pequeños gatitos a su lado.

—¡Ya has tenido a tus bebés! —gritó Sophie, apresurándose para ponerse de rodillas a su lado—. Oh, pequeña, estuviste sola. Lo siento mucho. Quería estar aquí para ayudarte.

Lily la miró en silencio. Sophie no sabía si la estaba juzgando o diciendo que lo había superado perfectamente. De cualquier manera, estaba hecho y parecía que todo había salido bien.

Sophie se sentó y extendió la mano hacia la gata. Quería tranquilizarla sin ser una amenaza para sus bebés. Lily se apoyó en sus dedos, ronroneando fuerte. Sophie sonrió.

—Eres una gran mamá. Mírate. En algún momento tendremos que limpiar todo esto, pero por ahora...

Su mirada se desvió hacia algo en la esquina de la caja. Algo que no parecía correcto y que no había estado allí esa mañana. Sophie se sintió helada al darse cuenta de que ese algo era un pequeño cuerpo.

—No... —susurró—. No, por favor...

El miedo la invadió mientras las lágrimas le corrían por las mejillas. Quería retroceder, pero sabía que tenía que confirmar si el gatito estaba muerto. Solo que no se veía capaz de hacerlo.

Los pensamientos de cómo CK había muerto en sus brazos la golpearon en el corazón, haciéndole imposible respirar.

—Oh, Lily. Lo siento mucho.

La gata solo ronroneó y cerró los ojos.

Sin ser consciente de lo que hacía, Sophie sacó el teléfono del bolsillo. Pero cuando fue a hacer la llamada, no estaba segura de con quién hablar. Normalmente, Kristine era su persona de referencia, pero en ese momento las cosas estaban raras entre ellas.

Hablar con Amber sería totalmente inútil y Heather era demasiado joven. ¿A quién más tenía?

Solo dudó un segundo antes de buscar entre su lista de contactos.

—Hola —dijo Dugan alegremente al responder a la llamada—. Justo estaba pensando en ti.

—¿Puedes venir? —preguntó ella, sin esforzarse en ocultar el temblor de su voz—. ¿Por favor?

—Sophie, ¿qué pasa?

—Lily ha tenido a sus bebés y creo que uno está muerto. No puedo con esto. Sé que debería ser fuerte y que es el ciclo de la vida, pero simplemente no puedo.

—Voy para allá.

—No tardes, por favor.

Sophie se quedó donde estaba, aterrorizada y sin poder mirar al solitario gatito, pero incapaz de alejarse. Lloró, acarició a Lily y esperó. Dugan no tardó mucho en llegar a la habitación.

—Creo que está muerto —dijo ella, señalando el pequeño cuerpo en la esquina.

Él se agachó junto a ella y le besó la parte superior de la cabeza, luego alcanzó al gatito. Sophie se estremeció y se apartó. Lily seguía ronroneando como si no le interesara lo que había sucedido. Dugan recogió a la diminuta criatura y se puso de pie.

—El cuerpo está frío. Supongo que murió al nacer. ¿Contactaste con el refugio de gatos?

Ella negó con la cabeza.

Dugan extendió la mano para tomar su teléfono y luego desapareció. Sophie se quedó con Lily. Los gatitos habían dejado de mamar y parecían estar dormidos. Acarició sus pequeños cuerpos suavemente, agradecida de sentir calor y latidos.

—Ya los he llamado —informó Dugan al volver a la habitación—. Mañana enviarán a un veterinario para revisar al resto de la camada, pero dijeron que no me preocupara. Estas cosas pasan.

—¿Dónde está el gatito?

—Lo puse en mi coche. Lo enterraré en mi casa.

—Gracias.

—Vamos a mover a los bebés y a limpiar la caja —dijo él mientras la ayudaba a levantarse del suelo—. Dijeron que le ofrezcamos comida a Lily, pero que no nos preocupemos si no come en unas horas más. Puse una toalla grande en la secadora para calentarla. Así los gatitos no pasarán frío.

El alivio de tener algo positivo que hacer hizo que Sophie se sintiera un poco mejor. Puso comida para Lily, luego ayudó a Dugan a mover a los diminutos gatitos sobre la toalla caliente. Se despertaron y emitieron sus protestas con chillidos. Solo tomó un par de minutos limpiar la caja y poner toallas limpias. Lily comió un poco y usó la caja de arena, luego volvió con sus bebés. Los lamió a cada uno de ellos, acomodándolos cerca de ella. En cuestión de minutos, toda la familia estaba dormida.

Sophie y Dugan se retiraron a la cocina, donde él abrió una botella de vino. Ella notó que sus compras estaban guardadas y no tenía idea de cuándo las había colocado.

Una vez que tuvo su copa de vino, él se sentó frente a ella a la mesa de la cocina.

—Parece que ha sido duro para ti.

Ella suspiró.

—¿Es esa tu manera de preguntar por qué me alteré tanto?

—No me lo esperaba, aunque en realidad te entiendo.

—Los bebés no deberían morir —dijo Sophie, mirándolo fijamente.

—Has tenido muchas pérdidas en tu vida.

—¿Lo preguntas o lo afirmas?

En lugar de responder, él alcanzó su mano a través de la mesa y tomó la de ella.

—Me alegra haber podido ayudar.

Los ojos de Sophie se llenaron de lágrimas de nuevo.

—Yo también. Sé que es tonto, pero me ha afectado. Probablemente porque perdí a mi gata hace poco. Tuve a CK desde que era una estudiante de primer año en la universidad. Ella es la razón por la que empecé el negocio. Pasamos por todo juntas y no podía imaginar perderla. Pero entonces la perdí.

—¿Por eso estás acogiendo? ¿Porque no estás lista para tener tu propio gato?

Ella asintió.

—Kristine me lo sugirió. Pensé que sería bueno tener otro latido en la casa, pero no se me pasó por la cabeza que uno de los gatitos moriría.

—¿Tus padres están vivos?

—No lo sé —respondió Sophie, sorprendida por el cambio de tema—. Mi madre murió cuando yo era adolescente. Fue algo horrible. Murió en un accidente de coche, así que ocurrió de repente. Mi padre nos había abandonado unos años antes. Mi madre era la que trabajaba duro. Era farmacéutica, la única de la isla. Mi padre siempre estaba buscando algo mejor. Pasó de un plan a otro hasta que un día se alejó de nuestras vidas por completo. En ese momento pensé que dejaba a mi madre. No creí que también me estaba dejando a mí. Pero cuando ella murió, él no quiso que me fuera a vivir con él.

Sophie cerró los ojos para alejar los recuerdos.

—Así que perdiste a tus padres al mismo tiempo.

Ella asintió.

—Solo he hablado con él dos veces desde entonces. La última fue hace diez años.

—¿Entraste en un hogar de acogida?

—¿Qué? No. Me fui a vivir con Kristine y su familia. Hicieron todo lo posible por hacerme sentir bienvenida, pero aun así fue muy duro. Extrañaba a mi madre todos los días. Era una adolescente, así que discutíamos mucho. A ella le preocupaba que no llegara a ser alguien en la vida. Después de que ella falleciera, hice todo lo que pude para hacerla sentir orgullosa de mí, pero no es como si ella supiera lo que hice.

—No sabes eso.

Ella lo miró.

—Por favor, no te pongas metafísico conmigo.

—Nunca haría eso. Simplemente estoy diciendo que no tienes idea de lo que sucede después de morir. Podría ser nada, o podría ser completamente diferente de lo que nos han dicho. Tal vez ella sabe todo lo que has hecho y está orgullosa y feliz.

Sophie deseaba que eso fuera cierto.

—¿Y tu familia?

Él alzó y bajó un hombro.

—Soy tan normal que aburro. Uno de tres hijos, criado en la Costa Este. Tengo dos hermanas. Soy el del medio.

—Pero el único chico. Eso marca una diferencia.

Él sonrió.

—Eso me dicen todo el tiempo. Mis padres siguen casados y voy a casa una vez al año.

—¿Cómo terminaste en Blackberry Island?

Los ojos de Dugan se iluminaron.

—Estaba en un viaje espiritual y así llegué aquí.

—¿Heredaste la casa en la que vives?

—No, la compré. —Hizo una pausa como esperando que ella preguntara más. Bajo circunstancias normales, Sophie habría seguido indagando, pero estaba demasiado triste para hacerlo—. Háblame de Industrias CK después de que te graduaras en la universidad. ¿Creció demasiado rápido?

Otro giro en la dirección de su conversación. Sophie se quedó en silencio un rato, pensando bien la respuesta.

—No es que creciera demasiado rápido. Más bien, no pude controlar las cosas tanto como me hubiera gustado. Tomé muchas decisiones tontas en lo que respecta a los empleados.

—¿De qué manera?

—Se vendieron demasiado bien y yo les creí, así que terminé con un montón de gente que no tenía la experiencia ni las habilidades que necesitaba.

—¿Los despediste o te resignaste con la decepción?

Una pregunta perspicaz que no quería responder.

—Ambas —admitió finalmente—. Despedir a la gente es difícil. He mejorado en eso, pero no me gusta. A veces es más fácil hacerlo todo yo misma.

—Pero no puedes —dijo él con tono suave—. Sophie, ¿lo entiendes?

—Puedo hacer muchas cosas. Nadie conoce el negocio mejor que yo.

—Es cierto, pero tienes la limitación del tiempo. Estoy seguro de que puedes hacer las tareas mejor que la gente que contratas, pero en CK no hay solo tres tareas. Hay docenas y no puedes hacerlas tú todas. ¿Confías en ti misma para contratar a las personas adecuadas?

—No lo sé. Quizá. A veces.

—Entonces no confías.

—Bear es genial. Amber, mi prima, es un desastre, pero ya sabía que lo sería.

—Y aun así la contrataste.

—Es de mi familia.

—Lo siento. Claro que la contratarías. Quieres gente que conoces. Aunque sea terrible, al menos es conocida y puedes manejar cualquier problema que cause porque no es nuevo para ti. Si tan solo todos amaran a CK tanto como tú, pero te preocupa que no sea así y, aunque entiendes que mucha gente solo quiere un buen trabajo, no quieres aceptarlo.

—No estoy segura de estar cómoda con esta conversación —dijo ella con tono serio, preguntándose cómo diablos él lo había descubierto todo. Solo era un profesor de taichí. Quizá tenía un título en Psicología o algo así. Independientemente, estaba sorprendida por sus percepciones y se sentía incómoda con lo que decían sobre ella.

Dugan se levantó, luego la atrajo hacia él y la besó.

—Pobre Sophie —dijo él, con voz suave—. Ahora no sabes qué pensar de mí. Está bien. Cuando sientas el impulso de alejarte, recuérdate a ti misma que el sexo es genial y que renunciar a él sería una tontería. Además, es bueno tener un amigo que no sea de la familia. Sé que aún no puedes confiar en mí, pero espero que al final te des cuenta de que estoy de tu lado.

Ella lo miró con el ceño fruncido.

—Estás haciendo muchas suposiciones.

—Lo sé. —Él la besó otra vez—. Entonces, ¿cuál es el veredicto? ¿Me dejas quedarme o me vas a echar?

Ella pensó en lo alterada que se sentía aún y supo que lidiar con Dugan era mejor que estar sola.

—Puedes quedarte. Pero solo si vas a buscar algo de comida para llevar.

Él sonrió.

—Hecho.

Heather apenas durmió la noche antes de comenzar su nuevo trabajo. Estaba emocionada y nerviosa. La oportunidad era increíble y quería hacerlo bien.

Su primera preocupación fue qué ponerse. Para su trabajo en el almacén había estado cómoda con *jeans* y una sudadera, pero trabajar en *marketing* era diferente. Necesitaba algo más profesional y sus opciones eran limitadas. La situación se complicaba más por el aguacero que se veía a través de la ventana de su dormitorio. De ninguna manera podía ponerse pantalones bonitos o un vestido y luego montar su bicicleta bajo la lluvia todo ese trayecto. Eso significaba que iba a tener que conducir hasta el trabajo.

Se decidió por un vestido para su primer día y se tomó su tiempo para maquillarse un poco. Demasiado inquieta para desayunar, condujo hasta CK, donde aparcó y se apresuró a entrar. Bear ya estaba en su oficina. La miró, sonrió y le hizo un gesto de aprobación con el pulgar. Un poco más tranquila, caminó a través del almacén hacia las oficinas.

Elliot se había instalado en un espacio de la parte trasera. Su oficina era grande, con una ventana, un escritorio amplio y una mesa con cuatro sillas en la esquina. Sophie no le había dicho a qué hora empezaba, así que Heather se había propuesto llegar muy temprano, pero, al igual que Bear, Elliot ya estaba trabajando.

Se tomó un momento para respirar y luego llamó a la puerta abierta.

—Buenos días.

Elliot, un hombre alto con un aire imponente, se quitó las gafas y la miró.

—¿Heather, verdad? Sophie mencionó que te había trasladado a mi departamento.

Su tono era bastante neutro, así que no estaba segura de si estaba contento con lo que había sucedido o no.

—¿Te parece bien? —preguntó ella, con timidez.

—Tendremos que ir viéndolo, ¿no? Aún no he cubierto todos mis puestos de personal. Tengo ya a algunos candidatos, vendrán a hacer las entrevistas a lo largo de la próxima semana. —Hizo un gesto hacia una silla frente a su escritorio. Cuando ella se sentó, él comenzó a hablar de nuevo—: Por lo que puedo decir, Sophie subcontrata muchas de las funciones de apoyo de la empresa, principalmente publicidad digital y servicio al cliente. Contratar a quienes toman pedidos es una cosa, pero la publicidad es diferente. Debería ser personalizada, rastreada y monitoreada. Ella y yo todavía estamos resolviendo nuestras diferencias en ese asunto.

Heather se preguntaba si debería tomar notas. No tenía claro cuál era su función laboral o qué esperaba Elliot de ella.

—Deberíamos empezar por conocer mejor a nuestro cliente —dijo él—. ¿Quiénes son los principales clientes de CK? Sabemos que probablemente la mayoría sean mujeres, pero profundicemos más. Tengo algunas ideas que quiero presentarle a Sophie y necesito cifras que las respalden. Busca los informes demográficos de los últimos dos, no, tres años. Veamos si ha habido cambios. Quiero ver la educación, el nivel de ingresos, la cantidad de gatos en el hogar. Al mismo tiempo, prepara un informe sobre todos los hogares que tienen gatos. Recuerdo haber leído en algún lugar que había más gatos que perros en el país. ¿Es eso cierto? ¿Cuáles son las demografías de las familias que tienen gatos y cómo se comparan esos números con los clientes de CK? —Hizo una pausa antes de ofrecerle una leve sonrisa—. Eso debería mantenerte ocupada durante el resto del día o más. Una vez que tengas los informes listos, los revisaremos y continuaremos.

Heather tragó saliva. ¿Informes? ¿Qué significaba eso?

—Umm, ¿de qué tamaño quieres los informes?

Él frunció el ceño.

—Del que necesiten ser. Heather, esto no es una tarea universitaria. Es un informe del mundo real.

El tono despectivo de él le hizo sentir que hacer más preguntas no era buena idea, así que asintió y se puso de pie.

—¿Dónde le gustaría que trabajara?

Él hizo un gesto hacia las oficinas vacías a su alrededor.

—Elige cualquiera que tenga un ordenador. ¿Tienes la contraseña de Internet?

Ella asintió.

—Ten. —Él le extendió un papel—. La segunda contraseña que necesitarás para acceder a la información de la que hemos hablado. Supongo que sabes que no debes compartir nada de lo que aprendas con nadie más que con Sophie y conmigo.

—Sí.

O al menos ahora lo sabía.

Heather eligió la oficina más pequeña. No solo era discreta, sino que también era la más alejada de la de Elliot. No es que no quisiera estar cerca. Era solo que... ese hombre la aterraba.

Heather encendió su ordenador y se conectó. Buscó información sobre demografía y cómo utilizarla en un informe. Descargó estadísticas sobre propietarios de gatos y tomó notas. A las dos de la tarde se sintió lo suficientemente cómoda como para adentrarse en los archivos de la empresa y encontrar la información que Elliot buscaba.

Pero cuando accedió a la información, no tenía idea de lo que significaba nada de lo que tenía delante. Había cientos de páginas de datos brutos, fórmulas matemáticas y gráficos, y aunque pudo encontrar los dos últimos años, el tercero parecía estar desaparecido.

Para las cinco, estaba exhausta, hambrienta y tenía un dolor de cabeza que se acompasaba con cada latido de su corazón. Guardó sus notas bajo llave en su escritorio y se prometió que lo resolvería por la mañana. Cuando llegó a casa, se la encontró vacía. Heather se preparó una cena rápida y luego se fue a su habitación, donde leyó sobre informes de *marketing* hasta que los ojos le quedaron borrosos.

A media mañana del miércoles, Heather regresó a la oficina de Elliot con dos informes en la mano y los dejó sobre su escritorio.

Él miró de los informes a ella y luego asintió hacia una de las sillas.

—Toma asiento.

Se sentó y se dio cuenta de que estaba temblando tanto que sus piernas se movían sin control. Presionó ambas manos sobre sus muslos y esperó que él no lo notara.

Elliot ojeó las páginas. Heather había incluido gráficos y tablas, la mayoría de los cuales había creado ella misma. No tenía idea de lo que él quería, así que no sabía si siquiera se había acercado. Pero había trabajado duro y esperaba que él...

Elliot lanzó las páginas sobre el escritorio, dejó caer sus gafas sobre él y la miró.

—¿Quién eres? —la pregunta la sorprendió.

—¿Te refieres a mi nombre? —¿No lo sabía ya? ¿Ya lo había olvidado?

Él suspiró profundamente.

—No, no tu nombre. ¿Quién eres tú? ¿Por qué tienes este trabajo? ¿Cuál es tu relación con Sophie?

—Soy, eh..., la hija de su prima. La conozco de toda mi vida. —Sintió que se ruborizaba—. He estado trabajando en algunas ideas de *marketing* para la empresa. Superponiendo imágenes de gatos en diferentes productos. —Mientras hablaba, se dio cuenta de lo estúpido que sonaba lo que decía—. Ella, eh..., vio mi trabajo y pensó que era bueno.

Elliot se pellizcó el puente de su nariz.

—Pusiste fotos de gatos en un paño de cocina y ¿ahora estás en *marketing*?

El calor en sus mejillas se intensificó.

—Era algo más que paños de cocina... —murmuró ella—. Era un juego de botes, y también creé un patrón para una colcha.

—Ya veo —dijo él, estudiándola—. ¿Tienes alguna experiencia o formación en este campo? ¿Clases en la universidad, unas prácticas, algo?

Heather negó con la cabeza.

—Debería haber vuelto a P&G —murmuró él.

—Lo siento. Puedo rehacer los informes. Si me dices lo que quieres, puedo hacerlo.

—Ese es el problema, Heather. Ya te dije lo que quiero. No me sirves. No tengo tiempo para enseñarte lo básico de tu trabajo.

—Por favor —dijo ella, sabiendo que sonaba desesperada y sin importarle que fuera así—. Por favor, dame una oportunidad. Soy muy trabajadora. Llegaré temprano y me quedaré hasta tarde. Te traeré café y haré lo que me pidas. Soy de fiar y aprendo rápido. Hasta que empecé a trabajar en el almacén, tenía tres trabajos. Cuatro, si cuentas el cuidado de niños. Pero dejé de ser camarera para trabajar aquí a tiempo completo. Ya han contratado a mi sustituta. No puedo perder este trabajo. Por favor, no tengo dinero en el banco. Tengo que cuidar de mi madre porque ella no se cuidará a sí misma. Así son las cosas. Estoy atrapada y asustada, y mi abuela está vendiendo la casa y no tenemos adónde ir y esto es una gran oportunidad para mí. Quiero estudiar más sobre gráficos y *marketing*. Y voy a volver a ir la universidad. Eso es lo que estaba haciendo hasta el accidente de coche, pero voy a volver. Lo digo en serio. Voy a volver y lo voy a hacer. Por favor, no me despidas.

Heather apretó los labios en un esfuerzo por dejar de hablar. Tenía la sensación de que su desahogo emocional no iba a ayudar en absoluto a su causa, pero ya no había vuelta atrás. Elliot continuó observándola durante mucho tiempo. Finalmente, arrojó los informes a la papelera de reciclaje junto a su escritorio, sacó un bloc de papel amarillo y comenzó a hablar mientras escribía:

—Edad, género, ingreso promedio, número de gatos, años de educación, tipo de empleo. —Dejó de escribir y la miró—. Reúne toda la información que encuentres sobre los clientes de CK. Ponla en un gráfico con el año en la parte superior y las características en el lateral. Lo que tenemos para este año, el año pasado y los dos años anteriores. Así que eso son cuatro años en total. Añade categorías según consideres apropiado. Luego haz lo mismo para el hogar promedio con gatos en el país. Pon eso en un segundo gráfico. No debería llevarte más de dos horas. Luego trae la información de vuelta.

—¿Eso es lo que querías antes? —preguntó ella.

—No, pero es suficiente por ahora. ¿Puedes hacerlo?

—Sí.

Le pasó el bloc de papel amarillo y luego señaló hacia la puerta.

Heather quería decirle que haría todo lo posible, despedirse o algo por el estilo, pero en lugar de eso, se levantó y salió corriendo de la habitación. Se le había dado una segunda oportunidad y no iba a desaprovecharla.

Capítulo 13

Las cosas no iban mejor en casa. Jaxsen se negaba a admitir que había hecho algo mal y había dejado claro que pensaba que ella estaba exagerando. Kristine sentía que él estaba menospreciando su muy real sensación de dolor y traición. Que no era capaz de ver que su mentira había sido algo grave. Ella se había estado guardando para el verdadero amor y él la había engañado.

Mientras conducía al aeropuerto para entregar otra tanda de galletas a Bruno, Kristine reconoció que Jaxsen y ella estaban atascados. Si el destino estaba escrito, o como fuera el viejo dicho, sería ella quien cedería. Sería ella quien diría que estaba bien, que lo entendía, y él diría que la amaba y las cosas continuarían como antes. Pensó que quizás eso sería lo más sensato, pero por una vez en su vida no quería ser sensata. Él había mentido. Adolescente o no, había herido sus sentimientos, había despreciado su reacción y, una vez más, se esperaba que simplemente lo soportara por el bien del matrimonio.

«¿Cuándo soporta él algo?», se preguntó enfurecida mientras conducía hacia el pequeño aeropuerto. «¿Cuándo hace algo que no quiere hacer?».

Jaxsen ayudaba en casa, pero solo con las cosas que le gustaban. Preparaba a los niños para ir a la cama, pero no les leía porque «todos sus libros son aburridos», como le había dicho una docena de veces. No ayudaba a limpiar la cocina ni los baños, no ordenaba, pero sí pasaba la aspiradora porque le gustaba hacerlo. Vivía su vida haciendo lo que quería, cuando quería, y que los demás se apañaran.

Para cuando aparcó, la furia la envolvía de tal forma que estaba a punto de desbordarse. Por fortuna, el *jet* de Bruno aterrizó justo entonces, proporcionándole una distracción.

Recogió las galletas empaquetadas, junto con un par de sándwiches de ensalada de pollo que había recogido en el hostal, y caminó hacia el *jet*. Se abrió la puerta y colocaron las escaleras, luego apareció Bruno, que enseguida comenzó a caminar hacia ella.

—Muchas gracias por ayudarme —dijo él, sonriéndole—. Tenía una parada de último minuto aquí antes de partir y quería conseguir unas cuantas galletas más.

—Aquí las tienes —dijo ella, levantando la bolsa de mano—. También te traje sándwiches, por si tienes hambre.

—Qué considerada, gracias. —Él hizo un gesto hacia el avión—. ¿Tienes unos minutos?

Kristine pensó en todas las cosas que tenía que hacer en casa. Realmente no debería, sin embargo, iba a hacerlo. Porque su esposo estaba actuando como un patán y, si eso la convertía en una mujer mezquina, que así fuera.

—Sí. Está bien.

Él esperó a que ella subiera primero las escaleras. Una vez dentro, colocó los sándwiches en la pequeña encimera y la bolsa de mano en uno de los asientos. Fue entonces cuando vio que había una botella de champán puesta en hielo.

La decepción la golpeó con fuerza. Vaya por Dios. Supuso que él había volado con su novia o algo así. Y ella fantaseando con tener unos minutos de coqueteo intenso y un poco de «qué pasaría si» por su parte.

Bruno alcanzó la botella.

—¿Estoy siendo demasiado presuntuoso? Pensé que podríamos brindar por mi próximo viaje.

—Es la una de la tarde.

—Sí, lo es —dijo él con una sonrisa.

Kristine miró a su alrededor, echó un vistazo a la botella y pensó: «¿Por qué no?».

—Claro —dijo, tomando asiento—. Sería encantador.

—Excelente. —Sacó la botella del hielo—. Mi abuelo siempre me decía que la mayoría de la gente abre el champán incorrectamente. Piensan que todo se trata del estallido del corcho. Pero cuando oyes ese sonido y el champán se derrama, estás perdiendo las burbujas que lo hacen especial. A veces lo silencioso es mejor.

Quitó el papel de aluminio, luego desató el alambre, pero no lo quitó. Manteniendo su pulgar en la parte superior del corcho, giró la botella con su otra mano hasta que el corcho quedó libre.

—¡No ha hecho ningún ruido!

Él guiñó un ojo.

—Años de práctica —dijo él, guiñando un ojo y sirviendo una copa a cada uno antes de sentarse frente a ella.

Brindaron y luego ella preguntó:

—¿Cuándo te vas?

—Mañana. Vuelo de regreso esta noche, luego tomaré un vuelo a París por la mañana.

—¿Vas a volar en una línea comercial? —fingió estar sorprendida.

—Lo sé. Este avión necesita mantenimiento.

—Debes de estar devastado por tener que hacer algo así.

Él sonrió.

—Superaré mi dolor.

—Tienes una vida increíble —dijo ella, ahora en serio—. Es tan diferente de la mía. Ni siquiera puedo imaginarlo. Soy una madre que se queda en casa con tres niños. Hago comida para ti y horneo galletas y *brownies* que vendo a otras personas. Los jueves me quedo despierta toda la noche horneando para tener galletas frescas para el fin de semana, cuando llegan los turistas.

—¿Por qué no horneas durante el día?

Una excelente pregunta.

—Es complicado. Para cuando envío a los niños a la escuela y me preparo, ya se ha ido la mitad de la mañana. Tendría que estar limpiando a las tres. Ya sabes, para que no haya desorden durante la cena.

Él no dijo nada, pero tampoco tenía que hacerlo. Qué ridículo. ¿Tenía que limpiar su desorden antes de que los niños volvieran de la escuela? ¿Por qué? A ellos no les importaba. ¿Cuándo había decidido que esa era la regla? ¿Por qué había asumido que todos los demás eran más importantes que...

—¿Kristine?

—¿Qué? Oh, lo siento. —Volvió su atención a Bruno—. Solo estaba pensando... —Suspiró—. Me gustaría mucho ir a Francia e Italia.

La mirada de Bruno se agudizó de repente.

—No lo dices en serio.

—Oh, sí lo hago. Escapar de mi vida suena bastante bien en este momento.

—¿Las cosas están difíciles en casa?

—Sí. Jaxsen se está comportando como un patán y es frustrante. Los chicos son geniales. Quiero decir, son chicos, pero los amo. Es solo que a veces desearía haber tomado decisiones diferentes.

Ella podría acostumbrarse muy bien a la vida en *jet* privado, pensó. A sentarse frente a un hombre atractivo que sabía cosas como abrir una botella de champán.

—No cambiarías nada —le dijo él—. Y puedo demostrarlo.

Antes de que ella supiera a qué se refería, él se inclinó hacia adelante y la besó. Fue un beso de nada, sus labios apenas se rozaron, pero, aun así, él no era Jaxsen y la había besado en la boca.

Antes de que pudiera descifrar lo que sentía o lo que significaba o cualquier cosa, él se retiró.

—Estás sorprendida.

—Sorprendida —dijo ella, tocándose los labios con los dedos—. Me has besado.

—Lo hice.

—¿Por qué?

—Por muchas razones, pero principalmente porque quería.

¿Él quería besarla? ¿Por qué? Ella no era glamurosa ni especial ni nada parecido a las mujeres que asumía que él tenía en su vida.

—No sé qué decir —admitió Kristine, incapaz de descifrar lo que sentía.

—Mandarme al infierno o besarme de nuevo parecen ser las opciones más probables.

Él la observaba atentamente, como esperando ver hacia qué lado se inclinarían las cosas. Ella no veía motivo para decirle que se fuera al infierno. En cuanto a besarla de nuevo, bueno, sabía que tampoco quería eso.

Dejó su copa de champán.

—Debería irme.

—Por supuesto.

Él la siguió fuera del avión. Cuando estuvieron en la pista, tomó sus manos entre las suyas.

—Estaré fuera unas semanas —informó Bruno.

—Avísame cuando vuelvas.

—Lo haré. —Él sonrió y soltó sus manos—. Adiós, Kristine.

—Adiós.

Ella se dirigió hacia su coche, intentando darle sentido a todo.

Bruno la había besado. No tenía idea de por qué lo había hecho o qué buscaba, si es que quería algo de ella, pero la había besado. En la boca.

Se sentó en su coche, mirando a través del parabrisas. Tal vez estaba loca, pero tenía la sensación de que Bruno la habría besado de nuevo si se lo hubiera pedido. ¿Y luego qué? ¿Habrían ido más lejos las cosas? ¿Quería él tener una aventura con ella?

La pregunta estaba tan fuera de su mundo habitual que casi se rio en voz alta. ¿Una aventura? ¿Ella?

Pensó en cómo se había estado comportando Jaxsen la semana anterior y por un momento jugueteó con la idea de vengarse de alguna manera. Pero no quería acostarse con Bruno. Sí, se sentía halagada y sorprendida, y un poco tentada por su interés, pero la verdad era que ella no era de las que buscaban fuera de su matrimonio un compromiso emocional. No quería a otro hombre ni una relación diferente. Ella quería...

—Quiero abrir la pastelería —dijo en voz alta, agarrando el volante con ambas manos—. Quiero una carrera que me haga feliz. Quiero alquilar el local y avanzar.

Llena de energía por tener claro su propósito, condujo a casa. Iba a hacerlo, se dijo a sí misma. Iba a idear un plan y decirle a Jaxsen que había llegado el momento de dar un paso adelante. Los niños ya eran mayores y el local era perfecto. Si no era ahora, ¿cuándo? Había terminado con las excusas y con los arrepentimientos. Era hora de hacer realidad su sueño.

Sophie estaba tumbada en el suelo junto a la caja con los gatitos. Lily, la madre, se tomaba un descanso de su camada, acostada en el alféizar de la ventana, disfrutando del sol. Sophie había vuelto a casa a la hora del almuerzo para ver cómo estaba la familia, algo que intentaba hacer al menos cada dos días. Por si acaso.

Sabía que Lily y sus bebés estaban perfectamente, que lo que había pasado a veces ocurría sin más, pero no podía evitar preocuparse. Oyó que llamaban a la puerta principal. Antes de que pudiera decir que estaba abierta, ya se oían pasos en la casa.

—Estoy en la parte de atrás —anunció ella.

Dugan apareció con una gran bolsa de papel marrón en la mano. Se había ofrecido a recoger el almuerzo y ella le había dicho que se encontraran en la casa.

Como siempre, se sorprendió de lo atractivo que era. Los profundos ojos azules, los rasgos cincelados, los anchos hombros. Ese hombre la atraía de una manera seria y, si pudiera reunir la energía, iba a sugerirle un encuentro íntimo en cuanto terminaran de almorzar. Había llegado a la oficina a las cinco de la mañana y estaba hambrienta.

—¿Qué? —preguntó él, extendiendo su mano para ayudarla a levantarse.

—Estaba pensando que tengo más ganas de comer que de tener sexo. ¿Qué dice eso de mí?

—Que hace mucho que no comes. Estás trabajando cien horas a la semana, apenas duermes y un día vas a colapsar. El sexo es genial, pero a veces también necesitas un sándwich.

Se sentó a la mesa de la cocina y pensó que tal vez él tenía razón. Sobre la parte de la comida, no sobre el colapso inminente.

—Soy muy resistente —dijo mientras tomaba el sándwich que él le ofrecía.

—Todo el mundo tiene un límite.

—¿Por qué eres tan negativo?

—Soy realista. Hay una diferencia.

Ella puso los ojos en blanco y dio un mordisco al

sándwich. Mientras masticaba, abrió la lata de refresco y tomó un largo trago.

—Siempre me estás dando consejos y entrometiéndote en mis asuntos. ¿Por qué?

—Me gustas —dijo él con una sonrisa perezosa—. Además, es algo que se me da bien. No puedo evitarlo.

—Deberías dejarlo. Todo está bien.

—¿Contrataste a un gerente de oficina?

—No. No hay buenos candidatos.

—Me cuesta creerlo. ¿Realmente leíste sus currículos y realizaste entrevistas o solo hiciste el paripé con la mente en otra cosa?

¿Cómo lo sabía? Era como si aquel hombre pudiera ver dentro de su cabeza, y eso no le gustaba.

—No tengo ni idea de qué hablas —dijo ella, dando otro mordisco a su sándwich.

—Mentirosa. —Su tono era suave—. La agencia de empleo solo te habría enviado a personas cualificadas. Revisa los currículums otra vez y contrata a uno de ellos.

—Alguien malo no es mejor que nadie.

—Normalmente, estaría de acuerdo contigo, pero en tu caso cualquiera es mejor que nadie. Un gerente de oficina conseguirá llenar el resto de los puestos. Aunque aplaudo tu éxito, de haber construido Industrias CK de la nada a lo que es hoy, no eres precisamente un modelo a seguir en buenas prácticas de gestión.

Ella hizo una bola con su servilleta y se la lanzó.

—No tienes derecho a decir eso.

—¿A pesar de tener todas las pruebas en contra? Acéptalo, Sophie. Eres trabajadora e inteligente, pero dirigir un negocio requiere más que eso. No tienes poderes mágicos. Sería mejor para todos si dejaras de actuar como si los tuvieras.

Ella sabía que tenía razón. Quizás.

—Me caías mejor cuando creía que solo eras una cara bonita.

Él sonrió.

—Seguro que sí.

Heather se decía a sí misma que no había razón para estar nerviosa. Había hecho el trabajo, conocía el material, estaba bien. Pero incluso mientras pasaba a la siguiente diapositiva de su presentación en PowerPoint, sentía la garganta cerrarse lo suficiente como para dificultarle hablar.

Había trabajado la mayor parte de la semana para que todo estuviera correcto. Elliot le había pedido que desglosara el plan de *marketing* digital por tipo: anuncios estáticos frente a anuncios en vídeo, junto con los lugares donde se colocaban. Sabía que estaba intentando convencer a Sophie para llevar la publicidad internamente en lugar de externalizarla y su informe sería parte de su argumentación.

Heather había trabajado hasta altas horas de la noche, recopilando información y analizando gráficos y tablas. Conocía la tasa de clics de cada anuncio de los últimos seis meses y había empezado a soñar con juguetes para gatos y comida para mascotas con marca CK mientras dormía. Impresionar a Elliot parecía poco probable, pero si podía demostrarle que era al menos un poco útil, esperaba que la mantuviera en su puesto actual.

—Como pueden ver, cualquier vídeo tiene más éxito que cualquier anuncio estático —dijo, esperando que el temblor en su voz no fuera audible—. Clasificando los vídeos por la cantidad de interacción, los que tienen gatos reales en lugar de gatos animados tienen mucho mejor rendimiento.

Pasó a la siguiente diapositiva.

—Sin embargo, hay un coste más alto asociado con los vídeos de gatos reales. Tardan mucho tiempo en producirse.

Sophie asintió.

—Los gatos no son conocidos por ser cooperativos. ¿Hay información sobre los vídeos de gatos frente a los de gatitos? Estoy segura de que había un vídeo de gatitos adorables jugando con algo de lo que vendemos. ¿Qué tal algo así? Podríamos conseguir un equipo de cámara para grabar a los gatitos y luego usar las imágenes para vender lo que queramos. A todo el mundo le encantan los gatitos.

Elliot tomó nota en un bloc.

—Hablemos de eso después de revisar la presentación.

—Gatitos, Elliot.

—Información, Sophie.

—Está bien... —aceptó Sophie tras un largo suspiro.

—Casi hemos terminado —dijo Heather rápidamente—. Solo quedan dos diapositivas más.

Pasó por ellas más rápido de lo que le hubiera gustado, podía ver que Sophie se estaba impacientando. La presentación había sido de sesenta diapositivas. ¿Era demasiado? ¿Había entrado en más detalles de los necesarios? Estaba a punto de preguntar cuando Sophie se levantó de un salto.

—Ha estado genial —dijo, sonriendo a Heather—. Estoy muy impresionada con lo que estás haciendo.

—Gracias. —Heather miró a Elliot, pero, como de costumbre, su expresión era indescifrable. Su jefe nunca era malo o cortante, pero tampoco era cálido y afectuoso. Le preocupaba estar siempre decepcionándolo.

Sophie se despidió alegremente antes de salir del despacho de Elliot. Heather la observó irse, luego miró a su jefe.

—¿Qué hice mal? —preguntó con voz tranquila y más tentativa de lo que le hubiera gustado.

—Necesitas adaptar tus presentaciones a la audiencia. Aunque necesitas transmitir la información, tienes que ser consciente de a quién te estás dirigiendo. Sophie quiere saber todo lo que está pasando en CK, pero su tiempo es limitado y siempre está pensando en diez cosas a la vez.

—¿Demasiados detalles y demasiadas diapositivas en la presentación?

Elliot asintió, luego miró su reloj.

—Ve a almorzar —le sugirió—. Luego puedes empezar a catalogar los anuncios programados para salir en los próximos treinta días. Quiero revisarlos antes de dar el visto bueno final. Todavía creo que podríamos hacerlo mejor.

Heather pensó en decir que no necesitaba almorzar, que podía seguir trabajando. Pero tenía hambre y estaba cansada. Las noches largas estaban pasándole factura.

Recogió notas sobre la presentación y su portátil y llevó ambos a su oficina, luego se dirigió a la sala de descanso. Estaba a mitad de camino hacia la nevera donde había guardado su almuerzo cuando se dio cuenta de que su madre estaba en una de las mesas.

A pesar de vivir en la misma casa, últimamente no se habían visto mucho, lo que significaba que Heather no tenía idea del estado de ánimo de su madre. Afortunadamente, Amber le regaló una sonrisa amable.

—¡Ahí estás! Me preguntaba si te habrías mudado de la isla. ¿Te lo ha dicho Sophie? Ahora estoy en el departamento de envíos. Es un trabajo realmente interesante. La gente compra las cosas más extrañas. Hay una manta que cuesta setenta y cinco dólares. ¿Puedes creerlo? ¿Quién pagaría eso? ¡Es solo una manta!

Heather sacó su almuerzo de la nevera. Había planeado comer en su despacho, pero no estaba segura de cómo decirlo, así que tomó asiento frente a su madre.

—Es de tamaño grande y tiene un diseño especial —dijo Heather—. Además, el logo de CK está tejido en el patrón.

—Aun así. Me parece una cantidad exagerada en mi opinión. Muchos de los artículos son muy caros. Me parece que los clientes preferirían encontrarlos en otro lugar más barato.

Al principio, las palabras parecían casuales, pero mientras Heather daba un bocado a su sándwich, adquirieron un significado diferente.

Su madre no... No podría...

«No», se dijo a sí misma. No podía ser que quisiera robar a Sophie para luego venderlo en Internet. Ni siquiera su madre llegaría tan lejos. Amber no se esforzaba trabajando, pero Heather no creía que hubiera llegado a ese nivel de deslealtad.

«Mejor ni pensarlo», se dijo a sí misma.

—Me alegro de que te guste tu nuevo trabajo —dijo Heather—. El almacén es un buen lugar para trabajar. Bear sabe lo que hace.

Amber suspiró.

—Él no entiende el significado de la palabra descanso, pero estoy trabajando en enseñárselo.

Heather no creía que eso fuera a ir bien.

—Me alegro de que Sophie haya trasladado su empresa aquí y que ambas hayamos conseguido trabajo con ella.

—Claro que tenemos trabajo con ella. Somos su familia. Tiene la responsabilidad de darnos trabajo. Aunque debería pagarnos más, si te soy sincera.

—Mamá, no funciona así.

—Pues debería.

Heather dio otro bocado a su sándwich. No quería pelear, no otra vez. Había cosas más importantes de las que ocuparse, como el hecho de que tendrían que buscar un apartamento.

—Al menos las dos estamos trabajando. Así que podemos ahorrar para el apartamento. Va a ser caro mudarse.

—Heather, qué tonterías dices. No nos vamos a

mudar. Mi madre solo está teniendo uno de sus arran-
ques. Se le pasará. Confía en mí, sé de lo que hablo.

—Pero, mamá, ella dijo...

Amber puso los ojos en blanco.

—Basta ya. Estaremos bien. Ya verás.

Capítulo 14

Tina Castillo parecía eficiente. Era de estatura media, con cabello y ojos marrones, y desprendía confianza y sensatez. Su currículum era impresionante y, aunque Sophie no recordaba mucho de su entrevista, no había detectado ninguna señal de alarma, lo cual era un punto a favor.

Sabía que realmente necesitaba una gerente de oficina, así que le había dado a Bear una lista de los tres mejores candidatos y le había dicho que los hiciera volver para una entrevista final. Luego él podría elegir al que pensara que lo haría mejor.

Había hecho lo que ella había pedido con una velocidad aterradora. Menos de veinticuatro horas después, Tina había sido contratada y ya estaba trabajando.

—No estoy segura de lo que Bear te ha dicho sobre nuestras circunstancias actuales —comenzó Sophie, deseando poder recordar al menos algo de la entrevista. No tenía ni idea de lo que habían hablado. Lo cual era más que un poco embarazoso. Por no mencionar lo imprudente que era por su parte.

—Sé lo del incendio y la mudanza —le dijo Tina—. La empresa sigue creciendo, no tienes suficiente personal y, en lugar de concentrarte en el liderazgo, te pasas el día apagando incendios.

¿Liderazgo? Sophie sabía que estaba a cargo, pero

nunca se había considerado una líder. Lo cual era parte del problema, pensó.

—Puedo ayudar —continuó Tina mientras se subía las gafas—. Déjame poner al personal en su lugar y luego mantener las cosas funcionando sin problemas. Tengo mucha experiencia. Mi trabajo será encargarme de todo para que puedas concentrarte en llevar a Industrias CK al siguiente nivel. Me imagino que tu plan de crecimiento a cinco años tuvo que ser desechado, junto con todo lo demás que el incendio destruyó. Necesitarás tiempo para volver a poner eso en marcha.

¿Plan de crecimiento a cinco años? Sophie intentó no hacer una mueca. Nunca había sido partidaria de planes como ese. Confiaba en su instinto, que hasta la fecha no la había defraudado.

—Como dije, quiero ocuparme de los detalles —siguió Tina—. Tengo mucha experiencia en gestión de proyectos. La pondré en práctica aquí. —Hizo una pausa—. ¿Necesitas una asistente?

Sophie dudó.

—No estoy segura. He tenido antes y nunca hemos encajado.

—Eso pensé.

Sophie esperó, pero Tina no parecía tener intención de decir nada más. ¿Qué significaba eso? ¿Había estado hablando con Bear sobre ella? Y si era así, ¿qué habían dicho?

—Necesitas a alguien que esté a cargo de tu calendario y se ocupe de los pequeños detalles —afirmó Tina, asintiendo con la cabeza mientras hablaba—. ¿Qué tal si contrato a alguien, pero en lugar de que te informe a ti se dirija a mí? Yo me encargaré de asignar las tareas y tú puedes hacerme saber cualquier problema que tengas. —Tina sonrió—. Yo seré la mala de la película.

—¿Para los dos? —preguntó Elliot.

—Muy posiblemente.

—Bien, parece que ya tenemos un plan.

Sophie no estaba segura de que le gustara, pero no tenía uno mejor. No podía evitar pensar que la estaban manejando, una sensación que no disfrutaba en absoluto.

Dejó a Tina para que se acomodara y salió hacia el almacén. Tal vez podría pasar un par de horas preparando pedidos. Eso siempre la hacía sentirse mejor.

Apenas había puesto un pie en la zona de envíos cuando Bear apareció a su lado.

—¿Hablaste con Tina? —preguntó él—. Me gusta. Sabe lo que hace. Intenta no supervisarla demasiado, al menos no la primera semana.

—Yo no superviso demasiado a nadie.

—Ajá. Dejémosla que se acomode y comencemos a contratar al resto del personal. Eso sería bueno para todos nosotros. —Bear señaló hacia las oficinas—. ¿No es allí donde deberías estar?

—Pensé que podía ayudar con los envíos un rato.

Bear se puso firme frente a ella.

—No.

Ella lo miró y entrecerró los ojos.

—¿Perdón?

—He dicho que no. Mi departamento, mis reglas. Te dejé hacer lo que querías las primeras semanas porque sabía que todavía estabas lidiando con lo del incendio y todo lo demás, pero se acabó. Es mi departamento. O me dejas manejarlo o me despides. No hay término medio.

«¡Pero lo necesito!», palabras que ella no dijo en voz alta. ¿Cómo iba a confesar que la tarea repetitiva de colocar mercancía en cajas la tranquilizaba? Que le encantaba tocar todos los maravillosos artículos de CK, sabiendo que iban a ser entregados a un gato feliz en Minnesota o Florida.

Bear la giró y le dio un pequeño empujón.

—Tienes una bonita oficina. Úsala.

—Tú no eres mi jefe —murmuró ella, aunque se dirigía de vuelta al otro extremo del almacén.

—Eso es lo que se rumorea.

Apenas había llegado al pasillo cuando Elliot la alcanzó.

—Tenemos que hablar.

Uf. Estaba resultando ser uno de esos días.

—Claro. Vamos a mi oficina.

Era el que estaba más cerca y, en caso de que Bear mirara para comprobar qué estaba haciendo, parecería estar ocupada.

Esperó a que Elliot estuviera frente a ella para decir:

—Entonces, ¿qué pasa?

—Es Heather. —Elliot frunció el ceño—. ¿En qué estabas pensando? No puede hacer el trabajo que le has dado. No tiene formación, ni educación. Tarda días en completar una tarea que debería llevar un par de horas. Trabaja duro, lo admito. Es decidida e inteligente y algún día conquistará el mundo, pero no pertenece al departamento de *marketing*.

—Pero ella tiene ideas geniales para nuestros productos.

—Mi tía Ida tiene un montón de ideas geniales para todo. Eso no significa que vaya a contratarla. Sophie, no tengo idea de qué te pasa, pero esta no es manera de dirigir una empresa. Fuiste impulsiva al darle el trabajo a Heather. Me la endosaste sin hablar conmigo primero y ahora hay un problema. Lo que no entiendo es que creo que te importa Heather.

—¿Qué? Claro que me importa. La conozco toda la vida. Es de mi familia. La quiero.

—Entonces, ¿por qué le hiciste esto?

—Estaba ayudando. Quería algo mejor para ella. —No le gustaba cómo iba la conversación—. Hice algo bueno. Este trabajo se paga más que el de envíos y tú dijiste que era capaz. ¿No puedes enseñarle lo que necesita saber?

—Esto no es un centro de educación continua. Estoy intentando manejar el plan de *marketing* que tenías para CK. —Elliot se recostó en su silla y la observó—. Eres un desastre, ¿verdad? Pasas el día haciendo cualquier trabajo menos el tuyo y Dios nos ayude si ves algo brillante porque irás tras ello sin pensar si tiene sentido para el negocio o no.

Sus palabras fueron como una bofetada. La humillación ardía por dentro y por fuera, y no tenía ni idea de qué decirle.

—No voy a despedir a Heather —le dijo él, al parecer sin darse cuenta de que ella estaba a segundos de un colapso emocional—. El error es tuyo, no de ella. Encontraré tareas que ella pueda hacer. Mientras tanto, no contrates a nadie más para mí. Estoy tratando de solucionar el problema. —Hizo una pausa—. Sophie, sé que tienes buenas intenciones, pero tienes que pensar antes de actuar. No haces ningún favor a Heather ni a nadie más cuando les das un trabajo que no pueden manejar. No va a terminar bien para nadie, y todos terminan sintiéndose estúpidos. ¿Cómo va la búsqueda de un gerente de ventas?

—Todavía estoy buscando.

—Hasta que contrates a uno, prepararé algunos informes de ventas básicos. Luego podemos hablar de números y objetivos. ¿Algo más?

Ella negó con la cabeza. Elliot se levantó y salió de su oficina.

Sophie lo miró mientras se alejaba, haciendo todo lo posible por mantener el control. Parte de ella quería ir tras él y decirle que era su empresa y podía hacer lo que quisiera, solo que no estaba segura de que esa fuera la solución más inteligente. Elliot no había sido cruel. Había sido directo. Es más, tenía la sensación de que no estaba equivocado.

—¡No es verdad! —gritó JJ mientras las almohadas volaban por la habitación—. ¡Retira eso!

—No lo haré —replicó Grant—. Estabas hablando con una chica. Te vi. Te pusiste todo rojo. ¡JJ tiene novia! —canturreó.

Kristine, de pie en el pasillo y escuchando todo, sabía que era momento de intervenir. O al menos de ofrecer una distracción. La hora de dormir estaba cerca, y dejar que las emociones se desbordaran significaría una noche difícil para todos.

Entró al dormitorio justo cuando una almohada volaba hacia la puerta. La atrapó y sonrió a sus hijos.

—Me alegra saber que no sois demasiado mayores para una pelea de almohadas —dijo como si no supiera que sucedía algo más.

—Mamá, JJ estaba hablando con una chica —comenzó Grant.

JJ se lanzó hacia su hermano. Kristine lo agarró por la parte trasera del cuello y lo detuvo.

—Creo que todos hablamos con chicas —dijo la madre, con tono calmado—. Y con chicos. A veces hablo con mis galletas cuando las estoy horneando. La comunicación siempre es un plus. Ahora, ¿quién está listo para leer un poco? Creo que estábamos a punto de comenzar el tercer libro y todos sabemos que ese es mi favorito.

Los chicos y ella estaban leyendo la serie de *Harry Potter*. Habían visto las películas y ella les había leído los libros antes, pero estaba intentando algo nuevo. Comenzando con el primer libro, cada uno de sus hijos leía un capítulo en voz alta antes de dormir. Grant ya leía lo suficientemente bien como para participar y ella quería hacer de la lectura una experiencia positiva para todos. Jaxsen no era muy aficionado a la lectura, así que nunca participaba.

No es una gran sorpresa, pensó, tomando el libro de *Harry Potter y el Prisionero de Azkaban*. Jaxsen rara vez hacía algo que no le gustara.

Se sintió deslizándose por un camino mental familiar y logró frenar a tiempo. Mientras los chicos se apresuraban a cepillarse los dientes y ponerse los pijamas, ella entró al dormitorio principal y se subió a la cama. Se recostó contra el cabecero, con el libro en su regazo.

Jaxsen y ella estaban mejor y debería estar contenta por eso. El hecho de que hubiera dejado pasar todo el asunto de la virginidad era la razón principal, pero sabía que necesitaba su energía emocional para centrarse en lo que quería hacer con la pastelería.

Estaba trabajando duro en su plan de negocios, calculando un horario para cuando trabajara e incluso había hablado con su suegra sobre si podría ayudar un poco más con los chicos.

De vez en cuando pensaba en el breve beso con Bruno. Sin duda, estaba dentro de la categoría de cosas que «no se deben hacer», pero no podía arrepentirse de ello. El breve contacto le había dado claridad mental en cuanto a lo que quería de su vida, y un hombre diferente no lo era. Ni siquiera uno con un *jet* privado. Quería a su esposo y a sus hijos, y quería cumplir su propio sueño con las galletas. Y creía que eso no era pedir demasiado.

—Estoy listo —gritó Grant, entrando corriendo en la habitación y lanzándose sobre la cama. Se acercó a ella a gatas y se acurrucó a su lado.

Tommy y JJ se unieron a ellos, Tommy apoyándose en su otro costado mientras que JJ se estiraba a lo largo del pie de la cama. La satisfacción la llenaba. Eso era lo correcto, pensó. Eso era lo que la hacía feliz. Y solo iba a mejorar.

—Creo que es mi turno —dijo ella, abriendo el libro.

—Lo es —dijo Tommy y luego bostezó—. Me gusta más cuando tú nos lees.

—A mí también —añadió Grant.

JJ asintió con la cabeza.

—Gracias. A mí me gusta escucharos a todos, así

que es bueno que nos turnemos. Bien. Nueva aventura para nuestro Harry —dijo ella, pasando a la primera página para comenzar a leer.

La primavera en el noroeste del Pacífico podía ser fría y lúgubre, pero de vez en cuando había un día perfecto. Una tarde de domingo, Heather se sentó en la playa cerca del parque, disfrutando del sol y de la temperatura de veintiún grados. La península al otro lado del agua se destacaba nítidamente contra el cielo azul profundo. Las olas lamían la orilla. Había turistas, pero no los suficientes como para estorbar.

Gina estaba tumbada de lado, con el pequeño Noah apoyado contra ella. El niño movía su camión amarillo brillante de un lado a otro sobre la gran manta de playa, haciendo ruidos de motor y chocándolo contra un gran conejo verde. Daphne, de vuelta de la universidad de Washington para el fin de semana, estaba estirada en una toalla. Llevaba pantalones cortos y un top de biquini, y juraba que podía sentir que ya se estaba bronceando.

—No creo que puedas broncearte hasta que llegue mayo al menos —le dijo Gina—. Estamos demasiado al norte.

—No me importa lo que nos diga la ciencia —respondió Daphne con una risa—. Voy a hacer que suceda por pura voluntad.

—Mientras la universidad te esté abriendo la mente —bromeó Heather.

Estaba disfrutando de una tarde libre de sus diversos trabajos y estaba pasando el rato con sus amigas, ambas cosas eran raras y estaba decidida a disfrutar cada segundo.

El teléfono móvil de Daphne sonó. Sin molestarse en abrir los ojos, pulsó un botón, enviando la llamada al buzón de voz.

—¿Problemas con tu chico? —preguntó Gina, con tono de broma.

—Algo así. Las cosas están terminando y él quiere seguir hablando de ello.

—Un hombre que quiere comunicarse —dijo Heather entre risas—. No me extraña que no quieras estar con él. Es una pesadilla.

Daphne arrugó la nariz.

—No es por hablar. Es solo que somos demasiado diferentes. Me importa proteger el medio ambiente tanto como a los demás, pero Donnie quiere iniciar una petición para que los estudiantes que viven en el campus solo puedan ducharse una vez a la semana. —Abrió los ojos y las miró—. Para ahorrar agua.

—Vale, eso es totalmente inaceptable —le dijo Gina—. Pero pensé que estabas saliendo con Russell.

—Eso fue la semana pasada —dijo Heather en voz baja—. Y antes fue Kanye.

Daphne sonrió.

—Ya sabéis. Me gusta mantener mis opciones abiertas.

Lo cual sonaba divertido, pensó Heather, deseando haber podido asistir a la Universidad de Washington y ser una estudiante a tiempo completo. Algún día, se prometió a sí misma. Estaba ahorrando dinero tan rápido como podía. Una vez que resolvieran la situación de la casa, iba a organizarse para poder dejar Blackberry Island. Mudarse a Boise todavía tenía sentido. Era mucho más barato que Seattle y estar tan lejos de su madre sonaba celestial.

—¿Cómo te va trabajando para tu tía? —preguntó Daphne—. Mi madre dice que la gente está muy emocionada con la apertura de Industrias CK. Se supone que los trabajos son muy buenos.

—Me encanta. Estoy trabajando en *marketing* y estoy aprendiendo un montón. —Aún no estaba segura de lo que Elliot pensaba de ella, pero hasta ahora la había mantenido y estaba trabajando duro para demostrarle su valía.

—Me pregunto si tendrán algún trabajo de media jornada —dijo Gina, con voz tentativa—. No tengo ni idea de qué haría con Noah... —Acarició la cabeza de su hijo—. Mis padres trabajan y mis suegros viven demasiado lejos para ayudar a diario.

Heather sabía que era mejor no sugerir que Gina contratara una niñera o metiera a Noah en una guardería. Los gastos serían casi tanto como lo que Gina ganaría.

Daphne se incorporó.

—Cambiando de tema. Necesitamos planear un viaje por carretera. El verano no está tan lejos. Si queremos hacer algo, deberíamos decidirlo ahora.

—¿Un viaje por carretera? —Gina sonó dudosa—. No creo que pudiera hacer eso. No con Noah.

—Claro que podrías. —Daphne levantó un dedo—. Llama a tus suegros y organízalo con ellos. Dejaremos a Noah en su casa de camino a salir de la ciudad. —Levantó un segundo dedo—. Y no digas que Quincy no puede sobrevivir sin ti. Ese hombre sabrá apañárselas perfectamente. Y así te echará de menos. ¿No sería eso agradable? Estoy pensando en ir a Cannon Beach —se dirigió a Heather—. Podríamos alquilar una casa, solo nosotras tres. No en la playa, pero cerca. Vamos, decid que sí. ¡Será genial!

Sería genial, pensó Heather con melancolía. Escaparse, pasar tiempo con sus amigas, como en los viejos tiempos del instituto.

—Tengo trabajo... —tuvo que decir—. Y un apartamento del que ocuparme y otros sueños que no dejan espacio para una escapada.

—No podría dejar a Noah toda la noche —añadió Gina—. Sería demasiado difícil para mí.

—¿En serio? —Daphne las miró fijamente—. ¿Esa es vuestra respuesta? ¿Ni siquiera recordáis que solo tenéis veinte años? Vamos. Tendremos toda la vida para ser maduras y hacer lo correcto. Divirtámonos.

—Estoy casada, con un hijo. Tengo responsabilidades —dijo Gina, con expresión seria.

—No lo entiendo. —Daphne se levantó y se puso la camiseta—. ¿Cuándo decidisteis ambas renunciar a nuestra amistad? Entiendo que tengáis responsabilidades. Entiendo que no todas reciben ayuda para pagar la universidad, pero eso no significa que cada segundo tenga que ser agotador. Llamadme cuando estéis listas para divertiros de nuevo.

—Daphne, no seas así —dijo Heather—. Por favor. Somos amigas. Sé que las cosas son diferentes, pero eso no tiene por qué cambiar nada. Todavía podemos divertirnos juntas.

—¿Haciendo qué?

—Pasando el rato así. —Heather hizo un gesto hacia la playa—. Es un día precioso y hace mucho que no nos vemos. Lo siento por lo del viaje, pero eso no debería cambiar nuestra relación.

Daphne dudó, luego asintió.

—De acuerdo. Tienes razón. Perdón por exagerar. Voy a comprar un refresco. ¿Alguien quiere algo?

—Yo estoy bien, gracias —respondió Gina.

—Yo sí tomaré uno —dijo Heather.

Daphne se dirigió al puesto de *snacks* del parque. Cuando estuvo lo bastante alejada, Gina se inclinó hacia Heather y dijo:

—Es muy inmadura.

Heather reflexionó sobre la sugerencia de Daphne de irse unos días. No era una idea descabellada. Pasar tiempo en Cannon Beach era en realidad bastante tranquilo. Se habrían divertido y escaparse unos días habría sido agradable. Pero no era posible.

—No estoy segura de que sea inmadurez —admitió Heather—. Solo tenemos veinte años, Gina. Quizás seamos nosotras las que estamos desfasadas, no ella.

Capítulo 15

Sophie nunca había tenido que prepararse tanto para una entrevista. Cuando empezó con CK, contrataba a personas que conocía. Cuando necesitaba gente nueva, publicaba anuncios en Internet. Y, de manera eventual, solicitaba la ayuda de agencias de empleo y de aplicaciones *online*. Pero esta vez era diferente.

Había oído hablar de Maggie Heredia por primera vez en una conferencia del sector. Uno de los competidores de Sophie había estado alardeando de un aumento de dos dígitos en las ventas. En aquel momento, cuando CK estaba creciendo más rápido de lo que podían seguir el ritmo, eso no había sido un número impresionante, pero en los últimos años, ya que la empresa había conquistado todos los mercados fáciles, Sophie había recordado el nombre y había comenzado a seguir a Maggie en Internet.

Sabía que estaba casada y que tenía dos hijos. La familia vivía actualmente en Denver, y su esposo trabajaba desde casa. Una buena noticia que significaba que mudarse a Blackberry Island no sería un gran problema para él. Los niños sí eran un problema un poco mayor, pero Sophie había recopilado información sobre las escuelas locales y se había deleitado al descubrir que la Escuela Primaria de Blackberry Island estaba entre las cinco mejores del estado. Y el instituto, que estaba justo fuera de la isla, tenía igualmente buena reputación.

Sophie había puesto toda esa información en una carpeta de colores brillantes. También había hecho lo posible por averiguar cuánto estaba ganando Maggie actualmente y había aumentado la cantidad en un veinte por ciento. También había añadido todos los detalles sobre el plan de salud de la empresa. Luego, había leído una docena de artículos sobre contrataciones a nivel ejecutivo, había dedicado tiempo extra a su cabello y maquillaje y, por si eso fuera poco, hasta había ido de traje a la oficina. Un poco ridículo, pero estaba desesperada.

Mientras esperaba a que Maggie llegara, Sophie caminaba de un lado a otro por el almacén, con sus tacones altos resonando en el suelo.

Bear la observó durante un par de minutos antes de ponerse a caminar a su lado.

—¿Nerviosa?

—¿Se nota tanto?

—Sí.

—Quiero contratar a esa mujer. Es excelente en ventas y ha trabajado con un distribuidor que he estado intentando atraer durante tres años. Es tan frustrante. Él consigue colocar productos en tiendas. Yo tengo productos. ¿Por qué tiene que ser tan difícil?

—No le gusta lo que tienes.

Sophie se detuvo y se puso las manos en las caderas.

—No sabes eso.

—Claro que sí. ¿Por qué más no te aceptaría? Obviamente, piensa que no ganará dinero con nuestro inventario. ¿Cuál es su área de especialización?

—*Boutiques* de gatos de alta gama.

Bear hizo una mueca.

—Echo de menos trabajar en el sector de la fruta.

—Los gatos son un negocio de miles de millones de dólares.

—La fruta también.

Se sintió relajarse mientras sonreía.

—Eres un señor mayor un poco raro.

—Eso no es una novedad para ninguno de los dos. —Él hizo un gesto con la cabeza hacia la puerta abierta del almacén—. Acaba de aparcar un coche de alquiler ahí fuera. Quizás quieras ir a recibir a tu nueva recluta.

Sophie se llevó una mano al estómago.

—Va a salir bien. Dime que va a salir bien.

—Harás lo que siempre haces, Sophie. Eres una fuerza de la naturaleza y eso no puede cambiarse.

No estaba segura de que esas fueran las palabras de aliento que buscaba, pero era todo el tiempo del que disponía. Se apresuró hacia la entrada, donde Tina ya estaba recibiendo a Maggie Heredia.

La otra mujer tenía más o menos la edad de Sophie, quizá un año o dos más. Era alta, delgada y rubia, con un aire de confianza amistosa. Parecía la clase de persona al lado de la cual te gustaría sentarte cuando no conoces a nadie en un evento.

Maggie sonrió y extendió su mano.

—La famosa Sophie Lane. Por fin nos conocemos.

—Bienvenida a Blackberry Island. ¿Qué tal tu vuelo?

—Todo bien. Denver no está tan lejos. No como mis viajes a la Costa Este, que me llevan todo un día.

Se dieron un apretón de manos. Tina hizo un gesto hacia las oficinas.

—He preparado la sala de conferencias. Por favor, avísenme si necesitan algo más.

Sophie la guio hacia lo que había sido una oficina vacía hasta hacía tres días. Gracias a Tina, una mesa de conferencias y sillas a juego habían sido entregadas esa misma mañana. Había pizarras blancas en dos paredes y una pantalla para presentaciones digitales.

Mientras caminaban hacia la mesa, Sophie vio que Tina había dejado café, magdalenas y una jarra de agua. Esa mujer era aterradoramente eficiente, pensó Sophie con una sonrisa. Tendría que acordarse de darle las gracias más tarde.

Sophie se sentó en la cabecera de la mesa. Maggie tomó la silla a su derecha.

—Gracias por venir hasta aquí —comenzó Sophie—. Sé que estás contenta donde estás, pero espero tentarte lo suficiente para que consideres unirte a nosotros en Industrias CK.

Maggie se recostó en su silla.

—He investigado mucho sobre la empresa. Has hecho un buen trabajo con lo que tienes. Empezaste con nada más que un puñado de simpáticos vídeos de gatos y creaste un imperio. Eso es impresionante.

Sophie agradeció el cumplido.

—El momento fue un factor. Cuando comencé a publicar los vídeos de CK en Internet, YouTube era nuevo y el concepto de volverse viral aún no se había generalizado. Hoy, las travesuras de CK serían solo parte del ruido de fondo.

—Es cierto, pero supiste cómo capitalizar lo que tenías. Mucha gente habría perdido la oportunidad. —La mirada de Maggie recorrió la habitación—. De hecho, ahora estás perdiendo muchas oportunidades. Supongo que te estás quedando sin productos atractivos y ahora estás luchando para mantener el crecimiento de la empresa. En un mercado saturado, a CK le está costando diferenciarse.

Maggie volvió su atención a Sophie y sonrió.

—¿Por qué comprar un artículo de la marca CK cuando puedo obtener uno de Martha Stewart por el mismo precio o incluso más barato? En las grandes tiendas de mascotas compites con cien marcas distintas y las tiendas *boutique* ni siquiera te tienen en cuenta.

Sophie sintió un nudo en el pecho. La evaluación de Maggie era tanto dura como precisa, y no le gustaba ninguna de las dos cosas.

—He intentado entrar en las *boutiques*, pero no consigo una reunión con los distribuidores.

—Lo sé. Eso es porque no tienes nada interesante que venderles. Puedes comprar arena para gatos prácticamente en cualquier lugar. No vas a triunfar solo con arena para gatos.

—La arena para gatos paga las facturas.

—Pero no todas. Obviamente, tienes creatividad. ¿Por qué no tienes productos que sean únicos para Industrias CK?

—Lo he intentado —dijo Sophie con amargura. «Más de una vez»—. Los diseñadores no son tan divertidos a la hora de trabajar. Son exigentes, caros y poco fiables.

—Entonces es que estás hablando con los equivocados.

Sophie de repente recordó todos los artículos que había leído sobre entrevistas. Se suponía que debía ser ella quien dirigiera la conversación, hacer preguntas y escuchar las respuestas. De alguna manera se había desviado del camino con Maggie.

—Quiero llevar a CK al siguiente nivel. Y las ventas no son mi área de especialización.

—Estoy segura de que tienes ideas sobre cómo se supone que debe funcionar el departamento de ventas —dijo Maggie sin dejar de sonreír—. Has llegado hasta aquí sin un gerente de ventas.

—Estoy lista para que eso cambie. Tendrías control total. —Sophie decidió que no le importaban los estúpidos artículos que había leído. Quería a Maggie y estaba decidida a conseguirla—. Sé que tienes familia. Crecí aquí y es un lugar maravilloso para los niños. La vivienda es asequible y estoy preparada para ofrecerte un paquete de reubicación generoso.

Maggie tomó su taza de café y dijo:

—Está bien. Cuéntame más sobre la isla.

* * *

Kristine no había visto físicamente a Sophie desde que le había confesado que se había acostado con su marido, aunque sí habían hablado y enviado mensajes de texto con regularidad. Cualquier preocupación que tuviera sobre sentirse incómoda con ella desapareció en el segundo en que Sophie la vio entrar en las oficinas de CK. Su prima se dirigió directamente hacia ella y la abrazó con fuerza.

—Te quiero mucho —murmuró Sophie—. Gracias por venir a verme.

Kristine rio sin dejar de abrazarla.

—Soy yo quien pidió la reunión.

—Aun así, estás aquí y a veces eso es suficiente. Ha sido una semana difícil. —Sophie la condujo a su despacho, donde tomaron asiento—. Entonces, ¿qué pasa?

Kristine sacó una carpeta, diciéndose a sí misma que incluso si a Sophie no le gustaba, al menos obtendría información. Un punto de partida era importante y valoraba la opinión de su prima. Sophie nunca la lastimaría ni sería cruel. Tenía que confiar en sí misma para manejar lo que ella pudiera decirle.

—Es un plan de negocios para abrir la antigua pastelería de Blackberry Island —soltó sin más—. Quiero hornear mis galletas y *brownies* allí. Continuaré vendiendo a las bodegas, por supuesto, así como en las otras tiendas. También ofreceré envíos. He hecho cuentas de lo que me costaría reformar el local. Tengo análisis de costes y cifras de ventas.

Sophie sonrió.

—Mira tú. Eso es muy emprendedor.

—Eso espero. Y solo para que quede claro, no estoy aquí por dinero. Me autofinanciaré. Quiero usar la herencia de mi abuela y tomar quince mil de nuestra línea de crédito de la casa. —Señaló la carpeta—. Devolver esa línea de crédito también está en mi presupuesto.

Algo en lo que Jaxsen insistiría, pensó. Asumiendo que estuviera de acuerdo con el plan, claro.

Pero, antes de decírselo, primero quería la opinión de Sophie. Su prima había creado Industrias CK de la nada. Si ella pensaba que el plan era bueno, entonces Kristine se lo contaría a Jaxsen. Poder afirmar que Sophie pensaba que era viable le daba seguridad.

—Quiero que eches un vistazo a mi plan y me digas si te parece viable y si he olvidado algo importante.

Su prima abrió la carpeta y pasó las páginas.

—Puedo leerlo ahora mismo, si no te importa esperar un poco.

—Sí, me gustaría.

—Ve a buscar una taza de café y vuelve en veinte minutos.

Kristine asintió y salió al pasillo, cuidando de cerrar la puerta de Sophie detrás de ella. Miró su reloj y marcó la hora, luego caminó hacia lo que pensaba que era la sala de descanso.

Pasó por varias oficinas. Había más gente trabajando que la última vez que había estado. Vio a Heather tecleando en un ordenador y sonrió. Algún día esa chica gobernaría el mundo, asumiendo que alguna vez dejara la isla y se alejara de Amber.

Kristine se dio cuenta de que no había vuelto a oír nada sobre la venta de la casa. Quizás la tía Sonia había cambiado de opinión.

Caminó hacia el almacén y vio que había llegado un gran camión de dieciocho ruedas con una entrega. La gente estaba ocupada descargándolo. Una carretilla elevadora movía palés envueltos en plástico mientras que en el departamento de envíos tres personas estaban ocupadas llenando cajas.

Observó el ajetreo en el almacén hasta que pasaron los veinte minutos, luego regresó a la oficina de Sophie. Su prima la recibió en la puerta y la arrastró hasta su silla.

—¿Por qué no me dijiste que eras tan inteligente? —Sophie volvió a su propia silla y sonrió—. Tu plan es genial. Lo has pensado todo. Sabes sobre seguros de negocios y conseguir las inspecciones adecuadas. ¿Cuánto tiempo llevas trabajando en esto?

—Un tiempo. ¿De verdad crees que tiene sentido?

—Es brillante. Hasta tienes dinero apartado para sobrecostes en la reforma. Y el flujo de caja previsto es muy moderado, no te has pasado de optimista. Dirijo CK desde que estaba en la universidad y no creo que hubiera podido idear un plan de negocios tan completo. Estás lista. Hazlo. En serio. Tienes que hacerlo.

Kristine sonrió.

—Gracias. Eso significa mucho para mí.

Más que mucho. Se sentía más ligera y feliz; empoderada.

—¿Cuál es el siguiente paso? —preguntó Sophie—. ¿Firmar el contrato de arrendamiento? Tienes que conseguir ese local antes de que alguien más lo haga.

—Necesito hablar con Jaxsen.

Sophie puso los ojos en blanco.

—Por eso nunca me voy a casar de nuevo. No quiero que ningún hombre se interponga entre lo que quiero y yo.

—Dudo que eso sucediera, incluso si estuvieras casada.

—Probablemente tengas razón. De todos modos, habla con Jaxsen. Es un buen hombre, estará de acuerdo. Lo has pensado bien, Kristine. La gente viene a mí todo el tiempo con ideas descabelladas. La mayoría de ellas son un desastre. Pero esta es fenomenal. Deberías estar orgullosa de ti misma.

—Gracias. —Kristine recogió la carpeta. Estaba feliz, asustada y emocionada. Y un poco en *shock*.

—Pareces atónita —le dijo Sophie—. Incluso yo pienso que mi opinión importa, pero te lo estás tomando un poco demasiado en serio.

Kristine rio.

—No es eso, aunque realmente agradezco que me digas lo que piensas. Es solo que me he dado cuenta de que me he quedado sin excusas. Tengo que hacerlo.

—¿Tienes que hacerlo o quieres hacerlo?

Kristine pensó por un segundo, luego rio.

—Tengo que hacerlo, quiero hacerlo, necesito hacerlo. Todo a la vez. Ya es hora. Voy a hacer que suceda.

Sophie sabía que lo último que necesitaba en ese momento era tener más responsabilidades, pero era difícil ignorar el tono desesperado en la voz de Jessica.

—Sé lo que te estoy pidiendo —le dijo la voluntaria del refugio de animales—. Pero estoy dispuesta a suplicar si es necesario.

—No tienes que hacerlo.

Sophie pensó en el tercer dormitorio de su casa. No había retirado ningún mueble y no estaba segura de cuándo tendría tiempo para hacerlo.

—Yo te la llevaré. Y también todo lo necesario. Estamos desbordados, no tenemos espacio y esto es una emergencia real.

—Está bien. Puedes traerla. ¿Cómo se llama?

—Señora Bennet. De...

—Sé de dónde viene el nombre. Esperemos que todas las crías sean hembras. No quiero tener que llamar a un gatito Señor Darcy.

Acordaron que se encontrarían a las cinco en la casa. Sophie llegó unos minutos antes. Desde que dio a luz, Lily tenía libre acceso por todas las habitaciones, pero mientras la nueva gata embarazada se adaptaba, Lily tendría que estar confinada. Sophie la saludó y le explicó que iba a tener una nueva compañera de cuarto.

—El refugio está desbordado —le dijo, mientras quitaba el colchón de la cama y lo apoyaba contra la pared—. Necesitaban otro hogar de acogida con urgencia, así que tuve que decir que sí. Espero que no te importe compartir.

Lily se frotó contra su pierna, ronroneando mientras se movía. Sophie asumió que eso era una aprobación felina.

—Le dije que este es mi límite. Dos hembras adultas y sus gatitos es todo lo que puedo manejar, y tampoco quiero poner a prueba la paciencia de mi casero.

Dejó el somier a un lado y lo cubrió con varias sábanas, luego abrió las puertas del armario para la caja de arena y colocó una caja grande, similar a la que Lily había usado para su camada.

Justo a la hora acordada, sonó el timbre.

Lily corrió hacia su dormitorio. Sophie cerró la puerta detrás de ella antes de dejar entrar a Jessica. La voluntaria llevaba un transportín grande en una mano y un arenero vacío en la otra.

—No sabes cómo te lo agradezco —dijo la voluntaria mientras entraba apresuradamente—. Hoy dejaron tres gatas embarazadas más y no hay dónde ponerlas. Señora Bennet ha sido revisada por el veterinario. Está en estado bastante avanzado, así que debería dar a luz en los próximos días.

Sophie esperaba tener un poco más de tiempo para que se conocieran, pero parecía que eso no iba a suceder. Juntas llevaron todas las cosas dentro. Una vez que el arenero estuvo lleno y la comida y el agua en su lugar, Jessica le dio las gracias nuevamente a Sophie, antes de volver a su coche e irse. Sophie se sentó en el suelo junto al transportín y abrió la puerta.

—Hola, Señora Bennet. Soy Sophie. Hay otra gata más en casa. Conocerás a Lily más tarde.

La respuesta de Señora Bennet fue un maullido fuerte y de descontento. Se quedó donde estaba, en el fondo del transportín, y siseó.

—Está bien —le dijo Sophie—. Yo también estaría asustada. Te dejaré para que te acomodes.

Usó una toalla vieja para mantener la puerta del transportín abierta, así la gata no se quedaría atrapada dentro, y luego salió, cerrando cuidadosamente la puerta del dormitorio detrás de ella. Fue a ver a Lily, quien la observaba con los ojos muy abiertos.

—Sí, eso ha sido otra gata. No está muy contenta.

Otro maullido resonó por la casa. Lily miró en dirección al ruido antes de apresurarse hacia sus gatitos. Saltó a la caja y los olisqueó antes de acostarse para que pudieran mamar.

Sophie alimentó a Lily y luego se preparó una cena congelada para ella misma. Mientras se calentaba, y durante la comida, revisó los gastos de las últimas seis semanas, frunciendo el ceño ante el coste de los nuevos estantes, escritorios y todo lo demás que habían necesitado para poner en marcha el negocio. Sí, el cheque del seguro lo cubría todo, pero, aun así, odiaba la idea de gastar dinero en accesorios y muebles.

Alrededor de las siete decidió ir a echar un vistazo a su nueva huésped. Señora Bennet se había trasladado a la gran caja que Sophie había colocado en la esquina. Tres pequeños gatitos estaban acurrucados junto a su madre y, mientras Sophie se arrodillaba en el suelo junto a la caja, nació un cuarto.

Señora Bennet se puso inmediatamente a trabajar, lamiéndolo por completo y empujándolo con el hocico hasta que emitió un pequeño chillido de protesta. El pecho de Sophie se apretó al ver a la flaca atigrada guiar al recién nacido hasta su vientre, donde el gatito se prendió al instante para mamar.

—Parece que ya estabas de parto cuando Jessica te trajo aquí —susurró Sophie—. Lamento que hayas tenido que pasar por eso en el trayecto. Estarás segura aquí. Cuidaré de ti y de tus bebés hasta que sean lo suficientemente grandes para ser adoptados.

Se sentó en el suelo, sin saber si Señora Bennet había terminado de dar a luz ni qué debía hacer para ayudarla. Sacó su teléfono y leyó un par de artículos. Llegó a la conclusión de que no podía hacer gran cosa.

Unos treinta minutos después nació otro gatito. Sophie esperó ansiosa hasta que oyó el pequeño maullido que anunciaba que estaba vivo. Una vez que comenzó a mamar, Señora Bennet pareció relajarse, como si hubiera terminado. Sophie esperó media hora más antes de asegurarse de si había algún gatito quieto en la esquina de la caja. Afortunadamente, todas las crías habían nacido vivas.

Alrededor de las ocho y media, Señora Bennet se levantó para usar la caja de arena y beber algo de agua. Sophie se puso guantes de plástico y trasladó a los gatitos a una toalla tibia mientras limpiaba la caja. Puso ropa de cama limpia y devolvió a los gatitos justo cuando Señora Bennet terminaba de comer un poco de pienso. La delgada gata atigrada se detuvo junto a Sophie y la miró.

—Lo hiciste muy bien. Eres una buena mamá. —Extendió la mano para acariciar a la gata y se sorprendió cuando Señora Bennet se apoyó en ella y comenzó a ronronear.

Cuando la gata regresó con su familia, Sophie se puso de pie y salió del dormitorio.

—Volveré dentro de unas horas para ver cómo estás.

Se aseguró de que la puerta estuviera cerrada, luego dejó salir a Lily, que estaba ansiosa por olfatear todo alrededor de la puerta del segundo dormitorio. Sophie la dejó explorar a su aire, luego se duchó y se fue a la cama a las nueve y media.

Se despertó dos veces durante la noche, fue a ver a Señora Bennet y finalmente se levantó a las cuatro. Alimentó a ambas gatas, limpió las cajas de arena, luego se vistió y, antes de las cinco, ya estaba trabajando en la oficina. Sobre las seis, ya había dejado sus notas adhesivas gigantes por todas partes y ya estaba descargando un envío que había llegado después de que se fuera el día anterior. Porque siempre había algo que hacer, ¿no es así?

Capítulo 16

Heather se odiaba por entrar en el garaje, pero tenía que salir de dudas. Aunque se decía a sí misma que era imposible que Amber robara cosas del almacén de CK para venderlas en Internet, no paraba de mover cajas y buscar en estantes y detrás de bicicletas viejas.

A lo largo de los años, el garaje se había convertido en una enorme zona de almacenamiento y cuarto de trastos. Si nadie sabía dónde poner algo, terminaba en el garaje. Los adornos navideños se amontonaban junto a un horno tostador roto que debería haberse tirado directamente.

Heather revisó los lugares más probables donde se podrían ocultar cosas. No encontró nada, lo cual era tanto bueno como malo. Quizás eso significaba que Amber no estaba robando de la empresa de su prima y debería estar contenta por eso. Lo que le preocupaba era que, o bien Amber era mejor escondiendo su delito de lo que Heather pensaba, o ella era una hija horrible por siquiera considerar la posibilidad de que su madre fuera una ladrona.

Regresó a la casa. Decidió asumir que su madre no estaba robando y aceptar que era una persona terrible. De alguna manera, la culpa sería más fácil de manejar que una vida de delitos de Amber. Para ser honesta, si hubiera descubierto que Amber estaba robando cosas de CK, Heather no tenía idea de lo que habría hecho al respecto.

Entró a la cocina y encontró a su madre esperándola. El sentimiento de culpa se apoderó de ella, haciéndola tropezar mientras buscaba una excusa por lo que había estado haciendo.

—Estaba revisando el garaje —consiguió decir—. Por si acaso, eh…, al final la casa se vende. Tendremos que vaciarla. Eso va a ser un gran trabajo. Me pregunto si deberíamos hacer un mercadillo para deshacernos de las cosas.

—Mi madre no va a vender la casa. Ven a ver lo que he estado haciendo. No eres la única que es creativa. De hecho, cualquier habilidad que tengas ahora, la obtuviste de mí. Dios sabe que tu padre biológico era un inútil —dijo mientras abría la puerta de su pequeño cuarto de manualidades—. ¡Mira!

El espacio era una mezcla entre un armario y una habitación pequeña. Años atrás, el padrastro de Heather había instalado largas encimeras y estantes en las paredes. Había cajas para lana y telas, cajones para todo tipo de accesorios y buena iluminación.

Cuando Heather era pequeña, su madre y ella a menudo hacían cosas juntas. Amber había sido quien le enseñó a tejer, hacer ganchillo e incluso colchas. Las dos habían frecuentado mercadillos de garaje, buscando lámparas económicas que pudieran arreglar y embellecer de nuevo, o artículos que solo necesitaban una capa rápida de pintura para volver a ser útiles.

De alguna manera, todo eso se había perdido, pensó Heather. Supuso que había comenzado después del divorcio. Su madre había estado enfadada y amargada, y la complicidad y la diversión se habían desvanecido.

Amber señaló varios cojines sobre la larga mesa.

—¿Ves lo que hice? Descargué el logotipo de CK en

una memoria USB, luego la llevé a esa tienda de manualidades en el continente. Ellos lo imprimieron en tela para mí. Es realmente barato y fácil. Luego hice los cojines —dijo Amber con una gran sonrisa—. Mañana hablaré con Sophie. Van a venderse muy bien, ¿no crees? Los colores son tan brillantes y bonitos.

Heather miró los cojines. Eran cuadrados, de unos cuarenta y cinco centímetros de lado, hechos en una muselina sencilla, con el logotipo de CK justo en el centro. Había un arcoíris de colores y los cojines se veían bien. Solo que... ¿Quién querría cojines con el logotipo de CK en su casa?

—Estoy pensando que debería cobrar cincuenta dólares —continuó Amber alegremente—. Me llevaré la mitad de eso al menos.

—¿La mitad?

—Es mi idea.

—Sí, pero hay que hacer los cojines. La ganancia de Sophie por un solo cojín no va a ser de veinticinco dólares.

—Oh, bueno, ya se hablará. Va a ser una gran forma de ganar dinero. —Puso su brazo alrededor de Heather—. Con tu abuela siendo tan egoísta y Sophie tratándonos como empleadas, vamos a tener que asegurarnos de cuidar de nosotras mismas. No habrá nadie que te rescate, Heather. Tienes que recordar eso.

Aunque el consejo era bueno, Heather no podía ignorar la ironía de que viniera de su madre.

—Desearía que te casaras con alguien con dinero —dijo Amber, caminando hacia uno de los cojines para tomarlo en sus manos y admirar su trabajo—. No es que haya muchos hombres ricos en la isla. Dugan no sería una mala opción, pero es demasiado mayor para ti.

—Y está saliendo con Sophie.

Amber le quitó importancia con un movimiento de sus dedos.

—Tú eres más joven. Eso siempre gana. Salías con un chico en el instituto. Sus padres solo tienen una tienda de comestibles, lo que no es dinero de verdad, pero tal vez podrías volver con él.

—Él está en la universidad.

—Entonces envíale un mensaje. Heather, en serio, tienes que estar dispuesta a hacer el esfuerzo. Antes de saber que tu padrastro era un perdedor, me esforcé para atraparlo. Resultó ser una pérdida de tiempo, pero lo importante es que hice el esfuerzo. Deberías aprender de eso. —Amber no dejaba de acariciar el cojín—. Incluso si nos dieran solo diez dólares por cojín sumaría mucho dinero. Si pudiéramos vender... ¿cuántos, quinientos a la semana? ¿Mil? —Rio—. Podría decirle a mi madre que se meta su maldita casa por donde le quepa y conseguir otra mucho mejor. Y un coche nuevo.

—Acabas de comprar uno, mamá. —Heather se dijo a sí misma que no debía pensar en cómo el pago inicial había mermado su cuenta de ahorros.

—No —la corrigió Amber—. Compré un coche de segunda mano. Nunca he tenido un coche nuevo. Me gustaría tener uno. Hablaré con Sophie por la mañana. —Su sonrisa se desvaneció mientras sus ojos se entrecerraban—. Es mi idea, Heather. No la tuya. Yo seré la única que se beneficie.

La injusticia del comentario golpeó a Heather como una bofetada. Dio un paso atrás, abrió la boca y luego la cerró. No debería sorprenderse y, sin embargo, lo hacía. Dolorosamente.

—Siempre es así, mamá —dijo con un tono amargo—. Siempre es así...

Contemplar las vistas del Sound desde el salón de Dugan no ayudaba al ánimo de Sophie, como tampoco lo hacía el hecho de tener nueve adorables gatitos en casa. Incluso un aumento del diez por ciento en las ventas semanales, probablemente gracias al *marketing* dirigido de Elliot, no hacía nada por calmarla.

—¡No puedo creerlo! —exclamó Sophie por octava vez.

Se giró para fulminar con la mirada a Dugan.

—La odio. ¡La odio!

Dugan estaba sentado en uno de los taburetes junto a la amplia isla de la cocina. Su postura era relajada mientras tomaba la cerveza que había abierto cuando Sophie llegó. La bebida de ella —ni siquiera recordaba qué era— estaba frente a él. Probablemente debería sentarse y beberse de un trago lo que fuera que hubiera en su vaso. Quizás la ayudaría. O también podría lanzar algo por la ventana.

—Yo fui impecable —dijo Sophie, elevando ligeramente la voz—. ¿Te lo dije?

—Lo hiciste.

—Le hablé de los malditos distritos escolares. Le ofrecí un paquete de reubicación. —Sophie caminaba hacia él—. Le mostré listados de casas. Le dije que sería su departamento y que podía tener carta blanca. —Puso las manos en la cadera—. ¡Le di a esa perra carta blanca y no aceptó el trabajo!

Los ojos de Dugan se arrugaron ligeramente, como si tratara de no sonreír.

—¿Qué? —exigió ella—. ¿Crees que es gracioso? No lo es. Es horrible. La odio.

—Entonces es bueno que no vaya a trabajar para ti. Es difícil tener una empleada que odias.

Ella lo fulminó con la mirada.

—No me estás ayudando.

—No quieres ser ayudada. Quieres estar enfadada y encontrar una razón que no tenga nada que ver con lo que realmente pasó. Quieres culparla y ser la víctima, y luego seguir haciendo lo que siempre has hecho, con la ocasional pausa para preguntarte por qué, tanto tú como tu empresa, están estancadas.

—No podrías estar más equivocado —le dijo ella—. Nada de eso es cierto. Aunque yo soy la víctima y ella acaba de rechazar una oportunidad increíble.

—Claro que sí —respondió él, dando otro sorbo a su cerveza.

Sophie caminó hasta la ventana y de vuelta, deteniéndose un poco más cerca de él. La actitud de suficiencia de quien sabe algo que tú no sabes era tan molesta, pensó, preguntándose por qué alguna vez había creído que él era atractivo. Porque no lo era. Era un tipo engreído y pedante que hacía yoga. O taichí.... Vaya cosa.

—No sabes nada —dijo ella, moviéndose hacia el otro lado de la isla y tomando su bebida.

—Puede que eso sea cierto. —Dugan se giró sobre el taburete para enfrentarla—. Pero esto es lo que sí sé. Maggie Heredia pasó unos minutos en Internet haciendo una pequeña investigación sobre ti y tu empresa. Leyó un montón de publicaciones de exempleados que decían que eras una pesadilla para trabajar. Que tu idea de colaboración es que te digan que eres increíble. La gente buena necesita ser desafiada. La gente excelente quiere cambiar el mundo. Y tú no quieres que nadie, excepto tú misma, haga ninguna de las dos cosas.

—Oh, por favor. —Puso los ojos en blanco—. Eso es una tontería total.

—¿Alguna vez te has buscado en Internet?

—No. ¿Por qué lo haría? ¿Y cuándo encontraría el tiempo?

—Deberías encontrar el momento —sugirió él, dejando su cerveza y acercándose a ella con una expresión extrañamente amable—. Te encuentro adorable, pero no todo el mundo piensa lo mismo. ¿Quieres saber cuál es el problema real?

No, no quería saberlo, muchas gracias. No había un problema real. Solo una vendedora estúpida que no reconocería una gran oportunidad ni aunque le mordiera el trasero. Pero Sophie no podía decir eso y, aunque no quería, se encontró murmurando:

—¿Cuál es el problema real?

—Eres una maniática del control con un complejo de Dios. No contratas a las personas adecuadas para el trabajo, así que constantemente tienes que corregir lo que hacen, lo que alimenta tu fama de que eres una especie de genio y que el resto del mundo apenas puede sobrevivir. —Levantó un hombro—. Tuviste suerte al principio y la aprovechaste. Has tomado decisiones inteligentes, pero ahora la empresa es lo suficientemente grande como para que no puedas controlarlo todo. Peor aún, para crecer como quieres, vas a tener que renunciar a más control. Y lo peor de todo es que tú ya sabes todo eso. Te mantiene despierta por las noches. Si no estás a cargo, ¿realmente CK es tuyo? Es el dilema de Maggie. La quieres porque sabes que es la mejor, pero, siendo quien eres, no puedes hacer que trabaje para ti. Incluso si la consiguieras, lo arruinarías en menos de un mes. No puedes evitarlo.

Sintió que su boca se abría de par en par. Las palabras de él la golpeaban, exponiendo sus mayores miedos hasta que se quedó completamente desnuda ante él. Quería correr, quería gritar, pero solo podía quedarse allí parada, esperando que la tierra la engullera entera.

—Bear te aprecia —continuó él, obviamente sin intención de darle el más mínimo respiro y dejarla sola para que pudiera idear cómo contrarrestar su ataque—. Se quedará tal vez seis meses por eso, pero luego se irá. Lo cual es una pena. Dudo que encuentres a alguien mejor en lo que hace y desde luego no en esta isla. —Se enderezó—. Si quieres resultados, rodéate de los mejores y luego sal de su camino. Ese es mi consejo. Que, por cierto, es gratis.

—¿Gratis? —chilló ella, sabiendo que estaba a la defensiva y sin importarle—. ¿Gratis? ¿A quién le importa si es gratis? ¿Qué sabes tú de mí o de mi negocio o de cualquier otra cosa? No eres nadie. No sabes nada. Vives en esta gran casa y finges que eres importante, pero no lo eres. Enseñas yoga. No eres nada.

No estaba segura de cuándo había empezado a llorar, pero de repente había lágrimas en sus mejillas, no podía respirar y le dolía todo.

—No tienes derecho a decirme todo eso —dijo Sophie mientras agarraba su bolso y corría hacia la puerta principal—. No tienes derecho a decir nada.

Él la atrapó antes de que llegara a su coche. Sus fuertes brazos la detuvieron. Ella intentó golpearlo, desesperada por escapar, pero Dugan no la soltaba.

—No intento hacerte daño. Intento ayudarte. ¿Sabes lo frustrante que es ver todo lo que estás haciendo mal y que no escuches? Maldita sea, Sophie, estoy tratando de mostrarte cómo dejar de ponerte la zancadilla a ti misma.

—Oh, por favor. ¿Tú? ¿Ayudarme? Nada en mi vida puede ser sanado haciendo la postura del perro boca abajo, Dugan. No estamos lidiando con el mismo tipo de problemas. No tienes ni idea de lo que hago en un día. ¿Ayuda? No, gracias.

—Necesitas dejar de hablar antes de que lo destruyas todo —le dijo él.

Ella lo miró y vio que el buen humor había desaparecido de su rostro. No estaba segura de lo que veía en sus ojos, pero era oscuro y enfadado. Pensó que tal vez le había hecho daño, pero no estaba segura de que le importara. No ahora, cuando estaba herida hasta el tuétano.

—Crees que lo sabes todo —continuó él, con un tono sombrío—. Adivina qué, Sophie. No sabes nada. Tengo un último consejo, que estoy seguro de que no seguirás. La próxima vez, antes de decidir que sabes quién soy, quizás quieras investigar un poco por tu cuenta.

¿Investigar?

—¿Sobre qué?

La soltó y se dirigió de vuelta a su casa.

—Búscame. Dugan Phillips. Luego ya hablaremos.

La puerta principal se cerró, dejándola sola llorando junto a su coche.

No importaba, se dijo a sí misma mientras se subía al vehículo y arrancaba el motor. Odiaba a Maggie y lo odiaba a él, y quizás también a todos los demás. El mundo era estúpido. Todos ellos. Especialmente Dugan. Imbécil. Era un imbécil repugnante y no quería volver a verlo nunca.

—¡Sophie! —Heather se hizo a un lado para dejarla entrar, intentando al mismo tiempo no mostrar la sorpresa en su voz—. No sabía que ibas a venir.

Sophie la abrazó y luego entró al salón.

—Tu madre me pidió que pasara a verla de camino a casa. ¿No lo sabías?

—Supongo que se le olvidó decírmelo. —Amber no le había dicho nada, lo cual no era algo inusual. Después de todo, Sophie era de la familia. Pero le pareció extraño que no hubiera mencionado nada durante la cena.

—Voy a buscarla —dijo Heather—. ¿Quieres algo? ¿Un refresco *light* o... otra cosa? —Aunque, en realidad, excepto agua, no había mucho más. Café, pero a las siete y cuarenta y cinco de la noche no parecía lo más adecuado.

—Estoy bien, gracias.

La joven vaciló. Sophie parecía tranquila esa noche. Y pálida. Heather estaba a punto de preguntarle si todo estaba bien, pero no estaba segura de si debía hacerlo. Antes de que pudiera decidirse, vio a su madre acercándose al salón, con varios de sus cojines con el logo de CK en brazos.

—¿Está aquí? Bien. Quiero mostrarle estos. Cuanto más lo pienso, más sé que serán una fuente importante de ingresos.

Heather se estremeció al pensarlo. Había estado trabajando con Elliot el tiempo suficiente como para haber aprendido que el *marketing* y las ventas no eran tan sencillos como parecían. Construir algo no aseguraba que hubiera clientes dispuestos a comprar ese algo. Los consumidores eran exigentes, especialmente cuando se trataba de comprar algo que no era una necesidad. ¿Encontrar dinero para la leche de tus hijos? Por supuesto. ¿Gastar cincuenta dólares en un cojín con el logo de una empresa? Poco probable.

—Tienes que tomar la iniciativa —le dijo su madre—. No puedes esperar a que alguien venga y se encargue de las cosas.

Heather la miró con los ojos muy abiertos. ¿Qué se suponía que debía decir a eso?

Sophie se había acomodado en uno de los sillones acolchados. De hecho, Heather notó que el sillón estaba mucho menos relleno de lo que había estado en tiempos pasados. Ahora solo parecía abultado y cansado. Como el resto de sus muebles. Pero reemplazar cosas de la casa no era una prioridad. Estaba el asunto de la mudanza, dando por hecho que al final la casa se acabara vendiendo. Empezaba a preguntarse si su madre tenía razón. Después de semanas de silencio, tal vez la abuela había cambiado de opinión.

Amber extendió los cojines sobre la mesa de centro.

—He hecho estos —dijo—. ¿No son bonitos? En diferentes colores. No usé una tela cara porque son muestras y estaba usando mi propio dinero. Para la empresa, querrás algo más bonito, pero también tiene que ser resistente. Eso te lo dejaré resolver a ti.

Sophie parecía confundida.

—¿Resolver qué?

—Cómo fabricar los cojines. Son mi idea, así que sé que me corresponde una parte de las ganancias. Estoy pensando en un cincuenta por ciento, pero podemos negociarlo.

Sophie miró de los cojines a su prima y de nuevo a los cojines.

—¿Quieres que venda esto?

—No estos. Son míos —respondió Amber con una sonrisa—. Por supuesto, si quieres abonarme los materiales y pagarme por el tiempo que he invertido, puedes quedártelos.

Sophie frunció el ceño.

—Ya intentamos vender cojines con el logo de CK y no tuvieron éxito. Al final, tuvimos que usarlos como regalo con la compra. Es una lástima. También pensé que era una buena idea, pero a los clientes no les gustó.

Los hombros de Amber se desplomaron.

—Pero yo hice estos. Compré el material y todo. Tienes que vendérselos a tus clientes. Quizá lo estabas haciendo mal antes. Tal vez ahora lo hagas mejor.

—Los cojines no se venden. La mayoría de las personas no pone cojines decorativos donde se sientan a diario y, cuando decoran, no usan cojines con logos. —Hizo una pausa—. Tenemos una manta que sí se vende bien. Las sábanas podrían ser interesantes. Nunca hemos hecho nada con sábanas.

—Esa también es mi idea —dijo Amber rápidamente—. ¡No puedes quedártela!

—¡Mamá!

Amber la hizo callar con un gesto.

—No me interrumpas. Lo digo en serio, Sophie. Las sábanas son mi idea. No pienses que puedes robarla y no compensarme.

Sophie parecía más confundida que molesta.

—¿Te das cuenta de que una idea no significa nada hasta que se lleva al mercado? Hay costes de investigación, costes de *marketing*. Hay que encontrar un proveedor, pedir muestras. Puede llevar meses y, al final, puede que nadie lo compre. —Se giró hacia Heather—. ¿Crees que estoy demasiado involucrada con la empresa?

Heather se había sentado en el suelo. Ahora deseaba haber elegido el sofá, junto a su madre, para poder levantarse y salir corriendo con más facilidad.

—No entiendo qué me estás preguntando —admitió la joven, pensando que en realidad no le gustaba la pregunta.

—Dugan dice... —Sophie apretó los labios—. Bueno, eso no es importante.

—Tienes razón —le dijo Amber con firmeza—. Estamos hablando de mis ideas y de cuánto me corresponde por mi parte.

—En cuanto a los cojines y las sábanas, no fueron idea tuya. O al menos no exclusivamente. Tengo notas sobre ideas para sábanas que datan de hace tres años, Amber. Lo siento.

Los ojos de Amber se llenaron de lágrimas.

—¿Por qué actúas así? ¿Por qué eres tan cruel?

—No soy cruel. Te estoy diciendo que yo... ¿Por qué lloras?

—Porque tú lo tienes todo y yo no tengo nada. Podría haber sido yo, ¿sabes? —Amber se secó las mejillas—. Si no me hubiera quedado embarazada, yo habría sido la que fue a la universidad. Yo habría encontrado al gato y CK sería mío.

—Que tú hayas ido o no a la universidad no tiene nada que ver con lo que me pasó a mí —dijo Sophie con el tono más suave que pudo—. Nos llevamos cuatro años. La madre de CK ni siquiera había nacido.

—Pues habría encontrado otro gato. —Amber la miró fijamente—. No entiendo por qué crees que puedes venir aquí, pavoneándote con tu éxito delante de todos. A nadie le impresiona, Sophie. Piensas que sabes más que los demás, pero no es así.

Heather esperaba que Sophie se alterara o reaccionara con ira, pero solo pareció encogerse un poco en su silla.

—¿Eso es lo que pensáis? —Sophie miró de Amber a Heather.

—No —dijo Heather rápidamente—. Sophie, eres increíble. Has construido CK de la nada. Mira dónde estás, y todo por ti misma. Eres un ejemplo a seguir.

—Aduladora —murmuró Amber.

—No soy una aduladora. —Heather se volvió de nuevo hacia Sophie—. Lo que he dicho es verdad. Todo. Te admiro muchísimo.

—No es para tanto. —Amber hizo un gesto con la mano—. No tiene a nadie en su vida.

—Ninguna de nosotras.

—Oh, yo podría si quisiera —dijo Amber con una confianza ridícula—. Simplemente no estoy interesada en los hombres ahora mismo. Estoy lidiando con demasiadas cosas en este momento.

—Sophie tiene a Dugan.

—Siempre te pones del lado de los demás, Heather. Realmente eres una niña detestable, ¿sabes? —Amber se volvió hacia Sophie—. Deberías comprar esta casa. Te sentirás mejor.

Los ojos de Sophie se abrieron de par en par.

—¿Qué?

—No creo que mi madre vaya a vender, pero, si decide hacerlo, deberías comprarla y dármela. Así tendré un hogar propio. Tú puedes permitírtelo y somos familia. Me lo debes, después de robarme la idea de las sábanas. Además, que ella venda la casa es tu culpa.

—¡Mamá!

Sophie se enderezó.

—Estás loca. No es mi culpa. Nada de esto es por mi culpa. Me estoy matando a trabajar todos los días y lo único que oigo es cómo estoy arruinando las cosas. Pues puedes olvidarlo. Todo.

Se levantó de un salto y salió a toda prisa de la casa.

Heather se quedó de pie, viendo cómo se alejaba.

—No tengo ni idea de a qué ha venido eso. Yo creo que está perdiendo la cabeza —dijo Amber. Y se giró hacia Heather con una sonrisa—: ¿Viste cómo lo insinué? No consigues lo que quieres si no lo pides. Sophie va a comprar la casa para nosotras. Ya verás.

—Oh, mamá.

—No me vengas con «oh, mamá». Sé lo que estoy haciendo. Podrías aprender mucho de mí.

Amber seguía hablando cuando Heather se dirigió por el pasillo a su habitación. Algo le sucedía a Sophie, eso era seguro. Pero ¿qué? ¿Y qué debería hacer al respecto, si es que debía hacer algo?

No había respuestas, así que apartó las preguntas. En lugar de preocuparse, abrió su portátil y cargó la página web de Boise, luego comenzó a buscar apartamentos en alquiler.

Capítulo 17

Kristine se había planteado imprimir todo el material que había recopilado y colgarlo en grandes tableros sobre un caballete. Pero no estaba segura de que los gráficos en círculos multicolores ayudaran a su causa. La apoyara o no su marido.

Había preparado uno de los platos favoritos de Jaxsen: cazuela de chuletas de cerdo, y se había asegurado de estar al día de las noticias deportivas sobre baloncesto para garantizar una conversación amena y amistosa durante la cena. Después de que los chicos ayudaran a limpiar la cocina, se retiró al sótano para prepararse.

Grant subió a su habitación mientras que JJ y Tommy bajaron con ella. Se tumbaron sobre el enorme sofá, y ambos se quedaron observándola mientras ella organizaba todo el material que había preparado sobre la mesa de centro.

—Vas a hacerlo genial, mamá —dijo Tommy—. Cuando abras la pastelería, te ayudaré los fines de semana. Así podré ahorrar para mi coche.

Kristine le sonrió.

—Agradezco la oferta, pero te faltan cuatro años para tener la edad suficiente para conducir un coche.

—El tiempo pasa rápido. Te das la vuelta y han pasado cincuenta años.

—¿Dónde leíste eso? —preguntó su madre sin dejar de reír.

—En un libro. Ya sabes que la profesora todavía nos hace leer libros.

—Algo he oído, sí. ¿Te horroriza?

—Podríamos bajarlos de Internet, pero ella quiere que tengamos libros reales, de los que hay que cargar con ellos. Iguales a los que tú nos haces leer antes de dormir. Es tan primitivo...

JJ se acomodó en el sofá y, con la mirada en el techo, le dijo a su madre:

—Pensaba que lo de montar negocios no era cosa de mujeres.

—¿De qué estás hablando? —dijo Kristine, mirando a su hijo mayor—. Mira a Sophie. Es una empresaria exitosa, y lo ha hecho ella sola. Por supuesto que las mujeres pueden estar en el mundo de los negocios. Deberían estarlo. Todo el mundo merece tener la oportunidad de perseguir sus sueños.

¿Dónde diablos había oído JJ lo contrario? Antes de que pudiera preguntar, vio a Tommy darle un codazo a su hermano y hacerle callar.

JJ inmediatamente pareció culpable.

—Tienes razón, mamá. Va a salir genial.

Justo a tiempo, Jaxsen bajó al sótano. Al verlo, los chicos se dirigieron al piso principal.

—Estaremos en nuestras habitaciones —anunció Tommy—. Lejos, muy lejos de aquí.

Jaxsen se unió a ella en el sofá con una expresión interrogante.

—¿Ellos saben de qué trata esta reunión? Porque yo no. Fuiste muy misteriosa cuando la mencionaste.

—Los nervios le provocaban un ligero malestar estomacal a Kristine, pero trató de ignorar la sensación. Tan solo se trataba de una simple conversación sobre algo importante para ella. Él era su esposo y la amaba; por supuesto que la apoyaría. Discutirían sus preocupaciones y se tratarían con calma y amor. Estaba segura de ello.

Casi.

Él miró las carpetas que ella había colocado sobre la mesa de centro y luego a ella. Una sonrisa lenta y sexi tiró de las comisuras de su boca.

—Lo entiendo —dijo él, asintiendo—. Estás decidida a tener esa niña que siempre quisiste. Acordamos tener tres hijos, pero tú quieres ir a por el cuarto. Estoy dispuesto si crees que podemos manejarlo financieramente. Pero tengo que advertirte, no estoy seguro de tener esperma de niña, así que estarías arriesgándote a tener otro chico.

—¿Qué? ¿Otro bebé? ¿Estás loco? Te he estado rogando que te hagas una vasectomía desde que nació Grant. En algún momento tendré que dejar los anticonceptivos. Dios mío, ¿otro niño? No, gracias.

Jaxsen se enderezó un poco.

—No tienes que ser tan cruel al respecto. Pensé que te gustaban los niños.

—Me gustan. Tenemos tres. Y es suficiente. —Ella levantó la mano, y al segundo bajó el tono, deseando que sonara más cálido y amigable y menos horrorizado—. Jaxsen, quiero hablar sobre alquilar el local de la pastelería en el pueblo.

Le entregó una de las carpetas.

—He estado trabajando en mi plan de negocios desde hace un tiempo. Cuando el local estuvo disponible, fui a verlo y, como esperaba, es perfecto.

—¿De qué estás hablando?

—De la pastelería Blackberry Island, la del pueblo. Está disponible y quiero alquilarla para trasladar allí mi negocio.

Él frunció el ceño.

—No tienes un negocio. Haces unas cuantas galletas y las vendes los fines de semana. Eso no es un negocio, es un pasatiempo. —Lanzó la carpeta sin abrir sobre la mesa de centro—. Esto es una locura, Kristine. No tienes ni idea de lo que estás hablando.

Su rechazo inmediato la sorprendió.

—Jaxsen, sí sé de lo que hablo. Tomé algunas clases en la universidad. He estado trabajando en mi plan de negocios durante más de dos años. Le enseñé los números a Sophie y ella está de acuerdo conmigo.

Él puso los ojos en blanco.

—Oh, bueno, si Sophie dice que está bien, ¿quién soy yo para discrepar?

Ella empujó la carpeta hacia él.

—Jaxsen, por favor. Quiero hacer esto. Es mi sueño y lo ha sido durante mucho tiempo. Ahora mismo estoy limitada por el espacio y el tiempo y todo lo que sucede en la casa. Si tuviera un espacio designado, podría tener un horario fijo. Podría enviar pedidos a los clientes y realmente lograr algo. He hecho los cálculos y, después de todos mis gastos, podría pagarme un salario real.

—¿Y qué hay de los niños? ¿Estarías alguna vez en casa?

—Más de lo que tú estás ahora —replicó ella con aspereza.

La expresión de él se endureció.

—Estoy trabajando, Kristine. Estoy manteniendo a esta familia. Tu trabajo es quedarte en casa y cuidar de los niños.

—No me necesitan en casa cada segundo de cada día. JJ tiene catorce años. En dos años ya sabrá conducir. Necesito hacer algo más que limpiar la casa y planchar. Necesito algo que me llene.

—La mayoría de las mujeres se sienten realizadas con sus familias.

—En realidad, Jaxsen, no es así, y tú lo sabes. ¿Qué está pasando aquí? ¿Por qué no me escuchas? —La frustración crecía en ella hasta que temió que fuera a llorar—. He dedicado horas y horas de trabajo a mi propuesta y ni siquiera la miras.

Él echó un vistazo a la carpeta y luego la miró a ella.

—¿Qué pasa si fracasas? ¿Qué pasa si tenemos que pagar un alquiler durante los próximos tres años porque no pudiste tener éxito? Una deuda así podría hundirnos.

A ella no le gustó que él hubiera ido directamente a su posible fracaso, pero sabía que era una pregunta legítima.

—Si eso ocurre, conseguiré un trabajo para cubrir el gasto —respondió Kristine—. De esa manera, nuestra economía familiar no se resentirá. Lo único que se pierde es mi tiempo.

La mirada de su marido se tornó suspicaz.

—Ya lo has hecho, ¿verdad? Ya has alquilado el local y vienes a mí una vez hecho todo.

—¿Qué? ¡No! ¿Cómo puedes siquiera preguntarme eso? Estás siendo injusto. No lo entiendo. He estado vendiendo galletas y *brownies* con mucho éxito durante años. Vendo todo antes del mediodía cada fin de semana. Soy responsable, trabajo duro y he hecho mis cálculos. ¿Por qué ni siquiera consideras apoyarme en esto? ¿Por qué no puedes ver que merezco una oportunidad de tener algo de lo que pueda estar orgullosa, algo que he creado por mi cuenta?

—¿Algo que es más importante que tu marido y tus hijos? —Su tono era cortante—. ¿Cuándo dejamos de ser suficientes para ti?

—¿Por qué estás tergiversando mis palabras constantemente? ¿Por qué sigues yendo por ese camino? Amo a mi familia. Solo estoy pidiendo tener la oportunidad de cumplir mi sueño. ¿Por qué no puedes ver eso?

Él agarró la carpeta y la abrió. Pasó las páginas tan rápido que ella no estaba segura de si realmente las estaba leyendo. Luego sacó una y la agitó frente a ella.

—¿De dónde vas a sacar el dinero para hacer todo esto? Va a costar miles de dólares.

Ella ignoró la ira en su voz y sacó otro papel.

—Aquí está todo. Los costes de una reforma, de los equipos y los suministros. Son alrededor de veinticinco mil dólares.

No era mucho más caro que comprarse un remolque caravana, pero no dijo eso.

—Supongo que quieres sacarlo de nuestra línea de crédito. Así que correríamos el riesgo por eso. ¿Y si hay una emergencia o un...? —Él echó un vistazo a la página, luego la lanzó y la fulminó con la mirada—. ¿El dinero de tu abuela? ¿Vas a gastarlo en el negocio? ¿Para eso lo estabas guardando? Debería haberlo adivinado. Eres tan malditamente egoísta, Kristine...

Ella saltó de su asiento y lo enfrentó:

—No —dijo en voz alta, cerrando las manos en puños—. No aceptaré eso. Estás equivocado. Total y completamente equivocado. Siempre te he apoyado, Jaxsen. Lo que quisieras, lo hacía realidad. Lo que era importante para ti era importante para mí. Pero nunca ha sido recíproco, ¿verdad? Nunca me has apoyado en mis sueños. Ni siquiera en algo tan ridículo como el coche que conduzco. Quería el Subaru, pero tú no querías oír hablar de ello e insististe en que comprara un todoterreno. No quería un todoterreno, pero era más importante para ti, así que cedí.

Él también se levantó y se enfrentó a ella:

—Eso no es justo. Dijiste que no te importaba.

—Discutimos durante dos semanas antes de ceder. ¿Por qué tienes que meterte en qué coche utilizo? Es mío. No tuyo. Yo no te digo qué tienes que conducir.

—Entonces te compraremos un maldito Subaru.

—Eso no es lo importante —gritó ella—. Lo importante es que tú quieres las cosas a tu manera y no te importo yo ni mis sentimientos. No me apoyas.

—Sí lo hago. Me da igual que te quedes despierta cada jueves por la noche para poder hornear tus estúpidas galletas y venderlas a cinco centavos cada una. No me importa que tuviera que comprar una batidora industrial y bandejas para galletas y lo que sea, y que te vayas todos los sábados por la mañana a vender tus malditas galletas. ¿Cuánto ganaste el año pasado descontando todos los gastos? ¡Diez mil dólares! —dijo agitando las manos en el aire—. ¡Ahora sí que nadamos en dinero! Lo único que hiciste fue meternos en un tramo fiscal más alto y tus diez mil dólares se los comieron los impuestos.

Los golpes llegaban tan fuertes y rápidos que Kristine no sabía cómo protegerse.

—Eso no es cierto —gritó ella—. Pagas impuestos sobre el margen. Y los impuestos no son lo importante. Se dio la vuelta y caminó hacia el otro lado de la habitación—. Soy una idiota. Te escuché e hice lo que me pediste. Vivo mi vida a tu servicio, Jaxsen, y a ti no te importo yo ni lo que quiero. A eso se reduce todo esto. Dices que el todoterreno o la caravana son para la familia y que soy una mala persona por no verlo. Pero no es para la familia. Es para ti. Tienes suerte de que a los chicos les guste jugar de la misma manera que a ti, pero incluso si no fuera así, seguirías comprando toda esa porquería.

—Porque es mi dinero —rugió él—. Lo gano mientras tú te sientas aquí en casa sin hacer nada.

Sus palabras resonaron en el sótano. Sintió que la sangre se le iba de la cabeza y se preguntó si se desmayaría. Nunca se había desmayado antes y no sabía qué se sentía. No que pudiera ser peor que el vacío que acababa de abrirse dentro de ella.

—Lo siento —dijo él rápidamente, dando un paso hacia ella—. Lo siento, Kristine. No debería haber dicho eso. Estuvo mal.

—Lo estuvo, pero también es lo que piensas. Supongo que toda madre que se queda en casa lucha con esa pregunta. Al menos ahora sé lo que hay en tu cabeza.

Kristine se dirigió a la mesa de café y tomó las carpetas. Las sostuvo contra su pecho, como un escudo, y lo enfrentó:

—Voy a abrir la pastelería. Voy a hacerlo, Jaxsen. Es lo correcto, es justo y no tienes motivo para no ser más que un apoyo.

—Es una idea tonta.

—Tonta o no, lo voy a hacer. Ayuda o quítate de en medio.

Él la observó durante un largo rato.

—¿A eso hemos llegado?

—Supongo que sí.

Jaxsen comenzó a subir las escaleras. Cuando llegó arriba, miró hacia atrás y dijo:

—Me estás pidiendo que elija. Yo que tú tendría cuidado con eso. Puede que no te guste lo que suceda.

Sophie pasó los siguientes dos días irritada por su discusión con Dugan. No, no había sido una discusión. Eso habría requerido un nivel de implicación que simplemente no tenían. Él había dicho lo que pensaba y ahora no se hablaban. No era para tanto.

En el lado positivo, la camada de gatitos de Señora Bennet estaba prosperando increíblemente bien y ella y Lily habían empezado a hacerse amigas. Quizás esa noche dejara las puertas de los dos dormitorios abiertas para que las gatas pudieran pasar tiempo juntas a su antojo. Terminó de revisar los pedidos de la semana y luego se recostó en su silla. Eran casi las seis y la mayoría ya se habían ido. Supuso que ella también podría irse a casa. O tal vez debería tomarse unos minutos para decidir qué iba a hacer respecto a la contratación de un director de ventas.

No sabía por qué Maggie había sido tan insensata, pero lo había sido y no había vuelta atrás. Industrias CK era una gran empresa. Si Maggie no podía verlo,

entonces era obvio que no estaba preparada para trabajar en su empresa, a pesar de lo que Dugan había dicho.

Él estaba tan increíblemente equivocado, que no
había palabras para describirlo.

Abrió su navegador y escribió su nombre. La lista de
búsquedas se llenó de inmediato. Comenzó desde el
principio y se preparó para revisar una multitud de Dugan Phillips hasta que encontrara al que buscaba, solo
que la primera entrada era para Phillips Consulting.

Lo que siguió fueron artículos en todos los periódicos, desde el *New York Times* hasta el *Wall Street
Journal*. Un titular en particular: *Genio del* software
empresarial dona millones, hizo que su corazón se
hundiera. ¿Qué? No. Él no era un empresario del *software*. No podía serlo. Vivía en Blackberry Island y
enseñaba taichí en la playa. Sí, su casa era muy bonita, pero ese hombre llevaba pantalones de chándal.

Hizo clic en un par de artículos, y su sensación de
vergüenza aumentaba con cada palabra.

El desarrollador de software *Dugan Phillips anunció
que vendería la compañía poco después de que su socio comercial, Eric Lui, muriera inesperadamente de un ataque
al corazón. Phillips emitió un comunicado de prensa diciendo que la mitad de los ingresos irían a la familia de Lui.
Por su parte, Phillips dijo que donaría la mayor parte de su
fortuna y que «resolvería el resto sobre la marcha».*

El artículo tenía fecha de hacía cuatro años.

Sophie intentó dar sentido a lo que estaba leyendo. Había oído hablar del *software* empresarial que
Dugan y Eric habían creado. No era tan grande como
Windows o algo por el estilo, pero, aun así, era importante. ¿Y había donado millones? Hizo clic en un enlace a su negocio de consultoría y se estremeció al
cargar la página principal. Allí estaba la foto de Dugan. Llevaba traje y corbata, pero aún era él. Su empresa ofrecía una variedad de servicios de consultoría.
Dugan en sí mismo no atendía clientes, aunque hacía

seminarios unas pocas veces al año, a varios miles de dólares por persona. Suponiendo que asistieran unas doscientas personas, eso era más de un millón de dólares por tres días de trabajo.

Aunque no quería recordar las cosas que le había dicho, las palabras resonaban en su cabeza, haciéndose cada vez más fuertes. «Oh, Dios. Había sido una idiota. Había hecho suposiciones y nunca se había molestado en cuestionarlas. Dugan era un empresario exitoso y experimentado que le había estado ofreciendo consejos y ella los había ignorado. Peor aún, no importaba quién fuera él, había sido condescendiente y descortés y, en resumen, bastante horrible.

Apagó su ordenador y se reclinó en su silla. Eso le pasaba por acostarse con un hombre sin saber quién era, se dijo a sí misma. Realmente tenía que empezar a investigar.

¿Y ahora qué? Probablemente le debía una disculpa. Decir que lo sentía y admitir que estaba equivocada no era su fuerte. Y tendría que reconsiderar los consejos que él le había dado, maldita sea. Porque, dado quién era y lo que sabía, probablemente había estado en lo cierto.

Todavía reflexionando sobre su nueva realidad, condujo hacia su casa, mientras intentaba recordar si allí había comida para alguien más que los gatos. Realmente tenía que empezar a ir al supermercado con regularidad o encontrar algún tipo de servicio de entrega de comidas, o incluso contratar a una empleada doméstica, lo que parecía absurdo dado lo pequeña que era su casa... Aunque cualquier pensamiento era bienvenido para distraerla de sentirse como una tonta. Había estado tan segura en sus evaluaciones sobre Dugan. Tan presuntuosa y justa y malhumorada. Dios, odiaba estar equivocada.

Apenas había aparcado en su entrada cuando un coche se estacionó junto al suyo. Supo sin mirar que era un BMW de último modelo y que el tipo sentado detrás del volante había donado millones de dólares a la caridad.

Él salió, caminó hacia el lado del conductor de su coche y le abrió la puerta.

—Vete —dijo ella, sin poder poner mucho esfuerzo en las palabras.

—¿Por qué?

—Oh, por favor. —Agarró su bolso y salió, luego lo miró fijamente—. Sabes que te busqué. Sabes que sé quién eres. Solo estás aquí para alardear.

Él le sonrió.

—Quizás un poco.

Se inclinó como si fuera a besarla. Ella dio un salto hacia atrás.

—No hagas eso. No podemos besarnos. No ahora.

—¿Porque son las siete de un jueves?

—No. Por quién eres tú. Antes eras solo un tipo atractivo de taichí que me gustaba.

—Olvidaste decir que también era bueno en la cama.

—Eso no tiene gracia.

—Yo creo que sí la tiene. —Puso su brazo alrededor de ella—. Sophie, Sophie, Sophie. Es difícil ser presuntuosa cuando descubres que el resto del mundo es tan inteligente como tú.

Ella se deshizo de su abrazo.

—No estaba siendo engreída.

—Sí, lo estabas.

Ella miró al suelo, luego de vuelta a él.

—Lo estaba y lo siento. Asumí muchas cosas que no eran ciertas. Me equivoqué.

—Gracias.

Ella suspiró.

—Era más fácil para mí cuando podía encasillarte. Pensé que sabía quién eras y ahora no sé nada.

—Eso es un poco duro. Sabes algunas cosas. Sabes

cómo espantar a un excelente candidato a director de ventas.

—Ja,ja.

—Te dije que era gracioso. —Abrió la puerta trasera de su vehículo y sacó una bolsa grande—. He traído la cena.

Ella se animó.

—¿En serio?

—Sabía que tú no vendrías a mí y empezaba a extrañarte.

Sophie inhaló el olor del pollo frito. Su estómago gruñó. Pero antes de ceder, había reglas básicas que establecer:

—Sabes que ya no puedo acostarme contigo.

—Estoy recibiendo ese mensaje, sí.

—Pretendo exprimirte el cerebro acerca de mi negocio.

—Me lo imaginaba.

—Pero aún podemos ser amigos.

Él pasó su brazo alrededor de ella de nuevo y la guio hacia la casa.

—La idea hace que mi corazón lata más rápido.

—¿Ahora quién está siendo engreído?

Después de su pelea con Jaxsen, Kristine durmió en el sótano. Encontraba aquel espacio tranquilo y reconfortante, y el sofá grande era más que cómodo. Jaxsen y ella lograron evitarse durante los siguientes días. Él trabajó hasta tarde una noche y otra salió con sus amigos. La tercera noche llevó a los niños a cenar y luego al cine. En un último gesto de desafío, había hecho una maleta y se había mudado con sus padres, algo que ya había hecho anteriormente, cuando habían tenido una gran pelea. Así era Jaxsen. ¿Por qué tener una discusión razonable y adulta cuando puedes huir?

Ella sabía que él pensaba que la estaba castigando, pero estaba tan furiosa que estaba agradecida de no tener que tratar con él. Su total falta de respeto por ella ardía intensa y brillante en su interior. No dejaba de pensar en todas las cosas que había hecho por él, todo lo que había sacrificado. Había trabajos que había querido aceptar de los que él la había disuadido, diciéndole que tenía que estar en casa con los niños. ¿Y luego tenía el descaro de quejarse de que ella no aportaba dinero?

Quería castigarlo. Quería verlo herido, destrozado y sufriendo mucho, solo que no se le ocurría cómo hacerlo sin infringir la ley. Pensó en pinchar las ruedas de su vehículo todoterreno, pero eso solo significaría que tendrían otro gasto. Además, era infantil y ella realmente quería mantener la moral alta.

Para el cuarto día, seguía igual de enfadada, pero también estaba frustrada. No tener a Jaxsen cerca significaba que no podían hablar. Aunque no tenía interés en discutir sus puntos de vista neandertales sobre el lugar que ella ocupaba en su vida, sí quería avanzar con la pastelería. Pero para eso necesitaba los quince mil dólares de su línea de crédito y, por razones que simplemente no podía explicar, no estaba lista para tomar ese dinero sin hablar con él primero.

Lo había intentado. Se había conectado a su cuenta bancaria y había iniciado la transferencia. Solo era cuestión de presionar unos botones. Pero al final no había podido hacerlo. Una realidad que la dejaba sintiéndose como una tonta, pero así era. No podía tomar *su* dinero sin decírselo primero. No es que él fuera a estar de acuerdo, lo que hacía su situación aún más ridícula. Estaba dispuesta a desafiarlo, pero ¿iba a actuar a sus espaldas?

Descargó sus frustraciones limpiando a fondo los baños. Horneó galletas y no guardó la batidora ni las bandejas para galletas. Se puso al día con todos sus recados y, aun así, no hubo contacto de Jaxsen. Estaba a punto de ceder y enviarle un mensaje de texto cuando Ruth le hizo una visita.

Su suegra entró por la puerta trasera como siempre lo hacía.

—Soy yo.

Kristine levantó la vista de las cebollas que estaba picando para la cena en la olla de cocción lenta y sonrió.

—Hacía tiempo que no te veía.

La expresión de Ruth se tornó culpable.

—No estaba segura de si estaba bien pasarme por aquí.

—Por supuesto que sí. Ruth, tú y yo no estamos enfadadas. O al menos yo no soy consciente de que lo estemos.

—No lo estamos. Por supuesto que no. Jaxsen puede ser muy terco.

—A mí me lo vas a decir...

Suponía que debería estar preocupada de que Ruth hubiera ido a decirle que cediera a lo que Jaxsen quisiera, pero en realidad no lo estaba. Ruth era una mujer increíblemente justa que a menudo había apoyado a Kristine en diversos asuntos. Amaba a su hijo, pero también a sus nietos y a su nuera. Ruth podría haber sido criada en otra época con diferentes metas de vida, pero siempre había sido capaz de ponerse en el lugar de los demás para entender todas las posturas. Kristine no tenía razón para pensar que eso hubiera cambiado.

Ruth se sirvió una taza de café de la cafetera y luego se sentó a la isla de la cocina.

—Él dice que eres irrazonable y que va a enseñarte una lección. Pasará más tarde a recoger algunas cosas. Me dijo que no volverá hasta que te disculpes. Dijo que se quedará en nuestro sótano todo el tiempo que sea necesario.

La información la sorprendió. Con cuidado, dejó el cuchillo que estaba usando y se lavó las manos antes de sentarse junto a su suegra.

Que Jaxsen estuviera enfadado no era nada nuevo; a menudo se mostraba malhumorado cuando no conseguía lo que quería. Pero nunca había estado fuera más de un par de días. ¿Y qué lección quería enseñarle? ¿Qué había hecho mal? ¿Tener un sueño que no implicaba lavar su maldita ropa?

—Paul dice que puede quedarse con nosotros todo el tiempo que quiera —añadió Ruth, mirando a Kristine—. Lo siento, pero él está del lado de Jaxsen. Piensa que tu idea de abrir un negocio es ridícula y está animando a Jaxsen a mantenerse firme.

No le sorprendía, pero aun así le dolía un poco.

—¿Y tú qué piensas?

—Tú primero. —La voz de Ruth era suave y alentadora.

Kristine intentó descifrar lo que estaba sintiendo. Estaba herida, por supuesto, y enojada. Debajo de eso había mucho sentimiento de traición y quizás un poco de miedo. ¿Era el precio de cumplir su sueño acabar con su matrimonio? ¿Estaba Jaxsen dispuesto a llegar tan lejos?

—Creo que está equivocado —admitió, luchando por mantenerse fuerte—. Esta no es una decisión impulsiva. He pensado las cosas. Tengo un plan. Llevamos dieciséis años casados y siempre lo he apoyado. Estoy pidiendo lo mismo y él no quiere hacerlo. —Tomó aire—. Me dijo cosas horribles, Ruth. Menospreció lo que hago y la vida que llevo. Intentó hacerme sentir pequeña. Sé que está enfadado por la herencia de mi abuela, pero no entiendo por qué. No es una fortuna y, sin embargo, actúa como si le estuviera quitando la comida de la boca o algo así. Solo quiero algo propio. Solo quiero tener la oportunidad de hacer realidad mis sueños. ¿Está mal? Después de dieciséis años de matrimonio y tres hijos, ¿no debería él querer eso también para mí?

Kristine enderezó los hombros y suspiró.

—Retiro lo dicho. No estoy haciendo una pregunta, estoy afirmando algo. Debería querer eso para mí. Debería desear mi felicidad. Y dice mucho de él que la primera vez que le planto cara se vaya corriendo a casa de sus padres como un niño pequeño. —Hizo una pausa—. Sin ofender...

—No hay problema.

—Entonces, ¿qué piensas? ¿Soy horrible?

Ruth la observó y luego negó lentamente con la cabeza.

—Tienes que hacerlo. Debes ser firme. Si no lo eres, si cedes, no solo perderás tu sueño, perderás una parte de ti misma. Por el resto de vuestras vidas juntos, él sabrá que puede intimidarte y, al final, eso destruirá vuestro matrimonio. Quiero mucho a Jaxsen. Es mi único hijo y moriría por él mil veces, pero está equivocado. Y Paul también.

Ruth sacó un sobre de su bolsillo.

—Nunca pensé en desear algo diferente a lo que tengo. Ahora me arrepiento. No puedo cambiar mi camino, pero puedo ayudarte a encontrar el tuyo.

Le pasó el sobre a Kristine, quien lo abrió y se quedó mirando un cheque por valor de quince mil dólares.

—No puedes —dijo su nuera con voz entrecortada—. ¿Lo sabe Paul?

—No lo sabe. Así que necesitas ir al banco ahora mismo y cobrarlo antes de que él pueda detener el pago.

Kristine dejó caer el cheque sobre el mostrador.

—Ruth, no. No quiero interponerme entre Paul y tú. Se enfadará.

—Que se enfade. Necesita una llamada de atención y esta es la mejor manera de recordarle que, a pesar de lo que piense, no es mi jefe. —Sonrió mientras hablaba—. Kristine, quiero hacer esto. Te admiro y creo en lo que estás intentando hacer. Toma el dinero, por mí. Alquila el local. Ten éxito. Será una buena lección para todos los hombres de nuestras vidas.

Kristine dudó. No quería causar problemas, pero Ruth insistía. Y el cheque significaba que no tenía que usar la línea de crédito, liberándola de esa preocupación.

—¿Estás segura? —preguntó de nuevo.

—Lo estoy. Hazlo por mí. Por favor. Y por ti misma.

Kristine tomó el cheque.

—Lo haré —le prometió—. Ahora mismo.

Capítulo 18

El Estado de Washington tenía un par de cadenas montañosas, pero eran poca cosa en comparación con las montañas alrededor de Denver. Sophie se dijo a sí misma que debía concentrarse en conducir. Podría maravillarse con las montañas más tarde, después de haber logrado lo que había ido a hacer.

En una decisión que no tenía absolutamente nada que ver con lo que Dugan le había dicho sobre ella misma, había decidido convencer a Maggie Heredia para que aceptara el trabajo. Con ese fin, había llamado y concertado una cita, prometiendo tomar solo treinta minutos del tiempo de Maggie y ofreciéndose a volar a Denver para que no fuera ninguna molestia para ella.

—Es tu dinero —le había dicho Maggie—. No voy a ir a trabajar para ti.

—Entonces, tu tiempo conmigo puede ser un gran impulso para tu ego y nada más.

—No necesito un ego más grande.

—Pero aun así te reunirás conmigo.

—Si apareces, claro.

Sophie había tomado el vuelo de las seis y treinta de la mañana desde SeaTac. Su vuelo de regreso, esa tarde, le daba suficiente tiempo para conducir hasta la casa de Maggie, convencerla de que aceptara el trabajo y luego volver al aeropuerto.

Maggie y su familia vivían en una bonita urbanización en un barrio elegante de la ciudad. El aire era fresco y limpio. Cuando Sophie aparcó frente a la casa de dos pisos, se detuvo unos segundos a admirar las montañas que rodeaban el valle.

Maggie abrió la puerta principal antes de que Sophie pudiera llamar. Las dos mujeres se miraron.

—Como ya te dije —comenzó Maggie—, estás perdiendo el tiempo.

—Y, sin embargo, aceptaste reunirte conmigo.

—Soy una tonta de las causas perdidas.

Maggie la condujo a un estudio en la primera planta, cerrando las puertas francesas detrás de ellas.

—¿Dónde está tu familia? —preguntó Sophie, sentándose frente al gran escritorio junto a la ventana.

—Fuera.

—Así que no los conoceré.

—No.

Eso estaba bastante claro. Maggie parecía relajada con un suéter y vaqueros. Sophie realmente no tenía idea de lo que Maggie estaba pensando y se preguntaba si no sería una pérdida de tiempo lo que estaba haciendo.

«No», se dijo a sí misma. Si quería algo, trabajaba por ello. Podía cometer errores, pero nunca sería porque no se esforzaba.

—Industrias CK te necesita —dijo Sophie—. Yo también te necesito. Como habrás notado o escuchado, tengo cierta dificultad cuando se trata de mi estilo de gestión.

La expresión de Maggie se mantuvo cuidadosamente neutral.

—Puedo involucrarme demasiado en el proceso —continuó Sophie—. Es porque amo mi empresa. Cuando esos primeros vídeos se hicieron virales, no podía creerlo. Vi el potencial de inmediato, pero todos me decían que era ridículo creer que unos cuantos vídeos de un gato llegarían tan lejos.

—¿Cuántos de esos detractores eran hombres? —preguntó Maggie.

—Muchos de ellos.

—Ya me lo imagino.

Animada por el comentario, Sophie continuó:

—Construí algo bueno, pero solo puedo llegar hasta cierto punto por mí misma. Necesito ayuda.

—Hermana, necesitas mucha ayuda y no la vas a obtener comportándote como lo haces. No lo sabes todo, pero pareces pensar que eres la única con información, experiencia o impulso.

¿Había estado hablando con Dugan?

—No pretendo ser así.

—Si lo pretendes o no, no es importante. Al final, lo que importa es lo que haces. ¿Has leído lo que tus antiguos empleados dicen de ti en Internet?

Sophie intentó no estremecerse.

—He estado poniéndome al día con eso en los últimos días. Había un tema común en los comentarios, y la mayoría de ellos incluían la palabra «perra». Y te aseguro que en ninguno parecía un cumplido.

—Tengo problemas de control.

—Tienes mucho más que eso... —Maggie se inclinó hacia ella—. Admitiré que me gusta lo que estás haciendo en CK y creo que tiene mucho potencial. Aunque necesitas con urgencia algunos productos personalizados que impresionen a tus clientes y hagan que quieran tenerlos, sin importar el precio. Necesitas ser la marca de referencia para las locas de los gatos. Muchas de ellas tienen dinero.

—Necesito todo eso, y tú eres la persona para hacerlo realidad.

—No creo que pueda trabajar para ti. Me enfadarías tanto que podría hacer algo de lo que me arrepintiera.

—Te daría carta blanca.

Las cejas de Maggie se elevaron.

—Eso no te lo crees ni tú.

—Lo intentaré, de verdad. Quiero que esto funcione. Quiero tus contactos y experiencia. Quiero que CK crezca. Quiero tener productos especiales que hagan que mis clientes amen lo que hacemos.

Maggie parecía dudosa.

—No vendas tu casa —dijo Sophie de manera impulsiva—. Quédatela. Te alquilaré una casa en Blackberry Island. Pagaré por trasladar a tu familia. Si no funciona, puedes volver aquí, sin empeorar tu vida.

—Excepto que no tendré trabajo. —El tono de Maggie era seco.

—Te prometo seis meses de indemnización.

—¿También me darás un poni?

—¿Quieres uno?

—Dios, no. —Maggie suspiró—. ¿Hablas en serio sobre todo eso?

—Incluso te daría el poni si lo quisieras.

—No deberías ponerlo todo sobre la mesa —aconsejó Maggie—. Eso reduce tu capacidad para negociar.

—No quiero negociar. Quiero que vengas a trabajar para mí. Creo que seríamos un gran equipo.

Maggie tomó aire.

—Elegiré la casa que alquilemos, pero tú la pagarás.

La oleada de euforia dejó a Sophie llena de esperanza y anticipación.

—Lo haré.

—Espero no arrepentirme de esto...

—No lo harás. —Sophie extendió su mano—. Bienvenida a la familia de CK.

—Intenta no ser muy pesada para que no tenga que matarte —dijo Maggie mientras le estrechaba la mano.

Sophie sonrió.

—Nos vamos a llevar muy bien.

* * *

A Heather le gustaba trabajar para Elliot. Era inteligente, sabía de lo que hablaba y, a pesar de que estaba bastante segura de que lo decepcionaba con regularidad, siempre era paciente y amable. Ella siempre se esforzaba, dedicando tiempo extra cuando podía, para darle lo que él quería. Pero había días en los que, sin importar cuánto lo intentara, podía notar que Elliot no estaba contento con lo que había hecho.

Él revisó el informe que ella había terminado y lo dejó sobre el escritorio. La expresión seria de su rostro le decía que había fallado. Cualquier orgullo que hubiera sentido por el trabajo se desvanecía hasta dejarla preguntándose qué había hecho mal esa vez. Sabía que las proporciones estaban correctas, había revisado las cuentas dos veces. Había buscado la información que él quería y había preparado minuciosamente todo el material. Se había quedado en su escritorio hasta casi medianoche para hacerlo todo bien.

—Háblame de tu madre —dijo Elliot de repente.

—¿Mi madre?

—Cuando empezaste a trabajar para mí, dijiste que no debería despedirte porque ya habías renunciado a tu trabajo de camarera y que tenías que cuidar de tu madre.

Heather deseaba poder meterse debajo del escritorio y desaparecer.

—No sé qué quieres saber.

—¿Qué tienes? ¿Veinte? ¿Veintiuno? Entonces ella tendrá unos cuarenta y algo. ¿Por qué cuidas de ella? ¿Está enferma?

—No. Mi madre... —dudó—. Mi madre se quedó embarazada justo después del instituto. Mi padre ya había desaparecido antes de que ella supiera que estaba embarazada.

Heather no se molestó en explicarle que él era un vaquero de rodeo porque eso solo haría que todo sonara aún más patético.

—Tuvo que renunciar a la universidad y a cualquier posibilidad de futuro por mi culpa.

—¿Así que ahora cuidas de ella?

—Es complicado.

—La mayoría de las familias lo son. —Él la miró durante un largo rato—. No tengo claro si quieres más de lo que tienes o si solo es palabrería barata.

—Por supuesto que quiero más —aseguró ella—. Has visto lo duro que trabajo. Iba a la universidad pública hasta este trimestre. —No había necesidad de mencionar por qué había tenido que dejarlo, pensó con amargura—. Volveré. Quiero salir de la isla y empezar mi vida.

—Y quiero creerte —dijo él, recostándose en su silla—. Eres como la arcilla. Sin forma y sin utilidad.

Heather sintió que le hervía la sangre. Quería protestar por la evaluación injusta, pero no estaba segura de qué podía decir en su defensa.

—Eres inteligente —continuó él—. Trabajas duro. Pareces motivada. Pero no puedes hacer el trabajo. Ni siquiera estás cerca. ¿Qué hay de la universidad?

—No tengo el dinero.

—Eso es lo de menos. Hay becas y ayudas económicas. ¿Has intentado conseguir alguna siquiera? ¿Has investigado algo?

Avergonzada, ella negó con la cabeza.

—Pensé que no podría ir.

—Si no te organizas, claro que no. Investiga universidades. Si te gusta el *marketing*, entonces busca las diez mejores escuelas de *marketing* del país y empieza por ahí. La Universidad de Michigan en Ann Arbor está entre las primeras. También la Universidad de Pensilvania. Infórmate sobre la ayuda financiera. Cuánto cuesta, qué becas puedes solicitar... —Hizo una pausa y su mirada se volvió incisiva—. Pídeme una carta de recomendación.

—¿Harías eso por mí?

—Solo si haces tu parte del trabajo. Vuelvo a lo que dije antes. No acabo de entender por qué estás atascada aquí. ¿Es porque no sabes cómo dejar a tu madre o eres de esas personas que hablan de cómo podrían haber sido las cosas y siempre tienen una excusa para justificar por qué no son así?

Heather pensó que estaba describiendo a Amber a la perfección. Y se preguntó si ella también sería como su madre.

—Pensé que la universidad pública era mi única opción —le dijo—. No creí que pudiera aspirar a otra cosa.

—Te reto a que cambies tu forma de pensar. Es tu vida, Heather. Eres joven y sana. Si vas a dar el paso, este es el momento. Pero nadie puede hacerlo por ti. Tienes que estar dispuesta a motivarte a ti misma. Tienes que decidir qué es importante y luego estar dispuesta a hacer el trabajo. —Elevó y bajó los hombros—. O puedes quedarte exactamente donde estás. A Sophie le caes muy bien. Si no funcionas en este departamento, estoy seguro de que puede encontrarte un trabajo en otro lugar. Puedes seguir como hasta ahora. Viviendo con tu madre, cuidándola y siempre preguntándote qué hubiera pasado si solo hubieras dado ese primer paso.

—No quiero eso... —susurró ella.

—Entonces, demuéstralo.

Lily y Señora Bennet habían tomado la decisión de criar a sus gatitos juntas. Señora Bennet había llevado a sus crías al cuarto de los gatos, como Sophie lo llamaba, y ahora las dos gatas adultas compartían el tiempo de mimos, se acicalaban y vigilaban a todos los gatitos juntos. Los más mayores —Clover, Daffodil, Petunia y Marigold— empezaban a moverse más.

Sophie intentaba pasar al menos una hora cada noche con los gatitos. Una vez que fueran un poco mayores, invitaría a Heather y a los hijos de Kristine para socializarlos. Animada por su éxito al contratar a Maggie, Sophie se decía que debería celebrarlo, solo que no podía decidir qué hacer. Salir a cenar sola no era su idea de diversión y cuando había llamado a Kristine, su prima se había mostrado distraída y había dicho que estaba ocupada. Heather era divertida, pero mucho más joven, sin mencionar que estaba ocupada con sus propios amigos. Y Amber, bueno..., mejor no.

Sophie miró su teléfono. Había una solución obvia y no tenía idea de por qué se resistía. Le gustaba Dugan. Disfrutaba de su compañía, su conversación y, por supuesto, del sexo. Aunque ya no podían hacer eso.

Supuso que ese era el problema. No el sexo, o la falta del mismo, sino cómo todo era diferente ahora.

Deslizó su dedo por la lista de contactos y presionó el botón para llamarlo. Cuando él contestó, ella dijo:

—¿Por qué tenías que donar mil millones de dólares a la caridad?

—No fue un billón.

—Estuvo cerca. Hacer eso lo cambia todo.

—¿Habría sido mejor si me hubiera quedado con el dinero?

—No.

—Por eso lo doné. Es demasiado dinero para cualquiera. Que yo lo tenga no sirve de nada. Estoy bien. El dinero está mejor ayudando a otras personas.

Lo cual era tan malditamente altruista, pensó ella, igualmente impresionada y molesta.

—Has vuelto de Denver —dijo él—. ¿Cómo te fue?

—Maggie empieza en dos semanas.

—Impresionante.

—Sí, lo soy.

Él rio.

—Me extrañas... —El tono de él era bajo y sexi.

—Ni un poco.

—Mentira. Estaré ahí enseguida. —Y colgó antes de que ella pudiera decir nada más.

Por un segundo, Sophie se quedó sentada, luego se levantó e intentó decidir qué hacer. ¿Ducharse? ¿Cambiarse de ropa? ¿Ir a buscar una botella de vino?

La última idea fue la única que tenía sentido, así que lo hizo y luego buscó dos copas. Apenas las había colocado en la mesa de centro cuando oyó un golpe en la puerta de entrada.

—Yo también te he echado de menos —dijo Dugan al entrar y agarrándola por la cintura.

—¿Cuándo he dicho que te he echado de menos?

Él sonrió justo antes de besarla.

La sensación de su boca sobre la suya era exactamente lo que necesitaba. Cada parte de ella recordaba lo grandioso que había sido antes y lo espectacular que podría ser ahora. Debería hacer algo sutil como quitarse la blusa y luego guiarlo a su dormitorio. Pero...

—No puedo —dijo ella, retrocediendo.

Él parecía sentir más curiosidad que enfado.

—De acuerdo. ¿Y por qué?

—No te conozco.

—Antes tampoco me conocías.

Ella caminó hacia el sofá y señaló la botella de vino.

—Eso era diferente.

—Ah, ya entiendo —dijo él mientras cortaba el papel de la botella y la descorchaba—. Antes no querías conocerme. Pensaste que era un polvo fácil.

Su voz era lo suficientemente burlona como para que ella no se ofendiera.

—Eso es muy duro. Me gustabas.

—Pero no me conocías.

—¿Siempre has sido tan molesto?

—Lo he sido.

Agarró las copas y sirvió el vino. Se acomodaron en extremos opuestos del sofá, uno frente al otro.

Señora Bennet salió del cuarto de los gatos y caminó hacia ellos.

Cuando saltó al sofá, Dugan extendió sus dedos para que los oliera. La gata se acomodó sobre su regazo y comenzó a ronronear. Sophie la entendió perfectamente. A ella le gustaría hacer lo mismo, solo que no podía.

—Es diferente ahora —dijo ella, mientras observaba cómo él acariciaba a la gata.

—Eso ya lo has dicho.

—Tú eres diferente.

—No lo soy, pero tu percepción sí. Porque ahora sabes de mi pasado. Ahora no solo soy una persona real, soy un igual, y eso te desconcierta.

Tenía que admitir que, a pesar de todos sus atributos físicos, realmente no le gustaba cómo él era mucho más centrado y perceptivo con las personas que ella. ¿No se suponía que la mujer debía ser la más emocionalmente madura en una relación? ¿No decían todos que los chicos eran como plantas? Dugan debería ser más como una planta. Eso haría las cosas mucho más fáciles para ella.

—Cuéntame quién eras antes —pidió Sophie.

—¿No lo leíste ya?

—Algo, pero un artículo corto no captura realmente la esencia de quién eres.

—No estoy seguro de qué quieres saber. Como tú, tuve una gran idea en la universidad. Trabajé con un amigo mío. Eric era tan inteligente que asustaba a la gente, pero yo lo entendía. Hacíamos un buen equipo. Desarrollamos un *software* empresarial que funcionó bien.

Ella pensó en lo que había leído.

—Estoy bastante segura de que eso de que «funcionó bien» se queda muy corto...

—Arrasamos —corrigió él con una sonrisa que rápidamente se desvaneció—. Fue hace mucho tiempo. Había tanto dinero y tantas oportunidades.

Nos cuidamos de dividir nuestro trabajo y tiempo libre para que el negocio no sufriera y aun así tuviéramos tiempo para disfrutar de la buena vida. Contratamos a buenos empleados y confiamos en ellos. —La miró—. No te lo tomes como algo personal.

—No lo haré. —Podría hacerlo, pero decidió seguir centrada en su historia—. ¿Y luego?

—Luego, el *software* se hizo más y más popular. Tuvimos contratos gubernamentales y extranjeros. Nos compraba todo el mundo. Prestamos menos atención al negocio, salimos más y vivimos una gran vida. —Dejó su vino—. Pero después, un día, Eric murió frente a mí.

Sophie lo miró fijamente.

—¿Qué? Había leído que murió, pero ninguno de los artículos decía nada de... Lo siento mucho.

—Gracias. —Dugan se concentró en Señora Bennet, rascándole detrás de las orejas—. No tenía ni idea de que él se drogaba. Sufrió un ataque al corazón. Fue un verdadero toque de atención. Miré mi vida y traté de entender qué estaba haciendo. El negocio no me necesitaba y, si seguía por el mismo camino, iba a terminar como Eric. Así que lo dejé.

—No lo dejaste. Vendiste la empresa.

—Es lo mismo. Me alejé.

Dando casi mil millones de dólares a la caridad, pensó ella, todavía asombrada por la cantidad.

—Quería descubrir qué se suponía que debía hacer con mi vida —dijo él, mirándola—. Viajé por el mundo, estudiando con diferentes maestros. Fui vegano por un tiempo.

—Pero si te encanta comer un buen bistec.

—Es cierto. No funcionó. Terminé estudiando taichí con un anciano en China. Me quedé casi un año y luego volví a Estados Unidos y me establecí aquí. Empecé mi nueva empresa, haciendo lo que amo, pero a menor escala.

Los seminarios, pensó ella.

—¿Por qué enseñas? No necesitas el dinero, ¿verdad?

—No. Enseño porque me gusta. Quiero transmitir el conocimiento. Me parece lo correcto. Pero es solo una parte de quién soy. La vida se trata de equilibrio.

Tal vez para él, pensó ella, esperando no parecer tan incómoda como se sentía. No le gustaba que él fuera mucho más exitoso y centrado que ella. Eso nunca sucedía con los chicos en su vida. Ella siempre era la estrella. Ella era la que tenía el dinero y la carrera de alto nivel y las exigencias sobre su tiempo.

Siempre había sido la importante.

Ese pensamiento inesperado la sorprendió. ¿La importante? Eso no estaba bien. Se suponía que una relación era acerca de dos personas estando juntas. Dos personas que eran iguales. Quizás no tenían las mismas habilidades, pero cada uno aportaba algo a la relación, por decirlo de alguna manera.

—¿En qué estás pensando? —preguntó Dugan.

—Que mi exmarido no se parece en nada a mí —dijo ella, esquivando la verdad—. Quería ser profesor de Historia en una universidad pública.

Las cejas de Dugan se elevaron.

—Interesante. Eso no habría funcionado para ti. La falta de ambición te habría puesto nerviosa. De ninguna manera eso te habría hecho feliz.

—Tampoco lo hice especialmente feliz a él. Y eso no le impidió querer su cincuenta por ciento de Industrias CK.

Ella escuchó la amargura en su voz y se dijo a sí misma que en algún momento tenía que soltarlo.

—No le extraño en absoluto, pero me dolió un poco que tocara mi cuenta bancaria. Entiendo que exista una propiedad común, pero en mi caso creo que fue injusto.

—Sociológicamente, esperamos que el hombre sea el sostén de la familia. Como sociedad, aceptamos e incluso esperamos que la mujer obtenga parte del dinero del hombre, pero cuando es al revés, no se lleva bien.

Ella lo fulminó con la mirada.

—Quítame tus teorías de autorrealización de la cara. No estoy hablando de sentirme socialmente incómoda por la situación, estoy hablando de estar enfadada porque el hombre al que mantuve en la escuela de posgrado, pagando cada centavo de su matrícula, se dio la vuelta y se llevó el cincuenta por ciento de un negocio por el que trabajé durísimo para tener éxito.

—Sophie, eres irresistible —dijo Dugan con una sonrisa.

—No creas que puedes halagarme para que no esté molesta por Mark.

—Nunca lo intentaría.

—¿Has estado casado?

—Brevemente. Éramos jóvenes. La empresa apenas estaba comenzando. No funcionó y ninguno de los dos tuvo la culpa. Todavía somos amigos.

—¿Eres amigo de tu exesposa?

—¿Tú no hablas con Mark?

—Dios, no. ¿Para qué? Casarme con él fue un error —dijo Sophie estremeciéndose al pensarlo—. ¿Amigos? Eres un bicho raro.

Él se rio.

—Si tengo la oportunidad, me aseguraré de presentarte a mi ex. Tal vez la encuentres interesante.

—No, gracias.

—Me gustaría conocer a Mark.

—Adelante. Vive en Lubbock, donde enseña Historia estadounidense en la universidad.

—Así que consiguió su sueño.

—Y un acuerdo muy bueno. Vive a lo grande. —Levantó una mano para que no dijera nada—. No le tengo envidia por tener una buena vida.

—Lo sé. Es que te quitó algo. ¿Cuántos otros han hecho lo mismo?

Ella se acomodó en el asiento.

—Mi compañera de universidad. Compartíamos habitación en la residencia cuando encontré a CK moribundo al lado del camino.

—Conozco tu historia. A diferencia de ti, yo sí investigo.

—Eres un buen ser humano. Bla, bla, bla —dijo ella, aunque sin mucha energía en sus palabras. Por alguna razón, ya no estaba molesta por el éxito de Dugan o su «equilibrio de vida». Tal vez era el vino. Tal vez era el descubrimiento de que eran personas diferentes. Y si él era solo un poco mejor que ella, tendría que lidiar con eso por su cuenta.

—De todos modos, Fawn ayudó con los vídeos al principio. Pero cuando las cosas comenzaron a despegar, ella no estaba interesada. Para cuando nos graduamos, ella no estaba involucrada en absoluto, pero había estado allí desde el principio, así que cuando empezamos a tomar caminos separados, quiso una parte del pastel. —Suspiró profundo al recordarlo—. Llegamos a un acuerdo. Mi abogado me dijo que ir a juicio era una pérdida de dinero, que perdería. Tuve que usar lo último que me quedaba del dinero que mi madre me había dejado para pagarle. Menuda estúpida... La compañera de cuarto, no mi madre. Mi madre era genial —dijo mirando a Dugan—. Yo era una adolescente rebelde que quería que ella entendiera lo adulta que era.

Sophie sintió que sus ojos comenzaban a arderle.

—Cuando mi madre murió en un accidente de coche, me di cuenta muy rápido de que yo no era una adulta en absoluto.

Dugan bajó a Señora Bennet al suelo, luego se desplazó al lado de Sophie y la atrajo hacia sí.

—Lo siento —dijo él, atrayéndola contra su cuerpo y abrazándola con fuerza.

—Gracias. Fue hace mucho tiempo, pero todavía la extraño.

—Ella habría estado tan orgullosa de ti.

—Eso espero. Siempre hablaba de la importancia de trabajar duro. Ojalá pudiera saber que aprendí esa lección. Ojalá pudiera verla una vez más.

Las emociones que había reprimido durante años surgieron inesperadamente, apretándole la garganta y llenando sus ojos de lágrimas. Intentó distraerse centrándose en Dugan. Él era cálido y olía bien. Un poco a hombre, un poco a jabón, un poco a suavizante de tela.

—¿Haces tu propia colada o tienes a alguien para que te la haga? —preguntó Sophie.

Él se enderezó lo suficiente para mirarla a la cara.

—¿Qué clase de pregunta es esa?

—Solo es curiosidad...

—Hago mi propia colada.

—Pero tienes un servicio de limpieza.

—Sí. Cada semana.

Aquel giro en la conversación le dio la distancia emocional suficiente para controlarse.

—Eres tan hombre.

—Como si tú nunca hubieras tenido un servicio de limpieza.

—Claro que sí, pero eso es diferente.

Él sonrió y la atrajo hacia sí de nuevo.

—Me asombras.

—Lo sé.

Él rio.

—Oh, Sophie. Eres un desastre, pero no puedo dejar de pensar en ti. Está bien, resolvamos un problema hoy.

—No tengo ningún problema.

La respuesta fue automática y nada cierta, pero no estaba dispuesta a retractarse.

—La gente intenta aprovecharse de ti —dijo él,

como si ella no hubiera hablado—. Trabajemos en eso. Calcula cuánto quieres dar a la caridad cada año, luego divídelo en cuartos. Esa es tu cantidad. Una vez que se acabe, ya has terminado hasta el próximo cuarto. Planifica algunas donaciones a causas que te importan.

Miró a Señora Bennet.

—Probablemente algo con gatos, para empezar. Tal vez un refugio local para mujeres. Luego deja un poco extra para cuando aparezcan niños vendiendo papel de regalo. Dile a las organizaciones que pidan que presenten una propuesta. Haz que tu nueva gerente de oficina...

—Tina —dijo ella.

—Dile a Tina que es una de sus responsabilidades. Ella escucha las propuestas, redacta un informe y te lo presenta todo en una sola reunión. Luego tú decides.

Ella se apartó de él.

—Oh. Esa es una idea realmente buena.

—Tengo un millón de ellas.

—Nunca se me ocurrió delegar lo de la caridad.

—Nunca piensas en delegar nada.

Ella ignoró eso.

—Hablaré con ella por la mañana.

—Excelente. ¿De verdad no vas a dormir conmigo?

—No puedo. Sé demasiado sobre ti.

—Me lo imaginaba. ¿Quieres ir a cenar?

Ella sonrió.

—Claro, pero como tú eres el rico en la relación, te toca pagar a ti.

Capítulo 19

Kristine había intentado asimilar la verdad, pero a pesar de haber pasado gran parte de la noche en vela, no había encontrado una sola explicación que no sonara terrible. Jaxsen no bromeaba cuando dijo que se quedaría con sus padres hasta que ella «entrara en razón», como él decía. Su marido quería desestabilizarla.

Durante los primeros días había aceptado que Jaxsen aún estaba enfadado con ella y quería castigarla. Como no era la primera vez que él se iba a casa de sus padres enfurruñado, los niños no estaban preocupados. Ella había seguido con sus asuntos, decidida a esperar a que él cediera. Había cobrado el cheque de Ruth, se había reunido con Stacey para ver la propiedad una vez más, pero no había avanzado más allá de eso. Realmente quería hablar con Jaxsen antes de firmar el contrato de arrendamiento. No, quería que él admitiera que había estado equivocado y que la apoyara. Solo que eso no parecía que fuera a suceder.

Sabiendo que necesitaba hablar con alguien en quien confiara, le envió un mensaje de texto a Sophie, diciéndole que tenía un problema. Su prima no tardó en responder diciendo que estaba en camino. Una respuesta gratificante que la hizo llorar. Aún luchaba contra las lágrimas cuando ella apareció ocho minutos después.

—¿Qué pasa? —preguntó Sophie, irrumpiendo en la casa y abrazándola—. Cuéntamelo y lo arreglaré. ¿Estás enferma? ¿Está enfermo uno de los chicos? ¿Necesitas que te dé un riñón?

Kristine empezó a reír.

—No necesito un riñón.

Sophie la miró fijamente.

—Entonces, ¿por qué lloras? Dime.

Kristine la condujo a la cocina. Sirvió café para las dos y luego señaló los taburetes junto a la isla.

—Jaxsen se ha mudado a la casa de sus padres.

—¿Qué? —Sophie, que apenas se había sentado, inmediatamente se puso de pie—. Ese imbécil. ¿Te está engañando? Haré que le den una paliza. Apuesto a que Bear conoce a alguien que podría darle una buena lección. Veamos si a la otra con la que se acuesta le sigue gustando cuando tenga las piernas rotas y algunas cicatrices en la cara.

—No me está engañando —dijo Kristine, palmeando el taburete para que se sentara de nuevo—. Está siendo un idiota, pero no hay otra mujer.

Sophie se sentó.

—¿Debería empezar a odiarlo?

—Por favor...

—Entonces, ¿qué ha hecho la comadreja de tu marido para hacerte llorar?

—¿Recuerdas el plan de negocios que te mostré?

—Por supuesto. Era brillante. Vas a hacerlo, ¿verdad? Vas a alquilar el local y abrir la pastelería. —De repente, sus ojos se abrieron de par en par—. ¿Jaxsen no quiere que lo hagas?

Los hombros de Kristine se desplomaron. Le contó a Sophie la pelea que tuvieron y cómo Jaxsen se fue después. También lo del dinero de Ruth y que ella solo quería que su marido la entendiera.

—Ahora me siento atrapada... Él ha hecho esto otras veces. Irse a casa de sus padres para castigarme. Pero ahora es diferente. Quiere que ceda y no lo haré. Le echo de menos, pero no voy a ser yo quien vaya a hablar con él.

—Por supuesto que no. No puedo creer que haya dicho todas esas tonterías sobre que seas una madre que se queda en casa. Siempre quisiste hacer más y él fue quien se interpuso en tu camino. —Sophie apretó el brazo de Kristine—. Has estado pasando por todo esto y ¿no me lo dijiste? Te notaba distraída, pero no podía imaginar por qué. Deberías habérmelo contando antes. Habría estado a tu lado.

Kristine bajó la cabeza.

—Me daba vergüenza lo que él dijo. Además, pensé que volvería en cinco minutos a casa. Cuando me di cuenta de que eso no iba a suceder, no sabía qué hacer. —Las lágrimas volvieron a brotar de sus ojos—. Está siendo tan horrible. ¿Siempre ha sido así y yo no me di cuenta?

—Jaxsen es un hombre a la antigua —le dijo Sophie—. También es muy egoísta. Tú cuidas bien de él y de los niños. Lo haces parecer tan fácil que él no es consciente del esfuerzo y todo el tiempo que te lleva. Estoy segura de que está tan mal como tú, pero está esperando a que cedas.

—Eso es lo que pienso yo también. ¿Y qué significa? ¿De verdad espera que ceda? Este es mi sueño, Sophie. ¿No tengo derecho a intentarlo? —Se mordió el labio antes de verbalizar su mayor temor—. ¿Todo se reduce a elegir entre mantener mi matrimonio o tener la carrera que quiero? ¿Tiene que ser una cosa u otra?

—No —dijo Sophie con tono firme—. Jaxsen está actuando como un completo idiota ahora mismo, pero te ama. Se dará cuenta.

—¿De verdad lo crees?

—Sí, y si no lo hace, hablaremos con Bear. Un par de piernas rotas lo harán entrar en razón.

—Creo que esta vena violenta es nueva.

Sophie le mostró una sonrisa.

—No. Siempre ha estado ahí. Solo la mantengo oculta hasta que hay una emergencia. —Al instante, su humor se desvaneció—: No puedo creer que esté actuando así, pero tú tienes que mantenerte fuerte. No estás equivocada. Todo lo que quieres es tener la oportunidad de hacer algo que has estado planeando desde siempre. —Su mirada se volvió incisiva—. Fíjate que he dicho «planeando», no soñando. Esto no es un sueño. Es un plan de negocios bien pensado que tendrá éxito. Todo lo que necesitas de él es un poco de apoyo. Siempre has estado ahí para tu marido. Ahora le toca a Jaxsen estar a tu lado. Eres la madre de sus hijos y la mujer con la que dijo querer pasar el resto de su vida. Necesita comportarse como un hombre y actuar como si todo eso importara.

Sus palabras de ánimo fueron justo lo que necesitaba escuchar. Palabras alentadoras pronunciadas con amor.

—Nunca pensé que él me trataría de esta manera —admitió Kristine.

—Yo tampoco. Incluso cuando volváis a estar juntos, va a ser muy difícil no golpearlo en el brazo la primera vez que lo vea.

—Mientras no sea en los testículos. Todavía me gusta tener relaciones sexuales con él.

—Está bien. Le daré un golpe en el brazo y lo dejaré pasar. —Sophie tomó su café—. Entonces, ¿cómo puedo ayudarte? ¿Quieres que hable con él?

—No. Quiero que lo descubra por sí mismo. Quiero que vuelva a casa.

Ella quería que él entendiera por qué era importante que la apoyara.

—¿Y si eso nunca sucede? —dijo mirando a Sophie

con ojos de preocupación—. ¿Y si él no lo entiende? ¿Y si realmente tengo que elegir entre mi negocio y mi matrimonio?

—No tendrás que hacerlo.

—¿Y si tengo que hacerlo?

Sophie suspiró.

—No lo sé. Solo tú puedes responder a eso. Parte de mí quiere decir que si Jaxsen realmente es el tipo de hombre que te dejaría por esto, entonces tu matrimonio tiene problemas más grandes de lo que pensábamos.

No era lo que Kristine quería escuchar, pero aun así era muy cierto.

—¿Quieres ir a hablar con un terapeuta? —preguntó Sophie.

—No. Todavía no. Jaxsen va a volver —dijo con voz firme, como si estuviera segura. Solo que no lo estaba, en absoluto. Sobre nada.

—¿Heather Sitterly?

Heather miró a la mujer bien vestida, de cabello oscuro, que estaba de pie en el porche delantero de la casa. Eran poco más de las siete de la tarde.

—Sí. ¿En qué puedo ayudarla?

La mujer le entregó una tarjeta de presentación.

—Soy Stacey Creasey. Hablé ayer con su madre por teléfono. —Mientras Heather seguía mirándola sin expresión, Stacey añadió—: Soy la agente inmobiliaria que su abuela contrató para vender la casa. —La mujer frunció el ceño al ver la cara de sorpresa de la joven—. Hablé con Amber.

Algo que su madre nunca se había molestado en mencionar, pensó Heather, retrocediendo automáticamente para dejar entrar a la mujer.

Había pasado tanto tiempo desde el anuncio de su abuela sobre la venta que Heather había conseguido apartar la inminente catástrofe de su mente. Había pensado que tal vez no sucedería, pero, al parecer, estaba equivocada.

—¿Quién es? —preguntó Amber desde la cocina.

—La agente inmobiliaria de la abuela. No me dijiste que te había llamado.

Amber salió al salón.

—No pensé que fuera en serio. —Miró fijamente a Stacey—. ¿Por qué está aquí?

—Tu madre quiere que empiece con la lista de la propiedad. —Stacey no parecía afectada por la hostilidad de Amber—. Como te dije ayer, quiero echar un vistazo y ver en qué estado se encuentra la casa. Tengo un presupuesto para arreglar un poco las cosas. Una vez que haga el recorrido, elaboraré una lista de lo que quiero hacer y un cronograma. Les daré una copia a ambas. ¿Piensan vivir en la casa mientras esté en venta? —preguntó la mujer con una sonrisa.

Heather parecía incapaz de recuperar el aliento. Estaba sucediendo, realmente estaba sucediendo. Iban a perder su hogar y no había nada que pudiera hacer al respecto.

Había estado pensando en su conversación con Elliot. Había comenzado a investigar sobre universidades, becas y ayudas económicas. Había más dinero disponible de lo que había imaginado. Deseaba desesperadamente irse, pero si las echaban de la casa, ¿adónde irían? ¿Cómo podría ayudar a Amber a encontrar un hogar sin atraparse a sí misma en la isla?

Se dio cuenta de que Stacey la miraba como si esperara una respuesta a una pregunta.

—¿Qué? Oh, sí, viviremos en la casa mientras tanto —logró decir.

—Entiendo. No es la situación ideal, pero podemos hacer que funcione. Ahora, si fueran tan amables de mostrarme la casa.

Heather esperaba que Amber tomara la iniciativa, pero su madre solo se cruzó de brazos.

—Este es el salón —dijo la joven tras un suspiro, preguntándose si parecería tan sorprendida como se sentía—. La cocina está por aquí.

Se dirigió hacia ella. Amber estaba en medio y no se movió. Heather la miró.

—Mamá, por favor.

Amber se hizo a un lado.

La cocina estaba hecha un desastre. Los platos se amontonaban en el fregadero y el suelo estaba sucio. Heather no había tenido tiempo de limpiar; había estado muy ocupada con el trabajo. Mientras miraba a su alrededor, pensaba en lo que Stacey debía de estar viendo. Papel pintado viejo y descolorido. Una cocina rayada y un poco destartalada, correo apilado en la mesa.

Stacey asintió y luego se dirigió hacia el cuarto de lavado que estaba junto a la cocina. Heather se estremeció al pensar en el montón de ropa en el suelo. Amber no hacía la colada hasta que era absolutamente necesario, y ya había pasado varias semanas desde la última vez que se molestó en hacerla.

—Los dormitorios están por aquí —dijo Heather, señalando el pasillo.

El cuarto de manualidades era un desastre, con hilos, telas y cajas apiladas sin orden. Luego estaba el baño del pasillo que Heather usaba. Era antiguo, pero ordenado y limpio. Lo mismo ocurría con su dormitorio. Ella recogía sus cosas y siempre hacía la cama.

El dormitorio de Amber era un revoltijo de ropa en el suelo, la cama sin hacer y libros apilados en la mesita de noche. El pequeño baño adjunto estaba desordenado y, tanto el lavabo como el inodoro, necesitaban una buena limpieza.

Stacey lo observó todo sin decir una palabra. Luego volvieron al salón.

—Enviaré a uno de mis jardineros para que trabaje en el jardín delantero. No hará falta hacer gran cosa para que se vea bien. En cuanto a la casa... —Stacey miró a su alrededor—. Bueno, como dije antes, enviaré una lista y un calendario. Entre tanto, sería de gran ayuda que recogieran un poco y guardaran las cosas. Quizás darle a la casa una limpieza profunda.

El rostro de Amber se tensó de ira.

—No puede decirme qué hacer en mi propia casa. Creo que es hora de que se vaya.

Stacey se mantuvo firme.

—Señorita Sitterly, según la escritura, esta es la casa de su madre, no la suya. Mi trabajo es hacer que la propiedad esté en el mejor estado posible para su venta con el presupuesto que tengo, y eso es lo que pienso hacer. Ella me dijo que pueden quedarse aquí hasta que cerremos el trato, pero si no coopera conmigo, no tendrá más opción que desalojarla.

Heather sintió que su mundo empezaba a derrumbarse. ¿Desalojar? ¿Realmente lo haría? El rostro de Amber se enrojeció.

—No piense que puede amenazarme y salirse con la suya. —Se dirigió hacia la puerta principal y la sostuvo abierta—. Salga ahora mismo o llamaré a la policía.

—Por supuesto. —Stacey le ofreció una sonrisa neutral—. Estaré en contacto. Al igual que su madre. —Y tras decir eso, se fue.

Amber apenas había cerrado de un portazo la puerta y ya se puso a despotricar:

—Qué bruja. Ni siquiera sabemos si realmente la han contratado. Podría ser parte de una estafa. Voy a llamar a tu abuela ahora mismo y decirle cuatro cosas. ¿Cómo se atreve a hacernos esto? No puedo creer que esa mujer nos haya amenazado. Voy a insistir en que tu abuela nos dé esta casa. Es lo único justo. Debería demandarla. Quizás eso sea lo mejor. Podría llamar a un abogado y...

—¡Mamá, basta! —Heather intentó controlar su respiración, pero no estaba segura de poder hacerlo. Una sensación de pánico parecía haberse instalado en su pecho. Crecía y crecía hasta que le resultaba difícil pensar en otra cosa. Si tan solo pudiera recuperar el aliento.

—¿Qué? —exigió su madre, poniendo los ojos en blanco—. Déjame adivinar. Vas a tomar partido por todos menos por mí. Siempre lo haces. Eres igual que tu abuela.

—Eso espero —dijo Heather, con el tono de voz anormalmente alto—. Espero ser como ella o como Sophie o como Kristine. Espero ser como cualquiera menos como tú.

Jadeó en busca de aire, temblando. ¿Qué iba a pasarles? ¿Adónde irían? ¿Dónde iba a dejar a su madre? ¿Cómo iba a hacer para no quedarse atrapada para siempre?

—Eres una desagradecida. —Amber la fulminó con la mirada—. ¿Cómo te atreves?

—Me atrevo porque esto es lo que siempre haces. Culpar a todos menos a ti misma. Nunca asumes la responsabilidad de nada. ¿Por qué no te ganas las cosas por ti misma como el resto del mundo? ¿Qué te hace pensar que te mereces más? ¿Por qué no puedes cuidarte tú misma? ¿Por qué siempre tiene que ser mi trabajo o el de la abuela o el de Sophie, pero nunca el tuyo? Te quejas de tu vida, pero ¿y la mía? ¿Qué hay de que me mantienes atrapada aquí? ¡No quiero cuidarte más! ¡No quiero!

Las últimas frases las gritó. El temblor empeoró. Heather no sabía si iba a desmayarse o a vomitar. De cualquier manera, tenía que salir de allí. Corrió hacia la puerta y salió al pequeño porche delantero, luego se apresuró hacia su bicicleta.

«En cualquier lugar menos aquí», se dijo a sí misma mientras empezaba a pedalear. «En cualquier lugar menos aquí».

* * *

Pasaba de las ocho cuando Sophie se sentó en su escritorio para revisar algunos correos electrónicos. Estaba cansada pero contenta. Maggie y su familia habían llegado a Blackberry Island y ella comenzaría a trabajar el lunes. Elliot había contratado a un gurú del *marketing* digital que ganaba más de lo que debería ser legal, pero que ya estaba haciendo algunos cambios fenomenales. Las ventas iban en aumento, el almacén funcionaba sin problemas y...

De repente, vio un correo electrónico de Bear. El gerente del almacén rara vez se molestaba en enviar correos; era más de los que entraban directamente a su oficina para quejarse. Antes de abrir y leer el mensaje, ya sintió una sensación de vacío en el estómago.

Pensé que deberías saberlo. Hora 18:07.

Hizo clic en el enlace que la llevó al metraje de seguridad de Industrias CK. La cámara de seguridad recién instalada mostraba la parte trasera del almacén. Observó cómo el contador de tiempo avanzaba desde las 18:06. Precisamente a las 18:07, Amber apareció en la imagen. Miró por encima del hombro varias veces antes de tomar un par de camas para gatos y dos juegos de botes. Se apresuró hacia una puerta lateral, la desbloqueó y colocó los artículos afuera, luego cerró la puerta con llave y desapareció de la imagen.

—Maldita sea, Amber.

Sophie cerró el programa de correo electrónico e inició sesión en el sistema de seguridad. Activo la imagen de las cámaras y buscó las que cubrían el exterior del almacén. Podía ver las entradas principales, la zona de carga y la parte trasera del edificio. Pero esa puerta lateral no aparecía en ninguna parte. Tenían un punto ciego.

Volvió a su correo electrónico y envió una nota a Tina para que contactara a la empresa de seguridad. Necesitaban que alguien fuera de inmediato a solucionar el punto ciego y verificar si había otros. Luego escribió a Bear y le dijo que hablaría con Amber, pero que él necesitaba cambiar la cerradura de esa puerta lateral y asegurarse de que la llave se guardara en un lugar más seguro. Después apagó su ordenador y salió hacia su coche.

Una vez en casa, entró directamente a la habitación de los gatos y se tumbó en el suelo. Lily y Señora Bennet se acercaron de inmediato a saludarla. Los gatitos de Lily tenían casi cuatro semanas y, aunque tenían curiosidad por ella, aún eran demasiado jóvenes para encontrarla realmente interesante.

—¿Cómo te fue el día? —preguntó, acariciando a ambos gatos—. El mío fue genial hasta hace una hora. Mi prima Amber está robando. Siempre habla de la familia y me está robando a *mí*. ¿Qué significa eso?

Ya conocía la respuesta. Amber era quien siempre había sido: una víctima profesional. Si se enfrentaba a ella, alegaría que lo único que había hecho había sido cuidar de sí misma cuando Sophie no se había molestado en hacerlo.

Bajo cualquier otra circunstancia, Sophie la despediría al instante, pero Amber era su prima. Y también estaba Heather. Si despedía a su madre, ella se vería perjudicada. Y no quería eso.

Sophie suspiró profundo.

—Nunca os convirtáis en humanos —les dijo a los gatos—. Puede que os parezca genial, pero no lo es.

Se sentó y atrajo a Lily hacia sí. El constante ronroneo de la gata era reconfortante, pero no le proporcionaba una respuesta sobre qué debería hacer en cuanto a Amber, pero aceptaría cualquier pequeña victoria que pudiera obtener.

* * *

Kristine llegó a casa poco después de las dos. Con Jaxsen ausente y los chicos pasando la mitad de su tiempo en casa de los abuelos, no había tanto que hacer, así que había empezado a trabajar en la bodega de diez a dos. Planeaba emplear cada centavo que ganara para su pastelería.

El trabajo era fácil: hablar con los turistas sobre los diferentes vinos y servirles muestras. Siempre le había gustado interactuar con los clientes y se decía a sí misma que debería haber empezado a trabajar a tiempo parcial hace años. ¿Qué más daba si a Jaxsen le molestaba? Ella merecía tener vida.

«Palabras valientes», pensó, sacando los ingredientes para los burritos que iba a hacer para la cena. Sobre todo teniendo en cuenta cuánto empezaba a extrañar a Jaxsen.

Había pasado más de una semana desde que él se fue. No había tenido noticias suyas. El viernes, su cheque de pago se había depositado automáticamente en su cuenta conjunta, algo de lo que no había estado segura que sucedería. Así que la noche anterior había pagado las facturas, como de costumbre. La única extracción había sido de cien dólares del cajero automático. Sin duda, dinero para pequeños gastos. Era la misma cantidad que él solía retirar cada mes. Fuera lo que fuese lo que estuviera haciendo, hasta ahora no parecía incluir arruinarla financieramente. Si tan solo volviera a casa, pensó mientras seleccionaba los distintos chiles que necesitaría para la receta. Quería que entrara por la puerta trasera y le dijera que lo sentía y que quería volver. Eso sería...

De repente, la puerta trasera se abrió y Jaxsen entró a la cocina. Ella se sobresaltó tanto que dejó caer el cuchillo. Este chocó contra la encimera, casi rozándole el brazo.

Retrocedió, mirando fijamente a su esposo.

Él tenía buen aspecto. Era alto, de hombros anchos. Se mantenía en forma. Su vientre era plano, sus caderas estrechas. Llevaba una camisa a cuadros metida en los vaqueros. Su cabello estaba demasiado largo, pero incluso eso le daba un aire sexi.

Sintió alivio y un poco de esperanza. Él quería hablar. Resolverían las cosas y...

—¿Estás lista para rendirte?

—¿Eso es lo primero que se te ocurre decirme? —preguntó Kristine, con cierta amargura y mucha decepción—. ¿En serio? Sin saludo, sin un «te he echado de menos». ¿Solo un desafío sarcástico?

—No estaba siendo sarcástico. Es una pregunta genuina. ¿Has terminado con tu ridículo juego?

Ella cambió de postura, quedando sus pies ligeramente separados. Muy consciente de lo que hacía, levantó la barbilla y profundizó su respiración. Quería responder desde una posición firme donde estuviera centrada en sí misma.

—Lamento que consideres un juego los sueños que tengo para mí. Y para que quede claro, quiero decir que realmente lo siento, no que me esté disculpando. Esto es lo que quiero, Jaxsen. Quiero abrir la pastelería y vender mis galletas y *brownies*. Quiero trabajar duro y quedarme despierta hasta tarde si es necesario porque la idea me emociona. Quiero hacer crecer el negocio porque será gratificante tanto personalmente como para la familia. No solo porque voy a aportar dinero, sino también porque es una gran lección de vida para los niños. Te amo y amo a los chicos, pero no es suficiente. Necesito más. Necesito tener objetivos y sentir que estoy trabajando para alcanzarlos. Necesito saber que estoy marcando la diferencia.

—¿Haciendo galletas? —replicó él, torciendo la boca de manera burlona.

—En los negocios.

—Entonces, eso es un no.

El corazón de ella sintió una punzada de dolor.

—Siempre te he apoyado. Ahora es tu turno de apoyarme a mí.

Jaxsen la miró durante un largo rato.

—Eso no va a suceder —dijo él, negando con la cabeza.

Y tras esas palabras, se dio media vuelta y salió caminando.

Ella permaneció de pie donde estaba hasta que lo oyó alejarse en el coche, y entonces se dejó caer al suelo. Se recostó contra los armarios y atrajo sus rodillas hacia el pecho. No hubo llanto delicado y silencioso, solo sollozos desgarradores que arañaban su alma y la dejaban con una sensación de vacío que temía que nunca desapareciera.

Capítulo 20

Sophie pasó un par de días intentando resolver el problema de Amber. Decirse a sí misma que nunca más debía contratar a familiares era un consejo sensato, pero no especialmente útil. No quería despedir a Amber, solo quería que su prima hiciera su trabajo y, maldita sea, que no robara.

Finalmente llamó a Amber a su oficina y, cuando estuvo sentada, giró el ordenador hacia ella para enseñarle el vídeo de seguridad.

Amber se quedó en silencio mientras su delito se reproducía. Cuando salió del encuadre, Sophie giró el ordenador a su posición original, lo cerró y miró fijamente a su prima.

—¿No es ilegal espiar a la gente? —preguntó Amber—. Has violado mi privacidad. Eso está mal.

Sophie respiró hondo. De ninguna manera iba a morder el anzuelo.

—Hemos cambiado la cerradura de la puerta lateral y estamos instalando más cámaras para que no haya otros puntos ciegos. Voy a implementar una nueva política de inspecciones no anunciadas de todos los armarios. El resto del personal se enterará por medio de un correo electrónico que se enviará hoy. No sé cuánto has robado, pero sí sé lo que te llevaste esa tarde.

Sophie echó un vistazo al bloc de notas que tenía delante.

—Dos camas y dos juegos de botes. Voy a descontar el coste del próximo cheque de tu sueldo.

Amber la miró fijamente.

—No puedes hacer eso. No puedes quitarme dinero. Está mal.

—Qué valiente —murmuró Sophie—. Irónico también. —Miró con dureza a su prima—. Estas son tus opciones, Amber. Puedes aceptar tu castigo y prometer no volver a robar ni siquiera un clip, o puedes ponerte furiosa y llamarme lo que quieras. Si eliges lo segundo, me obligarás a convocar una reunión con los demás empleados donde reproduciré el vídeo de seguridad delante de todos. Después de humillarte públicamente, te despediré y presentaré cargos. No hay término medio.

Realmente esperaba que Amber eligiera la primera opción porque Sophie no estaba del todo segura de poder llevar a cabo la segunda.

La boca de Amber tembló.

—¿Por qué me tratas tan mal? Eres mi prima.

—¿Por qué me robaste? ¡Eres mi prima!

Como si fuera una señal, las lágrimas comenzaron a rodar por sus mejillas.

—No sabes lo mal que lo estoy pasando. Mi propia madre quiere echarme de casa. ¿Lo sabías? Va a venderla y quedarse con todo el dinero. No tengo adónde ir. ¿Qué se supone que debo hacer? ¿Y qué hay de la pobre Heather? Soy todo lo que tiene, pero es tan difícil estando sola... Y vamos a quedarnos sin nuestro hogar.

Sus hombros se sacudían arriba y abajo mientras las lágrimas brotaban, haciendo que Sophie creyera que su preocupación era genuina.

—Es tan horrible —continuó Amber—. No tengo ahorros y siempre estamos tan cortas de dinero. No sabes lo que es criar a un hijo sola. Están la responsabilidad y la preocupación, además nunca pude vivir mi propia vida. Siempre estuve atrapada. Quería escapar. Quería tener éxito, pero nunca tuve la oportunidad.

Sophie se dijo a sí misma que no debía dejarse llevar por el teatro. Aunque Amber podía tener algunas quejas legítimas, la mayoría de sus problemas se podían achacar a su propio comportamiento.

—Solo me llevé esas cosas para hacer un poco de dinero y poder mudarnos. Lo siento. No lo volveré a hacer. Simplemente no sabía qué más hacer.

Tras haber conseguido que hiciera esa promesa, y a pesar de que no confiaba del todo en que la cumpliera, Sophie se permitió relajarse.

—Es la casa de tu madre —le habló ahora con tono suave—. Estoy segura de que necesita el dinero para su jubilación.

—¿Y qué hay de mí? ¿Qué hay de Heather?

—¿Has empezado a buscar apartamentos?

Amber levantó la cabeza.

—Esa ha sido mi casa durante toda mi vida. ¿Cómo voy a mudarme ahora?

—Sé que va a ser difícil.

—No tienes idea. Es doloroso. Y triste. Nunca quise grandes cosas, solo sentirme segura, ¿sabes? Sé que me quejo mucho, pero es realmente difícil estar sola todo el tiempo.

Algo con lo que Sophie podía identificarse. No es que quisiera crear un vínculo con Amber, pero tal vez había un alma humana dentro de ella, debajo de toda esa actitud de superioridad.

—No creo que tu madre vaya a cambiar de opinión —dijo Sophie, diciéndose a sí misma que no debía involucrarse y aun sabiendo que realmente no tenía opción—. Encuentra un apartamento bonito. Seré tu referencia si necesitas una.

Amber se animó.

—¿Firmarás el contrato de arrendamiento conmigo?

¿Y ser financieramente responsable?

—No.

—Sophie, vamos. No puedo permitirme un sitio bonito por mi cuenta. ¿Realmente quieres que Heather asuma toda esa responsabilidad? Es tan joven. ¿No se merece una oportunidad de tener un futuro? Ella te admira, ¿sabes? Te respeta. ¿Por qué querrías decepcionarla?

Sophie sintió que estaba siendo arrastrada al mundo de victimización de Amber.

—Heather no es mi hija, Amber. Es tuya.

—Pero la quieres y deseas lo mejor para ella.

—Encuentra un apartamento y luego hablaremos.

Amber se levantó de un salto.

—Empezaré a buscar este fin de semana. Esa casa es tan pequeña y vieja. Será agradable estar en un sitio más nuevo. Quizás con vista al Sound.

Se despidió con la mano y salió a toda prisa de la oficina. Sophie cruzó los brazos sobre el escritorio y luego apoyó la cabeza sobre ellos. ¿Cuándo, exactamente, se habían salido las cosas de control?

Su teléfono emitió un sonido, recordándole que tenía otra reunión. Lo guardó en su bolsillo y se dirigió a la sala de conferencias donde Elliot y Maggie la esperaban. Al tomar asiento, Maggie tecleaba en su ordenador y comenzó la presentación de PowerPoint. La pantalla en la pared del fondo se iluminó con el logo de CK.

Maggie miró a Elliot y asintió.

—Estamos aquí para hablar sobre la expansión de la presencia minorista de CK —comenzó Elliot—. Nuestros productos ya están en muchas cadenas de tiendas y tienen presencia en Internet. Lo que nos falta es llegar a las *boutiques* de lujo. Queremos encontrar a ese amante de los gatos de alta gama y hacer que se enamore de la marca. Para ello, necesitamos un flujo de distribución diferente. Hemos seleccionado a tres distribuidores.

Una nueva diapositiva apareció en pantalla y Sophie leyó los nombres de las tres compañías.

—Estos están en orden de preferencia —le dijo Maggie—. El primero es mi primera elección. Solo aceptan productos de muy alta calidad y únicos. Mi sugerencia es que reduzcamos nuestra presentación a dos artículos.

—¿Dos? —Sophie frunció el ceño—. ¿Por qué no presentar varias ideas para que haya opciones?

—Porque tener demasiados artículos implica que somos un negocio de alto volumen solo interesado en la venta rápida.

—Está bien. ¿Qué productos tenías en mente?

Maggie hizo clic para pasar a la siguiente diapositiva.

Sophie vio la imagen de un rascador para gatos con múltiples plataformas que parecía un árbol. La madera nudosa estaba lijada hasta obtener un brillo suave. La cuerda de sisal que envolvía la base parecía de muy alta calidad, y las plataformas estaban acolchadas y cubiertas con una alfombra bereber marrón. Había un gato en la base del árbol para dar perspectiva. Estimaba que la pieza tenía al menos metro y medio de altura.

—Es muy bonito —dijo Sophie, pensando que se vería genial en la habitación de los gatos en su casa. A Lily y a Señora Bennet les encantaría.

—Se pueden hacer en varios tamaños y con algunos elementos personalizables. Como la alfombra, por ejemplo. La madera no está barnizada, así que ese color no se puede cambiar, pero no tiene tóxicos y el trabajo lo realizan miembros de tribus indígenas que viven en la selva amazónica.

Sophie se volvió hacia Maggie.

—Estás bromeando.

—No. Los rascadores también son sostenibles. Estamos intentando cubrir todos los frentes.

—¿Cuál es el precio? —preguntó Sophie—. ¿Y cuánto tarda en llegar uno de estos?

Elliot echó un vistazo a sus notas.

—Estamos pensando entre trescientos y cuatrocientos para los rascadores más pequeños y más de dos mil para los más grandes. Podríamos tener un puñado con opciones estándar en *stock* para entrega inmediata, pero si el cliente quiere algo personalizado, ya estamos hablando de unos tres meses para la entrega.

—Eso es ridículo.

—No, eso es exclusivo.

—Yo no esperaría tres meses por un rascador para gatos —murmuró Sophie.

—¿Estás segura? —preguntó Maggie—. ¿Por tu querido gato?

Sophie pensó en cómo habría hecho cualquier cosa por CK. Había sido su constante compañía durante casi dieciséis años, toda la vida adulta de Sophie.

—De acuerdo, tal vez, pero soy la excepción.

—Afortunadamente para nosotros —le dijo Elliot—, eso no es cierto. ¿Estamos de acuerdo con el rascador para gatos?

La mirada de Maggie era expectante. Sophie asintió con reticencia, odiando comprometerse, pero sabiendo que tenía que hacerlo.

—¿Cuál es el segundo producto?

—Hemos reducido la lista a unos pocos. Otro producto es el kit para hacer colchas —dijo Maggie mientras pasaba a la siguiente diapositiva.

Sophie miró la imagen del gato. El hermoso animal de raza *ragdoll* tenía los colores de un siamés y grandes ojos azules. La siguiente diapositiva mostraba el patrón para la colcha y la última era el producto terminado, que sorprendentemente se parecía mucho a la fotografía.

—¿Alguien ha probado a hacer una colcha ya? —preguntó Sophie.

—Casi —respondió Elliot echando un vistazo a sus notas—. Contratamos a una costurera local para que ensamblara rápidamente un patrón. Si lo miras de cerca, no está terminado, pero estábamos más interesados en la rapidez que en la calidad. Suavizamos los bordes ásperos en la fotografía. Si elegimos este producto, le pediremos que termine la colcha.

Continuaron viendo camas personalizables para gatos, hamacas y escaleras de estilo *art déco* para gatos que se montaban en la pared.

—Todas me parecen buenas ideas —comentó Sophie.

Maggie suspiró.

—No. Simplemente no. Elegimos una y eso es todo.

Sophie levantó la vista hacia la diapositiva que mostraba los cuatro productos.

—La colcha —dijo finalmente.

—Estoy de acuerdo —opinó Elliot mirando a Maggie.

—La colcha —secundó Maggie, y tomó notas en un bloc de papel—. Le llevará un par de semanas a la costurera terminar la colcha. La llamaré hoy mismo y la pondré en marcha. Mientras tanto, haré mi magia y conseguiré una cita con el primer distribuidor de nuestra lista.

—Quiero ir contigo a la reunión —anunció Sophie.

Elliot y Maggie intercambiaron otra mirada. ¿Qué pasaba con eso? ¿Tenían algún tipo de conexión telepática?

—Eso quizá no sea la mejor idea —dijo Elliot.

—No me importa. —Sophie les sonrió a ambos—. Mi empresa, mis reglas. —Levantó una mano para que no la interrumpieran—. No me interpondré. Solo quiero estar en la sala.

Maggie suspiró.

—¿Por qué me da que no se puede confiar en ti?

—No tengo ni idea. —Sonrió Sophie—. Será genial. Ya verás.

* * *

Heather no había visto a su madre en casi una semana. No estaba segura de quién estaba evitando a quién, pero la distancia había sido un respiro que necesitaba, hasta que empezó a sentirse culpable por ello.

Llegó a casa después de su turno en la bodega y se encontró el jardín delantero mejor de lo que había estado en años. Habían eliminado la maleza y había plantas nuevas por todas partes. La senda y el porche delantero habían sido limpiados a presión. Abrió el garaje y guardó su bicicleta, luego se dirigió a la casa. Su madre la esperaba en la cocina.

Heather se detuvo, sin saber si debía saludarla o simplemente seguir caminando. Antes de que pudiera decidir, su madre levantó la vista y le sonrió.

—Oh, qué bien que has llegado. He pasado la mañana limpiando la sala de manualidades. Tendremos que revisar todo eso y decidir qué queremos conservar y qué vamos a donar. Estoy segura de que nunca terminaré ninguno de esos kits para alfombras. ¿En qué estaría pensando? —Su voz sonaba ligera, con un tono agradable. Aquella alegre y sonriente Amber no tenía nada que ver con la madre a la que Heather estaba acostumbrada.

—He buscado en Internet apartamentos para alquilar —continuó Amber—. Hay algunas opciones que están muy bien. Pensé que podríamos ir a verlos. Necesitaremos el alquiler del primer y último mes, más un depósito de fianza. Tengo mil dólares en mi cuenta de ahorros, más lo que tú hayas ahorrado. —Su buen humor se desvaneció—. Voy a decirle a tu abuela que tiene que pagar algo para ayudarnos con la mudanza. Después de todo, ella es la que nos está echando a la calle. Pensarás que le daría vergüenza ser la causa de que su propia hija y nieta se queden sin hogar, pero siempre ha sido egoísta.

La tensión de Heather se alivió de golpe. Su madre ya sonaba más a la Amber que conocía.

—¿Dónde están esos apartamentos? —preguntó la joven, con intención de distraer a su madre.

—Uno está a solo un par de calles detrás de las tiendas. Eso podría estar bien. Estaríamos cerca de todo. Y hay uno cerca de la zona que habitan las grullas. Parece muy bonito, con vistas al Sound.

—¿Podemos permitírnoslo?

Amber sonrió.

—Tendremos que ir a averiguarlo.

Heather se apresuró para dejar su mochila en su habitación y luego se unió a su madre en el coche.

—Gracias por hacer esto, mamá —dijo mientras conducían hacia el primer edificio de apartamentos—. Pensé que la abuela había cambiado de opinión, pero cuando apareció el agente inmobiliario, supe que estaba decidida a vender la casa.

—Es ridículo que esté haciendo eso. Quizás esté perdiendo la cabeza. Me pregunto si debería volar a Arizona y llevarla al médico para averiguarlo. Si está senil, podría hacer que la internen y tomar el control de la herencia.

Amber parecía demasiado emocionada con la idea, pensó Heather, horrorizada ante semejante razonamiento.

—Me parece que la abuela está perfectamente cuerda.

Amber puso los ojos en blanco.

—¿Tú qué sabrás? Oh, ¿es ese el edificio? ¡No me gusta nada el exterior!

Heather miró la dirección del complejo de tres pisos. Había varios apartamentos bien cuidados, un poco de césped y suficiente aparcamiento. La pintura estaba fresca y el techo parecía nuevo.

—Creo que está bien, mamá. Vamos a entrar.

Amber suspiró pesadamente mientras aparcaba.

—Estamos demasiado cerca de una calle con mucho tráfico. Además, todos los negocios del pueblo están a solo un par de calles.

—Pero si dijiste que estaría bien estar cerca de todo.

—No tan cerca.

Fueron a la oficina de la administradora. Allí, una mujer les mostró un mapa de la propiedad y les señaló dónde encontrarían el apartamento disponible.

—Es un encantador apartamento que hace esquina, así que tiene ventanas adicionales.

Les explicó las múltiples comodidades, incluyendo barbacoas, un gimnasio y una sala comunitaria.

—Extras por los que tenemos que pagar y que realmente no necesitamos —murmuró Amber mientras caminaban por la propiedad.

La administradora les mostró el apartamento. La puerta principal se abría a un sorprendentemente amplio salón. Había un rincón para comer y una cocina de tamaño decente. Las paredes estaban recién pintadas de un suave color crema y la alfombra era de un beis claro. Había un pequeño aseo junto a la cocina y una lavadora y secadora apiladas en torre.

Cada uno de los dormitorios tenía un baño en *suite*, junto con una gran ventana. La habitación que ocuparía Heather era aproximadamente del mismo tamaño que la tenía ahora, pero el baño era mucho más nuevo. La habitación de Amber era más pequeña que su dormitorio actual, un hecho que señaló de inmediato.

—Esto es diminuto —se quejó—. Apenas hay espacio en el armario.

—¿Por qué no espero fuera mientras hablan sobre el apartamento? —dijo la mujer, sonriendo con evidente tensión. Luego se alejó, dejando a Heather y Amber a solas en el dormitorio.

—Mamá, este es un apartamento realmente bonito.

—¿Cómo puedes decir eso? No hay espacio. Apenas puedo respirar aquí. Es oscuro, viejo y horrible.

—Hay ventanas enormes en cada habitación. La pintura está fresca y todos los electrodomésticos son veinte años más nuevos que los que tenemos ahora. El alquiler es razonable y podemos ir andando a las tiendas y restaurantes. Es genial.

—No viviré aquí —afirmó Amber con decisión.

El corazón de Heather se hundió.

—No vamos a encontrar nada mejor que esto.

—Ya veremos —dijo Amber mientras salía caminando.

Heather la siguió más lentamente. ¿Era el apartamento perfecto? No, pero era bonito y podían pagarlo. O, mejor dicho, ella podía hacerlo. Y ¿no era eso lo que importaba? Cuando salió, su madre ya había desaparecido. Heather le dio las gracias a la administradora y le comunicó que se pondrían en contacto.

—Lamento que su madre no estuviera contenta con el apartamento —dijo la mujer—. Hay mucha gente interesada. Se alquilará en un día o dos como muy tarde. Si quieren dejar un depósito, puedo reservarlo. De lo contrario, ya no estará disponible.

Heather deseaba poder simplemente firmar el contrato de arrendamiento ella misma y dar por terminado el asunto, pero no iba a asumir toda esa responsabilidad sola.

—Entiendo. Espero poder responderle pronto.

El siguiente apartamento estaba en la esquina sureste de la isla, cerca de la reserva protegida de grullas de Puget Sound. Era más nuevo que el edificio anterior, con un hermoso vestíbulo.

El administrador que las atendió les habló de todas las comodidades, incluyendo cien metros de playa privada.

—Oh, eso suena bien —dijo Amber con mucha

alegría—. Y hay un gimnasio. Podríamos empezar a hacer ejercicio las dos.

Heather quería señalar que también había un gimnasio en el último edificio, pero ¿para qué mencionarlo? Tomó la hoja de información y casi se desmaya al ver el precio de alquiler de un apartamento de dos habitaciones. Era casi el doble del anterior.

—Mamá, no podemos pagar esto.

Amber le quitó importancia con un gesto de la mano.

—Si nos gusta, encontraremos la manera de hacerlo. Vamos a verlo.

Ese apartamento de dos habitaciones estaba en el tercer piso. Un ascensor las llevó a su destino. El lugar en sí era grande y luminoso, con techos altos y una chimenea. Puertas francesas daban a un balcón con vistas al Sound y al continente más allá. Unas vistas tan impresionantes como la cocina con electrodomésticos de acero inoxidable y encimeras de cuarzo. Había mucho espacio de almacenamiento y una pequeña zona de lavandería.

Al final del corto pasillo había dos dormitorios. El más pequeño todavía tenía un vestidor y un baño adjunto. El principal era grande, con un segundo balcón y un hermoso baño moderno.

—¡Me encanta! —exclamó Amber, casi sin aliento—. ¡Me encanta todo!

—Excelente —dijo el administrador con una sonrisa—. ¿Vamos a cubrir los papeles?

—Sí, vamos.

—Espera. —Heather agarró del brazo a su madre. Luego se giró hacia el hombre—. Necesitamos hablar primero.

—De acuerdo. Estaré justo afuera.

Amber retrocedió y fulminó con la mirada a su hija.

—¿Qué te pasa? ¿Por qué tenemos que hablar? Me

gusta este apartamento. Si tenemos que mudarnos, quiero que sea aquí.

—No podemos permitírnoslo, mamá. Es casi el doble de caro que el anterior. El alquiler cuesta aproximadamente lo que yo gano en un mes.

—¿Y qué?

—No puedo pagarlo. Incluso si tú pusieras la mitad del dinero del alquiler, apenas nos alcanzaría para comida y los demás gastos. No quedaría nada extra para ahorros o seguros. Es demasiado caro. Tenemos que ser realistas.

—¡Eres terrible! Admítelo. Solo estarás contenta cuando me veas viviendo en una tienda de campaña al lado de la carretera. Estás compinchada con tu abuela, ¿verdad? Seguramente ella te ha ofrecido dinero de la casa y tú te lo estás guardando para ti.

Heather dio un paso atrás, herida por la acusación.

—Mamá, ¡no! ¿Cómo puedes pensar eso? Eres muy cruel. —Comenzó a dirigirse hacia la puerta y luego se volvió—. No puedo pagar esto. No puedo. No hay suficiente dinero. No firmaré el contrato de arrendamiento. Si tú lo quieres, consíguelo tú misma, pero yo no lo haré.

Pasó por delante del administrador a toda prisa y bajó las escaleras al piso principal. Una vez allí, se dio cuenta de que estaba demasiado lejos de la ciudad para ir a pie, lo que significaba que, una vez más, estaba atrapada.

Capítulo 21

—¡Tú también deberías!

—Eres un imbécil, JJ. Admítelo.

Los gritos ya resultaban lo bastante molestos, pero el lenguaje era lo que había llevado a Kristine a subir las escaleras de dos en dos. Llegó al descanso del segundo piso y vio a JJ y Tommy enfrentados. Si hubieran sido gatos, se les habrían erizado los pelos.

—¿Qué está pasando? —preguntó la madre, tratando de mantener un tono suave y calmado. Lo último que sus hijos necesitaban era añadir más energía a un momento ya de por sí tenso.

Tommy lanzó una mirada furiosa a su hermano.

—Díselo, JJ. Dile lo que realmente piensas.

JJ murmuró algo entre dientes antes de dirigirle una mirada furiosa a Kristine.

—Todo es por tu culpa, mamá. Tú eres la razón por la que papá se fue. ¿Por qué tienes que abrir tu tienda? ¿Por qué no puedes ser simplemente nuestra madre? Si hicieras lo que papá dijo, él volvería a casa y podríamos ser una familia de nuevo.

Sus palabras fueron como un puñetazo en el estómago para ella. Quería abofetearlo y echarse a llorar. Pero ninguna de esas dos cosas sería útil en ese momento. JJ le estaba diciendo lo que realmente pensaba; castigarlo por ello era incorrecto. Si no estaba de acuerdo con su postura, entonces tenía que aceptar que él podría haber aprendido ese punto de vista de ella, al menos en parte.

Se dijo a sí misma que debía mantenerse fría y no dejarse llevar por sus emociones. Ese podría ser un momento de aprendizaje para todos ellos, si lograba mantener el control de sí misma y guiar la conversación. Algo difícil, teniendo en cuenta las ganas que tenía de gritar que JJ y su padre eran unos cerdos y estaban equivocados.

Se sentó en el banco del pasillo, sus hijos se miraron uno a otro y luego a ella de nuevo. Tommy se dejó caer en el suelo, pero JJ miró con anhelo hacia su habitación. Aun así, escapar no era una opción.

Después de un largo rato, él suspiró profundamente y se sentó en la alfombra. Su expresión era hosca, pero al menos no había salido corriendo.

—Lamento que tu padre se haya ido —dijo ella, con la voz más serena que pudo—. Sé que es duro para vosotros, chicos. Es un gran padre y sé que os gusta tenerlo cerca.

Ellos la miraron fijamente.

—Dile que vuelva —pidió JJ—. Dile que lo sientes y que no quieres abrir la tienda.

Ella agitó la cabeza lentamente.

—Entonces, ¿mi vida no importa?

JJ puso los ojos en blanco.

—Eres una madre. Cuidarnos es lo que se supone que debes hacer.

—¿Así que debo sacrificar mi vida por la vuestra?

—No. Pero es tu trabajo. Papá trae el dinero y tú nos cuidas. Así es como se supone que debe ser.

—¿Y si no soy feliz? —preguntó ella con suavidad—. ¿Y si quiero algo más? ¿Y si estoy triste y deseo que las cosas puedan ser diferentes?

—Puedes hacerlo cuando vayamos a la universidad.

—Faltan ocho años para que Grant pueda ir. —Hizo una pausa, tratando de encontrar las palabras adecuadas—. Ocho años es mucho tiempo. La pastelería está en alquiler ahora. Probablemente no lo estará entonces. Ocho años. Tienes catorce. Quieres un coche cuando tengas dieciséis, ¿verdad? ¿Y si te pidiera esperar ocho años, hasta que tengas veinticuatro, porque sería mejor para mí?

La cabeza de JJ se levantó de golpe.

—Mamá, eso no es justo.

—¿Por qué? Son solo ocho años. No necesitas un coche. Podrías pedirme que te lleve, o a tus amigos. No es como la comida o el aire. Un coche es solo algo que quieres. ¿No te hace eso egoísta?

Los ojos de su hijo se agrandaron.

—Eso es cruel.

—¿Lo es? ¿Porque solo estoy pensando en lo que quiero en lugar de lo que es mejor para ti? ¿Porque estoy diciendo que lo que quiero es lo más importante? ¿Porque no estoy intentando ver tu punto de vista?

—Quieres decir que eso es lo que estoy haciendo contigo... —dijo JJ, de repente sonrojado.

«Y tu padre», pensó ella, pero no lo verbalizó.

Tommy miraba de ella a JJ sin parar, pero mantuvo la boca cerrada todo el tiempo.

—Siempre os he apoyado a ti y a tus hermanos. Siempre os he ayudado con la escuela y planeado actividades divertidas para el verano. Siempre he estado a vuestro lado para todo. Pero no es una calle de sentido único, JJ. Tienes catorce años. Es hora de que te des cuenta de que no eres el centro del universo. Que otras personas tienen sentimientos y esperanzas y sueños, y ser parte de una familia significa que todos tienen voz y voto. Todos tienen derecho a tener sueños. No solo tú.

El chico bajó la cabeza.

—Pero papá dijo... —Hizo una pausa y miró hacia

su madre, las lágrimas inundaban sus ojos—. Mamá, ¿está papá equivocado? —Sonó horrorizado ante tal posibilidad.

—Creo que sí. Creo que ha olvidado que somos un equipo y que tengo derecho a más que las cuatro paredes de esta casa. Creo que no se da cuenta de lo independientes que se han vuelto sus hijos y que mi ausencia durante el día no dañará nada.

Fue lo más neutral que pudo ser, dadas las circunstancias.

—¿De verdad quieres abrir la pastelería? —preguntó JJ.

—Por supuesto que sí —contestó Tommy por su madre, dejándose caer de espaldas al suelo. ¿Qué crees que ha estado haciendo durante los últimos dos años? Se queda despierta toda la noche horneando. Tú te duermes a las diez, pase lo que pase. Intenta quedarte despierto toda la noche haciendo tareas escolares y verás cómo te sientes.

Kristine se preparaba para interponerse entre ellos, pero JJ la sorprendió rodeando su cintura con los brazos y enterrando el rostro en su regazo.

—Lo siento, mamá. Lo siento.

—Gracias por entenderlo —dijo ella, acariciándole el cabello—. Os quiero mucho a todos, también a vuestro padre. Estoy tan orgullosa de mi familia. Siempre estaré aquí para vosotros, pero también necesito algo más. Necesito la oportunidad de seguir mis sueños.

JJ levantó la cabeza y se secó las lágrimas.

—Vale. Entonces quiero ayudarte. Puedo trabajar en la tienda o ayudar con la repostería después de la escuela o algo así.

—Gracias. —Sonrió Kristine—. Lo hablaremos cuando tenga una tienda de verdad.

Él se levantó y se sonó la nariz. Parecía aliviado y conmocionado al mismo tiempo. Ella se preguntó si ese sería el momento en que Jaxsen dejaría de ser perfecto a los ojos de su hijo. JJ siempre había sido el más cercano a su padre. Aunque no quería interponerse entre ellos, una dosis de realidad no le haría daño.

JJ se fue a su habitación y ella miró a Tommy.

—¿Estás bien?

Él sonrió.

—Mamá, soy el hijo del medio. Soy perfecto.

Ella rio y se levantó, luego lo ayudó a levantarse y lo abrazó.

Fue a ver cómo estaba Grant. Su hijo menor estaba en el sótano, construyendo un gran castillo con sus piezas de LEGO. Sonrió en cuanto vio a su madre acercarse.

—¿Cómo va todo?

—Estoy haciendo una ampliación —dijo, señalando las construcciones más pequeñas—. El castillo necesita una ciudad. Va a haber una pastelería.

—¿Ah, sí?

—La reina lo ha pedido.

Ella se inclinó y le besó la parte superior de la cabeza.

—Es bueno ser la reina.

El niño se rio y volvió a centrar la atención en sus piezas de LEGO.

Kristine se dirigió a su escritorio y tomó asiento. No estaba segura de si Jaxsen había estado tratando de influir en JJ o si él mismo ya tenía esa idea en la cabeza de que la mujer debe estar en casa con sus hijos. De cualquier manera, tendría que esforzarse más por ser un mejor ejemplo. Las palabras eran una cosa, pero las acciones eran mucho más poderosas cuando se trataba de enseñar una lección a un niño.

Miró la gruesa carpeta llena de ofertas, planes de negocio y notas sobre equipos usados. Jaxsen no mostraba señales de cambiar de postura respecto a la pastelería. No quería tener que elegir entre él y sus sueños, pero sentía que eso era lo que su marido buscaba. Si alguien le preguntara sobre el estado de su matrimonio, honestamente, no tendría idea de qué decir.

Pensó en los quince mil dólares que Ruth le había dado. Una acción pasivo-agresiva en su propio matrimonio y un generoso gesto de apoyo para Kristine. ¿Eso era lo que ella quería para sí misma? ¿Actuar a espaldas de Jaxsen durante el resto de su matrimonio?

O quizás esa no era la verdadera pregunta. Tal vez lo que debía preguntarse era más directamente sobre ella misma. ¿Dónde quería estar en diez años? O, para usar el número de JJ, ¿en ocho? ¿Quería estar contando los días hasta que Grant se fuera a la universidad o a una escuela técnica? ¿Quería estar esperando a que algún edificio se ofreciera en alquiler para poder empezar su negocio entonces? Tendría cuarenta y dos años. No sería vieja, pero no tendría la edad que tenía ahora.

Había estado casada con Jaxsen durante dieciséis años. En todo ese tiempo podía decir con sinceridad que nunca se había puesto a sí misma en primer lugar. Había vivido su vida por su familia y, aunque nunca cambiaría eso, sabía que estaba en una encrucijada.

—No es ni siquiera un sueño muy grande —susurró hablando consigo misma—. Es solo mío.

Extrañaba a Jaxsen y quería que volviera a casa. Pero no si eso significaba tener que renunciar a la pastelería. Daría un mensaje terrible a los chicos y uno peor a Jaxsen. Pero peor aún: si hacía eso, ¿qué se estaría diciendo a sí misma sobre su valor en el mundo? ¿Sobre la importancia de sus esperanzas y planes y, sí, sus sueños?

Sacó su teléfono del bolsillo y escribió un mensaje de texto a la inmobiliaria: *Estoy lista para firmar el*

contrato de arrendamiento. Por favor, prepárelo para
que pueda revisarlo y podamos empezar con todo.

Lo envió antes de que pudiera cuestionarse a sí
misma. Y luego envió otro mensaje a Jerry, su contratista. Cuando terminó, subió a la cocina y comenzó a
revisar el congelador. Una vez que tuviera la pastelería, iba a estar muy ocupada. Mejor preparar un montón de comida para las cenas y congelarla mientras
tuviera tiempo.

En cuanto a Jaxsen, no sabía qué iba a pasar, pero
estaba harta de esperar a que él le diera permiso. Era
su vida y, por una vez, estaba tomando el control y
avanzando en la dirección que quería ir. Podría haber
consecuencias y, más tarde, podría tener arrepentimientos. Pero fueran cuales fueran, sabía que no serían tan dolorosos como saber que había tenido la
oportunidad y la había desperdiciado por miedo.

Las ventas habían aumentado. Sophie volvió a revisar las cifras, comparándolas con las del mismo
mes del año anterior. Sí, el informe de Elliot era correcto. Las ventas habían subido más de un veinte
por ciento, lo cual era mucho. No le entusiasmaba
que él hubiera tenido razón en cuanto a la publicidad
digital y que ella se hubiera equivocado, pero estaba
dispuesta a vivir con esa incomodidad.

No se trataba solo del dinero, pensó, mientras
creaba rápidamente un gráfico para poder ver la en-
cantadora tendencia ascendente de las ventas. Cuando estuvo listo, jugó con diferentes colores para los
dos meses, buscando la combinación más agradable.

—No es solo dinero —dijo en voz alta—. Se trata
de ganar. ¡Ja!

Rio mientras se daba otro segundo para disfrutar
de la emoción, luego eliminó el gráfico y envió a
Elliot un correo electrónico felicitándolo por las

ventas y por haber tenido razón. Había sido un buen fichaje para la empresa. Debería darle las gracias a Dugan por haberle hablado de Elliot.

No es que quisiera estar pensando en Dugan. Aunque valoraba sus perspectivas, realmente prefería cuando él era solo un profesor de yoga que tenía una gran casa y un pasado cuestionable. Bueno, no es que le gustara más, pero sabía cómo tratarlo. Ella había estado al mando y podía decidir qué sucedía entre ellos. No era precisamente su momento más glorioso, pero era la verdad.

Ahora todo era confuso. No era alguien a quien pudiera manipular, y eso le gustaba. Peor aún, era posible que incluso confiara en él, lo que solo la podía llevar al desastre. Prefería mantener el círculo de personas en quien confiaba muy pequeño, así había menos posibilidades de acabar con el corazón roto.

«Trabajo», se dijo a sí misma. Pensaría en Dugan más tarde. Se dedicó a revisar el resto de sus correos electrónicos. No era su forma favorita de pasar la tarde, pero la alternativa era ayudar a Bear con una gran entrega, y él era tan susceptible cuando ella se entrometía...

Casi había terminado cuando Amber entró en su oficina.

—Hola —dijo Sophie—. ¿Teníamos una cita?

—No. —Amber se sentó frente a ella—. Necesito un aumento. Uno grande.

Esa mujer tenía un descaro de tamaño descomunal, pensó Sophie mientras se recostaba en su silla.

—No.

Las cejas de Amber se elevaron.

—No me has preguntado por qué quiero uno.

—No me importa por qué lo quieres. Eres una empleada terrible. Eres perezosa, ineficiente y, hasta hace poco, me estabas robando.

Su prima la miró con furia.

—Dejé de hacer eso, tal como me pediste. Deberías ser más amable conmigo.

—¿Porque ya no estás robando?

—Porque estuve viendo apartamentos y encontré uno que me gusta, pero no puedo pagarlo. —Suspiró con pesadez—. Ni siquiera con el sueldo de Heather. Así que necesito un gran aumento.

Amber siempre había sido la víctima profesional de la familia, pero lo que le pedía era el colmo, incluso tratándose de ella.

—Sabes que no es así como funcionan los trabajos, ¿verdad? No te dan un aumento basado en la necesidad. Se basan en el desempeño —dijo Sophie, intentando hacerle entender la situación a Amber.

—Pensé que querías que Heather tuviera la oportunidad de irse. Creí que te importaba. Si no puedo permitirme un apartamento por mi cuenta, ¿cómo va a suceder eso? —la desafió Amber, con una mezcla de súplica y exigencia.

—Oh, no lo sé. Tal vez tomando la responsabilidad por una vez en tu vida —respondió Sophie con un tono que dejaba claro que no estaba dispuesta a ceder ante sus manipulaciones.

—Eres de mi familia. Tienes que cuidarme —insistió Amber, como si eso fuera un argumento irrefutable.

—Técnicamente, no tengo que hacerlo —se mantuvo firme en su postura.

El buen humor de Amber se desvaneció.

—Quiero ese apartamento. O me ayudas o haré que Heather lo alquile a su nombre.

Sophie juró para sus adentros.

—¿Harías eso a tu propia hija para vengarte de mí?

—Oh, por favor. Lo haría porque entonces conseguiría el apartamento. No todo gira en torno a ti. Así que, si no ayudas, entonces será culpa tuya. El nombre de Heather va a estar en el contrato de arrendamiento y todos sabemos que no soy muy responsable pagando las cosas.

Lo que había sido un juego ahora se volvía más real.

—¿Harías eso a tu propia hija?

—No es mi culpa que no pagues un salario digno. Además, me gusta tener a Heather cerca. Ella me cuida bien. Tú eres la que quiere que se vaya. Si dependiera de mí, se quedaría aquí en la isla. Yo tuve que hacerlo. Si no me hubiera quedado embarazada, quién sabe dónde estaría. Pero me quedé atrapada y ahora ella también está atrapada. Es lo justo.

Sophie no sabía qué era real y qué era parte del juego de Amber. Pero tenía claro que ceder al chantaje era mala idea.

—Buena suerte con eso —dijo Sophie—. No habrá aumento.

—Está bien. —Amber la miró fijamente antes de dirigirse hacia la puerta—. Me aseguraré de que Heather lo sepa. Ah, y por si te interesa, Dugan tiene una nueva novia. Se ha mudado con él. Quizás quieras comprobarlo.

Heather escuchaba embelesada mientras Elliot explicaba su filosofía de *marketing*. De vez en cuando, generalmente al final del día, comenzaba a hablar sobre el negocio y las diferentes campañas en las que había participado. Explicaba las distintas opciones, por qué había elegido lo que eligió y cuán exitosas habían sido o cuán espectacularmente habían fracasado. La semana anterior había hablado durante una hora sobre el fracaso de la «Nueva Coca-Cola» allá por 1985. Escucharlo era como tomar una clase magistral de *marketing* y ventas.

—¿Por qué CK y no otro punto de venta? —le preguntó él—. ¿Por qué no PetSmart o Etsy? Tienen productos similares por aproximadamente el mismo precio.

—Todo en CK es mejor —dijo ella automáticamente, moviendo los pies debajo de la mesa.

Estaba en el sillón grande frente a su escritorio. Eran más de las seis y el edificio estaba en silencio.

—Cómo te gusta la línea oficial. —La expresión de Elliot se tornó compasiva—. ¿Qué es «mejor» para ti? Define «mejor».

—Es, eh…, de marca CK y… —Se dio cuenta de que no tenía una respuesta.

—La diferenciación de mercado es algo real, Heather. ¿Por qué este bolígrafo y no el de al lado? ¿Por qué Dunkin' y no Krispy Kreme? Tiene que haber una razón. Puede ser percibida en lugar de ser real, pero tiene que existir. Comienza con nosotros sabiendo todo lo que podamos sobre nuestro cliente actual y nuestros clientes potenciales. ¿Quiénes son los Henrys?

Ella no tenía idea de lo que estaba hablando. Intentó recordar si había una conocida firma de *marketing* con ese nombre, o una familia adinerada o una empresa. Sabía que no se refería a los Henrys de Shakespeare.

—La gente de altos ingresos, aún no ricos —aclaró él—. Mileniales con dinero. En nuestro mundo, queremos Henrys con gatos.

—Porque tienen dinero y todavía están formando su estilo de vida. Si podemos convencerlos de que CK es la mejor marca para sus gatos, comprarán todo tipo de cosas.

—Exactamente. Les proporcionaremos calidad, servicio y prestigio. En las circunstancias adecuadas, el precio no es tan importante.

—Tú lo sabes todo.

—Ojalá fuera cierto, pero no lo es. —Sonrió él—. Tengo una buena educación y años de experiencia laboral. —De repente, su expresión se agudizó—. ¿Tienes novio?

—No —dijo ella automáticamente, a pesar de la sorpresa. Luego se preguntó por qué se lo habría preguntado. No podía ser por él mismo. Le encantaba trabajar con ese hombre. Elliot era inteligente y lo sabía todo. Y, aunque era muy guapo, debía de tener ya unos cincuenta años y ella no estaba interesada en...

—Oh, Dios mío. No te estoy invitando a salir —dijo él, apurado, masajeándose las sienes—. Los niños siempre son un problema.

—No soy una niña.

—Figurativamente, Heather. No literalmente. Solo preguntaba porque un novio te ataría a la isla.

—Un novio también puede dejarte embarazada —dijo antes de poder detenerse. Y ante la mirada sorprendida de Elliot, añadió—: Mi madre se quedó embarazada cuando tenía dieciocho años. Mi padre era un vaquero, vino por el rodeo. No tengo ni idea de quién es. Pasaron un fin de semana juntos y luego él se fue. Yo llegué nueve meses después.

—Lo siento.

—¿Por haber nacido?

—Por supuesto que no. —Sonrió Elliot—. Porque nunca conociste a tu padre. Por lo que me has contado, tu madre tomó una situación difícil y la empeoró.

—Es un don que tiene —dijo ella con ligereza, pensando en el desastre de la búsqueda de apartamento—. Siempre he sido cautelosa en involucrarme con un chico. Temo lo que pueda suceder.

—Sabes que existe el control de natalidad, ¿verdad?

—Sí. —Ella se sonrojó—. No se trata solo de tener miedo a quedarme embarazada. No quiero estar atada.

—Y aun así, no haces nada por intentar irte. ¿Por qué?

—No lo sé. No puedo marcharme sin más. Mi madre no saldrá adelante sin mí. No mentía cuando empecé a trabajar para ti. Lo pago todo. Lo he hecho desde que tenía dieciséis años. Ella depende de mí.

—Y tú se lo permites.

—Eso no es justo. No sabes cómo es. No sabes cómo es ella.

—Es verdad —dijo él, mirándola—. Pero sí sé que las personas que se aprovechan de otras lo harán hasta que se les obligue a detenerse. Si estás esperando que ella tenga una epifanía sobre su comportamiento, no va a suceder. Es como alimentar a un animal callejero. Volverá donde haya comida mientras haya comida. Estás jugando el juego con sus reglas. Quizás sea hora de crear algunas propias.

—Eso es un montón de metáforas mezcladas.

Él rio.

—Sí, lo es. Me disculpo por eso. Pero la verdad sigue siendo la verdad. Tu madre te trata como lo hace porque tú se lo permites. No será responsable de sí misma hasta que tenga que serlo, y mientras tú te ocupes de ella, no tiene ningún motivo para cambiar.

—No puedo marcharme sin más...

La sonrisa de Elliot se desvaneció.

—Si eso es verdad, entonces estás atrapada aquí para siempre, Heather. Porque si quieres algo más, tienes que irte. Estoy seguro de que ya lo sabes.

Ella quería decirle que estaba equivocado, pero por mucho que las palabras dolieran, sabía que eran la verdad.

—No quiero ser una mala persona.

—No lo eres. ¿Alguna vez has ido en un avión?

—¿Qué? Una vez, cuando era pequeña. Fui a Disneyland con mi tía Kristine y su familia. —Su madre se había puesto hecha una furia porque no la habían invitado y se había quejado por la injusticia durante meses.

—Las azafatas siempre te dicen que, si hay una bajada de presión en la cabina, te pongas primero tu máscara y luego ayudes a los demás. No puedes salvar a otros si estás muerto.

—Qué directo.

Él se encogió de hombros.

—Quizás, pero también es verdad. Sálvate a ti misma. Una vez que tengas una educación universitaria y un trabajo bien remunerado, estarás en posición de ayudar a tu madre. Ahora mismo te estás ahogando y ni siquiera eres consciente.

Capítulo 22

Sophie estaba un noventa por ciento segura de que Amber le había estado tomando el pelo con lo de que una mujer vivía con Dugan. Bueno, un ochenta por ciento, pero era un fuerte ochenta por ciento. No podía ser. Estaban saliendo juntos y él no era el tipo de hombre que engaña.

¿O sí? ¿Qué sabía ella realmente sobre él? Hasta hacía unas semanas, no tenía ni idea de su pasado. Pensaba que era de esos a los que les gusta llevar una vida relajada, estar tranquilo y esas cosas. Habían tenido relaciones sexuales dos veces antes de que ella siquiera supiera su apellido. ¿Realmente sabía algo sobre su carácter?

No había acordado tener una relación exclusiva. Apenas habían salido y, en cuanto ella descubrió quién era, se había negado a acostarse con él. Nadie definiría una relación de esa manera.

Lo que significaba que no debería importarle si él estaba viendo a otra persona. En serio, ¿por qué iba a importarle? Así que no le importaba. No a ella. Ni un poco. Cuando lo viera el domingo por la mañana en la clase semanal de taichí, se lo preguntaría como si nada. O no. Porque no le importaba.

Esa lógica duró hasta las tres y media del día siguiente cuando Sophie no pudo soportarlo más. Dejó el trabajo y condujo hasta la casa de Dugan donde, impulsada por una indignación justificada, se dirigió hasta la puerta principal y llamó al timbre.

Una mujer respondió. Una mujer muy guapa, de rasgos perfectos, cabello largo y oscuro y ojos grandes del color de las hojas de primavera. Era curvilínea en todos los lugares correctos, con piernas largas y una sonrisa que podría iluminar una ciudad entera.

—Hola —dijo la mujer con tono alegre—. ¿En qué puedo ayudarte?

Sophie se consideraba guapa. No era exageradamente atractiva, pero se sentía agraciada por encima de la media normal. Ella y la criatura que tenía en frente compartían las mismas partes básicas del cuerpo que a los hombres les resultaban atractivas: pechos, un trasero decente, un rostro, pero de alguna manera era como si fueran de especies diferentes. Y Sophie tenía la mala sensación de que su rama del árbol genealógico no era la superior.

—Yo, eh, pensé... —Trató de recomponerse—. Me gustaría hablar con Dugan, por favor.

La sonrisa de la mujer se ensanchó.

—Oh, claro. Pasa. Soy Judy, por cierto.

—Yo soy Sophie.

¿Judy? ¿No debería llamarse algo así como Electra o Sasha o Andrómeda?

Judy se hizo a un lado para dejarla entrar y luego se giró.

—Dugan, cariño, tienes visita.

Él dijo algo que Sophie no pudo oír con claridad y Judy señaló hacia el salón.

—Estará aquí enseguida. Toma asiento. Necesito volver a la cocina. —Levantó las manos cubiertas de harina—. Estoy haciendo pan.

—Claro que sí.

Judy sonrió de nuevo antes de darse la vuelta y alejarse. Sophie observó sus vaqueros ajustados, sus muslos firmes y su trasero con forma de corazón perfecto al revés, antes de preguntarse si era demasiado tarde para salir corriendo. Solo que había dado su nombre a Judy, así que Dugan sabría que había pasado por allí. Si se iba, él podría adivinar que había huido intimidada por su huésped.

Dugan caminaba hacia ella desde el lado donde se ubicaba su oficina. O al menos eso creía ella que estaba. Para ser honesta, nunca había explorado mucho la casa más allá de la cocina y el dormitorio. Las otras habitaciones le habían parecido menos importantes. Ahora se preguntaba si quizás debería haber mostrado más interés en él y en su vida. ¿Era esa la razón por la que había empezado algo con Judy?

No era que estuviera enamorada de Dugan, pero le gustaba y pensaba que a él también le gustaba ella, ¿y qué demonios estaba pasando?

A medida que se acercaba, hizo lo posible por pasar de estar atónita a molesta. El enfado era poder, se recordó a sí misma. La rabia también era buena. Rabia y una fuerte necesidad de venganza. Eso la ayudaría a superar la situación.

—Hola —dijo él, deteniéndose frente a ella e inclinándose para besarla.

—Ni lo pienses —respondió Sophie, mirándolo fijamente—. Tienes a una mujer en tu casa.

La expresión acogedora de él se tornó cómplice.

—Ah, así que por eso has venido. Han pasado unas cuarenta y ocho horas. La red informativa de la isla es impresionante.

—Me enteré ayer.

—¿Y esperaste tanto tiempo para venir? —dijo él, con cara risueña y torciendo la comisura de la boca—. No es lo que piensas.

—¿No tienes a una mujer increíblemente guapa viviendo contigo? ¿Cuándo ocurrió esto? Teníamos algo.

—¿Quieres que nos sentemos? —preguntó él.

—No, no quiero sentarme. Quiero saber más sobre Andrómeda.

—¿Quién?

Ella lo fulminó con la mirada.

—Judy. ¿Es ese siquiera su nombre? ¿Quién le pone a su hija «Judy»?

—Es un nombre de familia.

—Lo que sea. Estás durmiendo con ella. Teníamos algo.

—Dijiste que habíamos terminado.

—¿Qué? No, no lo hice. Dije que no podía acostarme más veces contigo por quién eres. Eso es diferente.

Él no dijo nada.

—¿Qué? ¿Estás molesto por el sexo? —dijo ella bajando la voz—. No es que no quiera. Simplemente no puedo. Es demasiado raro. Sabes demasiado. Me hace sentir incómoda.

—¿Porque no soy alguien a quien puedas manipular? ¿O es que tienes miedo de que sea más inteligente que tú?

—No eres más inteligente.

Él alzó una ceja y Sophie inhaló profundo.

—Podemos estar al mismo nivel de inteligencia —admitió ella a regañadientes.

—Pero yo tengo más éxito.

—No seas presuntuoso. Das clases de taichí.

—Tengo miles de millones.

—Los donaste. No sé cuánto tienes, pero podría no ser mucho.

—Recibo regalías del *software*.

—¡Te estás acostando con Judy!

—No, no lo hago.

—Oh, por favor. Está en tu casa.

—Es mi exmujer.

Sophie abrió la boca, luego la cerró. ¿Habían estado casados?

—¡Dios mío, estás bromeando? ¿Estuviste casado con ella?

—Por un tiempo, sí. No funcionó. Ahora está casada con otro. Una vez al año se escapa y me visita. Se queja de cómo su esposo la vuelve loca, bebe champán y llora. Luego, tras quedarse unos días, regresa a su casa. —Puso sus manos sobre los hombros de ella—. Solo somos amigos, lo juro. No estoy acostándome con ella.

—No me gusta —admitió Sophie, zafándose de su agarre—. No me gusta para nada. —Era su manera de decir que no estaba segura de creerle.

—¿Cuánto no te gusta?

—Mucho.

—Está bien. Le conseguiré una habitación en el Hostal Blackberry Island. Se irá hoy.

—¿Qué? ¿La vas a echar? Está haciendo pan. —Sophie no tenía ni idea de lo que eso implicaba, pero estaba bastante segura de que el proceso no debería interrumpirse.

—No quiero que estés enfadada.

Él no estaba siendo coherente.

—Debiste saber que tenerla aquí desde el principio sería un problema.

—No realmente. —Su buen humor regresó—. No eres muy convencional, Sophie. Por lo que sabía de ti, podría no importarte en absoluto.

—¿Que tuvieras a una mujer en tu casa? —dijo ella elevando un hombro—. Me molesta. Pero, aun así, no puedo acostarme contigo.

—Lo sé. —Sonrió él—. Está bien. Cambiarás de opinión. Solo es cuestión de tiempo, hasta que tus instintos más básicos superen tu reticencia competitiva.

Eso no le gustó nada a Sophie, así que lo ignoró.

—¿Por qué te importa lo que pienso? ¿Por qué no me dices que me vaya a freír espárragos?

—¿A freír espárragos? —Rio—. No creo haberte dicho algo así nunca.

—Pero entiendes a lo que me refiero.

—Sí, lo entiendo. —Dugan se acercó y volvió a poner las manos sobre los hombros de ella. Esta vez, cuando se inclinó para besarla, Sophie lo permitió. Sus bocas se rozaron.

—Estoy loco por ti —confesó él tras enderezarse—. ¿No te has dado cuenta?

¿Loco por ella? ¿Qué significaba eso?

—Yo, eh..., te agradezco que le consigas una habitación en el hostal. Gracias.

—De nada. ¿Algo más?

—No, la verdad.

Los ojos de Dugan brillaron con humor.

—Vas a irte ahora, ¿verdad?

Ella asintió.

—Debería volver a casa para ver cómo están los gatitos.

—Algún día dejarás de huir de mí —dijo él, con rostro más serio—. Solo para que lo sepas. Estaré aquí para ti cuando eso suceda.

Más palabras que no tenían sentido, pensó Sophie, apresurándose hacia la puerta principal. No estaba huyendo. Estaba haciendo el mejor uso de su tiempo. Los gatitos la necesitaban.

Firmar el contrato de arrendamiento por tres años del local de la pastelería en el centro de la ciudad tomó mucho menos tiempo del que Kristine había esperado. Entregó el cheque, tomó su copia de las llaves y eso fue todo.

Stacey había sido muy agradable durante la breve reunión. Como si ese tipo de cosas ocurrieran todo el tiempo. Kristine suponía que para ella era así, pero seguía esperando que alguien irrumpiera, exigiendo saber si su esposo estaba al tanto de lo que estaba haciendo.

Al final, todo fluyó sin ningún contratiempo. Veinte minutos después de terminar, abrió la puerta de lo que una vez fue la pastelería Blackberry Island y entró.

Como había visto el local hacía menos de una semana, no hubo sorpresas. Las vitrinas estaban exactamente donde habían estado y el suelo necesitaba ser reemplazado tanto como antes. En la parte trasera, los armarios lucían como los recordaba. Dio una vuelta lenta, intentando absorberlo todo.

Lo había hecho. Había firmado un contrato de arrendamiento y ahora ese local era suyo. Ya había hablado con Jerry, su contratista, y revisado los cambios. Él ya la había incluido en su lista de trabajos pendientes y necesitaría aproximadamente un mes para completar toda la reforma. Eso le daba tiempo suficiente para comprar batidoras, bandejas para galletas y otros suministros, y para pensar en una fecha de gran inauguración.

Su emoción estaba matizada por una fuerte sensación de pérdida. Quería que Jaxsen estuviera allí con ella. Había prometido a los chicos que podrían pasar más tarde para ver el local. Aunque estaban emocionados, incluso JJ, no era lo mismo que tener a Jaxsen a su lado. Era su esposo, ¿no debería estar compartiendo todo eso con ella?

¿Había hecho lo correcto? Tal vez debería haber esperado y...

—No —se dijo en voz alta—. Aquí es donde debo estar.

Fue a revisar el resto del espacio. El almacén necesitaría estantes, pensó. Unos armarios estarían muy bien, pero los estantes eran mucho más económicos.

—Kristine, cariño, ¿dónde estás?

La voz familiar la sorprendió.

—¿Sophie?

Se apresuró hacia el frente de la tienda y encontró a su prima esperándola, con una bolsa en la mano.

—¡Lo hiciste! —exclamó Sophie—. Estoy tan orgullosa de ti. —Sacó una botella de champán de la bolsa y la levantó—. ¡Vamos a celebrarlo!

—Son las once de la mañana —dijo Kristine, levantando las cejas.

—¿Y qué? Siempre lo celebramos cuando pasa algo bueno, y esto es genial.

Sophie colocó el champán en la encimera, luego sacó dos copas y dos tarros de cristal llenos de lo que parecía ser pastel descompuesto.

—*Cupcakes* —dijo Sophie, empujando uno hacia ella—. Los pedí por Internet. Pensé que tú también podrías ofrecer algo así. O quizás no. De cualquier manera, necesitamos algo para acompañar nuestro champán.

Desenvolvió el papel de aluminio y descorchó la botella, luego sirvió una copa a cada una. Se sentaron en las sillas que habían quedado y al levantar las copas, Sophie preguntó:

—¿Has creado ya una sociedad?

Kristine sonrió.

—Sí. Creé mi sociedad de responsabilidad limitada antes de firmar el contrato de arrendamiento. Ya tengo mi número de identificación fiscal.

—¿Y seguro?

—Sí, Sophie. Tengo seguro, un contratista, un contrato de arrendamiento y tres hijos muy emocionados.

—¡Felicidades! —exclamó Sophie con una gran sonrisa—. Mi prima, la magnate de los negocios. Que superes con creces tus sueños más locos.

—Gracias.

Chocaron las copas y Kristine dio un sorbo.

—¿Cómo sabías que había firmado el contrato de arrendamiento?

—Le pedí a Stacey que me avisara cuando sucediera. Sabía que vendrías aquí justo después, así que estaba preparada.

—¿Esperando con champán y *cupcakes*?

—En cuanto supe cuándo sería la cita, me preparé. —Sophie echó un vistazo a su alrededor y sonrió—. Este sitio es genial. ¿Tienes miedo?

—Un poco. Es un gran paso.

—Estás lista. Te has estado preparando durante años, y lo digo literalmente. Has pensado en todo.

Todo excepto hacerlo sin el apoyo de Jaxsen.

—Todavía tengo mucho que aprender. ¿Crees que podríamos hablar sobre envíos y esas cosas? He investigado mucho, pero no es lo mismo que hablar con alguien que tiene eso como una gran parte de su negocio.

—Por supuesto. O podrías hablar con Bear. Ha hecho algunos cambios en cómo hacemos las cosas. Afirma que es más eficiente.

—No pareces convencida.

—Oh, tiene razón. Es solo que los cambios siempre me resultan difíciles. Incluso cuando es para mejor.

Kristine sabía que Sophie hablaba de Industrias CK, pero se preguntaba si no habría también un mensaje oculto para ella.

—Jaxsen no ha vuelto aún a casa.

—Qué hombre más estúpido. —Sophie le tocó el brazo—. ¿Estás bien?

—No, pero lo estoy controlando. No sé por qué está siendo tan terco. Ni que yo quisiera incendiar la casa y obligarnos a todos a vivir en tiendas de campaña. Solo quiero abrir un negocio y hacer algo que me haga feliz. ¿Por qué está mal eso?

—Sabes que no es así y que te apoyo totalmente —dijo Sophie.

—¿Por qué mi marido no?

—¿Se lo has preguntado?

—Lo he intentado. Él solo sigue diciéndome que estoy siendo egoísta y que no pienso en la familia. —Agarró su copa con fuerza—. No entiendo por qué está actuando así. Siempre ha sido un poco egocéntrico, pero no de una manera destructiva. Además, siempre soy yo la que cede ante él. Quizás debería haberme defendido antes.

—No te culpes. No lo hagas. No eres la mala de la historia. La mayoría de las personas solo hablan de lo que quieren hacer, pero nunca se molestan en dar los pasos y hacer el trabajo. Mira a Amber.

—Por favor, no me compares con ella. ¿Te contó lo del apartamento que quiere alquilar? Por lo que dice es muy bonito, pero muy caro.

—Sí, algo me ha contado... —dijo Sophie, sirviendo más champán a ambas—. Lo que digo es que ella solo habla. «Podría haber ido a la universidad». Oh, por favor. No, no podría. Incluso si no se hubiera quedado embarazada, habría tenido mil excusas. Tú no eres así. Has hecho el trabajo y ahora vas a hacer aún más.

—Eres mi heroína —dijo Sophie alzando su copa.

Kristine sabía que su prima estaba siendo amable, pero, aun así, sus palabras la hicieron sentir bien.

—Tú también eres mi heroína. Además, ahora eres oficialmente una loca de los gatos y creo que eso te hace un poco menos intimidante.

—No soy intimidante y no soy una loca de los gatos.

—¿Cuántos gatos tienes ahora, diez?

—Once. Pero nueve son cachorritos que cuando sean mayores serán adoptados.

—¿Y qué hay de Lily y Señora Bennet? —Sonrió Kristine—. Sophie, ¿vas a quedarte con las mamás?

—Tal vez. No lo sé. Se han caído bien. Odiaría verlas separadas justo cuando se han hecho amigas. Son buenas gatas. Tendrían que ser esterilizadas, pero podrían operarse al mismo tiempo y recuperarse juntas. Lo estoy pensando.

—CK lo entendería. Ella querría que tuvieras otro gato. Si fuera un perro se enfadaría, pero ella entendería que tuvieses otro gato.

Sophie asintió lentamente.

—Aún la extraño.

—Claro que sí. Pero eso no significa que nunca puedas tener otro gato.

—No me he decidido del todo, pero me inclino en esa dirección.

—Bien por ti. Y, por favor, llama a los chicos para que pasen tiempo con los gatitos. Les encantará y les ayudará a socializar.

—Lo haré. —Sophie le entregó un tarro de vidrio—. Prueba estos y dime qué te parecen. Si son tan buenos como dicen las reseñas, deberías intentar hacer algo parecido tú misma.

—¿Ya estás ampliando mi línea de productos?

—Llevándote a las grandes ligas, prima. —Le pasó a Kristine una cuchara—. Seremos magnates juntas.

Kristine se dijo a sí misma que debía estar agradecida por el apoyo. Incluso sin Jaxsen, no estaba sola en esto. Tenía familia y amigos y gente que estaría ahí para ella. Era curioso cómo saber eso no le quitaba el pequeño nudo de miedo que se había instalado en su corazón.

Heather colocó tres cajas en el banco de trabajo del garaje. Recordaba cuando su padrastro había construido aquel banco. Había llenado los estantes con sus herramientas desgastadas y se había puesto manos a la obra para arreglar todas las cosas que estaban rotas en la casa.

George había sido un buen hombre, pensó, recordando lo paciente que había sido con ella. Estaba emocionado por ser su padrastro y siempre hablaba de todas las cosas que iban a hacer juntos.

Pero no se había quedado. Su felicidad se había esfumado mientras escuchaba las peleas que se habían vuelto más frecuentes. Recordaba haber suplicado a su madre que al menos consiguiera un trabajo de media jornada para ayudar económicamente. Pero Amber se había negado a hacer cualquier cosa y, finalmente, George se había mudado. Heather estaba bastante segura de que lo había extrañado más que Amber. Ahora, tocaba el banco de trabajo y esperaba que los nuevos dueños, quienesquiera que fueran, apreciaran la sólida superficie y el almacenamiento que tenía debajo. Luego apartó los recuerdos de George y abrió la primera caja.

Dentro había muchos de sus viejos juguetes y libros. No estaba segura de por qué los había guardado. Nunca volvería a jugar con sus muñecas Barbie o My Little Pony. Ordenó rápidamente todo, guardando un par de libros por razones sentimentales, y luego colocó el resto en el montón de cosas para donar que había empezado contra la pared del fondo.

Dos horas más tarde, había revisado sus cosas y había empezado con las del resto de la casa. Había tostadoras rotas y platos desparejados, toallas viejas, un tocadiscos y pilas de discos.

Ordenó lo mejor que pudo, poniendo cosas en el montón para donar, el de basura o en el de «no estoy segura». Pensó que los discos podrían tener valor. Había una tienda de antigüedades en la isla, Blackberry Preserves. Después de hablarlo con su madre, Heather pensaba llevarlos allí para ver si querían comprarlos.

Alrededor de las once de la mañana, Amber salió a echar un vistazo.

—¿Qué haces aquí fuera?

—Limpiando el garaje. Hablamos de ello anoche en la cena.

—No pensé que lo decías en serio.

—Alguien tiene que hacerlo. —Heather intentó mantener un tono neutral, pero sabía que no había tenido éxito cuando la mirada de su madre se agudizó.

—¿Qué quieres decir con eso?

—Nada, mamá. Quiero llevar algunas cosas a Blackberry Preserves para ver si podemos venderlas. Una vez que haya ordenado todo, tendrás que decirme qué quieres conservar.

Amber miró a su alrededor.

—Todo es basura. No me importa nada de esto.

Heather conocía la trampa que eso suponía. Si hacía lo que su madre decía y se deshacía de todo, tendría que escuchar quejas durante meses. Cómo los «tesoros» habían sido arrojados sin más al montón de basura.

—Te avisaré cuando esté lista para que lo revises —insistió Heather.

—Bien. Como sea. Tenemos que ir a firmar el contrato de arrendamiento del apartamento.

Era un tema que ambas habían evitado, pensó Heather con pesar.

—¿El que tiene las vistas? —preguntó la joven, esperando estar equivocada.

—Es tan bonito. Tienes que admitir que es mucho mejor que esta casa. Nos encantará vivir allí.

—No podemos permitírnoslo.

—Sophie me va a dar un aumento. Eso ayudará.

—¿Por qué Sophie te daría un aumento?

—Porque lo merezco. Soy una excelente empleada. Además, hablé con ella sobre el apartamento y quiere ayudarnos. Me lo dijo.

Heather no tenía ni idea de cómo había sido la conversación real, pero no iba a entrar en eso ahora. Sí, el apartamento era bonito, pero no había forma de que pudieran reunir el dinero para él. Incluso si su madre recibía un aumento. Además, no había forma de saber cuánto tiempo mantendría el trabajo su madre. Era conocida por renunciar sin previo aviso.

Más preocupante sería aún si Heather lograba escapar de la isla. No habría forma de que pudiera ganar lo suficiente para mantenerse a sí misma y a su madre, especialmente en un apartamento de alquiler tan alto. Era demasiado arriesgado.

—No puedo —dijo a su madre, preparándose para el estallido—. No puedo firmar ese contrato de arrendamiento.

El rostro de Amber se tensó.

—¿Qué has dicho?

—Es demasiado caro. No asumiré un pago tan elevado.

—¡No puedes decirme que no! ¡Eres una desagradecida! Sabes que no puedo conseguir el contrato por mi cuenta. Lo estás haciendo a propósito. ¡Quieres castigarme! ¿Cómo puedes hacerme esto? —gritó su madre muy alterada, con el cuerpo tembloroso—. No puedo creer que estés haciendo esto. Nunca te lo perdonaré, Heather. ¿Me oyes? ¡Nunca!

Amber salió corriendo del garaje y entró en la casa. La puerta se cerró de golpe detrás de ella. Heather nunca le había negado nada a su madre. Siempre cedía. Solo que esta vez no podía. Era demasiado dinero que no tenía.

—Me estoy poniendo mi propia máscara de oxígeno —susurró, haciendo todo lo posible por no ceder a la necesidad de vomitar—. Me estoy salvando. Tengo derecho a hacerlo. Todo va a estar bien.

Todas esas palabras eran mentira, pero las seguía repitiendo con la improbable esperanza de que algún día fueran verdad.

Capítulo 23

Sophie tenía un montón de sentimientos y no sabía dónde ponerlos. Había pasado más de dos horas jugando con los gatitos, deteniéndose solo cuando estos se tumbaban exhaustos. Había limpiado su casa, cepillado a las gatas madres y comprado víveres para ellos.

Para entonces, ya eran las tres de la tarde del domingo y todavía tenía demasiada energía como para simplemente sentarse a leer o ver una película. En momentos como ese sería bueno ser el tipo de persona que sale a correr, pensó. Pero no lo era. Y con las cosas aún raras con Dugan, ni siquiera había asistido a su clase esa mañana. Lo cual no tenía sentido, ya que él había cumplido su promesa. Había trasladado a Judy al Hostal Blackberry Island. Entonces, ¿qué había de malo?

Era una pregunta sin respuesta, así que hizo lo único que tenía sentido. Condujo hasta llegar al almacén. Después de desactivar el código de alarma, recorrió los estantes, frunciendo el ceño ante los cambios que Bear había hecho. Junto a las enormes puertas elevadizas, vio varios palés de mercancía que debieron haberse entregado el viernes por la tarde. Su ánimo se vino arriba. Al fin, algo que hacer que la dejaría lo suficientemente cansada como para ignorar el torbellino de su cerebro.

Usó la carretilla elevadora para mover los palés, luego retiró la capa protectora de plástico y comenzó a registrar los artículos. Mientras trabajaba, intentaba entender por qué Dugan había sido tan complaciente. Eso era mejor que analizar ese «estoy loco por ti» que le había soltado. No podía estarlo. Ella era gruñona y terca, y ahora no quería acostarse con él. No había forma de que a Dugan todavía pudiera gustarle.

Pero pensar que a él no le gustaba tampoco era divertido. Quizás si pudiera definir lo que tenían. No era una relación, no en el sentido tradicional. Eso no podía tenerlo. Nunca más. Lo había intentado con Mark y lo único que había conseguido era un ridículo pago de pensión alimenticia por su mitad de un negocio con el que él nunca había tenido nada que ver.

No quería pasar por eso de nuevo. No quería trabajar duro los siete días de la semana solo para que algún hombre se llevara la mitad. No quería ser la única ambiciosa. Quería...

Admitió para sus adentros que no tenía ni idea de lo que quería. Le gustaba Dugan. Era divertido estar con él y era perspicaz, lo cual era un poco aterrador, pero quizás también algo bueno. Dios sabía que ella tenía la perspicacia de una lija. Si al menos él no fuera un hombre tan centrado... Eso no le gustaba. Era demasiado desconcertante. Lo cual no tenía sentido. Si le gustaba que fuera perspicaz, ¿no debería apreciar que tuviera su vida en orden?

Quizás era porque sabía que ella no podía decir lo mismo de sí misma. No tenía equilibrio en su vida. Claro, no creía que el equilibrio en la vida y el éxito desenfrenado fueran posibles. No es que hubiera tenido un éxito desmedido, pero había conseguido grandes cosas gracias a trabajar horas y horas. ¿Y por qué alguien tenía que juzgar eso si a ella la hacía feliz? Estúpidos jueces del equilibrio en la vida.

Sacudió sus pensamientos y se concentró en mover el palé. Ir al almacén no parecía tener el efecto calmante de siempre. Quizás debería haber ido a ver a Kristine, aunque su prima había dicho que pasaría el fin de semana limpiando la pastelería. Por qué alguien querría fregar paredes y suelos antes de una remodelación era algo que no entendía, pero así era Kristine. Y aunque Sophie buscaba una distracción, no quería acabar fregando nada. Registrar inventario era mucho más satisfactorio.

Heather era una opción, pero debería estar pasando tiempo con amigos de su edad y no con su tía. Así que le quedaba Amber, y eso no era una opción. Aunque Sophie todavía tenía que decidir qué hacer con el apartamento. ¿Estaba dispuesta a avalar un contrato de alquiler para que Heather no tuviera que hacerlo? Si lo hacía, sabía que había muchas posibilidades de que Amber simplemente dejara de pagar el alquiler. Suponiendo que tuviera suficiente dinero para empezar. Sophie no quería que Heather se quedara atrapada, pero ¿no debería ser Amber quien se ocupara de su propia hija?

La solución más lógica a sus problemas era hacer más amigos, pensó, cargando un carrito con cajas de comida para gatos. Entonces tendría un grupo más amplio del cual elegir cuando necesitara pasar tiempo con alguien. No es que fuera muy buena haciendo amigos. Siempre estaba ocupada con el trabajo y...

—¿Qué crees que estás haciendo? —La pregunta en voz alta la sobresaltó tanto que la caja de comida que llevaba se le resbaló de las manos y casi le cae en el pie. Dio un salto hacia atrás y se giró para ver a Bear junto al palé, con las manos en la cintura y los ojos entrecerrados.

—¡Me has asustado! —dijo Sophie, jadeando con la palma de la mano contra el pecho—. No te acerques así sin avisar.

—No has respondido a la pregunta.

—¿Qué pregunta? Ah, estoy registrando la mercancía.

La expresión hostil de él no cambió.

—¿Qué pasa? Me sentía mal y trabajar en el almacén me relaja. No estoy haciendo nada malo. —Se resistió a la necesidad de poner los ojos en blanco—. Estoy siguiendo el procedimiento.

—No, no lo estás.

—Sí lo estoy.

—Teníamos un acuerdo, Sophie. Debes mantenerte fuera de mi departamento. Dijiste que dejarías de entrometerte en las cosas. No puedes aparecer un domingo por la tarde y hacer lo que te plazca. No funciona de esa manera. —Bear no dejaba de mirarla fijamente.

Él tenía razón. Por mucho que quisiera decir que era su empresa y que podía hacer lo que le diera la gana, era posible que le hubiera prometido a Bear no interferir. No es que quisiera admitirlo si no era necesario.

—¿Cómo supiste que estaba aquí? —preguntó ella.

—Desde que hicimos cambios en el sistema de alarma, recibo notificaciones si alguien accede al edificio fuera de horario. Una vez que recibí la alerta, revisé las cámaras y te vi metida en mi departamento.

Sophie pensó que él se preocupaba por la empresa. Eso era tan considerado.

—Sophie, no puedes seguir haciendo esto. No es justo para mí y tampoco es saludable para ti.

—No sabía qué más hacer —dijo ella, bajando la cabeza avergonzada.

—¿No puedes ir de compras como cualquier otra mujer? ¿O arreglarte el pelo? Los Mariners están jugando. Ve a ver el partido. Haz algo. Cualquier cosa.

Ella se dijo a sí misma que él tenía razón. Había hecho una promesa y Bear estaba haciendo un buen trabajo. No tenía derecho a interferir en eso.

Sophie tomó la caja de comida para gatos y la colocó en el carrito, luego cerró la sesión en el ordenador y lo apagó.

—Todo este palé está registrado —informó Sophie—. Los demás no. Tienes razón. No debería haber empezado a entrometerme en las cosas. Prometí que no lo haría. Siento que hayas tenido que venir un domingo por la tarde.

Él la miró fijamente, obviamente no muy convencido.

—¿Y?

—Y eso es todo. Me voy ahora.

—¿De verdad?

—Sí. Te diría que no volverá a suceder, pero probablemente sí.

—¿Pero te vas a ir ahora de verdad?

—Podemos salir juntos si quieres.

—Umm... Parece que de vez en cuando ocurre un milagro. ¿Quién lo diría?

Kristine se sentó frente al corpulento empleado del almacén de CK. Estaba nerviosa y emocionada, lista para absorber toda la información que él estuviera dispuesto a compartir con ella.

—Gracias de nuevo por reunirte conmigo —dijo ella—. Sé que estás ocupado.

—Tienes suerte —le dijo Bear con una sonrisa—. Me siento bastante bien con Sophie estos días. Eso va a repercutir en su prima.

Kristine rio.

—Vale, no sé qué significa, pero me tomaré como algo bueno tu comentario. Como te expliqué por teléfono, voy a abrir una pastelería en la ciudad. Voy a vender galletas y *brownies*. He vendido desde un carrito y a través de las tiendas de regalos de las bodegas, así que mis clientes siempre se han llevado sus pedidos con ellos. Ahora estoy considerando el envío. Me gustaría tu consejo al respecto.

Bear asintió.

—Creo que tendrías un gran mercado para los envíos. Para regalos y cosas por el estilo. No sé si sabes que antes de trabajar aquí dirigí algunos almacenes de frutas en Yakima. Aunque es diferente de las galletas y los *brownies*.

—Lo son.

Él se giró y tomó una pequeña caja de un estante, luego se la entregó a ella. La caja era blanca, con el logo de CK. Medía unos quince centímetros cuadrados.

—Ábrela.

Ella obedeció y vio que había una taza dentro. Pero lo que realmente le llamó la atención fue la propia caja. Estaba diseñada para sostener la taza de forma segura en su lugar sin protección adicional.

—Esto es ingenioso —comentó Kristine.

—Funciona. Los clientes reciben una taza que no está rota y podemos ahorrar tiempo en el embalaje. Las cajas cuestan el doble de lo que costaría una caja estándar, pero he hecho los cálculos y vale la pena. Nadie quiere recibir una taza rota y tener la molestia de reemplazarla. Las galletas son diferentes. Rotas saben igual.

—Pero no son tan bonitas y mis clientes no estarán tan emocionados si las galletas siempre llegan rotas. —Pensó en los vídeos de YouTube que había visto sobre cómo enviar galletas—. Estás diciendo que debería gastar un poco más por adelantado para asegurarme de que mis productos lleguen como deben.

—Sí. Vas a tener que hacer pruebas. Lánzalas unas cuantas veces y de diferentes formas para ver qué le pasa a lo que hay dentro.

—Iba a usar un método de caja dentro de una caja que vi en Internet. Probar cómo funciona eso es una muy buena idea. Tengo tres hijos. Estarán encantados de ayudarme con eso.

Le mostró cómo se empaquetaban las camas para gatos. Todas ellas en una caja impresa con el logotipo de CK.

—Cuando es un pedido personalizado, lo envolvemos en papel de seda de CK. Es más caro, pero si el cliente está comprando algo especial, deberíamos tratarlo de esa manera. Podrías tener papel, bolsas personalizadas o lo que sea. Dales la opción y cóbrasela adecuadamente. Vas a tener que empezar a construir tu lista de correo.

—Lo sé. Desearía haber estado recolectando nombres y direcciones durante el último año o algo así, pero no lo hice, así que estoy empezando desde cero.

—Puedes comprar listas de correo. Listas de correo físicas. No es barato, pero podría valer la pena. Regalas un código de descuento y luego cruzas los dedos. Si compras una lista dirigida al público adecuado, entonces deberías obtener una respuesta razonable. Podrías hablar con Elliot sobre ese tipo de cosas.

—¿Elliot?

—Nuestro encargado de *marketing*. Esa es más su área de especialización. —Dudó un momento—. Sophie no va a cederte la lista de CK. Solo para que lo sepas.

—Nunca le pediría eso.

—A los amantes de los gatos probablemente les gusten las galletas.

—Sí, pero este es el negocio de Sophie. Necesito encontrar mi propio camino.

Le habló sobre diferentes programas de etiquetado y cuáles funcionaban mejor, luego la llevó al almacén y le mostró cómo empaquetaban sus pedidos. Una hora después, ella le dio las gracias por todo y se fue.

Una vez en su coche, hizo una pausa para tomar notas mientras la información aún estaba fresca en su mente. Quería hablar con Sophie sobre programar una reunión con Elliot. Cuando terminó de escribir, guardó las hojas en su maletín y echó un vistazo a su reloj. Llegaría justo a tiempo para recoger a los chicos en la escuela.

En el camino pensó en lo bien que iba el día. Esa mañana había tenido una reunión con los dueños del Hostal Blackberry Island. Michelle y Carly habían estado entusiasmadas con su nuevo espacio comercial y les habían encantado sus muestras. Habían acordado vender galletas en la tienda de regalos. Si eso iba bien, querían la opción de ofrecer las galletas a los huéspedes en el vestíbulo, por la noche. Kristine cruzaba los dedos para que todo fuera bien.

Las cosas avanzaban, pensó felizmente. Jerry estaba a punto de comenzar con la remodelación. Mientras tanto, tenía mucho que hacer. Bear le había dado mucho en qué pensar. Comprar una lista de correo le asustaba, pero haría los cálculos para ver si tenía sentido.

La única nube oscura en su cielo soleado era Jaxsen. Aunque suponía que él era más una tormenta que una nube. No había tenido noticias de su marido, no desde que había pasado por la casa para preguntar si estaba «lista para rendirse».

Los chicos sabían que había alquilado el local, así que asumía que se lo habían contado a Jaxsen. ¿Estaría ahora aún más enfadado o entendía lo que ella estaba haciendo y por qué? ¿Iban a hablar de todo eso en algún momento?

Sabía que tenían que hacerlo. No podían ignorarse indefinidamente. Pero él estaba esperando a que Kristine cediera y ella a que él mostrara un poco de comprensión. No sabía quién iba a ceder primero.

Quizás debería buscar a un terapeuta y hablar con él o ella sobre lo que estaba pasando. Tal vez podría obtener algún consejo y averiguar qué hacer a continuación.

Vio a JJ y Tommy corriendo hacia su todoterreno.

—¿Qué tal en la escuela? —preguntó la madre, abrazándolos mientras se metían en el coche.

—Bien —dijo Tommy—. ¿Vamos a la tienda ahora?

—Vamos, pero primero tenemos que recoger a tu hermano.

JJ se abrochó el cinturón de seguridad.

—Le dije a papá lo que íbamos a hacer hoy y que debería pasarse, pero dijo que no podía salir del trabajo.

Y ahí estaba, pensó Kristine. La confirmación de que Jaxsen sabía que había seguido adelante con su plan.

—Estamos a finales de primavera —murmuró la madre, tratando de mantener un tono de voz neutro—. Los equipos de carretera están muy ocupados.

Era lo que debía decir. Lo más maduro y conciliador, a pesar de que sabía que Jaxsen podría tomarse sin problemas un par de horas libres del trabajo si quisiera.

Condujo hasta la escuela de primaria y recogió a Grant, luego llevó a los chicos a la tienda.

Una vez que desbloqueó la puerta principal, les mostró dónde iba a colocar todo y cómo se movería el mostrador y dónde pondría las mezcladoras que ya había comprado.

—Quiero ayudarte —le dijo Tommy—. ¿Puedo trabajar aquí?

—Creo que eres un poco joven.

—Pero sí puedo hacer la colada.

Ella revolvió el cabello del niño.

—Sí, puedes, pero me temo que el estado piensa que no tienes la edad suficiente para tener un empleo. Pero puedes ayudar en casa si quieres y hacerme compañía aquí de vez en cuando.

—¿Yo también? —preguntó Grant.

—Por supuesto. De hecho, podéis empezar todos esta noche. Voy a empaquetar unas galletas como si las fuera a enviar a un cliente, luego quiero que lancéis la caja para ver si las galletas se rompen o no.

JJ sonrió.

—Yo ayudaré con eso. Además, puedes contratarme, mamá. De verdad.

—Solo tienes catorce años.

—Lo sé, lo busqué en Internet. Pero como soy familia y tú eres la dueña del negocio, puedes contratarme. Solo puedo trabajar un número determinado
de horas y tienes que mantener mis registros de empleo durante tres años, pero eso es todo.

—¿Quieres un trabajo?

—Ajá. Mamá, voy a cumplir dieciséis en dos años.
La abuela y el abuelo me van a comprar un coche,
pero ¿qué hay del seguro, la gasolina y el mantenimiento? Tengo que ayudar con eso. Quiero empezar
a ahorrar dinero.

Él parecía tan sincero al hablar. Y maduro.

—¿Estás de acuerdo con que abra un negocio?

JJ dudó.

—Desearía que papá estuviera de acuerdo, pero
entiendo lo que quieres hacer.

—Sobre todo si te da un trabajo.

—Todos ganamos —dijo JJ con una gran sonrisa.

Ella lo abrazó.

—Aprecio el apoyo y hablaremos de que trabajes
para mí una vez que tenga todo en marcha.

Estaba segura de que le iría bien su ayuda, aunque
fuera solo un par de tardes a la semana.

—No puedo esperar a tener catorce años —murmuró Tommy.

—Yo tampoco —añadió Grant.

Sus chicos, pensó ella, mientras el amor llenaba
su corazón. Eran dulces y amables, y ella caminaría a
través del fuego por ellos. Si Jaxsen estuviera a su
lado, compartiendo el momento. Pero no estaba y no
sabía si alguna vez lo estaría. De repente, tuvo la

sensación de que tal vez ese sería su futuro: el de una madre soltera, iniciando un negocio e independizándose. No quería eso. Quería su matrimonio y a su esposo, pero también quería el negocio. Solo que en ese momento eso no parecía posible. Y como rendirse no era una opción, iba a tener que tener fe en sí misma y en el futuro, aunque por ahora no hubiera mucho en lo que creer.

Sophie estaba sentada con las piernas cruzadas en medio de su sala de estar. Había descargado una aplicación de meditación y estaba escuchando la suave voz del narrador que le decía que inhalara por la nariz y luego exhalara por la boca. Lo cual no era natural y le resultaba incómodo.

Justo en ese momento, el timbre de la puerta sonó, rescatándola de la pesadilla de intentar estar centrada. Se levantó con prisa y se encontró a Jaxsen de pie en su porche delantero.

Su sensación de alivio pasó a ser de tensión en cuanto lo vio. Pensó en la preocupación y las lágrimas de Kristine y se preguntó cómo de fuerte podría golpear a su primo político.

—¿Sigues siendo un imbécil?

Él la empujó y entró en la casa.

—Podrías empezar con un hola.

—Hola. ¿Sigues siendo un imbécil?

Él la miró fijamente.

—No. Aquí el perjudicado soy yo, Soph. No soy yo quien toma dinero de la familia para iniciar un negocio que probablemente fracasará. No soy yo quien se aleja de sus propios hijos para...

—Basta ya. Jaxsen, por favor. Dices tonterías. Tú eres quien se marchó sin decir una palabra. Peor aún, vives en el sótano de tus padres. Eso es patético.

—¿No estás de mi lado en esto?

—No. Por supuesto que no. Si Kristine asesinara a alguien, la ayudaría a enterrar el cuerpo. ¿Ponerme de tu lado? ¿En serio?

—Pero somos familia. Y no estoy equivocado.

Sophie se preguntó si tendría una pala o algo en su garaje. Jaxsen obviamente necesitaba una buena paliza. Alguien tenía que hacerle entrar en razón. Pero la violencia no era lo suyo y, aunque Jaxsen estaba siendo una persona horrible, no creía que a Kristine le gustara que lo hiriera.

—Me agotas con tu estupidez —murmuró ella, y le hizo señas para que la siguiera—. Vamos.

Lo guio hacia la cocina y señaló una de las sillas de la mesa. Después de agarrar una botella de tequila y dos vasos de chupito, sacó sal y cortó una lima, luego se unió a él. El tequila era de buena calidad, así que arruinaría su sabor con la lima y la sal, pero qué más daba. Era una tradición.

—Eres el más tonto de los tontos —dijo Sophie, sirviendo un chupito para cada uno.

—No lo soy. Quiero que ella deje de hacer lo que está haciendo. —Tragó la bebida, luego esparció sal en su mano y la lamió antes de chupar un trozo de lima.

—¿Para qué? ¿Para que se quede en casa esperándote? Los chicos están creciendo. Ella necesita algo más en su vida y tú lo sabes. Su idea de negocio es buena, los costes iniciales son bajos y las posibilidades de éxito son excelentes. ¿Cuál es tu problema?

Él desvió la mirada.

—No me gusta.

—Eso ya lo he notado, pero ¿por qué? ¿Cuál es el gran problema? Vamos, Jaxsen, dime el problema real. ¿De verdad quieres ser el tipo de hombre que siente la necesidad de encerrar a su esposa en una jaula?

Ella bebió su chupito. El líquido le quemó la garganta. Siguió con la sal y la lima, luego volvió a mirarlo fijamente.

—Estás abordando esto de la manera incorrecta —continuó ella cuando él no le respondió—. Kristine es una madre fenomenal, una gran esposa. Te trata mucho mejor de lo que mereces y tú la abandonaste.

Su expresión se volvió aún más terca, lo cual era difícil de creer. Honestamente, resultaba tan molesto. Aun así, ella reconoció que no estaba logrando hacerle entender y decidió probar una táctica diferente:

—¿Recuerdas cuando estábamos en el instituto? ¿Recuerdas lo frustrado que te sentías con tus padres? No te gustaba cómo trataba a tu madre y no te gustaba cómo ella lo toleraba. Querías que ella se defendiera. Querías que tu padre recordara en qué siglo estábamos.

—Esto es diferente.

—¿Cómo?

Él tomó otro chupito.

—Simplemente lo es.

—¡Jaxsen! Vamos. Hablo en serio. —Ella extendió la mano sobre la mesa y tocó su brazo—. La quieres. Lo sé.

—Quererla no es el problema. Por supuesto que la quiero, pero ella no puede hacer esto.

—Sabes que ya es demasiado tarde, ¿verdad? Ya firmó el contrato de arrendamiento.

—Los chicos me lo dijeron. —Su mirada se endureció—. No es mi problema. Ella tendrá que encontrar la forma de salir de eso.

—Vaya. ¿Quién eres tú? ¿Te das cuenta de que le estás pidiendo que elija entre tú y un sueño que ha tenido durante años? Le estás diciendo que el precio de seguir casada contigo es renunciar a crecer como ser humano. Le estás diciendo que vas a tomar todas las decisiones en su vida, que no confías en ella. Que nunca podrá tener lo que desea. ¿Qué será después? ¿Vas a encerrarla en la casa? ¿Empezar a golpearla? ¿Eso te hará sentirte como un hombre?

—Eso no es justo. Yo nunca le pegaría —se quejó él.

—El abuso se presenta de muchas formas, Jaxsen. Deberías pensarlo. —Sophie se puso de pie—. Realmente pensaba que te conocía. Que solo tenías miedo de alguna cosa, pero que al final lo superarías. Le dije que se aferrara a ti y a tu matrimonio. Le dije que valías la pena, pero me equivoqué. No lo vales y, honestamente, ella estaría mejor sin ti.

El color desapareció del rostro de él.

—¿De verdad piensas eso?

—Ahora sí.

Jaxsen se levantó y la miró con furia.

—Tú no sabes nada.

—Tampoco tú. La diferencia es que tú vas a perder a Kristine por lo que no sabes.

Él abrió la boca, luego la cerró y salió de la casa con paso firme.

Capítulo 24

Heather intentaba convencerse de que no iba a morir. Lo que hubiera comido sería procesado por su cuerpo, pero hasta entonces, no estaba segura de cuántas veces más podría vomitar.

La sensación de que algo andaba mal había aparecido tan de repente que apenas había tenido tiempo de llegar al baño en el trabajo antes de devolver sus entrañas. Elliot la había visto tambalearse al salir del baño, pero tuvo que darse la vuelta y correr de nuevo al interior para vomitar otra vez. Cuando finalmente logró ponerse de pie y quiso lavarse la cara, la gerente de la oficina, Tina, la estaba esperando.

—Ya tengo tu bolso —dijo la otra mujer con amabilidad—. Vas a dejar tu bicicleta aquí y yo te llevaré a casa. Necesitas estar en la cama. ¿Tienes algo para asentar el estómago? ¿Refresco de jengibre o algo así? Unas galletas saladas también ayudarían.

Heather asintió, segura de que había algo dulce y carbonatado en la despensa. Y galletas. Aunque no podía imaginar volver a comer o beber nunca más. Solo quería acostarse y, si había llegado su hora de partir, estaba bien con ello.

Tina la ayudó a salir hacia su coche y luego colocó un pequeño cubo de basura de plástico junto a sus pies.

—Por si acaso. No te preocupes por darme asco. Tengo hijos. Lo he visto todo.

—Gracias —logró decir Heather, bajando la ventanilla y dejando que la fresca brisa de la mañana le acariciara el rostro.

—Tienes muy mala cara.

—Me siento fatal. —La combinación de calambres y retorcijones en su estómago y la debilidad general la hacían desear estar ya en su cama.

El viaje duró menos de diez minutos. Heather logró no vomitar ni una sola vez, lo cual era todo un logro. Una vez que Tina aparcó en la entrada al lado de una gran furgoneta, Heather se arrastró fuera del coche.

—Estaré mejor mañana.

Tina negó con la cabeza.

—Tenemos una política muy estricta. No debes volver al trabajo hasta que hayas pasado al menos veinticuatro horas sin fiebre ni vómitos. No me obligues a usar mi voz severa contigo. No creo que te guste.

Heather se sentía demasiado mal como para sonreír. En su lugar, ofreció un saludo con la mano sin mucho ánimo y se dirigió a la puerta principal.

Fue justo en el momento en que se situó delante de la puerta cuando se le ocurrió preguntarse por qué había una furgoneta en la entrada. Su madre conducía un Subaru y estaba en el trabajo.

«El baño», pensó con un gemido mientras su estómago se retorcía y giraba.

Ese día tocaba la renovación del baño del pasillo. Iban a renovar las juntas de la bañera y la ducha y a reemplazar el tocador y el lavabo. Durante los siguientes días tendría que compartir el baño de su madre.

Entró tambaleándose en la casa con la idea de cambiarse a unos pantalones de yoga y una camiseta y luego, quizás… Pero cualquier plan que tuviera cambió rápidamente cuando tuvo que correr hacia el baño principal. Apenas llegó a tiempo, vomitando hasta quedar exhausta. Se dejó caer en el suelo, donde intentó recuperar el aliento.

Unos minutos después, se arrastró hasta el lavabo y se puso de pie. Se lavó la cara con agua fría y se enjuagó la boca, luego logró llegar a su dormitorio, donde se cambió mientras escuchaba martilleos y conversaciones animadas entre un par de chicos que no conocía.

Uno de ellos se asomó al pasillo.

—¡Estamos haciendo el baño! —gritó—. Hablamos con tu madre cuando llegamos.

Heather asintió.

—No se preocupen por mí. Volví a casa temprano porque me siento mal. Me mantendré apartada y no les molestaré.

Pensó en tomar algo, pero le pareció demasiado esfuerzo. En su lugar, fue al armario de la ropa blanca, donde sacó una manta y una almohada de repuesto, luego arrastró ambas al dormitorio principal y las colocó en el suelo. Se tumbó y esperó a ver qué sucedía a continuación. La mañana se convirtió en temprano por la tarde. Vomitó dos veces más antes de conseguir un vaso de hielo y una lata de Sprite. Bebió lentamente, con cuidado de no sobrecargar su cuerpo. A pesar del martilleo, una radio sonando y chicos hablando, pudo dormir un poco. Se despertó a última hora de la tarde sintiéndose un poco mejor. No tenía nada de hambre, pero ya no sentía los calambres y retorcijones en el vientre.

Se giró boca arriba y pensó que tal vez sería buena idea levantarse. Podría sentarse en el sofá y...

La puerta del dormitorio se abrió y su madre entró. Heather la miró sorprendida, pensando que era más tarde de lo que creía o que su madre había vuelto a casa temprano. Y mientras aún seguía dándole vueltas a esos pensamientos, vio a Amber cargando varios sacos de basura grandes llenos de camas para gatos, juguetes y mantas, todos con el logo de CK.

—¿Qué haces en mi dormitorio? —dijo su madre, mirándola fijamente.

—Me intoxiqué con comida y volví a casa. Tina me trajo. No podía quedarme en mi habitación porque están trabajando en mi baño.

—Ah. Nadie me lo dijo. —Su madre caminó alrededor de ella y metió las bolsas en el armario, luego cerró la puerta—. ¿Cómo te sientes?

—Mejor —dijo Heather, incorporándose—. Mamá, ¿qué es todo eso?

—¿El qué?

—Las bolsas que acabas de meter en el armario.

Amber se inclinó y le tocó la frente.

—Puede que tengas fiebre. ¿Te has tomado la temperatura?

—Mamá, las bolsas.

—No sé de qué bolsas hablas.

Heather se puso de pie y la habitación dio una vuelta antes de volver a su lugar.

—Las he visto. —Las bolsas eran importantes, pensó, intentando concentrarse. Porque no había manera de que Amber hubiera comprado todas esas cosas. No había razón. Lo que solo dejaba una posibilidad desagradable—. Mamá, no estarás robando a Sophie, ¿verdad?

La bofetada llegó de la nada. Heather retrocedió un paso y luego se llevó una mano a la mejilla ardiente.

—¿Cómo te atreves? —dijo Amber, con la voz baja y enfadada—. Lo que acabas de decir es horrible. Yo compré esas cosas. Las pagué con mi dinero.

La barbilla de Amber se alzó mientras hablaba y su mirada era firme. Heather se obligó a creerla. Quería pensar que todo iba bien, que su madre no estaba robando a su propia prima, pero no podía ignorar la verdad.

—¿Por qué? —preguntó con tono suave, bajando la mano a su costado—. Tenemos buenos trabajos. Nos pagan bien. ¿Por qué harías eso?

—No nos paga lo suficiente. Quiero ese apartamento y esto es culpa tuya. Si tan solo firmaras el contrato de arrendamiento, entonces todo estaría bien. Eres tan egoísta. No sé en qué me equivoqué contigo.

Heather sabía que había un mensaje en todo lo que estaba pasando, uno que necesitaba escuchar, pero no era capaz de juntar todas las piezas. La tristeza la abrumó, junto con una sensación de pérdida y el conocimiento de que estaba atrapada en circunstancias que no podía controlar. El único plan posible era escapar. Pero ¿cómo? Y...

El estómago se le revolvió y tuvo que correr al baño para volver a vomitar. Y esa vez fue una de las peores. No había nada en su estómago, pero eso parecía no importarle a su cuerpo, ya que los músculos la hacían retorcerse una y otra vez.

Cuando finalmente pudo respirar, se dejó caer en el suelo de baldosas, llevándose las rodillas al pecho.

Sintió un paño fresco y húmedo en la nuca.

—Intenta relajarte —dijo Amber—. Voy a traerte más Sprite con hielo fresco. Luego revisaré cómo van los obreros y cuánto les falta. Necesitas dormir. Más tarde, te calentaré un poco de sopa de pollo con fideos. Te sentirás mejor por la mañana.

—Gracias, mamá.

—No hay de qué. —Amber besó la parte superior de su cabeza—. Eres mi niña.

Cuando Amber se fue, Heather se apoyó contra la bañera. La relación entre ellas era retorcida, pensó. No había razón para creer que alguna vez sería normal. Pensó en lo que Elliot le había dicho sobre la máscara de oxígeno. No quería que tuviera razón, pero el destino parecía conspirar para convencerla.

* * *

Sophie hizo todo lo posible por mantenerse quieta en su sitio, cuando en realidad lo que quería era bailar, saltar y brincar. ¡Por fin habían llegado!

Estaban en un parque empresarial no muy lejos del aeropuerto de O'Hare. Podía ver el horizonte de Chicago a lo lejos y oír el ruido de la autopista cercana. La apariencia poco impresionante de las oficinas desmentía su importancia en su vida profesional, porque ella y Maggie estaban a punto de reunirse con Bryce Green, un distribuidor nacional de productos de lujo para gatos.

—¿Estás escuchando? —preguntó Maggie, con voz severa y la mirada directa—. Necesito que escuches.

Sophie sonrió.

—Sí. Es tu reunión. Tú tienes una relación con Bryce, no yo. Tú eres la que va a hablar. Yo solo estoy aquí para observar y aprender.

—Seguro... —dijo Maggie con un bufido—. Estás aquí porque suplicaste tanto que resultó vergonzoso. Solo te traje porque sabía que tomarías otro vuelo y me seguirías. Así puedo mantenerte bajo control. Ahora, dime exactamente qué le vas a decir a Bryce.

—Hola y encantada de conocerte.

—¿Algo más?

—No. —Sophie hizo una X sobre su corazón—. Este es tu contacto y tu espectáculo. Tú le vas a hablar del árbol rascador para gatos y de las colchas personalizadas. Nada más. Tendremos una reunión agradable y luego nos iremos.

Tenían un vuelo a última hora de la tarde de regreso a Seattle. Con la diferencia de dos horas, deberían estar de vuelta en Blackberry Island a tiempo para la cena.

—Todo eso suena bien —dijo Maggie—. Pero ¿por qué no te creo?

—No tengo ni idea.

Segundos después, un hombre delgado y calvo con un traje desgastado apareció en la zona de espera. Sonrió al ver a Maggie y la abrazó antes de besarla en ambas mejillas.

—Por fin vuelvo a verte —dijo el hombre—. Ha pasado demasiado tiempo. No puedo creer que cambiaras de empresa.

—Tenía que hacerlo. —Maggie rio—. Bryce, esta es mi nueva jefa. Sophie Lane, te presento a Bryce Green.

—Esto es muy emocionante. Gracias por hacernos un hueco —dijo Sophie, estrechándole la mano. Quería añadir que había estado intentando reunirse con él durante tres años, pero captó la mirada de advertencia de Maggie y selló sus labios con una sonrisa.

—Pasad —dijo Bryce, guiándolas hacia su desordenada oficina.

Sophie no se sintió para nada desalentada por el entorno poco impresionante. Bryce invertía todo su dinero donde realmente importaba: en la distribución. Conocía personalmente a cada uno de sus clientes. Entendía lo que funcionaba para ellos y lo que no. Si ofrecía algo, los minoristas sabían que era un acierto. Llamar su atención era difícil. Entrar dentro de su mercado sería un sueño hecho realidad.

Cuando se sentaron, Maggie apartó un montón de facturas y colocó su *tablet* sobre el escritorio de él.

—Sé que eres un hombre muy ocupado, así que iré directa al grano. CK quiere ofrecerte dos productos únicos.

—Eso no es propio de la marca de CK —dijo Bryce con expresión escéptica. Luego se giró hacia Sophie—. A CK le gusta el alto volumen y lo barato. Ese no es mi estilo. —Levantó las manos—. Sin ofender.

El buen ánimo de Sophie se esfumó. ¿Acaso ese patán estaba menospreciando a su empresa? Estaba a punto de hablar cuando captó la mirada de advertencia de Maggie.

—Las empresas nuevas tienen que probar cosas diferentes para averiguar qué es lo correcto para ellas —dijo Maggie sin vacilar—. La marca está madurando y creo que te gustará la dirección que está tomando. —Tocó su *tablet*, cargando imágenes del árbol rascador para gatos, y luego giró la pantalla para que Bryce pudiera verla—. Son incluso más bonitos en persona. La madera es sin tratar, libre de tóxicos y sostenible. El trabajo lo realizan tribus indígenas en el Amazonas. Es una asociación cooperativa respaldada por las Naciones Unidas. Tenemos tamaños estándar en *stock* y opciones personalizables.

—Es bonito —comentó Bryce pasando las imágenes—. He visto muchos rascadores para gatos en mi vida, pero este es excelente. Solo que no estoy seguro de tener un lugar para él.

La sonrisa de Maggie se mantuvo inalterable.

—Creo que cambiarás de opinión cuando recibas la muestra. La mayoría de los árboles rascadores para gatos son tristes cachivaches sin acolchado. Este tiene capas gruesas pensadas para la comodidad de los gatos. Y tú ya sabes que esas cosas les encantan a los dueños.

—Quizás. ¿Qué más?

Maggie le mostró las colchas y le explicó rápidamente cómo se personalizaban y se enviaban como un kit.

—Un gran proyecto para la abuela y los nietos, o la madre y sus hijos, o para el aficionado a las manualidades. No es como tejer o hacer croché, donde estás constantemente luchando con tu gato para que no juegue con los materiales.

Bryce rio.

—Sí que les gusta jugar con el hilo. ¿Cuánto tiempo se tarda en armar una colcha?

—Eso depende del nivel de experiencia que se tenga. Podemos ofrecerlas en piezas impresas más grandes o podemos hacer piezas de tela más pequeñas que requieren más trabajo.

—No sé... ¿Está de moda el acolchado ahora mismo?

—¿Quieres las estadísticas? —preguntó Maggie, recostándose en su silla.

Sophie podía sentir que el interés de Bryce se esfumaba. No pensaba que el árbol rascador para gatos fuera lo suficientemente especial y ahora que observaba las fotos de los acolchados, se preguntaba por qué diablos había creído que eran una buena idea. ¡No lo eran! Eran estúpidos y estaba a punto de perder su oportunidad.

—Tenemos unas hamacas estupendas para gatos —se metió Sophie en la conversación—. Son divertidas y coloridas, y a los gatos les encantan. O estas geniales escaleras para gatos. Se montan en la pared y se crean patrones realmente interesantes, así que son entretenidos para las mascotas, pero también son arte.

—¿Algo más? —preguntó Bryce, con un tono algo tenso—. ¿Algo para el mercado de arena para gatos de lujo?

Oh, oh. Sophie se dio cuenta treinta segundos demasiado tarde de que había hablado cuando no debía.

Bryce se inclinó hacia ella.

—Llevo mucho tiempo en el negocio, Sophie. Permíteme darte un consejo. CK es más una marca para tiendas grandes. Deberías hablar con una de ellas y ver si puedes cerrar un trato. Creo que serás más feliz. Las tiendas a las que yo vendo tienen una forma muy diferente de hacer negocios.

Aunque a Sophie le encantaban sus acuerdos con tiendas grandes y haría cualquier cosa por ellas, tenía la sensación de que Bryce no le estaba haciendo un cumplido.

—Bryce —comenzó Maggie.

Él negó con la cabeza.

—Quiero exclusividad. Ya lo sabes. Quiero algo especial y único. Eso es lo que prometo a mis clientes.

Están dispuestos a pagar por lo mejor, pero eso es lo que tiene que ser. No un menú para llevar. Si no puedes creer que lo que me traes vale la pena, entonces yo no puedo venderlo. Pero ha sido agradable verte de nuevo.

Se levantó y les dio la mano a cada una.

—Que tengáis un buen vuelo de regreso.

—Pero... pero... —Sophie lo miró fijamente—. ¿Eso es todo?

Maggie la agarró del brazo y la apresuró a salir de la oficina.

—No hables —le dijo su directora de ventas.

—Puedo hablar si quiero. Es mi empresa.

Cuando salieron a la calle, Maggie se dirigió hacia su coche de alquiler. Al llegar, se giró y miró fijamente a Sophie.

—Sí, es tu empresa. Es tu sueño, bla, bla, bla. Sabía que traerte era un error. Sabía que harías esto y aun así dejé que me convencieras. ¿En qué estaba pensando? Eres imposible. Eres impulsiva, inmune a los buenos consejos. Y cuando hay consecuencias, que siempre las hay, te sorprendes. ¿Por qué no puedes aprender? Sí, has hecho un gran trabajo, pero no lo sabes todo. No lo sabes. Y ahora has arruinado la reunión más importante que ibas a tener en todo el año porque no has podido quedarte callada.

Sophie se negó a ser la mala de la película.

—Él era imposible. Iba a decir que no a todo.

—No, no lo iba a hacer. Ese es el estilo de Bryce. Estaba muy interesado en los rascadores para gatos y probablemente habría aceptado los edredones.

—No puedes saber eso.

—Es mi trabajo saberlo —gritó Maggie—. Por eso me contrataste. Conozco a Bryce. He trabajado con él casi diez años. Estaba interesado. Pero no pudiste esperar. No pudiste confiar en mí. Tenías que hacerlo todo tú y ahora no tenemos nada.

Sophie la miró, incapaz de asimilarlo. No lo había estropeado. No había manera de que Bryce fuera a comprar algo. Excepto que, ¿y si Maggie no se equivocaba?

Sophie la había contratado para manejar las ventas. Le había suplicado que lo hiciera. Había volado a Denver y le había ofrecido la luna, todo porque Maggie tenía experiencia en un mercado en el que Sophie deseaba entrar de forma desesperada. Un mercado en el que Sophie había fracasado docenas de veces.

Nunca había llegado tan lejos como para tener una reunión con Bryce. Ni una sola vez. Ni siquiera podía hacer que devolviera sus llamadas. Pero Maggie lo había conseguido porque ella sí sabía qué hacer. Tenía un plan y todo se había ido al traste.

—La he fastidiado —admitió Sophie, mirándola fijamente—. Hice todo lo que me dijiste que no hiciera.

—Sí. —Maggie desbloqueó el coche de alquiler—. Sube. Tenemos que ir al aeropuerto. Quizás podamos tomar un vuelo más temprano.

—He arruinado mi sueño.

—Y el mío. Se suponía que iba a recibir una bonificación basada en el pedido. Supongo que mis hijos no tendrán bicicletas nuevas para sus cumpleaños.

Sophie se deslizó en el asiento del pasajero, una sensación de horror frío la invadía.

—Estaba ahí, en la palma de mi mano, y lo arruiné.

—Ajá.

—Es todo por mi culpa.

—Totalmente. ¿Ahora podemos dejar de hablar de esto, por favor?

Sophie asintió. Dejaría de hablar, pero no de pensar. Siempre había sido tan inteligente para esas cosas. Había empezado CK de la nada y la había convertido en una corporación multimillonaria. Tenía docenas de empleados y una gran lista de clientes. Había fallado y no tenía a nadie más a quien culpar. Había sido advertida y no había escuchado.

No era la persona más inteligente de la habitación. No en esa ocasión. Porque no se necesitaba un gran cerebro para mantenerse callado.

¿Era el ego? ¿Era la creencia errónea de que sabía más que todos los demás? ¿Realmente era ese tipo de persona?

Había metido la pata hasta el fondo. Había sido arrogante, imprudente y estaba muy equivocada.

—Lo siento —dijo mirando a Maggie a los ojos.

La empleada suspiró.

—Yo también.

Capítulo 25

Kristine pasó las manos por la parte superior de su batidora, que era nueva para ella, y trató de no gemir. Era tan bonita con sus líneas elegantes y los adornos de cromo brillante. Grande y potente, y apenas rayada. Sus recipientes tenían una capacidad cuádruple que la batidora que tenía en casa, y el motor había sido construido para poder con cualquier cosa que le pusieras. Estaba ansiosa por probarla.

El equipo de Jerry había estado trabajando duro, retirando el mostrador y levantando el suelo. No iban a ir en un par de días, así que había decidido probar la cocina. Había llevado todos los ingredientes que necesitaría para hacer galletas, junto con las bandejas para hornear y las rejillas para enfriar. Los que había pedido aún no habían sido entregados. Pero no pasaba nada, podía arreglárselas.

Tomó mantequilla y huevos de la nevera que había traído en su coche. Sus cucharas favoritas ya estaban dispuestas sobre los paños de cocina que había colocado como superficie de trabajo. El horno, que también era nuevo para ella, ya estaba precalentándose.

La felicidad burbujeaba en ella, casi haciéndola sentir mareada. El momento era mágico, pensó. Todo lo que había esperado que fuera. Solo necesitaba un par de altavoces *bluetooth* para poder conectar su teléfono y tener algo de música. Cuando llegara a casa, buscaría en Internet alguno en oferta. Con música y la cocina terminada, entonces estaría lista.

La tristeza quiso ensombrecer su alegría, pero la apartó. Sí, todo sería mejor si Jaxsen pudiera poner en orden sus pensamientos, pero eso no parecía estar sucediendo y estaba cansada de esperar a que se pusiera al día con el siglo actual.

—¿Hola?

El sonido de una voz masculina la hizo saltar. Su primer pensamiento fue que debería haber cerrado con llave la puerta principal. A continuación, anotó mentalmente que debía comprar una campanilla. No es que tuviera motivos para estar asustada. Estaba en Blackberry Island. Donde nunca pasaba nada malo.

Salió de la cocina y se quedó sorprendida cuando vio a Bruno en lo que sería la sección de venta al público de su tienda. Él sonrió.

—Buenos días, Kristine.

—Hola. ¿Qué haces aquí? ¿Cómo supiste lo de la tienda? ¿Qué tal en Italia?

—La empresa de *catering* me dijo que habías enviado una carta cancelando tus servicios. Esperaba que eso significara que habías decidido abrir tu tienda. —Una esquina de su boca se curvó en una sonrisa—. Como solo hay una pastelería en la isla, no fue difícil encontrarla. Me arriesgué.

Ella observó el elegante traje que llevaba. Se veía mejor de lo que recordaba.

—De verdad lo estás haciendo.

—Lo estoy haciendo —dijo ella con una sonrisa—. Estoy muy emocionada. Como puedes ver, las obras de reforma han comenzado. Tengo una cocina profesional y dos batidoras nuevas de calidad de restaurante. Estoy enamorada.

Él soltó una carcajada.

—Me alegro por ti. —La sonrisa se desvaneció—. Aunque lamento que no te veré más.

—Yo, eh... —¿Qué se suponía que debía decir a eso? ¿Estaba siendo educado o había algo más?

Incluso mientras se formaba el pensamiento en su cabeza, mentalmente puso los ojos en blanco. ¿Algo más? Claro... Porque Bruno estaba loco por ella. Sí, había habido un beso breve, pero ella tenía tanta culpa como él y nunca...

—Disfruté mucho con el trabajo de *catering* —dijo rápidamente, recordándose a sí misma que estaba en medio de una conversación y que lo normal era que ambos hablaran—. Pero esto es lo que siempre he soñado. Estoy tan emocionada y ansiosa por empezar.

—Puedo ver lo feliz que estás. —Él miró a su alrededor—. ¿Tienes suficiente financiación?

Ella sobrevivía con lo justo, pero sabía que si él se ofreciera como inversor la llevaría a todo tipo de problemas.

—Sí, estoy cubierta en ese sentido.

—Nunca lo vas a dejar, ¿verdad? —dijo él con mirada oscura.

Sin pensarlo, ella dio un paso atrás.

—No estoy segura de a qué te refieres.

—Tienes muy claro a qué me refiero y ya tengo mi respuesta. —Su expresión se tornó de pesar—. Te deseo lo mejor, Kristine.

Tras decir eso, él se giró y comenzó a salir de la tienda.

En ese preciso momento, Jaxsen entró. Los dos hombres se miraron. Antes de que el marido pudiera decir algo, Bruno subió a su coche y se fue.

Jaxsen miró del coche que se alejaba a ella.

—¿Quién es ese hombre trajeado?

Lo único que había querido era una mañana para hacer galletas, pensó, casi tan sorprendida de ver a Jaxsen como lo había estado al ver a Bruno. Aunque su reacción al ver a su marido fue mucho más clara: estaba tanto molesta como complacida. Sin duda, una combinación incómoda.

—Era mi cliente del *jet* privado. Dejé el trabajo de *catering* y él pasó para averiguar por qué.

—¿Dejaste ese trabajo sin decírmelo?

—No has estado por aquí. No tenemos absolutamente ninguna comunicación. ¿Cuándo se suponía que te lo iba a decir?

Aunque le contestó con irritación, no pudo evitar pensar en lo atractivo que era. Se le veía cansado, quizás, pero, por lo demás, era el hombre que había conocido y amado toda su vida.

Parte de ella quería simplemente acercarse y refugiarse en su abrazo. Quería sentir sus fuertes brazos alrededor de su cuerpo y saber que todo iba a estar bien. Quería que él estuviera en casa, donde pertenecía. Quería ser una familia de nuevo.

Solo que ya no sabía si eso era posible. No sabía si él podía entender que ella necesitaba más y que, sin ese «más» para llenar su alma, nunca iba a ser feliz. Estaba aterrorizada de que él la fuera a acorralar y obligarla a elegir, a pesar de que la decisión ya estaba tomada.

—Podrías haberme llamado —le dijo Jaxsen.

Kristine necesitó unos segundos para darse cuenta de a qué se refería.

—Tú eres el que se fue. Tú eres el que salió sin decir una palabra. No has mostrado ningún interés en tener una conversación real. Así que no, no te lo dije.

—Te echo de menos —confesó él metiendo las manos en los bolsillos de sus vaqueros.

No era exactamente un «lo siento», pero era un comienzo.

—Yo también te echo de menos.

Él miró alrededor.

—Realmente firmaste el contrato de arrendamiento sin mí.

Ella asintió.

—¿De dónde sacaste el dinero? —preguntó él, señalando hacia la puerta—. ¿De ese hombre? ¿Estás acostándote con él?

Su tono era tan despreocupado que casi pasó por alto la esencia de la pregunta.

—¿Si estoy acostándome con él? ¿Me preguntas eso? No. No lo hago. No he visto a Bruno en semanas, desde mi último trabajo de *catering* y, basándome en el hecho de que renuncié, no tengo intención de volver a verlo.

Pensó brevemente en el beso, pero decidió que no era relevante para la conversación actual. Le había demostrado que no estaba interesada en nadie más.

—No quiero tener una aventura —recalcó ella—. Quiero abrir este negocio y trabajar duro para que funcione. Quiero seguir con mi matrimonio y criar a nuestros hijos contigo y ser feliz. Eso es lo que quiero. No a ningún otro hombre.

—¿Así que sacaste el dinero de nuestra línea de crédito sin hablar conmigo? Sé que usaste el dinero de tu abuela, pero ¿y el resto?

—No lo sacaría de nuestra línea de crédito sin hablar contigo. Eso estaría mal. Sí, usé la herencia de mi abuela y el resto lo conseguí de tu madre.

La cabeza de Jaxsen se alzó de golpe.

—¿Mi madre te dio dinero?

—Justo después de que te mudaras. Me entregó un cheque y me dijo que quería que siguiera mi sueño porque ella nunca tuvo la oportunidad. —Kristine dio un paso hacia él—. Jaxsen, necesito que entiendas lo importante que es esto para mí. Te amo y amo nuestra vida juntos, pero no es suficiente. He pensado en esto durante mucho tiempo y creo que puedo hacer que funcione.

—¿Y si digo que no?

—Por favor, no me preguntes eso. Durante todo

nuestro matrimonio, he seguido todo lo que has dicho, incluso cuando no estaba de acuerdo. Pensé que estaba siendo una compañera, pero ahora me pregunto si tal vez te estaba enseñando la forma incorrecta de tratarme. Me preocupa que pienses que estás a cargo y que yo solo debo hacer lo que dices.

Miró a su alrededor el espacio a medio terminar y pensó en la batidora que había detrás y lo emocionada que estaba por hornear su primer lote de galletas.

—No cederé en esto, Jaxsen. No puedo. Me rompería dejar el negocio.

—Cualquier otra cosa, Kristine. Elige cualquier otra cosa. Por favor.

—No puedo.

—No quieres. Hay una diferencia.

—Para mí no la hay.

Ella esperó, con esperanza y deseo, pero no iba a ser. Jaxsen negó con la cabeza, luego se dio la vuelta y salió sin decir una palabra.

Lo vio irse. La ira y el dolor se retorcieron alrededor de su corazón y lo apretaron. Sus ojos ardían. Tal vez debería...

—No —dijo en voz alta—. ¡No! Si cedo en esto, siempre lo lamentaré. No estoy equivocada.

Palabras valientes, pensó mientras volvía a la cocina y se lavaba las manos antes de desenvolver la mantequilla y verterla en el bol de mezclas. Palabras que podrían tener que ocupar el lugar de un esposo que podría haber perdido para siempre.

Sophie se sentó en su coche en el camino de entrada a la casa de Dugan. Quería entrar y hablar con él, pero no podía. La humillación y la vergüenza la inmovilizaban. Había metido la pata. No había otras palabras para describir lo que había sucedido. La había cagado: había agarrado una oportunidad perfecta y la había tirado por el inodoro. No podía dormir, no podía comer, no podía pensar en otra cosa que no fuera el error. Había esperado durante años por el momento adecuado y, al final, cuando ya arañaba la victoria, lo había echado todo a perder.

La puerta principal de Dugan se abrió y él salió al porche. No se acercó más, ni dijo nada. Simplemente la miró, lo que tuvo el efecto de hacerla sentir ridícula. Se bajó y caminó hacia él.

—¿Te enteraste? —preguntó ella.

Él agitó la cabeza en señal afirmativa.

Sophie se preguntó si Elliot se lo había dicho, o si él y la siempre eficiente Tina tenían una línea de comunicación abierta. Por lo que sabía, él era el mejor amigo de Maggie. Después de todo, Dugan tenía una vida secreta bastante interesante.

Una vez dentro, caminó hacia su sofá y se tiró en él, boca abajo.

—La cagué —dijo en el cojín—. No pude mantener la boca cerrada. No confié en Maggie ni en la situación e hice todo lo que juré que no haría. Fue horrible.

Esperó, pero Dugan no dijo nada. Se giró de lado y vio que él había tomado asiento enfrente y la observaba.

—¡Di algo!

—¿Cómo te sientes?

Ella se sentó.

—¿Cómo me siento? ¿Eso es todo? ¿Cómo crees que me siento? Idiota. Ridícula. Como una perdedora. —Pensó un segundo, buscando las palabras—. Equivocada. Me siento equivocada.

No tenía idea de lo que él estaba pensando. No podía leer su expresión, pero no parecía impresionado en lo más mínimo por su confesión.

—¿Me has oído?

—Sí.

—¿Y?

—¿Y qué? Te has equivocado. No es la primera vez y no será la última.

Lo miró furiosa.

—¿Eso es todo? He venido hasta aquí, te he expuesto mi alma y ¿eso es todo lo que tienes que decir? Se supone que eres un hombre importante en los negocios. Deberías darme algún consejo constructivo.

—Ah, ahora quieres mi consejo.

—¡Dugan!

—¡Sophie!

Realmente estaba empezando a molestarla.

—¿Por qué eres así?

—Porque, aunque tus quejas son encantadoras, también se están volviendo cansinas. Sí, metiste la pata, pero ¿y qué? Si no vas a aprender de ello, ¿por qué debería importarme?

Ella abrió la boca, luego la cerró.

—Eso ha sido un poco duro.

—Es real. ¿Qué quieres?

—No haber metido la pata.

Dugan suspiró.

—Ya está bien. Se acabó —dijo él, empezando a levantarse.

—¡Espera! Lo siento. Quieres que sea seria. ¿Qué es lo que quiero?

Sophie realmente deseaba no haber cometido errores, pero eso no era un objetivo realista. Pero si iba a ser irrealista...

—Desearía no haberme casado con Mark —dijo ella, sorprendiéndose a sí misma—. No estoy segura de haber estado enamorada de él. Creo que incluso entonces tenía dudas, pero iniciar el negocio fue duro y me sentía sola. Extrañaba a Kristine y quizás incluso a Amber. Nunca antes había pensado en volver, pero si lo hubiera hecho me habría sentido más apoyada y no me habría casado con Mark.

—¿Es por el dinero?

—¿Que él obtuviera la gran compensación? No, aunque eso todavía me molesta. Es más porque cedí a ser convencional. No necesito estar casada. No voy a tener hijos. Quiero dirigir CK. Quiero hacer crecer la empresa. Amo mi trabajo. ¿Por qué necesito tener hijos para ser una mujer de éxito?

—No los necesitas.

Ella lo miró.

—¿Tú quieres hijos?

—Ya te dije que estoy bien sin tener hijos.

—No te creo. Los hombres quieren pasar su ADN. Es algo natural.

—Estoy cerca de los cuarenta. Si hubiera querido tener hijos, ya lo habría hecho.

—Podrías tener un perro.

—Eso seguro que te molestaría... —dijo él, torciendo la boca.

Sophie asintió, luego se recostó contra el sofá.

—Realmente la cagué, Dugan. Maggie estaba haciendo un gran trabajo, pero yo no pude entender a Bryce en absoluto. Me asusté y entré en pánico. Incluso cuando vi que estaba arruinándolo todo, seguí hablando.

Él no dijo nada, pero no necesitaba hacerlo. Su voz estaba en su cabeza.

—Está bien, esto es lo que aprendí. Fue un error que yo asistiera a la reunión en primer lugar. Busqué a Maggie, le rogué que viniera a trabajar para mí y debería haber confiado en ella.

De nuevo, él no habló, pero ella sabía cuál era la siguiente pregunta.

—Está bien —murmuró Sophie—. Debería haberme dado cuenta de que no iba a poder mantenerme callada. Debería haber sido honesta sobre mis debilidades. —Suspiró—. Necesito aprender de esta experiencia. Necesito pensar las cosas con más claridad.

—Sí, pero ¿lo harás? Millones de personas saben qué hacer, pero no pueden o no quieren hacerlo.

—Quiero cambiar.

—Yo quiero ayudar a colonizar Marte. Eso no significa que vaya a hacerlo.

—¿En serio? ¿Marte?

Él sonrió.

—Estaba usando eso como un ejemplo.

—Mejor, porque Marte está realmente lejos y creo que las primeras personas que envíen allí no lo lograrán.

Sophie se levantó y caminó hacia los grandes ventanales que daban al Sound. Las vistas desde la casa eran fantásticas. Tal vez, cuando las cosas en el trabajo se calmaran, podría plantearse comprar una casa con vistas al mar. Eso le gustaría. Podría hacer construir algún tipo de área exterior personalizada para que Lily y Señora Bennet pudieran salir, pero al mismo tiempo estuvieran seguras.

Cruzó los brazos sobre su pecho. Estaba decepcionada consigo sí misma. Eso era lo fundamental. Dugan tenía razón: podía aprender de la experiencia, pero no podía deshacerla.

Los sentimientos se agolpaban, haciéndola sentir incómoda. Nunca había sido dada a la introspección. No a ese nivel. Necesitaba un lugar donde ponerlos.

Se volvió hacia Dugan.

—Vamos. Tengamos sexo.

—Pensé que no querías volver a acostarte conmigo.

—He cambiado de opinión.

Él se levantó y caminó hacia ella. La anticipación ahuyentó todas las emociones desagradables que había tenido hasta ahora.

En cuanto sus cuerpos se encontraron en medio de la sala, Sophie puso sus manos sobre los hombros de él.

—¿Alguna petición especial? —preguntó ella con tono de broma—. Estoy de humor para cumplir algunas fantasías.

Él la agarró por las muñecas y bajó sus brazos a los costados.

—Hoy no.

Al principio no entendió lo que él le decía, pero luego su significado se hizo evidente.

—¿Estás diciendo que no al sexo conmigo?

—Así es.

—¿Por qué?

—Porque no pienso ser una distracción.

Las palabras de él impactaron con fuerza en su cabeza. ¿Cómo lo había sabido? ¿Era tan transparente?

—Pero yo quiero —se lamentó Sophie.

—No por las razones correctas.

—¿Por qué tiene que haber razones correctas? ¿No puede simplemente desearse y ya está?

—Ya no.

Dugan puso una mano en la espalda de Sophie y la guio hacia el porche delantero. Sin darse cuenta, ella estaba sosteniendo su bolso y luego la puerta se cerró en su cara. Así. De golpe.

—¡Te vas a arrepentir de esto! —gritó Sophie.

No hubo respuesta, lo cual le resultó molesto. Pero lo más inquietante fue que se dio cuenta de que podría ser ella quien lo lamentara aún más.

Capítulo 26

Heather se recuperó de su intoxicación alimentaria, pero recuperar su fuerza no la ayudó a decidir qué hacer con lo que había visto. ¿Debería enfrentarse a su madre? ¿Contárselo a Sophie? ¿Ambas cosas? Lo que su madre estaba haciendo estaba mal, pero no quería traicionarla, lo que la dejaba confundida e incómoda en su propia piel.

El sábado, después de su turno en la bodega, le mandó un mensaje a Gina para ver qué estaba haciendo. Su amiga la invitó a su casa. La tarde era soleada y cálida. Cuando llegó a casa de Gina, recogieron mantas y juguetes para Noah y se dirigieron al pequeño patio trasero del edificio de apartamentos.

Gina había sacado pompas de jabón y empezó a soplarlas al aire. Noah chillaba de alegría, aplaudiendo mientras las perseguía, riendo cuando atrapaba una y la reventaba.

—Pequeños placeres —dijo Gina—. ¿Recuerdas cuando éramos así?

—La verdad es que no. Incluso el instituto parece que fue hace tres vidas. Todo es tan diferente ahora.

—Es diferente, pero es bueno, ¿verdad?

Heather asintió, pero pensó que la palabra «bueno» no describía exactamente dónde se encontraba en su vida. En lugar de pensar en ello, observó a Noah. Era un niño dulce, feliz y tranquilo. Sabía que Gina estaba encantada de ser madre, pero sinceramente, Heather no sabía cómo podía con ello. Había tanta responsabilidad, tanto que tener en cuenta. Un bebé lo cambiaba todo y era mucho más de lo que Heather quería asumir.

Suponía que en algún momento se enamoraría y querría crear una familia, pero ahora eso le parecía más una tortura que una meta.

Se estiró en la manta y miró al cielo. Era tan agradable, pensó. Relajarse un segundo. Simplemente ser feliz, estar con su amiga y no tener que lidiar con...

—¿Podemos hablar? —preguntó Gina.

Heather se giró de lado para enfrentar a su amiga.

—¿Qué pasa? —preguntó, notando la preocupación en el rostro de Gina—. ¿Hay algún problema?

Su amiga la miró y luego desvió la vista.

—No puedo ir a clase contigo en otoño.

Heather se sentó. La culpa la inundó al darse cuenta de que había olvidado por completo sus planes con su amiga. ¿Ir a clase juntas? Si había estado pensando en dejar la isla y no le había dicho una palabra.

—Estás enfadada —dijo Gina con voz pausada—. Lo siento.

—No estoy enfadada. Claro que no. Está bien. Pero ¿por qué? ¿Va todo bien?

Gina asintió.

—Estoy embarazada. No estaba planeado. Íbamos a esperar otro año, pero sucedió sin más. Eso significa que vamos a adelantar la compra de la casa. Vamos a estar justos de dinero y no puedo costearme la matrícula. Además, saldré de cuentas justo después de Año Nuevo, y con la mudanza y todo... —Bajó la cabeza—. Va a ser un lío.

Heather se acercó a ella y la abrazó fuerte.

—¡Un bebé! Eso es maravilloso. ¡Felicidades! No

te preocupes por las clases. Para ser honesta, ni siquiera he estado pensando en ello. Han pasado tantas cosas.

Noah corrió hacia ellas y se lanzó sobre ambas.
Gina lo subió a su regazo mientras Heather se sentaba de nuevo en la manta.

—Gracias por entenderlo.

—¿Estás feliz? —preguntó Heather, mirado a su
amiga a los ojos.

—Sí. Sorprendida, pero queríamos más hijos. El
momento no es ideal, pero lo resolveremos.

—Estoy segura. Por supuesto que lo haréis.

¿Dos niños antes de que Gina cumpliera veintiún
años? Iba a ser difícil, pero ella tenía a Quincy y nunca había estado interesada en una carrera. Ser madre
había sido su objetivo.

Más tarde, mientras Heather volvía en bicicleta a
su casa, no estaba más cerca de saber qué hacer respecto a nada. Por un segundo pensó en no ir a casa.
Aunque, si estaba pensando en escaparse, lo mejor
sería hacerlo en su coche.

La idea de escapar en su bicicleta la hizo reír y todavía sonreía cuando llegó frente a la casa. Apenas
había guardado su bicicleta en el garaje cuando su
madre la encontró en la cocina.

—¿Dónde estabas? —exigió Amber—. ¿Con quién
estabas?

—Fui a ver a Gina. ¿Por qué lo preguntas?

—Porque sé lo que estás pensando. Vas a hablar
con Sophie, ¿no es cierto?

El buen ánimo de Heather se evaporó.

—Tal vez, si no estuvieras robándole a tu propia
prima, no tendrías que preocuparte por eso.

—¡No estoy robando!

—Mamá, por favor. Te vi.

—Estabas enferma y yo te cuidé.

—Eso no hace que lo que hiciste esté bien. Nada

de esto está bien. ¿Qué pasa si pierdes tu trabajo por eso? ¿Qué pasa si Sophie va a la policía?

Algo centelleó en los ojos de su madre.

—Sophie no haría eso. Somos familia.

—Sigues diciendo eso, pero no actúas como si te importara. Te estás aprovechando de ella.

—¿Por qué no debería hacerlo? Toda mi vida he vivido en esta casa de mierda y ahora mi propia madre me está echando. ¿Viste cómo está arreglando la casa para venderla? Nunca la arregló cuando vivíamos aquí.

—Mamá, vivíamos aquí sin pagar alquiler.

—Porque pagábamos todas las facturas.

—Solo las cosas del mantenimiento. Era mucho más barato que alquilar otro sitio por nuestra cuenta. Ahora ya lo sabes. Has visto lo que hay ahí fuera.

Heather encontraba la conversación agotadora, quizás porque era la misma que habían tenido docenas de veces antes. Nada cambiaba nunca. Estaban atrapadas en un argumento circular del que no sabía cómo salir victoriosa. Peor aún, no estaba segura de que nadie pudiera ganar. Amber siempre estaba cambiando las reglas.

¿Iba a ser así para siempre?, se preguntaba. ¿Lograría escapar alguna vez? ¿Y cuántas veces se había hecho esa pregunta? Tal vez era hora de dejar de hablar y empezar a actuar.

—Nada de esto estaría pasando si mi madre no fuera tan egoísta —dijo Amber—. Nunca se lo perdonaré.

—¿Perdonarle qué? ¿Por pensar que deberías hacerte cargo de ti misma? Tienes casi cuarenta años y nunca has asumido la responsabilidad de nada.

El rostro de su madre se ensombreció.

—No te atrevas a hablarme así.

—¿O qué? ¿Qué vas a hacer? ¿Golpearme otra vez?

Heather no tenía un objetivo final para la conversación, pero eso no la detuvo. Estaba cansada de escuchar cómo todo siempre era culpa de los demás.

—¿Cómo me vas a castigar, mamá? No puedes valerte por ti misma y lo sabes. Toda tu vida has hablado sobre lo que harías si no me hubieras tenido, si hubieras ido a la universidad. Pero cada vez que hay una oportunidad, encuentras alguna razón por la que no puedes hacer que funcione. Algo siempre sale mal y nunca es tu culpa. Pobre de ti. Se acabó el viaje gratis con el alquiler, lo cual es increíblemente irónico, porque no has pagado un centavo por nada en esta casa durante los últimos cuatro años.

—¡Cómo te atreves! Retira eso y discúlpate ahora mismo.

—No.

Heather aguantó la frustración, la ira, la decepción y el miedo y los canalizó para mantenerse fuerte.

—Solo te importas a ti misma. No sé por qué no lo vi antes, pero es verdad. Alquilarías encantada ese apartamento caro, cargándome a mí con un pago de alquiler que no puedo asumir. Quieres que me quede aquí y sea como tú.

Mientras hablaba, su mente parecía ver cada vez las cosas más claras.

—Te aterroriza que yo pueda tener éxito —dijo mirando fijamente a su madre—. Tienes miedo de que haga algo con mi vida porque, mientras la mayoría de los padres quieren estar orgullosos de sus hijos, tú no quieres que te supere. Quieres usarme hasta que no quede nada de mí y luego me desecharás.

—¡Eres horrible! —gritó su madre—. Eres una desagradecida, malcriada y mala. Retira todo eso ahora mismo o te echaré para siempre.

—No te preocupes, mamá. No tienes que echarme. Estoy lista para irme por mi cuenta.

Se dirigió hacia el garaje y su madre la siguió.

—Si te vas ahora, no vuelvas nunca —le dijo Amber—. Lo digo en serio, Heather. Para mí estás muerta. ¿Me oyes? ¡Muerta!

Heather recogió tantas cajas vacías como pudo llevar y se dirigió a su habitación.

—Bien —dijo su madre—. Vete. No te echaré de menos. No pienses que vas a volver, aunque te arrastres, porque no lo harás. Nunca. Hemos terminado. Me voy. Cuando vuelva, más te vale haber desaparecido. Todo lo que dejes en tu habitación, lo voy a regalar. Todo. Eres una niña desagradecida y malcriada y lamento que hayas nacido.

Heather colocó las cajas sobre la cama y miró a su alrededor. Cuando llegó el momento de la verdad, se dio cuenta de que no tenía tantas cosas. Ropa, sus artículos de aseo, algunos recuerdos, su portátil. Tenía veinte años y estaba bastante segura de que todo lo importante para ella cabría en quizás cuatro cajas.

Amber se quedó en el pasillo durante al menos un minuto, pero como su hija no decía nada, se dio la vuelta y se alejó. Segundos después, la puerta principal se cerró de golpe. Solo entonces Heather se sentó en la cama y se dejó llevar por las lágrimas.

No estaba segura de por qué lloraba. No era que la situación no lo justificara, pero no sabía qué parte la había empujado al límite. Todo lo que había dicho había sido inevitable. Lloraba porque ya no podía mentirse a sí misma. Su madre no iba a entrar en razón de repente, y Heather estaba bastante segura de que nunca se libraría de ella. Qué triste le resultaba pensar que nunca había habido amor entre ellas. Y se preguntaba si siempre se sentiría tan sola como en ese momento.

Qué tontería, se dijo a sí misma tratando de animarse. Debería estar feliz de poder escaparse al fin. Y lo estaría, solo que necesitaba algo de tiempo.

Sacó su teléfono y llamó. Sophie contestó al primer tono:

—Hola, ¿qué tal?

—Mamá y yo tuvimos una pelea y ya no puedo vivir aquí. ¿Puedo quedarme contigo?

—Oh, Heather, lo siento. Claro que puedes, aunque tengo que advertirte que todos los gatitos han alcanzado la etapa de exploración, así que es una locura.

—¿Muerte por sobredosis de gatitos? —preguntó Heather, con la voz entrecortada—. No hay problema con eso.

—Mejor, porque estoy emocionada de tener una compañera de cuarto. ¿Necesitas que te ayude a hacer las maletas?

—No. Tardaré una hora.

—Entonces, iré a casa ahora mismo y lo prepararé todo. —Sophie dudó un segundo, pero luego dijo—: Va a ir todo bien. Te lo prometo.

—Gracias. Nos vemos pronto.

Heather colgó y agarró una caja. No tenía ni idea de qué significaba exactamente que las cosas fueran bien, ni sabía cómo iba a terminar todo. Quería alejarse, pero tenía la sensación de que no sería tan fácil como había pensado.

Peor aún era el temor persistente de que pudiera parecerse más a su madre de lo que estaba dispuesta a admitir. Y si eso era cierto, ¿realmente tenía la opción de escapar?

—Lo siento —dijo Jerry, con la voz ronca, que sonaba como si tuviera un fuerte resfriado—. Estoy enfermo, mis chicos también. Nos estamos atrasando en todo.

Incluida la reforma de su local, pensó Kristine, de pie en medio de la tienda, consciente de que el retraso significaba posponer la gran inauguración.

—Está bien —dijo ella con tono pausado—. Avísame cuando vayas a volver.

—Lo haré. Lo siento, Kristine.

Cortaron la llamada de teléfono.

Ella caminó hacia lo que sería la zona de venta al público. El nuevo mostrador y la vitrina habían sido entregados, pero aún no estaban instalados. El viejo suelo había sido arrancado, pero no había nada en su lugar. Las paredes estaban reparadas, pero no pintadas. No podía obtener la inspección sanitaria hasta que todo estuviera instalado. No podía abrir hasta tener la zona de venta terminada.

Cada día que posponía la apertura significaba que no estaba ganando dinero. Y no es que pudiera posponer el pago de su alquiler, precisamente. Debía pagar, pasara lo que pasara. Podía trabajar en su cocina, pero solo con su horno habitual, no podía hornear lo suficiente para cubrir el pago del alquiler.

Tenía nuevos pedidos del Hostal Blackberry Island, pero ese dinero iba a cubrir lo que había gastado en las batidoras. El suelo para la remodelación había sido más caro de lo que esperaba, debido a algunas reparaciones en el subsuelo. Y la reparación de las paredes había sido más extensa de lo que había esperado. El dinero salía y entraba muy poco. ¿Y si Jaxsen tenía razón y fracasaba? Muchos negocios nuevos lo hacían. Miró a su alrededor una vez más y luego se dijo a sí misma que su tiempo estaría mejor invertido en casa, donde al menos podría estar horneando. Por cómo había sonado Jerry al teléfono, no esperaba verlo hasta la semana siguiente. Un desastre para el que no se había preparado en absoluto.

Se dirigió hacia la puerta principal, solo para ver a Jaxsen llegar en su coche frente a su local. Por un momento pensó en salir corriendo por la parte de atrás, pero se dijo que eso sería infantil. En cambio, desbloqueó la puerta delantera y lo dejó entrar.

—¿Qué haces aquí? —preguntó, temiendo que él supiera de los retrasos y que hubiera venido a regodearse.

—Jerry me dijo que está enfermo.

Maldición.

—¿Por qué has hablado con mi contratista? ¿Qué le has dicho? ¿De verdad está enfermo o tú lo has inducido a esto?

Jaxsen parecía sorprendido por la pregunta.

—¿Es eso lo que piensas de mí?

—No lo sé. No me estás apoyando.

—Vamos, Kristine. —Su marido pareció desinflarse—. Yo no haría eso. He estado hablando con él porque quiero asegurarme de que todo se haga bien. Tienes que creerme.

—¿Por qué? Has estado en contra de esto desde el principio. No quieres que tenga este negocio ni que tenga éxito. Lo has dejado muy claro.

Él asintió.

—Está bien, me lo merezco. Pero ¿puedes dejarlo pasar solo por un momento?

—¿Por qué?

—Porque estoy aquí para ayudar. Cuando Jerry dijo que estaba enfermo y se estaba atrasando, supe que tu trabajo quedaría relegado. Es una obra pequeña y la está encajando entre otros trabajos. Me he tomado un par de días libres para poder venir aquí y hacer que las cosas avancen.

Ella no se hubiera sorprendido más si a su marido le hubieran salido un par de alas de la espalda.

—Pero no te gusta lo que estoy haciendo. ¿Por qué me ayudarías?

—¿No puedes aceptarlo sin más? Por favor.

Si hubiera tenido la fuerza, lo habría sacudido y exigido saber qué había hecho con su esposo.

Nada tenía sentido. Pero mientras hablaba, parecía sincero, más como el Jaxsen que ella conocía que el hombre que la había dejado. Como no tenía un montón de gente haciendo fila para hacer la obra en su local, iba a callarse y mostrarse agradecida.

—Gracias.

—De nada —respondió él con una breve sonrisa—. Ahora, ¿dónde están los planos?

Ella le mostró los bocetos rudimentarios con los que Jerry había estado trabajando.

—El suelo no se puede instalar hasta que el mostrador y la vitrina estén en su lugar —informó ella—. Además, está la pintura y los zócalos, y las estanterías de atrás. Es mucho trabajo.

Él caminó por el local, examinándolo todo.

—Se hará rápido, no te preocupes. Puedo terminar el expositor y el mostrador hoy. Llama a tu instalador de suelos y consigue una cita. Mientras esperamos por eso, puedo darle una mano de imprimación a las paredes.

—¿De verdad vas a ayudarme?

—Lo haré.

Se miraron el uno al otro. ¿Era aquello una oferta de paz? ¿Una manera masculina de decir que lo sentía? No quería suponer lo peor, pero le resultaba difícil confiar en él. Sin embargo, ese era Jaxsen, el hombre que amaba. Compartían una vida…, o al menos lo habían hecho.

—¿No me echas de menos en absoluto? —preguntó él, con voz queda.

—¿Qué? Claro que sí. Yo no te pedí que te fueras y tampoco quería que te marcharas. Simplemente te fuiste. Eres mi esposo y te amo. Quiero que lo nuestro funcione, pero no puede ser solo con tus condiciones. He intentado explicarte eso tantas veces… No sé si realmente no entiendes o que no quieres entender. Quizá eso no importe. Al final, todavía necesito algo más en mi vida.

Cuando él no dijo nada, ella suspiró.

—Jaxsen, por favor. Todo lo que quiero es algo que haya hecho yo misma. Algo de lo que pueda estar orgullosa, como tú estás orgulloso del trabajo que haces. Te amo y te necesito, pero también necesito más que ser esposa y madre. Necesito ser yo misma.

Él se giró a medias, pero luego se volvió de golpe y dijo:

—No puedo vivir con miedo de que vayas a dejarme.

No estaba segura de qué le sorprendió más: las palabras en sí o la manera en que las dijo.

—¿De qué estás hablando? ¿Por qué te dejaría? Jaxsen, no estás diciendo cosas coherentes.

—Vamos, Kristine. Ambos sabemos que estabas guardando el dinero de tu abuela a buen recaudo para poder huir.

Él lo decía en serio. Lo vio en sus ojos y en la postura de sus hombros. La forma en que su respiración era irregular. Realmente pensaba que ella se iba a ir, abandonándolo a él y a los niños.

Quería reír y decirle que era un tonto. Quería poner los ojos en blanco y decirle que no tenía derecho a pensar eso de ella, que nunca había hecho nada que hiciera pensar a alguien que podría abandonar su matrimonio. Solo una pequeña voz en su cabeza le susurraba que no hiciera nada de eso. Jaxsen no estaba bromeando; por razones que no podía entender, él creía que sería capaz de huir.

—No entiendo —dijo Kristine, tratando de mantener su voz suave y sin amenazas—. ¿Qué he hecho para que pienses eso?

—Te quedaste con el dinero para ti. No querías hablar del porqué. ¿Qué se suponía que debía pensar? —Miró hacia el frente de la tienda—. ¿Es por él? ¿Es él la razón por la que estás haciendo todo esto? ¿Me vas a dejar por ese hombre?

—Jaxsen, no me voy a ningún lado. Estoy aquí mismo, intentando empezar un negocio que me permita hacer algo que he querido hacer durante mucho tiempo y seguir casada contigo. ¿Es por eso que siempre intentabas gastar el dinero?

Él desvió la mirada.

Ella suspiró.

—Separé el dinero porque he tenido esta idea en la cabeza durante mucho tiempo. Mi abuela siempre me animó a dar lo mejor de mí y sabía que querría ser parte de un negocio que yo empezara. De alguna manera, su dinero me permitió hacer eso. Además, pensé en el dinero como mío. Realmente no tengo nada propio, Jaxsen. Ya no.

Él se sonrojó.

—Siento lo que dije antes. Sobre el dinero. No debería haber... —Sacudió la cabeza—. No pienso eso.

—Quiero creerte. —Empezó a acercarse a él, pero se detuvo. Aún había cosas de las que tenían que hablar. La conversación no podía evitarse solo porque fuera desagradable.

—Espero que sepas que podría haberme ido en cualquier momento. Si estuviera infeliz, solo tenía que salir por la puerta. No necesitaba el dinero de mi abuela. Me quedé porque quería quedarme. Te amo, Jaxsen. Amo a nuestros hijos y nuestra vida. ¿Por qué no dijiste nada? ¿Por qué no me contaste lo que estabas pensando?

—Porque era más fácil hacerte creer que soy un egoísta que dejarte saber lo asustado que estaba de perderte. Pensé que, si te ibas, mejor que te fueras y así no estar siempre esperando.

Ella estaba tan confundida...

—Pero nunca dije que había un problema. No puedo creer que pensaras que me iría sin hablar contigo primero. Que no intentaría arreglar las cosas o sugerir que fuéramos a terapia o algo así.

Él se tensó.

—¿Por qué no iba a pensar eso? Yo lo hice, te dejé.

Hasta que él dijo eso, ella había estado bien. Había conseguido mantenerse en sus pensamientos y no reaccionar. Quería escuchar, aprender y lidiar con sus emociones más tarde. Pero oír eso fue demasiado.

Las lágrimas llenaron sus ojos y un dolor agudo le atravesó el corazón.

—¿Me dejaste? ¿Nos dejaste? ¿Eso es lo que estás diciendo? ¿Estamos separados? Ni siquiera me lo dijiste.

—¿Qué pensabas que estaba pasando?

—Que estabas enfadado y que por eso te quedabas con tus padres. Pensé que estabas esperando a que pasara el tiempo, enfurruñado. Ya lo habías hecho antes y era simplemente tu manera de manejar las cosas. Nunca dijiste nada sobre irte definitivamente. —Kristine dio un paso atrás e intentó recuperar el aliento—. ¿Hemos terminado? ¿Eso es lo que estás diciendo? ¿Nuestro matrimonio ha terminado?

Las lágrimas fluían rápido y pronto se convirtieron en sollozos. Intentó mantener el control, pero no pudo.

Jaxsen extendió la mano hacia ella, pero Kristine se apartó, no quería que la tocara.

—Kristine, no. No es así. Estaba enfadado. Tenía miedo y pensé que no era suficiente para ti.

Ella lo miró fijamente.

—Pensé que estabas en casa de tu madre. Pensé que era como las otras veces. No sabía que te habías ido.

—No me fui. Estoy aquí.

—Dijiste que... —No podía hablar. Tenía la garganta demasiado apretada. Iba a enfermar. Todo ese tiempo había asumido que la elección era suya. Que tendría que decidir entre su matrimonio y el negocio. Pero Jaxsen había estado tomando decisiones diferentes y ella nunca lo había sabido.

—No me fui —repitió él—. No fue así.

Las palabras llegaron muy tarde, pensó ella mientras seguía llorando. Sentía demasiado y no sabía dónde ponerlo.

—Tengo que irme —dijo ella, preguntándose dónde había dejado su bolso. Lo vio en la encimera de la cocina y corrió hacia él—. Tengo que irme.

—Kristine, espera.

Ella negó con la cabeza y pasó corriendo por su lado. Cuando llegó a su todoterreno, se deslizó en el asiento y se dejó llevar por los sollozos que le rasgaban la garganta. Lloró hasta quedar vacía y luego luchó contra el dolor de su corazón.

Había asumido que podría manejar el final de su matrimonio. Había sido tan ingenua pensando que, si tenía que elegir, se alejaría de lo que tenía porque necesitaba tener su propia vida.

No tenía ni idea de que lo que se decía a sí misma era una completa mentira. Había sido una tonta al suponer que estaría bien en su nueva vida, que no estaba completamente atada al hombre con el que había estado casada durante tanto tiempo. Pero Jaxsen era su corazón, siempre lo había sido. Sin él, se sentía vacía. Su marido la había dejado y ella ni siquiera lo había sabido.

Capítulo 27

Sophie besó a cada uno de los gatitos de Lily antes de meterlos en el transportín.

—Has hecho algo bueno —dijo Jessica con una sonrisa.

Sophie asintió, intentando no sentirse triste.

—No pensé que los echaría de menos, pero así será. Ahora solo quedan los gatitos de Señora Bennet. En un par de semanas ellos también se habrán ido. La semana que viene esterilizarán a las dos gatas, luego volverán aquí y vivirán sus vidas conmigo.

—Podrías ser casa de acogida otra vez el año que viene —le dijo Jessica—. Si quieres.

—Ya veremos cómo van las cosas. Además, tendré que hablarlo con las gatas y ver qué opinan.

Después de despedir a Jessica, Sophie se retiró al salón, extrañamente inquieta por la pérdida de los gatitos. Señora Bennet se unió a ella en el sofá, ronroneando mientras se frotaba contra su cuidadora.

—La vida sigue —murmuró Sophie, rascándole la barbilla, sabiendo que debería volver al trabajo. Solo eran las diez de la mañana. Había ido a casa a recoger a los gatitos y no había razón para quedarse. Pero, por primera vez, Sophie no estaba ansiosa por volver al trabajo.

Se sentía... inquieta. Quizás con un toque de ansiedad, lo que no tenía sentido. El negocio iba bien, si dejaba a un lado la reunión de Chicago que ella misma había arruinado. Heather se había mudado hacía unos días. Sophie no estaba segura de ser el tipo de persona que convive bien con una compañera de piso, pero Heather era fácil de tratar. Era tranquila, ordenada y se mantenía por su cuenta. En algún momento tendrían que hablar sobre lo que había pasado con Amber, pero Sophie estaba dispuesta a dejar que la joven decidiera cuándo sería eso.

Dugan sí era un problema. Bueno, no exactamente un problema. La confundía, lo que no le gustaba. Peor aún, lo echaba de menos. Ahora que no mantenían relaciones sexuales, no estaba segura de cómo definir su relación o sus propios sentimientos. Le gustaba, pero ¿qué significaba eso hoy en día? ¿Estaban saliendo? ¿Eran solo amigos?

Antes de que pudiera detenerse, agarró su teléfono.

Sophie: ¿Por qué no me invitas a salir?

Envió el mensaje y esperó. Solo pasaron unos segundos antes de que él respondiera.

Dugan: Yo podría preguntarte lo mismo.

Eso la hizo sonreír.

Sophie: Pero tú eres el hombre.
Dugan: ¿Desde cuándo te interesan los roles de género tradicionales?

Una pregunta interesante.

Sophie: Está bien. ¿Quieres salir algún día?
Dugan: Claro. ¿Cuándo y dónde? Ya que tú lo propones, asumo que pagarás.
Sophie: ¿Vamos a tener sexo?

Dugan: ¿En serio, Sophie? Si solo quieres acostarte con alguien, deberías al menos intentar ser más sutil. ¿Dónde se ha quedado el romanticismo?

Ella rio entre dientes.

Sophie: Lo siento. Retiro lo dicho. ¿Te gustaría cenar conmigo? En mi casa. Pediré comida para llevar. Oh, espera. Heather está durmiendo aquí. Podría ser incómodo.

Dugan: Podemos vernos en mi casa. Incluso puedo cocinar yo. Pero creo que deberías traerme flores.

Sophie: Sabes que, si hiciera eso, te sentirías muy incómodo.

Dugan: Habrá que averiguarlo. ¿Esta noche?

Justo en ese momento, el teléfono de Sophie sonó con una llamada.

—Hombre impaciente —murmuró ella antes de mirar la pantalla y ver el nombre de Kristine en lugar del de Dugan—: Hola. ¿Qué sucede?

—¿Sophie? Me dejó. Jaxsen me dejó.

Sophie apenas podía entenderla entre los sollozos.

—¿De qué estás hablando? ¿Dónde estás?

—En casa.

—No te muevas. Voy para allá.

Cuando estaba en el coche y bajaba por la carretera, hizo una llamada rápida a Dugan.

—Estábamos escribiéndonos mensajes de texto —dijo él con una risa—. Pensé que empezaríamos a decirnos cosas picantes...

—Kristine está mal —lo interrumpió—. Me ha llamado y me ha dicho que Jaxsen la ha dejado, pero no puedo creerlo. Te iré informando de qué sucede, pero puede que no llegue a tiempo para lo de esta noche.

—No te preocupes. Avísame.

—Lo haré.

Condujo a través de la isla y se detuvo en la entrada

de la casa de Kristine, luego corrió adentro. Encontró a su prima acurrucada en un rincón del sofá.

Sophie la atrajo hacia sí y la abrazó con toda la fuerza que pudo.

—Empieza desde el principio y dime qué ha pasado.

Una hora más tarde, Sophie logró llevarla a la cocina, donde se sentaron alrededor de la isla para beber té caliente.

—Él no te dejó —dijo Sophie quizás por vigésima vez—. Se fue a casa de sus padres. Siguió viendo a los chicos y haciendo su vida de siempre. No hizo ningún movimiento extraño de dinero en el banco. No se fue con sus amigos ni ha buscado un apartamento. No te dejó.

Kristine negó con la cabeza.

—Él dijo que sí lo hizo. Dijo que sabía que yo podía irme sin decir una palabra porque él me hizo eso mismo a mí.

—Simplemente está actuando como un hombre. Vamos, tú lo sabes. Jaxsen es genial, pero tiene defectos, y manipularte es uno de ellos. Quiere salirse con la suya y no siempre es justo o maduro al respecto.

Y cuando todo esto terminara, Sophie encontraría a alguien para darle su merecido a Jaxsen. Había manejado esto mal desde el primer segundo.

—¿Dónde habéis hablado?

—¿Qué? —Kristine buscó otro pañuelo—. En la tienda.

—¿Y por qué estaba él allí?

—Sabía que Jerry estaba enfermo y... —Se sonó la nariz—. Que él se ofreciera a ayudarme no significa nada.

Sophie arqueó las cejas.

—Claro. Porque, si no le importaras, ¿por qué se molestaría en renunciar a unos días libres para arreglar las cosas contigo?

—Pero me dejó.

—No te dejó. Ha sido un completo imbécil. Pero es tu imbécil y, por lo que veo, ahora está intentando hacer las cosas bien.

—Nunca dijo eso. Nunca dijo que me amaba o que quería que volviera.

—No, dijo que vivía con el temor de que tú lo dejaras.

—Pero yo nunca haría eso.

—Él pensó que sí lo harías. —A Sophie realmente le disgustaba tomar partido por algún hombre, pero los tiempos desesperados requerían medidas desesperadas—. Veámoslo de otra manera. Digamos, solo por argumentar, que Jaxsen realmente pensaba que habías mantenido el dinero de tu abuela separado como un seguro para poder dejarlo si quisieras. ¿Podemos empezar por ahí?

Kristine asintió.

—Si él de verdad creía eso, entonces, que tú fueras a él con un plan de negocio bien pensado sería su peor pesadilla. ¿Qué pasaría si lo hicieras? ¿Qué pasaría si tuvieras éxito? ¿Qué pasaría si ganaras más que él? Hay muchos hombres que no pueden manejar eso. Jaxsen es bastante tradicional. Tal vez vio tu éxito potencial como otra amenaza. Si creía que te estaba perdiendo, entonces el negocio era una prueba de que te estabas alejando en esa dirección. Se asustó y reaccionó.

Kristine no mencionó nada de la conversación previa con Jaxsen. No solo había ido mal, sino que él había sido un completo idiota. Pero tal vez lo que ella le había dicho había calado en él, al menos un poco. Después de todo, había aparecido allí de nuevo con intención de ayudar. Solo podía esperar que defenderlo no fuera a ser un gran error.

—Se fue a casa de sus padres —insistió Sophie—. Vamos...

—Sé lo que dices y lo entiendo, pero todo este tiempo pensé que estaba enfurruñado y tratando de esperar a que yo cediera. No creí que fuera una separación real.

—Vosotros dos necesitáis hablar con urgencia.

—Lo sé. —Kristine la miró—. Sophie, tengo tanto miedo. ¿Y si esto es el fin?

—¿Y si no lo es? ¿Y si al final os sentáis civilizadamente a hablar de las cosas? ¿Y si llegáis a un entendimiento?

—No creo que podamos. —Kristine sonaba perdida y sin esperanza.

—Claro que sí. Y hasta que eso suceda, vamos a fingir que nos estamos moviendo en esa dirección. ¿Dónde están los sacos de dormir?

—¿Qué?

—Los sacos de dormir. ¿Dónde los guardas?

—En el sótano. Hay un armario grande.

—Genial. Iré a buscar tres de ellos y colchones inflables. Envía un mensaje a Ruth y pídele que se quede con los niños esta noche. Vas a venir a casa conmigo. Jugaremos con gatitos, pasaremos el rato y tendremos una fiesta de pijamas. Será como cuando éramos niñas. Heather se está quedando en mi casa y puede unirse a nosotras. Nos emborracharemos y, si nos pasara algo, Heather puede ser nuestra conductora de emergencia.

—Tengo muchas cosas que hacer.

—Nada que no pueda esperar. Vendrás conmigo y se acabó.

—Pero yo...

Sophie levantó las cejas en señal de advertencia.

—No estoy bromeando.

Kristine asintió y sacó su teléfono. Sophie bajó al sótano. Encontró los sacos de dormir y los llevó a su coche, luego le envió un mensaje a Dugan para explicarle lo que estaba sucediendo. Él no tardó en responder:

Dugan: Pues se pospone.

Sophie: ¿Estás enfadado?
Dugan: No. Me quieres. Volverás.

Ella sonrió y guardó su teléfono en los vaqueros, luego entró a buscar a Kristine. Más tarde iba a decirle a Jaxsen lo que pensaba y quizás darle una patada en el trasero. Qué hombre más estúpido. Pero Kristine lo amaba y, a pesar de lo que pensara en ese momento, Sophie sabía que él también amaba a su prima.

Kristine andaba como en una neblina. Al cuarto día, se despertó dándose cuenta de que no podía simplemente hacer borrón y cuenta nueva de su vida. Independientemente de lo que estuviera pasando en su matrimonio, todavía tenía responsabilidades. Tenía a sus hijos, la tienda y todo lo demás.

Eran apenas las seis de la mañana. Se duchó, bajó y preparó un desayuno caliente para los chicos. Una vez que estuvieron alimentados, se aseguró de que tuvieran lo necesario para la escuela y los llevó con tiempo de sobra. Llegó a la tienda y aparcó enfrente. No había tenido noticias de Jerry y necesitaba saber cómo iban las cosas. El trabajo tenía que hacerse para poder abrir. También añadió hablar con Jaxsen a su lista de tareas pendientes. Necesitaban sentarse y averiguar dónde estaban y cuál sería el siguiente paso.

La idea de tener esa conversación la aterraba, pero sabía que no tenía elección. Ambos habían estado evitando los asuntos difíciles y eso no los llevaba a ninguna parte. Si iban a permanecer juntos, tendrían que hacerlo mejor y si no... Bueno, prefería no pensar en eso.

Caminó hacia la puerta principal, la desbloqueó y entró. Al principio pensó que se había equivocado de local. Todo se veía diferente. El mostrador y la vitrina de mármol estaban en su sitio. Las estanterías de vidrio brillaban y alguien incluso había colocado las bonitas bandejas de servir que había pedido. Las paredes estaban pintadas del amarillo pálido que había elegido. Bajo sus pies, el nuevo suelo brillaba y había zócalos y nuevos alféizares anchos.

Se dirigió hacia la parte trasera. Los estantes para enfriar habían sido entregados y estaban apoyados contra la pared. En la despensa, las estanterías estaban reparadas y todo estaba recién pintado y limpio. La tienda estaba lista, lo único que faltaba eran los suministros y ella.

Sacó su teléfono y marcó el número de Jerry.

—Ya sé, ya sé —dijo él al contestar—. Todavía voy retrasado. Volveremos a finales de la próxima semana, lo juro. Trabajaremos durante el fin de semana y terminaremos el trabajo.

—No fuiste tú... —Kristine suspiró. Una verdad que había sabido desde que entró en el local, pero que no había querido creer. La presión alrededor de su pecho se aflojó y, por primera vez en días, pudo respirar profundamente.

—¿Cómo?

—El trabajo. Está terminado. Es perfecto. Gracias, Jerry.

Colgó y giró lentamente sobre sí misma. Jaxsen lo había hecho. Obviamente, se había tomado más que un par de días libres para hacerlo todo. Algo que habría sabido si se hubiera molestado en pasar por allí. Lo había hecho por ella. Lo había hecho porque sabía que la haría feliz. Lo había hecho porque era un hombre y esa era su manera de decir que todavía le importaba. Alivio, amor y esperanza brotaron en su interior. Alcanzó su teléfono, luego se dio cuenta de que él ya estaría en el trabajo a esas horas.

Solo lo llamaba cuando había una emergencia. Así que los mensajes de texto serían la mejor opción.

Sophie: Gracias.

Quería decir más, pero no de esa manera. No de una forma tan impersonal.

Sophie: ¿Cuándo terminaste?
Jaxsen: Anoche. ¿Te gusta?
Sophie: Es perfecto. Incluso mejor de lo que había imaginado.
Jaxsen: Me alegro.

Había tanto que quería decirle. Tanto de lo que tenían que hablar. Él podría haberle dicho que lo sentía. Podría haber dicho muchas cosas, pero eso era mucho más propio de Jaxsen. Aún quedaba trabajo por hacer, tanto en la tienda como entre ellos, pero ya no tenía ese horrible peso en el corazón.

Sophie echó un vistazo al reloj de la pared e intentó reprimir su impaciencia. Amber llegaba tarde a su reunión. Quería pensar que su prima simplemente estaba ocupada con el trabajo, pero conocía la verdad. Amber estaba mostrando sus habituales signos de comportamiento pasivo-agresivo porque le convenía. Eso o la estaba evitando, y eso tampoco era bueno.

—Llegas tarde —dijo Sophie cuando Amber apareció a las dos y siete minutos.

Amber entró en la oficina y tomó asiento.

—No es verdad —contestó su prima, cruzándose de brazos—. Nada de eso.

Sophie frunció el ceño.

—¿Qué no es verdad?

—Oh, nada. ¿Cómo estás?

Sophie recordó con nostalgia los días en que

Amber había estado a miles de kilómetros de distancia. Eso había sido mucho más fácil. No es que se arrepintiera de haber vuelto a la isla. Le gustaba mucho estar cerca de Kristine y los chicos, y se sentía más cómoda que en Los Ángeles. Pero Amber era una verdadera molestia.

—Quiero hablar de Heather.

No, lo que realmente quería hacer era golpear su cabeza contra el escritorio, pero eso dolería mucho y podría asustar al resto de los empleados.

—¿Qué pasa con ella?

—¿Por qué se fue Heather? —preguntó Sophie, mirando fijamente a su prima—. ¿Qué hiciste?

—Nada. No hice nada. Vamos, Sophie. Ya sabes cómo es Heather. Tenemos cosas importantes de las que ocuparnos, como que nos echen de nuestra casa porque mi madre está siendo egoísta. ¿Sabes lo que eso significa para mí? —Los ojos de Amber se llenaron de lágrimas—. Llevé a mi bebé allí y la crie. Mi dulce Heather. ¿Recuerdas lo bonita que era? Una bebé tan buena... Todos la queríamos tanto... Y ahora vamos a quedarnos sin hogar. No puedo lidiar con eso. Simplemente no puedo. No encuentro un apartamento decente porque no gano lo suficiente y tú no me ayudas. Y ahora Heather se ha ido.

Las lágrimas corrían por sus mejillas. Mientras Sophie había compartido plenamente el dolor de Kristine, estaba menos segura respecto al de Amber. En cuanto a que no hubiera suficiente dinero para un apartamento, Sophie no sabía qué pensar. Sabía que CK pagaba bien a sus empleados y que había buenos beneficios. Amber debería poder permitirse un apartamento por su cuenta. Tal vez no uno lujoso...

«¡Para!». Se sacudió aquel torbellino de pensamientos. Los problemas de Amber no eran su responsabilidad. Amber era una adulta que debería ser capaz de valerse por sí misma. Aunque también era de su familia...

Sophie se frotó la frente al sentir el inicio de un dolor de cabeza.

—Está bien —dijo, levantándose—. Buena charla. Deberíamos hacer esto más a menudo.

Las lágrimas de Amber se secaron.

—¿Vas a ayudarme con el apartamento? No puedo hacerlo sola. Deberías darme un aumento, o simplemente una suma de dinero de la que pueda disponer. ¿Qué se supone que debo hacer? ¿Adónde iré? —El labio inferior de Amber temblaba—. Supongo que podría mudarme contigo, solo que no me gustan mucho los gatos.

—No vas a vivir conmigo —le dijo Sophie con firmeza—. Vuelve al trabajo y lo resolveremos más tarde, ¿de acuerdo?

Amber asintió y se fue. Sophie se hundió en su silla y se preguntó qué se suponía que debía hacer ahora. Estaba segura de que, si ayudaba a Amber, solo sería la primera de mil peticiones. Pero si no lo hacía, no estaba segura de lo que ocurriría. La familia nunca era fácil, eso estaba claro. Se sacudió las secuelas emocionales y se concentró en el trabajo. El informe de ventas del mes anterior la alegró, así que lo leyó de nuevo, dejando que los números la relajaran. Cuando terminó, se quedó mirando el teléfono. Llamar o no llamar, había estado pensando en ese dilema durante un tiempo. ¿Ayudaría o solo empeoraría las cosas?

Sin estar muy segura de si la regañarían por intentarlo, sacó una tarjeta de visita de su escritorio y marcó rápidamente. Bryce Green la sorprendió contestando al primer timbrazo:

—¿Sí?

—Hola, eh..., Bryce. Soy Sophie Lane, de Industrias CK.

—¿Por qué me llamas?

Por una docena de motivos, pero ella no se molestó en lidiar con ninguno de ellos en ese momento. En cambio, tomó aire y se lanzó directamente a lo más profundo:

—Quería disculparme por lo que pasó en la reunión —soltó rápido—. Maggie me había dicho que solo querías productos exclusivos en los que las empresas creyeran. Habíamos revisado varias opciones antes de elegir las dos mejores. Esas iban a ser la presentación. Me dijo que confiara en ella y la dejara hablar. Sabía que tenía razón, pero confiar en la gente no es realmente mi fuerte.

Hizo una pausa para ordenar sus pensamientos.

—No es que desconfíe de todo el mundo. Es más que CK es mi bebé, ¿sabes? Empecé la empresa en la universidad. Nunca esperé que pasara nada con ella, solo estaba grabando vídeos de mi gatito. Pero creció y las cosas se hicieron cada vez más grandes. Siempre tengo la sensación de que estoy luchando para mantener el ritmo. Esa sensación ocurre menos ahora, probablemente porque tengo un equipo muy bueno. Personas en las que confío para cuidar del universo de CK.

Sophie cambió el teléfono de oreja y continuó:

—Tener uno de mis productos en tus manos ha sido un sueño para mí desde hace tiempo. Nunca pude conseguir una reunión, lo que probablemente ya sabes. Ahora veo que estaba haciendo todo mal. Maggie me lo ha señalado. Y también Dugan Phillips. ¿Lo conoces? Me ha dado muy buenos consejos.

Estuvo a punto de decirle que encontraba su relación con ese hombre un tanto confusa, pero se detuvo a tiempo.

—Estoy intentando aprender de mis errores. Quería que lo supieras y darte las gracias por aceptar la reunión. Por favor, no culpes a Maggie por lo que pasó. Fue por mi culpa. Debería haberme quedado callada escuchando. —Rio nerviosa, dándose cuenta de que había estado divagando durante un rato—. Y ahora voy a dejar de hablar, asumiendo que todavía estás al teléfono.

—Estoy aquí —respondió él.

—Oh. Genial. —Sophie no sabía qué hacer. ¿Se despedía y colgaba? ¿Le preguntaba sobre su fin de semana?

—Ella puede llamarme —dijo él de forma inesperada—. Solo Maggie. No tú. No quiero volver a verte nunca más. Sin ofender...

—No me ofendo. Entonces, le diré que te llame y organice otra reunión. Gracias, Bryce. Lo aprecio. De verdad. No tienes idea.

—Hablas mucho, ¿sabes? Ahora colgaré, Sophie.

—Buena idea. Gracias por hablar. Que tengas un buen...

Escuchó un clic. Sophie dejó el auricular y saltó de su silla.

—¡Lo hice! ¡Lo hice! —Giró en círculos y luego salió corriendo de su despacho hacia el pasillo. Entró de golpe en la oficina de Maggie.

—¡Lo hice! Llamé a Bryce.

Maggie gimió.

—No. Dime que estás bromeando.

—No bromeo y todo ha ido bien. Me disculpé. Él dijo que podías llamarlo y organizar una reunión. Todo lo que tengo que hacer es no hablar con él nunca de nuevo. ¡Estamos dentro!

Maggie la miró con escepticismo.

—¿Me estás diciendo que vas a permitir que vuele de regreso a Chicago sola?

—Así es.

—Ajá. Claro que sí...

Sophie negó con la cabeza.

—No estoy bromeando, Maggie. Este es tu asunto. No seré parte de él. Si me meto, solo arruinaré las cosas otra vez. Quiero acceso a las cuentas de Bryce más de lo que quiero estar al mando. Te contraté para que te ocuparas de eso. Ahora tienes que demostrarme que no me equivoqué.

—¿Te sientes bien?

—Sí. Ahora llámalo y luego programa tu vuelo. Tic, tac, tic, tac. El tiempo se está desperdiciando.

Capítulo 28

Heather había pospuesto lo inevitable durante casi dos semanas. Sophie era estupenda y no había preguntado ni una sola vez por qué había sido la pelea, a pesar de que ella no le había ofrecido ninguna información. Se había instalado en la habitación de invitados de Sophie, pasando largos días en el trabajo y saliendo con Gina tanto como podía. Daphne había vuelto a casa el fin de semana anterior y eso había sido muy divertido y una gran distracción, pero Heather sabía que no podía evitar lo que había sucedido para siempre y no podía dejar de contarle la verdad a Sophie.

Suponía que parte de su reticencia se debía a la lealtad hacia su madre. Pero tampoco podía aceptar ni excusar lo que Amber había hecho.

Irónicamente, se había encontrado con ella en el trabajo algunas veces y ambas habían actuado como si nada estuviera mal. Era una situación insana que solo tenía sentido en el extraño mundo basado en el victimismo en el que vivía su madre.

Heather llegó a casa del trabajo y se cambió de ropa, luego fue a ver a los gatos. Lily parecía perdida desde que sus gatitos se habían ido, pero se había recuperado rápidamente. La camada de Señora Bennet estaría lista para ser adoptada a finales de esa semana.

La joven saludó a la familia de gatos y limpió las dos cajas de arena. Después de preparar las comidas de la noche, alimentó a todos y luego se fue a esperar a Sophie.

Le había enviado un mensaje de texto antes, preguntándole a qué hora llegaría a casa y si podían hablar. Sophie había prometido parar a comprar comida para llevar y estar en casa a más tardar a las seis y media.

Llegó puntual, con bolsas de comida china en las manos. Heather ya había puesto la mesa y abierto una botella de vino. No cumpliría los veintiún años hasta dentro un par de meses, pero Sophie había dicho que no tenía problema con que Heather tomara una copa de vez en cuando, siempre y cuando lo hiciera en casa y nunca condujera después. Heather nunca había aceptado la oferta, pero pensó que esa noche podría ser el momento de hacerlo.

—Puede que me haya pasado —admitió Sophie, dejando los cartones de comida sobre la mesa de la cocina—. No podía decidirme y luego pensé que podríamos comer las sobras en el almuerzo. Porque siempre está igual de bueno al día siguiente.

Heather asintió, preguntándose si sería capaz de comer algo.

Tenía un nudo en el estómago. No había manera de que esa conversación fuera a salir bien: estaba a punto de traicionar a su madre y, al mismo tiempo, de decirle a Sophie que le había estado ocultando cosas.

Sophie se sentó y le hizo un gesto a la silla de Heather.

—Convocaste tú esta reunión, niña. ¿Quieres empezar con una charla trivial o vamos directas al grano?

—No lo sé.

Sophie le pasó una caja de wontones al vapor.

—Está bien. Tómate tu tiempo.

Heather dejó la caja a un lado y bajó la cabeza.

—Vas a enfadarte —dijo y luego levantó la mirada—. Pero no te culpo —añadió rápido—. De hecho, deberías enfadarte. Me lo merezco. No te dije nada y ahora estoy viviendo aquí, aprovechándome de ti y...

—No te estás aprovechando de mí —la interrumpió Sophie—. Cuidas a los gatos, traes comida a la casa. Eres una excelente compañera de piso.

Heather se dijo a sí misma que solo tenía que decirlo y luego enfrentar las consecuencias.

—Mi madre está robando a la empresa. La pillé el día que me fui a casa por estar enferma. Tuvimos una gran pelea y por eso me mudé.

Sophie clavó su tenedor en el wonton.

—¿Todavía lo hace? —dijo Sophie, clavando su tenedor en el wontón—. Es muy astuta, lo admito. A Bear le va a dar un ataque. Él estaba convencido de que ya había puesto suficientes procedimientos en marcha para evitar que eso sucediera. Te juro que vamos a tener que empezar a cachearla, y nadie va a querer hacer ese trabajo.

Heather no podía respirar.

—¿«Todavía»? ¿Ella ya había estado robando antes?

—Ajá. —Sophie tomó un sorbo de su vino—. La confronté, la amenacé con humillación pública y con presentar cargos. Pensé que había conseguido hacerle entender. Debería haber sabido que no era así. —Hizo un gesto hacia las cajas de comida—. Come, por favor. Aprecio mucho que me lo hayas contado. Sé que no es fácil. Yo me encargaré de ello. Oh, ¡maldición! —Sacudió la cabeza—. Hablé con ella hace un par de días. No me extraña que empezara la conversación diciendo que no era cierto. Pensó que ya me lo habías dicho.

Heather no entendía la reacción de Sophie.

—¿No estás enfadada porque he tardado en contártelo?

—No. Ella es tu madre. Amber no hace nada fácil. Pero me lo dijiste y eso es lo que importa.

Las preocupaciones de Heather se desvanecieron, dejándola hambrienta.

—Estaba tan asustada —dijo la joven, amontonando comida en su plato.

—Nunca tengas miedo de mí. No hay nada que puedas decirme que haga que deje de amarte. Puede que te grite, pero aun así te seguiré queriendo.

Heather sonrió.

—¿Incluso si estoy embarazada?

Sophie abrió la boca sorprendida.

—Dios mío, dime que estás bromeando.

Heather rio.

—Estoy bromeando. No he tenido relaciones sexuales en mucho tiempo. Me aterra involucrarme con un chico. ¿Y si pasa algo y me quedo atrapada aquí? No quiero eso.

—¿Qué es lo que quieres?

—Ir a la universidad. Tener un futuro. —Había más, pero esos eran los elementos más importantes.

—Eso no va a suceder aquí.

El tono de Sophie era informal, pero Heather captó el mensaje: la estaba poniendo a prueba. ¿Eran sus planes reales o solo un montón de palabrerías baratas como las de Amber?

—Lo sé —dijo Heather, dejando su tenedor a un lado—. Hace un tiempo, Elliot me habló de diferentes universidades con buenos departamentos de *marketing*. Eso es lo que quiero estudiar. He enviado una solicitud a un par de sitios diferentes. También he estado investigando sobre la ayuda financiera. Él me habló de la USC. —Puso los ojos en blanco—. Como si pudiera entrar ahí. Además, es tan caro... Pero él insistió. Yo estoy pensando en Boise State.

Hizo una pausa, preparándose para la desaprobación, la risa o que una bota gigante aplastara sus sueños. Pero Sophie solo dio un sorbo a su vino.

—¿Por qué Boise State?

—Está a un día en coche de distancia. Estoy cerca, pero no tanto como para volver en cualquier momento. La universidad es genial y la ciudad está creciendo mucho. Además, no es supercara. Trabajaría un año para establecer mi residencia allí y luego empezaría a tomar clases.

—Lo has pensado todo.

—Lo he hecho. Estoy aprendiendo mucho de Elliot y me da pena dejar CK, pero con la abuela vendiendo la casa y mi madre echándome, parece que este podría ser el momento adecuado para irme.

—Estoy de acuerdo —le dio la razón su tía—. Heather, sé que estás asustada. Quieres irte, pero te sientes culpable por ello. Ahí está el problema. Nunca será el momento perfecto. Tienes una oportunidad. Si no la aprovechas, si no lo haces realidad, lo lamentarás por el resto de tu vida. Tu madre te absorberá de nuevo y quedarás atrapada. Todo se reduce a si tienes o no el coraje de irte.

—Lo sé. Tengo miedo, pero no quiero ser como ella. No quiero estar atrapada y culpar a los demás por sentirme decepcionada —confesó Heather.

Quería alejarse y experimentar la vida a su manera.

—¿Pero? —preguntó Sophie.

—Pero es difícil solo pensar en hacerlo —admitió—. Nunca he estado sola. Nunca he vivido en otro lugar que no sea aquí. ¿Y si no soy tan inteligente como creo? ¿Y si no puedo hacer amigos o tener éxito en la universidad o...? ¿Y si fallo?

—¿Recuerdas tu idea de la colcha?

El cambio de tema tomó a la joven por sorpresa.

—Sí —respondió Heather. Pero ¿qué tenía que ver eso con lo que estaban hablando?

—Lo presentamos al distribuidor.

—¿Le gustó? ¿Vamos a desarrollarlo? Creo que a los clientes les encantará y...

—Dijo que no.

Los hombros de Heather se desplomaron.

—¿En serio? Lo siento, Sophie. Pensé que era una gran idea. —¿Cómo pudo haberse equivocado tanto?

—No fue la idea, fui yo. Arruiné la reunión. Hice todo lo que Maggie me dijo que no hiciera. Convertí lo que debería haber sido un gran éxito en un desastre total. Fue culpa mía. Perdimos la oportunidad y la cuenta.

Heather la miró fijamente.

—Pero tú eres perfecta. Lo sabes todo.

Sophie sonrió.

—Si eso fuera verdad... Aunque no lo soy, pero es dulce de tu parte decirlo. Heather, vas a cometer errores. Vas a fallar. Eso no es lo importante. La vida se trata de intentar y avanzar y hacer lo que nos aterra. Puede que funcione o no, pero al menos estás avanzando. Al menos lo estás intentando.

—¿Qué vas a hacer con el distribuidor?

—Ya lo llamé y me disculpé. Está dispuesto a ver a Maggie siempre que yo no esté allí. Así que voy a confiar en mi directora de ventas para que haga su trabajo, y yo haré el mío y veremos cómo termina todo. ¿Y tú qué vas a hacer con tu vida?

Heather quería señalar que solo tenía veinte años. Que todo lo que conocía era la isla. Pero también sabía que esas eran solo excusas, como culpar a un embarazo por la falta de una carrera. Podía jugar a lo seguro y atraparse para siempre o podía dejar de soñar y empezar a actuar.

—Voy a dejar Blackberry Island —dijo finalmente.

—¿Lo prometes?

El miedo amenazó. Había miles de incógnitas, pero Heather sabía que, si no se iba ahora, nunca lo haría.

—Sí, Sophie. Lo prometo.

—Está bien. Entonces, necesitas un plan. Un lugar donde quedarte y un trabajo. Ponerte una fecha límite y empezar a trabajar en ello. Lleva tu coche al mecánico para que lo revisen. Yo lo pagaré. Luego mete tus cosas en cajas y vete. ¿Todavía estás segura?

Heather pensó en el apartamento imposiblemente caro que su madre quería. Si se quedaba, firmaría ese contrato de arrendamiento y eso sería su ruina. Si se quedaba, se convertiría en Amber.

—Estoy segura. Empezaré a buscar una habitación para alquilar esta noche.

Sophie sonrió.

—Esa es mi chica. Estás tomando la decisión correcta, Heather. Estoy segura de ello.

—Yo también.

El sábado por la mañana, Kristine miraba las cajas apiladas en medio de su reluciente cocina. Aunque ya tenía los artículos más caros, como el horno, la nevera y las rejillas de enfriamiento, necesitaba toneladas de suministros para que su negocio fuera un éxito. Con ese fin, había comprado bandejas para galletas de tamaño industrial, tazas medidoras, cucharas, espátulas y docenas de otros artículos necesarios para producir sus galletas y *brownies*. También había suministros de envío: cajas, papel de seda, etiquetas, una máquina de franqueo y cinta adhesiva. Los costes casi la habían hecho salir corriendo en plena noche, pero no había tenido elección. Sin material para hornear galletas y *brownies* o enviarlos, no iba a tener mucho éxito.

El lunes tendría la inspección sanitaria. Una vez que superara ese último obstáculo, pediría todos los ingredientes y comenzaría a hornear, lo cual era tan emocionante como aterrador. Su negocio soñado estaba poniéndose en marcha de verdad. Estaba a solo unas semanas de que instalaran el nuevo toldo personalizado y el letrero de la ventana. Después de eso, elegiría un día para su gran inauguración oficial. Hasta entonces, estaría horneando para las bodegas y la posada, y para los pocos clientes de pedidos por correo que tenía. También había seguido el consejo de Bear y había comprado una lista de correo. Con la ayuda de una empresa de gráficos en Everett, había diseñado una postal publicitaria con un cupón. Eso estaría terminado para finales de la siguiente semana y lo enviaría por correo. Había sido caro y no estaba en su presupuesto, pero valdría la pena al final, se decía a sí misma. O eso esperaba.

Al menos su página web estaba terminada, aunque eso también había sido más costoso de lo que había anticipado. Dinero que sale, pensaba. Ese había sido el tema del último mes. El lunes o martes tendría que sentarse y calcular cuánto había gastado ya y cuánto más iba a necesitar. Tenía el mal presentimiento de que iba a quedarse corta.

—No voy a pensar en eso hoy —se dijo a sí misma—. Hoy se trata de abrir cajas. Y eso es divertido, ¿no?

Echó un vistazo al gran reloj con forma de galleta en la pared. Los chicos habían pasado la noche con Jaxsen. Él los traería alrededor de las diez para pasar tiempo con ella antes de que se dispersaran en diversas actividades por la tarde.

Tenía que admitir que estaba nerviosa por verlo. Era ridículo considerando el tiempo que llevaban casados, pero seguía siendo cierto. Habían hablado por teléfono un par de veces, conversaciones cortas que habían ido bien. Él no había dicho nada sobre dejarla y ella no había mencionado lo destrozada que se sentía al pensarlo. Era como si estuvieran encontrando el camino de vuelta. Necesitaba creerlo.

La anticipación se mezclaba con un toque de «¿qué pasa si vuelve a comportarse como un patán?». Necesitaba tener fe, se dijo a sí misma, sacando una pequeña navaja de su bolso. Él había hecho un trabajo increíble en la tienda. Tenía que tener fe.

Abrió todas las cajas antes de guardar la navaja de nuevo en su bolso. Los chicos la ayudarían a desembalar todo, pero no iba a permitir que anduvieran manipulando cuchillas para abrir las cajas. Se puso a trabajar desembalando una enorme cafetera. Había elegido un modelo elegante de acero inoxidable brillante. Fuera de presupuesto, pero hermosa y con excelentes reseñas. Después de instalarla en la encimera, leyó las instrucciones. Lavó las diversas partes y las colocó en su lugar. Luego añadió agua.

—Allá vamos, grandullona. No me falles.

Activó el interruptor y esperó. El agua comenzó a calentarse y, menos de dos minutos después, oyó el feliz y burbujeante sonido del agua caliente llenando la gran jarra de acero inoxidable.

Según las instrucciones, el café se mantendría caliente al menos durante cuatro horas. No tenía idea de cuánto tráfico de clientes tendría o si alguien querría café, pero quería tenerlo disponible.

Tomó el bloc de notas que había arrojado en su bolso y buscó un bolígrafo. Necesitaría tazas para la tienda y vasos para llevar para la gente que quisiera tomar su café fuera. También agitadores y algo para poner la crema y la leche. Y azúcar y edulcorantes bajos en calorías. No tenía intención de competir con la cafetería del pueblo, pero tampoco podía ofrecer solo café negro.

Anotó todo en la lista y luego esperó a que la cafetera terminara de llenarse. Vació el agua caliente, luego vertió el café molido que había traído de casa. Puso en marcha la cafetera de nuevo y esperó. Esta vez, además de los sonidos, inhaló el aroma del café que se estaba preparando. A las diez ya se había tomado su segundo delicioso café y había avanzado bastante desembalando paquetes. Puntuales, escuchó a sus hijos fuera de la tienda y se acercó para abrir y dejarlos entrar. Su corazón se hundió un poco al ver a su suegra detrás de ellos en lugar de Jaxsen. ¿Por qué no había ido? ¿No se suponía que las cosas estaban mejor ahora?

Demasiadas preguntas y ninguna respuesta, pensó, apartando esos pensamientos y centrándose en sus hijos.

—¿Qué tal anoche? —preguntó a sus hijos con tono alegre, abriendo la puerta para ellos y dejando que todos entraran.

—Nos quedamos jugando con la Xbox hasta tarde —dijo Grant.

—No era tan tarde —añadió Tommy.

Ruth miró alrededor de la tienda.

—Oh, Kristine, es preciosa. No puedo creer lo perfecto que está resultando todo.

—Sí que se ve genial, ¿verdad?

JJ dio una palmada en una de las paredes.

—Ayudamos a papá con la pintura. Después de la escuela. Todos colaboramos.

Era algo que ella no sabía.

—No me habíais dicho nada.

—Era una sorpresa —le dijo Grant—. ¿Te gusta?

—Me encanta. Muchas gracias.

No estaba segura de qué pensar sobre esa información, pero parecía positiva. Si tan solo Jaxsen estuviera allí con ellos...

—Te mostraré la tienda —dijo Kristine a su suegra, y tomó la delantera moviéndose por el local.

Después de haberlo explorado todo, Ruth se fue a hacer recados y los chicos comenzaron a trabajar vaciando cajas.

—Vamos a guardar todo hoy —dijo la madre a sus hijos—. Lo lavaré más tarde. Primero, quiero averiguar dónde va cada cosa y asegurarme de tener suficientes estantes.

Aunque no tenía ni idea de qué iba a hacer si no los tenía.

—Puedes almacenar las bandejas para galletas en las rejillas de enfriamiento —propuso JJ—. Ahí es donde estarán la mayor parte del tiempo de todos modos. Ahorrarás espacio.

—Buena idea.

Tommy estaba apilando boles para mezclar.

—Mamá, ¿dónde está el lavavajillas?

—¿Qué? —Ella miró su cocina, buscando en los armarios inferiores. Había un fregadero gigante, estantes, armarios, la estufa y...

—No hay lavavajillas —dijo en voz baja. ¿Cómo había podido pasarlo por alto? Sin un lavavajillas, tendría que lavar cada cosa a mano. ¡Todos los días!

Grant sonrió a JJ.

—Ya sé lo que vas a hacer cuando trabajes aquí.

JJ parecía preocupado.

—Mamá, vas a comprar un lavavajillas, ¿verdad?

No había lavavajillas. ¿Cómo había podido no verlo? Pensó en la cantidad de bandejas para galletas que usaría en un día. Aunque podía protegerlas con una capa de papel y usar las bandejas más de una vez antes de lavarlas, ¿qué pasaba con las bandejas para *brownies* y los boles, cucharas y todo lo demás?

—Necesito un lavavajillas —dijo Kristine. Uno de tamaño industrial, más todo el sistema de fontanería necesario para que funcione. Eso no iba a ser barato.

Se acercó a su lista de compras y añadió eso. Era un artículo enorme para intentar insertar en su presupuesto.

—Gracias, mamá —dijo JJ, sonando agradecido—. Yo te ayudaré a llenarlo y vaciarlo.

El resto de la mañana pasó muy rápido. La lista de cosas que necesitaba comprar creció mucho, pero, por fortuna, todo lo que seguía al lavavajillas era relativamente económico.

Una vez que las cajas ya se quedaron vacías, los chicos las aplastaron y las llevaron a su todoterreno.

Más tarde pasaría por el centro de reciclaje para depositarlas allí.

Antes de cerrar con llave la puerta, echó un vistazo alrededor. Todo el equipo encajaba perfectamente en los estantes. Iba a tener que pasar gran parte del lunes lavando todo a mano antes de poder usarlo. «Guantes», pensó con desánimo. Necesitaría guantes de goma y un par de cepillos para fregar. Dejó a los niños, pasó por el centro de reciclaje y luego condujo a casa. Cuando estaba en la entrada del garaje, se quedó mirando la casa que tanto amaba y se preguntó por centésima vez por qué Jaxsen no había llevado él mismo a los niños. No se habían visto desde que él arregló la tienda. ¿Estaba enviando algún tipo de mensaje?

Tomó su teléfono y presionó un par de botones. Cuando él contestó, ella soltó de golpe:

—Pensé que traerías tú a los niños esta mañana.

Jaxsen vaciló.

—Quería hacerlo, pero pensé que sería un estorbo...

—¿Cómo podías pensar eso?

—La última vez que hablamos en persona no fue muy bien.

—Lo sé, pero hiciste todo el trabajo en la tienda y... Jaxsen, ¿no crees que debemos hablar? ¿O es que ya das nuestro matrimonio por terminado?

No había querido decir eso, pero una vez que las palabras salieron, sabía que no las retractaría. Por mucho que doliera, tenía que saberlo.

—No lo doy por terminado. ¿Y tú?

Alivio. Dulce alivio.

—Por supuesto que no. No quería que te mudaras. Quiero hablarlo. Quiero que las cosas estén bien entre nosotros.

—Yo también.

Menos mal, pensó ella, apoyando la cabeza en la ventana y exhalando lentamente.

—Me alegro.

—¿Y ahora qué?

Una excelente pregunta. ¿Cómo avanzar? ¿Cuál era el primer paso y el siguiente? ¿Deberían hablar con un consejero o arreglárselas por su cuenta?

—¿Quieres venir a cenar? —preguntó ella.

—Me gustaría.

—A mí también.

—Si puedes recoger tu a JJ, yo puedo ir a por Tommy y Grant —se ofreció él.

—Perfecto. Nos vemos con los niños.

—Estaré sin falta.

Colgaron y ella corrió hacia la casa. Tenía mil cosas que hacer: averiguar qué iban a cenar e ir al supermercado, arreglarse, cambiarse de ropa... Aunque no estaba segura de qué ponerse.

Volvió la emoción por la anticipación. Esa noche, pensó. Esa noche ella y Jaxsen hablarían y volverían a encarrilar su matrimonio. Estaba segura de ello.

Capítulo 29

—Admítelo —dijo Dugan, entregándole a Sophie un cucurucho de helado con dos bolas de chocolate con trocitos—. Te lo estás pasando bien.

Ella lamió su helado y luego miró hacia el mar. Estaban cerca de la playa en una hermosa tarde de sábado. El sol brillaba, la temperatura rondaba los veintiún grados y el sonido de las olas se mezclaba con las risas de los niños jugando.

—Esto está bien —respondió Sophie mientras caminaban por el paseo marítimo y volviendo su atención hacia Dugan. Él la había llamado esa mañana y le había pedido que pasaran la tarde juntos. La había recogido en CK y la había llevado al parque junto a la playa. Le había sorprendido que hubiera tanta gente, así como la cantidad de carritos de comida y personas vendiendo artesanías y cometas—. Aunque me resulta un poco extraño. No esperaba tanta gente.

—Es sábado, hace sol y estamos entrando en el verano.

—Aun así.

Él se detuvo y la miró fijamente.

—Sophie, ¿cuándo fue la última vez que no trabajaste un sábado?

—No sé. Supongo que cuando vivía en Los Ángeles y volaba hasta aquí.

Los profundos ojos azules de Dugan se tornaron pensativos.

—¿Y qué hay de las vacaciones?

—Uf. ¿Tenemos que hablar de eso? Odio las vacaciones.

—Nadie odia las vacaciones.

—Toma unas con mi ex y luego hablamos. Su objetivo era visitar los cincuenta estados. Y no solo visitarlos, sino hacerlo conduciendo. No a Hawái, claro, allí no fuimos nunca. Y siempre teníamos que ir a ver cosas raras. Como la bola de estambre más grande del mundo. No podíamos ver algo más interesante como el Gran Cañón o Nueva Orleans. Y era un gran fanático de los B&B. Entiendo que a algunas personas les gusta convivir con otros viajeros y charlar, pero, por favor, no a primera hora de la mañana, y menos durante el desayuno. ¿Por qué no quedarse en algún hotel con servicio de habitaciones y *spa*? Ve a ver la bola de estambre más grande del mundo si quieres, pero yo prefiero un masaje.

Él sonrió ante su respuesta.

—Entonces, ¿no tienes opiniones reales sobre las vacaciones?

—Ja, ja. No se me da bien relajarme. Me gusta trabajar. Vale, ya sé que debería tener un poco todo en la vida. Me esfuerzo. Estoy intentando no trabajar los domingos. Eso es algo. Y quizás podría tomarme unas vacaciones. Si fuera en un buen hotel y no hubiera ninguna bola de estambre.

—¿Qué te parece el sur de Francia?

—No conozco nada. ¿Es bonito?

—Es muy agradable. Relajante y hermoso, con mucha comida y vino excelentes. Entiendo que no quieras ir a un B&B, pero ¿aceptarías alojarte en una villa alquilada?

Una villa en el sur de Francia. Felizmente dejaría de trabajar un sábado si ese fuera el plan.

—¿Y quién cocinaría? —preguntó ella.

Dugan se rio.

—Yo.

—Entonces, trato hecho.

Quizás, si fueran al sur de Francia, podrían empezar a tener relaciones sexuales de nuevo. Eso realmente le hacía falta y no podía entender por qué Dugan se estaba resistiendo. Estaba bastante segura de que no había nadie más en su vida. Él había dicho que estaba loco por ella. Entonces, ¿cuál era el problema? Maldito hombre estúpido...

—¿Cómo está Heather? —preguntó él retomando la caminata.

—No estoy segura. La última vez que hablamos dijo que estaba lista para independizarse.

—No parece que lo creas así.

Sophie alzó un hombro y luego lamió su cucurucho de nuevo.

—Quiero hacerlo, pero admito que no estoy segura de que realmente vaya a irse. Amber es experta en atrapar a las personas y quizás Heather no sea lo suficientemente fuerte para resistir eso.

—No piensas eso de verdad.

—Nunca ha hecho el amago de irse. Estaba buscando apartamentos para vivir con su madre hasta hace poco.

—Sophie, tiene veinte años. No tiene padre. Kristine y tú sois su única otra familia. Tú has estado viviendo en California y Kristine tiene marido e hijos propios. ¿Te preocupa que Heather no sea lo suficientemente fuerte para dejar a la mujer que la crio, a la mujer que nunca ha podido cuidar de sí misma? Una cuarentona madura tendría problemas para alejarse de eso. Debe de haber más culpa de la que cualquiera de nosotros pueda imaginar. ¿Y si se va y Amber no puede valerse por sí misma? ¿Y si Amber nunca la perdona? ¿Y si todos se vuelven en su contra y se queda sola en el mundo? Son demasiadas cosas para una chica tan joven.

El helado que había comido se convirtió en piedra en su estómago. Sophie tiró el resto y miró fijamente a Dugan.

—Nunca lo había visto de esa manera.

—Lo supuse —dijo él. Había algo oculto en su tono y expresión.

—¿Me estás juzgando? ¿Crees que estoy siendo egoísta?

—Egoísta no. Pero tienes muchas cosas en la cabeza por tu negocio.

—¿A qué te refieres? ¿A que debería dedicar más tiempo a mi familia? —Apretó los labios, sabiendo que él no estaba equivocado en eso. Se dejaba atrapar por el trabajo, quizás demasiado—. Quiero hacerlo, pero es difícil.

—¿Sacar tiempo o saber qué hacer?

—Ambas cosas. Como con Heather. ¿Cómo crees que debería ayudarla? ¿Le doy dinero para empezar de nuevo en Boise?

—Heather no es el problema. Amber sí. Si la ayudas a acomodarse, Heather será libre de irse. ¿No me dijiste que las están obligando a mudarse?

Sophie lo miró con desdén.

—Ya sé adónde quieres llegar. Quieres que le compre un apartamento a Amber para que no vaya tras Heather. Eres muy generoso con el dinero ajeno, ¿verdad? Eso es demasiado. Un apartamento. Como si fuera tan fácil.

Él terminó su helado y le sonrió.

—¿Qué? —exigió ella.

—No he dicho una palabra.

—No necesitas hacerlo. Eres increíblemente transparente. Un apartamento. Claro. ¿Y por qué no tres? Para que Amber pueda elegir dónde vivir ese día en particular. Y un coche nuevo. Tal vez una isla tropical. Sería capaz de quejarse hasta de eso.

—¿Qué? —dijo Sophie de nuevo, mirándolo fijamente.

—Derrochas tanta energía. ¿De qué te estás protegiendo?

Antes de que ella pudiera reaccionar, él la atrajo hacia sí y la abrazó, luego besó la parte superior de su cabeza.

—Sophie, sé que sientes que todos los que has amado te han roto el corazón, pero eso no es cierto. Tu madre no quería morir. Mark era un imbécil, pero eso no se puede evitar. Tienes gente que se preocupa por ti.

Sus palabras y su abrazo hicieron que los ojos de Sophie ardieran, pero parpadeó para alejar cualquier señal de debilidad. Estúpido hombre... Ella estaba bien. No lo necesitaba.

Aunque sí era agradable ser abrazada, y cuando había tenido problemas, él había sido a quien había llamado, así que tal vez «estúpido» no era la palabra correcta. En cuanto a necesitar, bueno, no iba a pensar en eso.

—¿De verdad crees que debería comprarle un apartamento a Amber? —preguntó ella, con la voz ahogada contra su fuerte pecho.

—Yo nunca he dicho eso.

—Pero lo has pensado.

—Me niego a estar en problemas por pensar algo.

—Si le compro uno, no terminará bien.

—Creo que en eso tienes razón.

—Pero resolvería muchos problemas... —Sophie lo miró a los ojos—. ¿He mencionado que no me gusta que seas tan perspicaz?

—Más de una vez.

—¿Vas a volver a acostarte conmigo algún día? Antes de ir al sur de Francia, quiero decir. Sé que te acostarás conmigo allí porque, si no, ¿para qué ir?

Ella esperaba que él le diera una respuesta rápida y graciosa, pero no dijo nada durante varios segundos.

—Hoy no —murmuró él, besándola con suavidad.

—Eso me molesta un poco.

—Lo sé.

—¿Es esa la razón por la que lo haces?

Él sonrió.

—Creo que el problema es más lo que no estoy haciendo que lo que sí hago.

—¿Es una prueba?

Porque si lo era, ella había terminado. No hacía pruebas, ni juegos, ni nada de eso.

—No es una prueba, Sophie.

—Entonces, ¿qué es?

Él la besó de nuevo.

—Te estoy dejando averiguar lo que quieres de mí.

—¿Aparte de sexo?

—Sí.

—¿Por qué tiene que ser tan complicado?

—No busco complicaciones, pero sí quiero saber en qué punto estamos. Ahora mismo no tienes ni idea.

Ella dio un paso atrás y se puso las manos en las caderas.

—Eso es tan típico de un hombre...

—Lo sé —dijo Dugan, rodeándole los hombros con un brazo—. ¿Podría ser más molesto todavía?

—La verdad es que no.

Ambos se reían, pero Sophie estaba bastante segura de que ninguno de los dos bromeaba. Dugan obviamente quería algo de ella y estaba dispuesto a esperar para conseguirlo. El problema era que Sophie no tenía ni idea de qué era. Y aunque lo supiera, dárselo iba a ser un problema. ¿Y si Dugan necesitaba más de lo que ella era capaz de ofrecer? ¿Y si el precio de mantenerlo era más alto de lo que estaba dispuesta a pagar? ¿Y si, al final del día, lo único en lo que era buena era en el trabajo?

* * *

Kristine se encontró una vez más luchando contra los nervios ante la idea de ver a Jaxsen. Igual de inquietante era su indecisión ante la cena. Parte de ella quería usar el comedor y la buena vajilla para que todo luciera elegante, pero el resto de ella decía que era una mala idea. Había sido muy cuidadosa en minimizar la ausencia de Jaxsen. Cuando los chicos preguntaban, decía que estaban lidiando con algunos problemas y necesitaban tiempo y distancia para obtener perspectiva. Convertir la cena en una ocasión especial significaría que eso no era cierto y, pasara lo que pasara entre ella y Jaxsen, no quería que los chicos se preocuparan. Con ese fin, le pidió a JJ que pusiera la mesa en la cocina, como de costumbre, mencionando de forma casual que su padre se uniría a ellos.

JJ asimiló la información mientras se lavaba las manos y dijo:

—¿Puedo ir a la casa de Brandon mañana? Su tío acaba de comprar un Mercedes SLK y todos vamos a encerarlo.

Vaya, parecía que para JJ no tenía gran relevancia que su padre cenara con ellos por primera vez en un mes.

—Claro —dijo ella con una sonrisa—. Cuando termines allí, puedes traer a Brandon a casa para encerar mi coche también.

—Mamá, no es lo mismo. ¿Sabes siquiera lo que es un SLK?

—¿Un coche caro?

—Es un descapotable y tiene un...

—Te lo ruego —dijo la madre levantando una mano—. Ahórrame la conversación sobre el motor, la suspensión, las llantas, la potencia... Te creo. Es especial.

—Deberías aprender más sobre coches. Son realmente interesantes.

—Si tú lo dices... —dijo Kristine mientras despeinaba el cabello de su hijo en un gesto cariñoso.

JJ suspiró.

—Eres tan... chica.

—Es bueno saberlo.

Ella revisó los dos pollos que había puesto en el horno para asar. También había añadido patatas en la bandeja. Ya había preparado una ensalada y había judías verdes esperando para ser cocidas al vapor. Para el postre había comprado helado. Era una cena más especial de lo que normalmente tendrían en una noche ajetreada, pero no tan elegante como para que alguien se diera cuenta he hiciera algún comentario.

Justo a las cinco y media, escuchó el sonido de la camioneta de Jaxsen al entrar en el camino de acceso. Su cuerpo se puso en alerta mientras su estómago se tensaba. Se dijo a sí misma que solo tenía que seguir respirando. Que esa noche no era especialmente significativa. Jaxsen y ella necesitaban tiempo para encontrar el camino de regreso el uno al otro. Las cosas no iban a sanarse en una sola cena y no debería presionar a ninguno de los dos.

Tommy y Grant entraron corriendo delante de su padre, trayendo consigo un montón de ruido y caos.

—Hay una liga de béisbol de verano —dijo Grant—. Tendré la edad suficiente y quiero unirme.

—Mamá, terminé mi tarea de Matemáticas y necesito que la revises —anunció Tommy, dejó caer su mochila en medio del suelo y olisqueó—. ¿Vamos a comer pollo? —Miró a su hermano JJ y dijo—: ¿De verdad el tío de Brandon va a traer su SLK mañana?

—Sí. Vamos a encerarlo.

—Mamá, ¿puedo ir con JJ a la casa de Brandon para ver el coche? —preguntó Tommy girándose hacia su madre.

—La mochila arriba —ordenó Kritine—. Luego lávate las manos. Hablaremos de encerar el coche más tarde. Grant, pásame la página web del campamento y lo revisaré con tu padre.

Logró mantenerse distraída hasta que los tres chicos salieron de la cocina. Solo entonces se volvió hacia Jaxsen.

Él lucía como siempre: alto y fuerte, con su cabello oscuro, pero le faltaba su habitual soltura, lo que la hizo sentir algo mejor. Estaba contenta de no ser la única que estaba nerviosa.

—Hola —dijo él, mostrando una botella de vino—. Compré esto porque... —Se aclaró la garganta—. Gracias por invitarme a cenar.

Ella pensó en señalar que, si él no se hubiera mudado a la casa de sus padres, no estarían lidiando con esto ahora, pero entonces él diría que solo lo había hecho porque no estaba contento con que ella abriera el negocio y todavía no habían hablado sobre si realmente había dejado su matrimonio y qué haría ella si lo había hecho, lo que significaba que todo lo que podía decir era:

—De nada.

Se sonrieron el uno al otro.

—Lamento que esto sea incómodo —dijo él—. He estado fuera demasiado tiempo.

—Bueno... —Ella sabía que no tenían mucho tiempo antes de que los chicos volvieran a bajar, pero tenía que preguntar—: ¿Realmente me dejaste, Jaxsen? ¿Rompiste la relación?

—Me mudé con mis padres. Me quedé en el sótano. Ni siquiera salía con mis amigos.

—No estás respondiendo a la pregunta.

—Estaba enfadado. —Hizo una mueca—. No, estaba asustado. Por Dios, no sé por qué me soportas. Te amo más de lo que he amado a nadie, pero no lo pongo fácil. Sin embargo, aquí estás. ¿Por qué?

—No has respondido a la pregunta. ¿Me dejaste? —insistió Kristine con mirada firme.

Él bajó la cabeza.

—Sí.

—¿Por qué?

—Quería que tú también tuvieras miedo —dijo él sin dejar de mirarla—. No estoy orgulloso de eso, pero es la verdad. Quería que sufrieras como yo lo hacía. Quería que supieras lo que se siente.

Sus palabras podrían haberla lastimado, pero eran extrañamente reconfortantes. Jaxsen no había querido escapar, había querido enseñarle una lección. No era la reacción más madura y amorosa a lo que estaba sucediendo, pero tenía sentido. Él había estado sufriendo y, desde su perspectiva, ella era quien lo había causado. Así que él quería castigarla a cambio.

—Lo siento —dijo él—. No estuvo bien por mi parte.

—Desearía que me hubieras dicho lo que sentías. Podría haber intentado explicar las cosas mejor. Nunca quise que sintieras que te iba a dejar.

—*Ahora* lo sé.

Su tono petulante al decirlo la hizo sonreír.

—No somos muy buenos en esto —admitió Kristine—. Estar casados, apoyarnos mutuamente. Comunicarnos. Jaxsen, necesitamos acudir a terapia de pareja.

—¿Todavía me amas? —preguntó él sin dejar de mirarla con sus ojos oscuros.

—Por supuesto. Nunca dejé de amarte. Ese no es el problema. ¿Tú todavía me amas?

En el segundo que le tomó responder, ella murió mil veces. Pero cuando él por fin habló, Kristine sintió que resucitaba.

—Sí. Eres mi mundo.

—Entonces, tenemos que trabajar para solucionar esto. Debemos hacerlo mejor. No estoy dispuesta a volver a como estaban las cosas sin más. No sabía que te habías ido y, aunque entiendo las razones, me duele que te hayas alejado de nuestro matrimonio y no me lo hayas dicho.

—No me alejé exactamente... —Jaxsen suspiró—. Tienes razón. Debemos hacerlo mejor. —De repente, su rostro se iluminó—. Tal vez podríamos conseguir un libro de ejercicios o algo así en la biblioteca.

—No —dijo ella al instante.

—Está bien...

El sonido de pasos resonando en las escaleras los interrumpió. Segundos después, los niños irrumpieron en la cocina y el momento de intimidad se esfumó. Aun así, ella pensó que habían progresado. Al menos ahora entendía un poco más lo que pasaba y, siempre y cuando obtuvieran ayuda, sentía que podrían encontrar el camino hacia un lugar mejor que el que tenían antes.

La cena estaba siendo tan ruidosa y feliz como solía ser siempre, pensó Kristine mientras observaba a su familia. Resultaba curioso cómo habían vuelto con tanta facilidad a la rutina familiar. Mientras todos comían y conversaban, se preguntaba qué pasaría después de que terminaran. ¿Jaxsen esperaría volver a mudarse? ¿Estaba lista para eso? Y si él preguntara y ella dijera que no, ¿lo entendería?

Aún más complicada era la pregunta del sexo. ¿Él lo quería? ¿Y ella? ¿Deberían? ¿Mejoraría o empeoraría las cosas? Habían pasado semanas y Jaxsen no era un hombre a quien le gustara pasar más de un par de días sin algún tipo de encuentro físico. No estaba preocupada de que él lo hubiera buscado en otro lugar, sino más bien no sabía si debía ofrecerse...

¿A qué? ¿Seguía queriendo desnudarse con él cuando las cosas eran tan inciertas? ¿No deberían esperar hasta tener una visión más clara de cómo estaban las cosas entre ellos?

Ser consciente de que todavía tenían muchas cosas de las que hablar hizo que se sintiera incómoda y no pudiera terminar su cena. Disimuló todo lo que pudo, se rio cuando era apropiado e intentó actuar como si todo estuviera bien. Los chicos parecían creer su actuación, pero ella notó a Jaxsen observándola como si intuyera que algo estaba mal.

En cuanto los chicos terminaron de recoger la mesa y cargar el lavaplatos, Jaxsen los envió al piso de abajo. Cuando volvieron a estar solos, él le dijo:

—Me doy cuenta de lo que pasa. Estás enfadada.

—No. Solo confundida. Me alegra que hayamos aclarado algunas cosas, pero hay mucho más con lo que necesitamos lidiar.

—Tienes razón. Deberíamos ir a ver a un consejero. Nuestro matrimonio es importante para nosotros y necesitamos desarrollar nuevas habilidades.

Esas palabras no eran propias de Jaxsen.

—¿Estás seguro?

—No me encanta la idea, pero entiendo que puede ser bueno.

—Gracias.

Él extendió sus brazos y ella se acercó para abrazarlo. Había echado de menos la sensación de tenerlo cerca, haciendo que su mundo volviera a estar bien.

—Lo superaremos —le dijo él, frotando las manos arriba y abajo por la espalda de ella—. ¿Te parece bien si te pido que busques tú a alguien? Yo lo haría si tú quieres, pero me resulta más difícil hacer y recibir llamadas durante el horario laboral.

—Empezaré a investigar mañana y organizaré algo.

—Te lo agradezco.

Los movimientos lentos y constantes en su espalda comenzaron a excitarla. Jaxsen no era el único que había estado sin contacto íntimo durante mucho tiempo. Quizás no estuviera lista para que él volviera a vivir con ella y fingir que nada había pasado, pero un poco de intimidad no parecía tan mala idea. Podrían...

Él la soltó.

—Debería irme.

¿Qué?

—¿Te vas?

Él le regaló una sonrisa torcida.

—No quiero abusar de tu hospitalidad. Gracias por la cena. Ha sido perfecta. —Se inclinó y le dio un beso suave en la boca—. Te amo.

—Yo también te amo.

Las palabras salieron solas mientras ella aún intentaba procesar el hecho de que él se iba a marchar sin siquiera intentar tener sexo con ella. ¿Qué pasaba con eso?

Incluso mientras la pregunta tomaba forma, reconoció que tal vez estaba siendo un poco injusta. No solo él no podía leer su mente, sino que, en su cabeza, también sabía que estaba tomando la decisión correcta. Tener sexo tan pronto complicaría una situación ya de por sí difícil. Pero eso no significaba que tuviera que gustarle.

—¿Quieres salir a almorzar mañana? —preguntó él—. ¿Tal vez ver una película después?

Ella tenía mil cosas que hacer, pero decidió que podían esperar.

—Me gustaría.

—Te enviaré un mensaje por la mañana y acordaremos una hora.

Jaxsen bajó las escaleras para despedirse de los niños. Ella se retiró al salón familiar, donde se acurrucó en un rincón del sofá. Su cuerpo todavía vibraba, pero eso se desvanecería. Lo más importante era el hecho de que habían tomado la decisión de avanzar con su matrimonio y aprender a mejorar el uno con el otro. Acostumbrarse a un Jaxsen nuevo y mejorado podría llevar su tiempo, pero tenía la sensación de que valdría la pena al final.

En cuanto a ella, bueno, tampoco estaba exenta de culpa. Toda relación requería que ambas partes fueran completamente responsables. Tenía la sensación de que el consejero iba a decirle que también era hora de que ella mejorara su comunicación.

Capítulo 30

Heather luchó tanto con la culpa como con la promesa de libertad durante casi una semana. Entendía que quedarse era la opción fácil: viviría como siempre lo había hecho. Estaría atrapada para siempre, pero era lo conocido.

Irse significaba la oportunidad de ser más, hacer más, pero también iba acompañado del riesgo de aventurarse por su cuenta. Se vería obligada a descubrir si era capaz de tener éxito en la universidad, en un trabajo que amara. Sería evaluada, criticada, juzgada, todo por personas que no la conocían ni la querían.

Entendió que, en ese momento, había una puerta y podía atravesarla o cerrarla para siempre. No había término medio. Después de debatirse entre sus dos opciones, llegó a la única conclusión que podía y aun así tener la oportunidad de ser la persona que desesperadamente quería ser.

Se vistió y se fue al trabajo. Ya en su escritorio, le envió un correo electrónico a Elliot pidiéndole unos minutos de su tiempo.

Cuando tocó en su puerta abierta, él le sonrió.

—Pasa, Heather.

Ella entró y cerró la puerta tras de sí. Llevaba una libreta con sus puntos más importantes en una mano y un par de pañuelos en la otra. Su objetivo era no llorar, pero tenía la sensación de que podría emocionarse un poco y quería estar preparada.

Se sentó en el borde del asiento para las visitas y tomó aire.

—Quería decirte que voy a presentar mi renuncia hoy.

La mirada oscura de Elliot era indescifrable.

—Ya veo. ¿Puedo preguntar por qué?

—Necesito alejarme. Salir de la isla. Es complicado, pero ahora mismo siento que puedo liberarme. Si no me voy ahora, nunca lo haré.

—¿Por tu madre?

Ella asintió.

—Tuvimos una gran pelea y ella me echó hace unas semanas. He estado quedándome con Sophie. Si vuelvo con ella, terminaré firmando un contrato de alquiler en un apartamento y estaré atrapada. No quiero eso. —Apretó los labios—. Sé que no tiene sentido para ti. Tú serías mucho más fuerte, pero esto es lo mejor que puedo hacer.

Él se recostó en su silla.

—Me das más crédito del que merezco. Todos cedemos cuando se trata de nuestras madres. Entonces, ¿cuál es el plan?

—Voy a mudarme a Boise. Buscaré un par de trabajos y alquilaré una habitación. Así ahorraré todo el dinero que pueda para la universidad. Cuando haya vivido allí un año, solicitaré la admisión en la Universidad Estatal de Boise. Tienen un buen programa y estoy emocionada con la idea.

Quería añadir que sabía que la Universidad Estatal de Boise no era la de Michigan o la de Notre Dame ni ninguna otra escuela de la lista, pero era la más factible y eso era importante.

Él la estudió. Como siempre, iba perfectamente vestido con un traje a medida. Desprendía confianza y competencia. Ella quería ser así algún día: una persona exitosa en el mundo del *marketing*. Haciendo bien su trabajo y respetando a sus compañeros como ella era respetada por ellos.

También deseaba el éxito financiero, pero de alguna manera eso parecía un poco menos importante que encontrar su camino.

—Admito que estoy decepcionado —dijo él.

Ella abrió mucho los ojos.

—¿Por qué dirías eso? No puedo quedarme aquí, Elliot. No puedo. Me quedaré atrapada para siempre. —Parpadeó para contener las lágrimas—. Sé que no es Nueva York o Chicago, pero...

Él le ofreció una sonrisa amable.

—Lo siento, no debería haber dicho eso. No estoy decepcionado porque te vayas, Heather. Te echaré de menos, pero tienes razón. Necesitas salir de aquí, mientras puedas. Me refiero a que desearía haber reunido mi información antes para que no tuvieras que decidir.

Sacó una carpeta gruesa de su escritorio y la empujó hacia ella.

—He oído que Los Ángeles es precioso en esta época del año.

Ella abrió la carpeta y vio una carta de aceptación de la USC.

—Pero si envié la solicitud hace como un mes. ¿Cómo podrían haberme aceptado ya?

—Las instituciones privadas tienen cronogramas diferentes —dijo él encogiéndose de hombros—. Puedes empezar en otoño. Mientras tanto, conozco a una profesora allí que tiene un apartamento encima del garaje que alquila a estudiantes. La inquilina actual se va a vivir con su novio, así que estará disponible para finales de semana. Estarás segura allí y tendrás a alguien que cuide de ti. Kelli forma parte del personal de la facultad de Medicina y se toma el bienestar de los estudiantes muy en serio.

Ella entendió todas las palabras, pero seguían sin tener sentido. ¿USC? Era una universidad de primer nivel, y el coste era prohibitivo.

Miró a Elliot fijamente.

—No sé qué decir...

—Entonces, déjame seguir hablando. Necesitarás solicitar todas las becas y ayudas económicas que puedas. Estoy hablando con algunas personas y he reunido la matrícula para el primer año, pero, después de eso, irás por tu cuenta. Tengo algunos contactos para trabajos de verano. Querrás algo a tiempo parcial para el año escolar y...

Heather rompió a llorar. No, no solo eran lágrimas. Eran sollozos feos y convulsivos que le hacían imposible respirar. Se cubrió la cara con las manos, incapaz de asimilarlo todo. Elliot guardó silencio y le pasó una caja de pañuelos.

Ella agarró un puñado e intentó controlarse, pero no pudo. Cada vez que lo intentaba, pensaba en lo que él estaba haciendo por ella y volvía a llorar.

Finalmente, logró recuperar el aliento. Se limpió la cara y lo miró de nuevo.

—¿Por qué?

—Porque trabajas duro y mereces una oportunidad para hacer algo de ti misma.

—Pero hay mucha gente así.

—No los conozco. A ti sí.

Más lágrimas brotaron por sus mejillas.

—Nunca podré pagarte.

—No quiero que me pagues. Quiero que te conviertas en tu mejor versión y luego quiero que ayudes a alguien más. Así funciona, Heather. Así es como hacemos del mundo un lugar mejor. Una persona a la vez.

Ella asintió, luego se levantó y caminó alrededor de su escritorio.

Elliot se puso de pie y la joven lo abrazó.

—Muchas gracias. No te defraudaré, lo juro.

—Lo sé, jovencita. Lo sé. Solo prométeme que mantendrás el contacto. Quiero saberlo todo.

Sophie lanzó una mirada furibunda a Elliot.

—Me haces quedar mal.

Él levantó la vista de su ordenador.

—No tengo ni idea de lo que estás hablando.

—¿Conseguiste que Heather entrara en la USC y vas a pagar su primer año de universidad? ¿Por qué?

Elliot inclinó la cabeza.

—¿Estás enfadada o más bien mortificada?

Sophie se dejó caer en una silla.

—No estoy enfadada. Estás haciendo algo bueno. Ella está tan emocionada que prácticamente está flotando.

Heather había irrumpido en su oficina para contarle la buena noticia. Aunque Sophie estaba contenta por ella, también se sentía inquieta por todo el asunto.

—Debería haberlo hecho yo —murmuró.

—¿Y por qué no lo has hecho?

—No lo sé. Me resulta difícil dar dinero a la gente. —Algo por lo que culpaba a Mark y Fawn—. Mi compañera de cuarto en la universidad me estafó con el negocio y mi ex se llevó una fortuna. Además, la gente siempre me está pidiendo limosnas. Me pone nerviosa. Soy cautelosa. —Quizás le comprara un apartamento a Amber; aún no lo había decidido del todo. ¿Un apartamento era más impresionante que un año de matrícula en la USC? No estaba segura. Además, aquello no era una competición. O no debería serlo. Maldita sea, ¿por qué no podía ser más normal?

—Pagas bien a tus empleados —señaló Elliot, llevándola de vuelta a la conversación.

—Eso es diferente. Es un intercambio. Ellos trabajan, yo les pago. Pero entregar dinero sin más... Es difícil.

—Se hace más fácil con la práctica.

—¿Debería pagar parte de la universidad de Heather?

—Sería un bonito gesto.

—¿Y si no lo hace bien? ¿Y si se distrae y se salta clases y suspende?

—El argumento del cupón de alimentos —dijo él—. Mucha gente solo quiere ofrecer cupones de alimentos si el receptor los usa de la manera que el donante quiere. Quieres dictar lo que sucede con tu donación.

—Dices eso como si fuera malo. Es mi dinero.

—No después de que lo des.

—¿Así que te parece bien pase lo que pase?

Él sonrió.

—Mi alegría está en dar. Una vez que el dinero sale de mi cuenta bancaria, ya no depende de mí. No puedo controlar a la otra persona u organización a la que estoy dando. Intentar hacerlo me ata.

—Eso es una locura.

—Tal vez para ti. Para mí, se trata de dejar ir.

—No creo que yo pueda dejar ir tanto... —respondió ella.

—Es tu elección.

Sophie suspiró profundo.

—No quiero ser una mala persona.

—No lo eres.

—Entonces, ¿por qué me siento culpable por lo que estás haciendo por Heather?

—Porque podrías haber hecho lo mismo y no lo hiciste.

—Vaya.

—Solo te digo lo que pienso. Si viniste a buscarme para obtener absolución, no puedo dártela. Has logrado el éxito financiero. Lo que hagas con eso depende completamente de ti. Pero debo decirte que a veces uno se siente bien compartiendo lo que tiene con alguien más.

—Lo sé.

—Entonces tal vez deberías vivir de esa manera.

Ella quería decirle que lo hacía, solo que sabía que no era cierto. A veces se aferraba tan fuerte que pensaba que podría partirse en dos. Dejarse ir, ya fuera con el dinero, el amor o su negocio, era demasiado difícil.

—No me gusta la introspección —admitió ella.

—Creo que eso es algo que ya sabemos todos de ti.

Se había quedado sin dinero. Kristine miró fijamente la hoja de cálculo en la pantalla de su portátil y sabía que no podía ignorar la verdad. Había gastado más de lo que había previsto en su página web y en cosas como bandejas para hornear galletas y otros utensilios de cocina.

La lista de correos que había comprado había sido un error de principiante, pensó con un suspiro. Había sido un gran gasto e imprevisto que podría haber esperado, pero estaba tan emocionada con la idea que había seguido adelante sin tomarse la molestia de comprobar si tenía suficiente dinero para pagarlo.

No solo se acercaba el vencimiento de su primer pago de alquiler, sino que también tenía que comprar los materiales necesarios para hacer galletas y *brownies* para vender. En los próximos días esperaba comenzar a recibir pedidos en su página web y, si eso sucedía, agotaría los materiales de embalaje que ya había comprado. Un problema de calidad, pero aun así, un problema. Debía dinero por el letrero que instalarían la próxima semana y esperaba tener una gran fiesta de inauguración para lanzar oficialmente el negocio. Y ni siquiera podía permitirse vasos de papel para servir agua a la gente. Kristine no podía creer que apenas llevara un mes y ya estuviera luchando. Había sido tan cuidadosa con su plan de negocio: lo había revisado y vuelto a revisar e incluso Sophie había dicho que sus números se veían bien. Lo cual sonaba genial, pero no cambiaba el hecho de que necesitaba un flujo de efectivo —una cantidad importante— y rápido.

Unos diez mil la pondrían donde necesitaba estar.

Quince sería mejor, porque entonces tendría un colchón para más gastos imprevistos. Y no es que tuviera esa cantidad disponible al alcance de su mano, escondida debajo de un cojín del sofá.

Estaba la línea de crédito, pero no quería usarla. Jaxsen y ella estaban en un momento delicado en aquel momento. Lo último que deseaba era crear tensión entre ellos al usar ese dinero. Sophie era una opción. Tal vez, si le pedía un préstamo en lugar de un regalo, podría elaborar un plan de pagos para que fuera legalmente vinculante.

Kristine pensó en los todoterrenos usados que había visto en Internet. Vender su coche casi nuevo y reemplazarlo por uno más viejo y menos lujoso le aportaría quizás unos cinco mil. No sería suficiente y, de nuevo, sería algo que a Jaxsen no le gustaría.

Alejó su portátil y apoyó los brazos en el escritorio, luego descansó la cabeza sobre ellos.

—Soy un fracaso —murmuró en voz alta, deseando haber planeado mejor las cosas.

Subió a la cocina para servirse otra taza de café. Quizás una buena dosis de cafeína la ayudaría a idear alguna solución brillante.

Escuchó un coche en el camino de entrada y miró por la ventana. Jaxsen estaba aparcando un remolque abierto junto a su todoterreno. ¿Qué demonios? ¿Para qué necesitaría un remolque?

Todo su cuerpo se heló. ¿Se estaba llevando sus cosas? Incluso mientras la idea tomaba forma en su cabeza, la rechazó. No. No iba a sacar ninguna conclusión horrible. Jaxsen y ella no se estaban separando. Acababan de hablar sobre cómo mejorar su matrimonio. Tenían una cita con el consejero matrimonial el jueves por la noche. Él no se mudaría.

—Pensé que estarías en la tienda —dijo su marido al entrar en la cocina—. Quería sorprenderte más tarde.

—¿Sorprenderme con qué?

Él se encogió de hombros.

—Sé que te has quedado sin dinero. Todavía tengo los papeles que me diste cuando querías hablar de empezar el negocio. Sé que has tenido gastos adicionales. El lavavajillas y los suministros. Además, Tommy me dijo que habías comprado una lista de correos. No sé mucho sobre eso, pero supongo que es caro.

Ella se sintió ruborizar mientras luchaba contra la necesidad de defenderse. Jaxsen no estaba allí para atacarla. Tenía que creer eso, si no, entonces no tenían nada.

—Cometí algunos errores. La lista de correos fue cara. Luego estuvo el gasto de imprimir las postales y el franqueo. Tienes razón. Me he quedado sin dinero y todavía necesito pagar el alquiler y conseguir suministros para poder empezar a hornear.

Él asintió.

—Eso es lo que pensé. ¿Cuánto necesitarías? ¿Diez mil?

—Quince sería mejor.

—De acuerdo. Está la línea de crédito, pero ninguno de nosotros quiere recurrir a eso. Es un pago extra que no nos conviene añadir. Pero sin el dinero no puedes empezar. —Él le ofreció una sonrisa—. Quiero ayudarte.

Palabras que la hicieron relajarse un poco.

—Aprecio eso, pero a menos que tengas una reserva secreta de dinero que yo no conozca, no estoy segura de que puedas.

Ella esperaba que él sonriera o bromease, pero en cambio él desvió la mirada. Como si le hubiera estado ocultando algo.

—Estoy vendiendo algunas cosas. Hablé con los chicos en el trabajo y a un par de ellos les interesan los ATVs. Publiqué las motos de agua en Craigslist y ya las he vendido. Voy a quedar con los compradores esta tarde. Hoy a las seis ya tendrás tus quince mil dólares.

—No lo hagas —dijo ella—. No. Lo haremos con la línea de crédito.

Él puso sus manos en los hombros de ella.

—Nunca te gustaron los ATVs. Siempre te preocupaba que alguno de nosotros se lastimara. Aún tendremos los esquís y las tablas de *snowboard* y todo el equipo de acampar. Solo vamos al lago una vez en verano. Tiene más sentido alquilar las motos de agua por un día o dos. —La miró a los ojos—. Quiero hacer esto. Quiero demostrarte que hablaba en serio cuando te dije que te amo y que quiero mejorar las cosas. Estoy orgulloso de ti, Kristine. También quiero estar orgulloso de mí mismo. Déjame hacer esto por ti.

Había tantas cosas de las que tenían que hablar, pensó ella, incapaz de asimilar todo lo que él le estaba diciendo. Definitivamente, necesitaban la terapia de pareja, nuevas formas de afrontar sus discrepancias y una reorganización de las tareas, pero por ahora ya era suficiente. Jaxsen podría haberle prometido mil cosas de palabra, pero nada le habría demostrado cuánto creía en ella como vender sus preciados ATVs.

—Te amo —dijo ella, tomando su mano y tirando de él hacia las escaleras.

Él vaciló.

—¿Estás segura? ¿No crees que deberíamos esperar hasta haber visto al terapeuta y saber que está bien?

Ella le sonrió.

—¿Quieres esperar al terapeuta?

—Por supuesto que no, pero estoy intentando ser un buen hombre. He sido un idiota durante demasiado tiempo.

Ella se acercó y le agarró la entrepierna.

Efectivamente, ya tenía una erección.

Kristine sonrió.

—Los buenos chicos también hacen el amor con sus esposas, Jaxsen. Ha pasado mucho tiempo.

—¡Gracias a Dios! —Él agarró su mano y tiró de Kristine escaleras arriba.

Ella corrió a su lado, con el deseo encendido por la anticipación. Cuando llegaron al dormitorio, la atrajo hacia sí y tomó su rostro entre sus manos.

—Eres mi mundo —le susurró él, justo antes de besarla.

Y Jaxsen era el suyo, pensó ella, rodeándolo con sus brazos. Pero se lo diría más tarde. Ahora había asuntos más urgentes que atender.

Capítulo 31

Sophie pasó varios días lidiando con la realidad de la situación en contraposición a cómo quería que fuera. Deseaba que Heather tuviera la oportunidad de vivir su vida sin el peso que representaba Amber, pero a Sophie realmente le disgustaba la idea de premiar un mal comportamiento. También estaba el problema del continuo robo por parte de Amber. Los nuevos problemas de control de inventario no eran suficientes. Por lo que Sophie sabía, otros empleados podían estar al tanto de lo que estaba sucediendo, pero tenían miedo de decir algo porque Amber era de su familia.

Cuando se lo contó a Dugan, él le señaló que nunca podría cambiar a Amber y que aceptar eso la llevaría a la serenidad. Esa afirmación la había enfadado tanto que dejó de hablarle durante casi dos días. Solo que no hablar con Dugan le molestaba más de lo que hubiera pensado, dejándola aún más enfadada de lo que había estado con él.

—Maldito hombre —murmuró, conduciendo hacia la casa de Amber. Había enviado un mensaje de texto a su prima y le había pedido que estuviera lista para irse a las seis. Amber se había quejado de que normalmente cenaba a esa hora y, en ese momento, Sophie se preguntó, una vez más, si volver a la isla había sido la peor idea de su vida.

Llegó frente a la casa de su tía. El jardín tenía buen aspecto. Los parterres estaban ordenados, el césped verde. Heather había mencionado algo sobre un arreglo en el baño y una pequeña actualización en la cocina. Sophie suponía que la casa se pondría en venta muy pronto.

Amber salió de la casa y se dirigió hacia su coche.

—¿Me vas a invitar a cenar? —preguntó al subir y abrocharse el cinturón de seguridad—. No dijiste nada sobre la cena, pero tengo hambre.

Sophie sonrió.

—No es una cena. ¿Cuándo se pone la casa en venta?

La boca de Amber se torció.

—El próximo viernes. Esa bruja de la inmobiliaria ha estado viniendo todos los días, diciéndome que tengo que deshacerme de un montón de cosas o enviará a un equipo y lo hará por mí. Qué desfachatez. Dice que mi madre quiere que la casa esté «presentable». Que me perdone, pero me parece que ha visto demasiados programas de reformas en la televisión.

—Estoy segura de que quiere obtener la mayor cantidad de dinero posible por la casa —respondió Sophie.

Amber la miró con desconfianza.

—Por supuesto que quiere eso, y además que yo le haga el trabajo. Eso es tan típico de ella. Primero, me echa del único hogar que he conocido y ahora espera que sufra por ello. Porque ser una sin techo no es suficiente. Hice tanto por ella cuidando de la casa. Se suponía que me la dejaría, pero ahora no tendré nada. ¿Y qué hay de Heather? ¿Adónde irá mi preciosa niña? He trabajado tan duro por ella y todo ha sido en vano.

Sophie escuchó el discurso y se preguntó si Amber se creería sus propias palabras. ¿Sabía que eran tonterías o solo con verbalizarlas se convertían en verdad?

Amber se desahogó mientras su prima conducía por la isla, pero se calmó cuando Sophie entró en el aparcamiento de un complejo de apartamentos.

El edificio en forma de U tenía cuatro pisos de altura y estaba situado en el lado sureste de la isla. Había un hermoso patio, una pequeña playa privada y plazas de aparcamiento asignadas. Sophie había tragado saliva al ver el precio, pero sabía que era por un bien mayor. Más tarde lanzaría un par de almohadas contra la pared y bebería vino, pero en ese momento iba a resolver un problema.

La expresión de Amber se tornó complaciente.

—Me has alquilado un apartamento. Sabía que no me fallarías, Sophie. Esto es genial. Heather y yo necesitamos un lugar donde quedarnos y este sitio tiene muy buena pinta. Solo que no vi este edificio en ninguna de mis búsquedas. ¿El apartamento acaba de quedar disponible?

—Algo así.

Entraron al espacioso vestíbulo y tomaron el ascensor hasta el cuarto piso. Al final del pasillo, Sophie desbloqueó la puerta y le hizo señas a Amber para que entrara. El apartamento estaba situado en una de las esquinas, con vistas al Sound y al continente más allá. Con suelos de madera y una chimenea de gas en la esquina. Un televisor montado en la pared estaba encima de ella, con los mandos a distancia juntos en la mesa de centro. La cocina era moderna, y tenía una gran nevera y una cocina de gas. Había un pequeño aseo y una zona de lavandería de buen tamaño.

Cuando Amber se dirigió hacia el dormitorio, Sophie la detuvo.

—Tenemos que hablar.

Amber la miró, más cautelosa que intrigada.

—Esto no es un alquiler, Amber. He comprado este apartamento. Si aceptas mis condiciones, te firmaré la escritura y serás la dueña de este lugar durante el resto de tu vida.

Los ojos de Amber se abrieron de par en par, pero no dijo nada.

—Además, pagaré las cuotas de la comunidad de propietarios, el seguro y los impuestos durante el primer año. Después de eso, tendrás que apañártelas por tu cuenta.

Amber sonrió.

—Sophie, eso es maravilloso. Gracias. Sabía que no me fallarías.

—Todavía no he terminado. ¿Has hablado con Heather últimamente?

La sonrisa de Amber se desvaneció.

—¿Qué tiene que ver ella con todo esto?

—Tomaré eso como un no. —Sophie se preparó para lo que estaba segura que iba a ser una explosión colosal—. Heather ha sido aceptada en la USC, en Los Ángeles. Se irá en unos días.

—¿Qué? ¿Se va? ¿Qué quieres decir con que se va? —Las lágrimas llenaron los ojos de Amber mientras su voz se apagaba—. Pero ella nunca dijo nada. No me lo dijo. Soy su madre.

—Ahora mismo no es que habléis mucho precisamente. La echaste de casa.

—No, no lo hice. Estás siendo ridícula. —Apretó los labios—. No puedo creer que se vaya. Mi niña...

Las lágrimas no paraban de resbalar por sus mejillas y Sophie pensó que tal vez debería haber revisado el orden de las cosas que tenía que decirle porque la que venía a continuación acababa de volverse mucho más difícil.

—Estás despedida.

Amber abrió la boca, sorprendida.

—¿Qué has dicho?

—Que estás despedida. Ya hablamos de tus robos antes y juraste que no lo harías de nuevo. Has estado apropiándote de inventario y vendiéndolo en eBay.

—¿Y tú cómo puedes saber eso?

Sophie no dijo nada.

—¡Heather! —gritó Amber—. Ella te lo dijo, ¿verdad? No puedo creer que me haya traicionado. Voy a...

—No —dijo Sophie con voz firme—. Ahora vamos a hablar de las condiciones.

Su prima la miró con furia.

—¿Quieres decir que tengo que hacer lo que tú dices o no me darás esto?

—Sí. Eso es exactamente lo que quiero decir. Te advertí sobre los robos, Amber. Así que deja que esto te recuerde que cumplo mi palabra. Las condiciones son simples. Renunciarás a Industrias CK mañana por la mañana. Siendo una empleadora generosa, cubriré tu seguro de salud durante los próximos seis meses y te daré un mes de sueldo. Además, no presentaré cargos. Y eso lo hago solo porque eres de mi familia.

Amber cruzó los brazos sobre su pecho. La ira emanaba de ella, pero no dijo nada. Sophie supuso que así era mejor.

—La próxima vez que veas a tu hija, la felicitarás por ser aceptada en la universidad. Serás amable y la apoyarás. Hablarás sobre lo emocionada que estás con el apartamento y dirás que nunca encajaste bien en CK. Si la haces sentir mal por contarme lo que has estado haciendo, pondré el apartamento en venta y te las arreglarás por tu cuenta. Si no te muestras emocionada por su oportunidad universitaria, también lo pondré en venta. Si logras pasar esa conversación sin comportarte como la bruja que sueles ser, entonces firmaré la escritura a tu nombre y te entregaré las llaves.

Su prima la miró fijamente durante un largo rato antes de girarse y caminar por el corto pasillo hacia el dormitorio. Sophie sabía lo que encontraría allí: un dormitorio principal de gran tamaño con un balcón que daba al mar. Había un vestidor, una bañera con hidromasaje y una ducha amplia.

Amber regresó unos minutos después. Sophie la miró.

—Es un poco pequeño. ¿No podrías haber comprado uno con más habitaciones? —Amber suspiró profundamente—. Supongo que podré arreglármelas igual.

Sophie siguió en silencio.

—¿Qué? —exigió Amber—. ¿Quieres que lo diga? Está bien. Seré amable con Heather. Le diré que es una chica genial y dejaré que siga su camino.

Sophie siguió callada.

—Maldita sea... Y renunciaré por la mañana.

—Excelente. Heather se va el sábado. Le diré que pase a verte mañana por la noche. Solo para que quede claro, hablaré con ella después de verte. Así que, si no cumples tu parte del trato, yo tampoco cumpliré la mía.

—Siempre has sido una bruja, Sophie. Que lo sepas.

—Igual que tú, Amber. Igual que tú.

El tiempo pasaba demasiado rápido. Heather tenía una lista de tareas de tres páginas, pero estaba haciendo lo posible por completarla. Tenía que hacer un último viaje a la casa para asegurarse de no olvidar nada importante. Solo se llevaría lo esencial y Sophie había dicho que podía guardar el resto de sus cosas en el garaje.

Ya había llenado lo que le parecieron cientos de papeles para inscribirse en la USC. Debido al inicio de una clase a la que quería asistir, iba a poder comenzar la escuela de verano en unas pocas semanas.

Tenía un trabajo y había hablado con el profesor que le alquilaría el pequeño apartamento sobre su garaje. Todo estaba encajando.

El martes por la tarde salió temprano del trabajo y condujo hacia la casa. Tal vez era cobarde, pero quería revisar su habitación y salir antes de que su madre volviera. Heather sabía que tendría que verla antes de irse, pero no lo esperaba con ansias. No había forma de que la conversación fuera bien.

Esa verdad le dolía en el pecho. Iba a dejar Blackberry Island y no estaba segura de cuánto tiempo pasaría hasta que pudiera regresar. Amber y ella no se hablaban en ese momento, pero seguían siendo madre e hija. A pesar de todo, Heather sabía que la echaría de menos.

Quería contarle que la habían admitido en la USC, lo que Elliot había hecho y lo bien que le iban las cosas, pero no podía. No solo no se hablaban, sino que ella no... Heather apretó los labios, sin querer admitir la verdad, ni siquiera a sí misma. Pero no había forma de evitarlo. Había una parte de ella que sabía que Amber no se alegraría por ella. Su madre acabaría preguntándose por qué no le estaba sucediendo algo bueno a ella también. Se quejaría por la oportunidad de su hija.

Igual de preocupante era que no estaba segura de cómo iba a sobrevivir su madre. ¿Cómo iba a alquilar un apartamento por su cuenta y pagar las facturas? Había intentado hablar con Sophie al respecto, pero su tía le había dicho que primero fuera a ver a Amber y luego discutirían sobre el problema. Si no había solución, entonces Heather tendría que...

—¿Tendría que qué? —se preguntó en voz alta—. ¿No ir?

Ya sabía la respuesta a eso. Se iría porque tenía una oportunidad única en la vida para seguir su sueño, para ir a una universidad increíble y hacer algo de sí misma. Si no se iba ahora, nunca lo haría.

Sus pensamientos todavía giraban en torno a eso cuando llegó frente a la casa. Sacó las cajas vacías del asiento trasero y, cuando ya estaba a mitad de camino hacia la puerta principal, se dio cuenta de que el coche de su madre estaba aparcado en el camino de entrada.

Se le hundió el corazón. ¿Por qué su madre no estaba en el trabajo?

—Soy yo —dijo mientras abría la puerta.

—¿Heather? —Su madre salió de la cocina—. ¿Qué haces aquí?

No era exactamente la cálida bienvenida que había esperado.

—Quería pasar y revisar mis cosas una vez más. —Forzó una sonrisa y rápidamente pensó en una mentira—. Me alegra que estés aquí, mamá. Pensaba pasar más tarde para hablar contigo.

—Ajá. Estás aquí ahora porque pensabas que estaría en el trabajo. Te crees muy lista, pero puedo leerte como un libro. Entonces, ¿cuándo te vas?

Heather dejó las cajas y la miró fijamente.

—¿Lo sabes?

—Claro que lo sé. Soy tu madre. Pasa muy poco en tu vida de lo que no esté al tanto.

Heather no pudo descifrar su expresión. Amber no parecía feliz, pero tampoco parecía enfadada, lo cual ya era bastante.

—Me iré el sábado. Realmente iba a venir y hablar contigo, mamá. —Solo que no esa noche. Había planeado postergarlo tanto como fuera posible.

—Ya veo. Así que, de repente, te vas. Sin pensar en mí ni en qué se supone que debo hacer.

Heather sintió que empezaba a encogerse.

—Siempre has sido egoísta —continuó su madre—. Ni siquiera me sorprende. Bueno, está bien. Vete a alguna universidad elegante e intenta hacer algo de ti misma. Espero que aprecies la oportunidad que yo no tuve. Yo perdí mi vida, pero claro, vete y déjame aquí con mis pertenencias en un carrito de la compra. Espero que eso te haga feliz.

La garganta de Heather se cerró. Intentó luchar contra la culpa, pero era demasiado grande, demasiado abrumadora.

—¿Qué... qué vas a hacer? —preguntó a su madre con suavidad.

Amber la miró con desdén.

—Como si te importara.

—Mamá, eso no es justo. Claro que me importa. Pero no puedo quedarme aquí solo porque tú no pudiste ir a la universidad. Eso no está bien y lo sabes.

—No me digas lo que está bien. No me digas nada. Yo merezco tener oportunidades, no tú. Yo merezco una vida mejor. Pero no la tendré, ¿verdad? Me quedaré aquí, en esta isla, viviendo en la miseria. Eres igual que tu abuela. Egoísta hasta la médula. Bueno, que te vaya bien.

—¿Eso es realmente lo que piensas? ¿Es eso lo poco que significo para ti?

Heather esperó, sabiendo que la respuesta de su madre podría ser de cualquier tipo. Por un segundo, la expresión de Amber se suavizó. Heather dio un paso hacia ella, pero se detuvo en cuanto Amber dijo:

—Toma lo que viniste a buscar y vete.

Heather pensó en lo que quedaba en su habitación y decidió que no necesitaba nada de eso. Iba a alejarse y no mirar atrás.

—Nunca tuve elección —dijo, enderezando los hombros—. Nací en esta familia e hice lo mejor que pude en una situación difícil. Me he ocupado de ti desde que tenía dieciséis años y nunca me has dado las gracias ni una sola vez. Podrías haber decidido mejorar las cosas, pero no lo hiciste. Ves oscuridad en lugar de luz y no puedes imaginar un punto de vista más allá del tuyo. El único sufrimiento que te importa es el tuyo propio. Me iré el sábado, mamá. No te sientas obligada a venir a despedirme. Esta es la despedida perfecta.

Dicho eso, se dio la vuelta y salió de la casa. Condujo de vuelta a casa de Sophie y entró. Su tía no estaba, así que le envió un mensaje rápido. Encontró a Lily y a Señora Bennet tomando el sol en el sofá. Heather se acurrucó junto a ellas y se dejó llevar por las lágrimas. Lloró por lo que había perdido y por lo que nunca había tenido.

Después de unos minutos, sintió que ambas gatas se subían a su regazo y se restregaban contra ella, sus cuerpos cálidos y ronroneantes ofreciéndole consuelo y haciéndole ver que, al menos por el momento, no estaba sola.

—Bryce se va a llevar tanto los árboles rascadores para gatos como las colchas —dijo Maggie—. Odio repetirme, Sophie, pero tengo la sensación de que no me estás escuchando.

Sophie suspiró.

—Te he oído. Es genial. Estoy emocionada.

—Podrías intentar demostrarlo un poco más. Esta es una gran noticia. Estaremos en *boutiques* de lujo por todo el país antes de las fiestas. Esto es solo el comienzo para nosotras. Ese mercado tiene márgenes increíbles y vamos a conseguir una buena parte.

—Estoy realmente contenta —le dijo Sophie, tratando de inyectar entusiasmo en su voz—. Estoy incluso feliz. La empresa va bien. Las campañas de Elliot están rindiendo por encima de lo esperado. Los paquetes están saliendo a un ritmo récord. El saldo bancario de CK es maravillosamente grande. Debería estar encantada. Y lo estoy. O algo parecido... La verdad es que me siento un tanto inquieta.

Maggie arqueó las cejas.

—¿Vas a hablar de tu vida personal? Porque eso es algo en lo que no quiero entrar. Sin ofender.

Sophie sonrió.

—No hay problema. Gracias por un trabajo bien hecho. Agradezco todo el esfuerzo. Has estado a la altura de tu reputación.

—Sí, bueno, ha sido divertido. —Maggie revolvió sus papeles y luego miró a Sophie—. Compramos una casa.

—¿En serio?

—A los niños les encanta estar aquí y Nelson ha encontrado un buen trabajo. Hacerlo parecía ser lo correcto. —Su boca se torció—. No puedo creer que esté a dos horas del aeropuerto. Pero aquí estamos.

Sophie sabía que no debía entusiasmarse; Maggie no era de las que apreciaran ese tipo de cosas.

—Tienes el aeropuerto Payne Field en Everett. Cada vez hay más vuelos comerciales y te ahorrarás el viaje a Sea-Tac. Y felicidades por la casa.

—Gracias. Nos vemos —se despidió Maggie, y luego se fue.

Sophie volvió a la pantalla de su ordenador, pero ni siquiera los buenos números podían capturar su atención.

Se dijo a sí misma que las cosas iban bien. Kristine y Jaxsen habían resuelto sus problemas y estaban juntos de nuevo. La tienda de Kristine iba a abrir en unos días. Heather se iría a la universidad el sábado. Y hablando de Heather...

Sophie caminó por el pasillo y entró en la pequeña oficina de su sobrina. Estaba ocupada, escribiendo en el teclado, con cara de concentración mientras se detenía de vez en cuando para estudiar sus notas.

—¿Cuándo es tu último día? —preguntó Sophie.

Heather dio un respingo y luego rio.

—Lo siento, no te vi. Estoy tratando de terminar

algunas cosas antes de que acabe la semana. Quiero trabajar todo lo que pueda. Ya sabes, por el dinero.

Eso era muy propio de Heather.

—Necesitas tomarte un par de días para prepararte. Te pagaré hasta el final de la semana de todos modos.

—No, prefiero trabajar. Si estoy en casa, solo empezaré a obsesionarme con las cosas.

Sophie tomó la única otra silla de la habitación y se sentó.

—Estabas en la cama cuando llegué a casa anoche. ¿Cómo te fue con tu madre?

La expresión de Heather se tensó.

—Estuvo bien.

—Tu cara no dice lo mismo. —El estómago de Sophie se tensó—. ¿Te dijo algo cruel? ¿Fue al menos un poco amable? ¿Está enfadada porque te vas?

—¿Por qué tantas preguntas?

Demasiado tarde, Sophie se dio cuenta de que había revelado demasiado.

—Eh... Por nada. Solo me preguntaba si tu madre cambiará alguna vez.

—¿Qué hiciste?

—¿Yo? Nada...

Heather la miró fijamente.

—Vamos, tía, dímelo. Sabes que al final lo descubriré.

Sophie se preguntó brevemente si podría fingir algo para salir airosa de aquella situación. Sabía que podía jugar la carta de «no necesitas saberlo», pero eso parecía fuera de lugar en su relación. Además, Heather tenía razón: al final acabaría descubriéndolo.

—Quiero que tengas esta oportunidad. Eres una chica genial y has estado lidiando con tu madre desde que naciste y, si no te alejas, ella te absorberá la vida. Además, te quiero.

—Yo también te quiero. Pero ¿qué hiciste?

—¿No he conseguido distraerte con mis alabanzas?

Heather no sonrió.

—Está bien, de acuerdo. Le compré un apartamento. Cubriré los gastos del primer año, luego ella tendrá que apañárselas sola. Pero la condición era que tenía que ser amable contigo por tu partida. —Sophie se estremeció al recordar su conversación con su prima—. No sabía que no le habías dicho que te ibas a la USC. Ahí metí la pata.

Heather se levantó, caminó alrededor de su escritorio y luego abrazó a Sophie.

—Gracias. Te lo devolveré, lo juro.

—Oye, nada de devolverme el dinero. Esta fue mi decisión. Mi elección. Solo mía. —Bueno, Elliot y Dugan habían tenido mucho que ver en su decisión, pero ¿para qué entrar en detalles?—. Como ya te he dicho, te quiero. Quería ayudarte a irte sin que te preocuparas por tu madre.

Heather se enderezó y volvió a su silla. Al sentarse, suspiró.

—Eres tan buena conmigo, Sophie. Tú, Elliot y Kristine. —Sonrió—. Ella me llevará de compras mañana. Dice que tengo que tener ropa bonita si voy a estar en Los Ángeles. Todo el mundo está siendo tan maravilloso conmigo.

—¿Y tu madre? ¿Está siendo maravillosa también? —Solo en ese momento, Sophie se dio cuenta de que ya tenía su respuesta. Por supuesto que Amber no había sido agradable. No estaba en su naturaleza. Pero hacer que Heather delatara a su propia madre solo empeoraba las cosas. La chica ya había pasado por demasiadas cosas. Estaba consiguiendo su oportunidad y eso debería ser suficiente. Independientemente de lo que hubiera sucedido, Sophie sabía que no iba a recuperar el apartamento. No por Amber, sino porque eso significaría que Heather estaría atrapada para siempre.

—¿Y si saltas a la fama? —preguntó Sophie con tono burlón—. ¿Te acordarás de nosotros cuando seas una actriz famosa?

—Ay, por favor. Eso no va a pasar. —Su sonrisa se desvaneció—. Sobre mi madre... —empezó a decir.

Sophie se levantó y cruzó hacia la puerta.

—No te preocupes. No hace falta que me cuentes lo que hizo para saberlo. Está bien. —Hizo amago de salir por la puerta, pero se detuvo, sintiendo emociones innombrables inundándola—. Pase lo que pase, siempre estaré aquí para ti. Estoy a una llamada de distancia. Cuando las oficinas de CK se incendiaron, Kristine tomó el primer vuelo desde Seattle. Te hago la misma promesa. Si algo te sucede, estaré a tu lado en un instante. No importa cuál sea el motivo.

Los ojos de Heather se llenaron de lágrimas.

—Lo sé. Gracias.

Sophie hizo un gesto con la mano y caminó de vuelta hacia su oficina. Una vez allí, miró su ordenador y luego se quejó porque no podía concentrarse. Tomó su bolso y salió, pasando por el escritorio de Tina para decirle que estaría fuera un par de horas.

Solo tardó quince minutos en llegar a la casa de Dugan. Cuando llegó a la puerta principal, se dio cuenta de que no tenía ni idea de qué iba a decirle.

«Llévame a París» parecía una buena opción, excepto porque ya habían hablado del sur de Francia y ¿no haría eso que las cosas fueran demasiado centradas en Francia? Italia era una posibilidad. O Hong Kong. Siempre había querido ir a Hong Kong. Solo que no ese día, pensó, mientras tocaba el timbre.

Cuando él respondió, ella entrecerró la mirada.

—¿Qué juego es este que estás jugando? ¿Somos una pareja o no? ¿Qué quieres de mí y por qué no quieres acostarte conmigo?

Él se hizo a un lado para dejarla entrar, pero no

cerró la puerta. No era precisamente un comienzo prometedor.

—Tú primero —le dijo él, con voz suave—. Tú primero, Sophie. ¿Qué quieres que seamos? ¿Una pareja? ¿Amigos con derechos? ¿Cómo nos ves a corto y largo plazo? ¿Hay un largo plazo?

—No lo sé. Las relaciones no son lo mío.

Él torció la boca y Sophie trató de no distraerse pensando en lo atractivo que estaba.

—Eso lo supe desde el primer día —dijo Dugan—. Pero no estoy dispuesto a estar contigo solo cuando te convenga. Sé que te sientes cómoda teniendo el control y eso me parece bien, hasta cierto punto. Sé que nunca vas a querer algo tradicional. No eres de las que sueñan con casarse y tener hijos. Eso puedo manejarlo. Pero para que esto funcione, tienes que estar dispuesta a preocuparte por mí.

Era mucha más información de la que ella había querido. Había estado esperando que él dijera que solo estaba esperando a que ella pidiera sexo o algo así. ¿Por qué tenía que ser todo tan sentimental? La gente decía que las mujeres eran criaturas emocionales, pero estaban equivocados.

—No sé qué significa eso.

—¿Por qué no me sorprende? —Puso las manos sobre los hombros de ella y la giró para que quedara frente a la puerta, luego le dio un pequeño empujón. Cuando ella estuvo en el porche delantero, él habló de nuevo—: Quiero más, Sophie. Quiero que admitas que estás enamorada de mí. Eso es todo. Sin compromisos, sin promesas de eternidad. Solo que me amas. Cuando puedas decir eso, entonces te seduciré de cincuenta formas distintas hasta el domingo. Pero hasta entonces no.

Ella se quedó de pie en el amplio porche delantero, mirando el césped, con la mente girando y chisporroteando. ¿Amarlo? ¡Amarlo!

Se giró para enfrentarlo, abrió la boca solo para darse cuenta de que él ya había cerrado la puerta.

—¿Eso es todo? —gritó Sophie—. Claro, ¿por qué no? ¿También necesitas un riñón?

Como si decir que lo amaba no fuera gran cosa. Como si lo amara en absoluto. Porque no lo hacía. No podía. El amor era difícil. La dejaba vulnerable. No quería amor.

—Solo quería acostarme contigo —murmuró ella mientras se dirigía a su coche—. Odio a los hombres. A todos ellos.

Amor. Como si fuera posible. No era buena en las relaciones. ¿Cómo podía él no saberlo? Excepto por su familia inmediata, había fracasado en prácticamente todas las relaciones que había tenido. Lo más probable era que también hubiera fracasado con su familia, solo que ellos estaban atados a ella de manera forzosa. Subió a su coche y miró hacia atrás, hacia la casa.

¿Cómo podía él decir eso sin más? Amarlo. No. No podía. No lo amaba. No lo haría. De eso estaba segura.

Capítulo 32

Jaxsen dejó la cuchara y apartó su cuenco de helado. Frunció el ceño mientras la miraba con intensidad.

—Lo que entiendo es que crees que deberíamos revisar el presupuesto familiar para ver si hay suficiente dinero para comprar el remolque caravana del que te hablé hace tiempo.

—Sí, eso es lo que estaba diciendo —asintió Kristine.

—Estoy un poco confuso —dijo él, sin dejar de mirar la hoja impresa que había sobre la mesa—. Me alegra que me hables sobre la caravana, pero también me siento culpable porque la última vez que lo mencioné tuvimos una pelea. Intenté que gastaras el dinero de tu abuela. Eso me hace sentir mal conmigo mismo. —Hizo una pausa—. Me has dejado de piedra, te juro que no me esperaba que me propusieras esto ni en mis sueños más locos.

Ella contuvo una risita y echó un vistazo al temporizador.

—Solo tres minutos más.

Estaban trabajando en su tarea después de su primera sesión de terapia. Debían hablar sobre algo que les hubiera hecho discutir antes, usando las pautas que la terapeuta había sugerido.

—No quiero que te sientas mal contigo mismo —dijo ella, mirando su propia hoja—. Quiero que los chicos y tú os divirtáis juntos. Eso es importante para mí. Me hace sentir bien. Sé que intentabas hacerme sentir culpable y entiendo las razones. No me gusta ese comportamiento, pero lo separo de quién eres como mi esposo. —Levantó la mirada hacia él—. Me siento realmente mal porque pensaras que estaba ahorrando el dinero para dejarte, Jaxsen. Nunca haría eso.

Él extendió su mano y apretó sus dedos.

—Ahora lo sé.

—Desearía que lo hubieras sabido antes.

El temporizador sonó.

—¡Aleluya! —exclamó él, acercando su cuenco—. La tarea es difícil.

—Lo es, pero me alegra que la estemos haciendo. Sé que la forma en que ella quiere que hagamos las cosas es incómoda, pero con el tiempo será más fácil y creo que nos ayudará cuando tengamos una pelea de verdad.

—Nunca vamos a pelear de nuevo, cariño. Lo sabes.

Ella sonrió.

—Ojalá.

Él inclinó la cabeza.

—La tarea está hecha, los chicos están en la cama y tenemos el resto de la noche para nosotros. Subamos y divirtámonos un poco.

—Qué bien suena —dijo Kristine sin dejar de sonreír.

Jaxsen se levantó y rodeó la mesa hasta llegar a su lado, luego la tomó de la mano para que se pusiera de pie.

—Creo entender que estás interesada en que hagamos el amor.

—Eso es lo que estoy diciendo.

—Esto de los deberes empieza a gustarme. —Jaxsen comenzó a subir las escaleras tirando de la mano de su mujer—. ¿Recuerdas cuando estábamos en nuestra luna de miel y nos metimos juntos en la bañera? Tú estabas delante y yo te hacía todo tipo de cosas.

—Recuerdo todo sobre aquella noche.

—Bien. Entonces, veamos si podemos recrearlo.

Kristine tembló al pensarlo y apretó con más fuerza la mano de su esposo mientras continuaban subiendo las escaleras.

—No puedo creer que te vayas —admitió Daphne mientras ayudaba a llevar cajas al coche.

Heather colocó una en el asiento trasero, luego tomó la que sostenía su amiga y la empujó al lado de la primera.

—Yo tampoco puedo —dijo Heather, sabiendo que no podría explicar el torbellino de emociones que revoloteaban en su interior.

Miró alrededor del tranquilo vecindario donde había crecido. Conocía cada centímetro de la isla y aun así no podía comprender que en dos días estaría en Los Ángeles, mudándose a su nuevo apartamento. Unas semanas después, tomaría su primera clase en la USC. Era tan milagroso como aterrador.

Daphne enlazó su brazo con el de ella.

—Estoy pensando en hacer un posgrado. No tengo idea de qué quiero hacer conmigo misma cuando me gradúe y a mis padres les encantaría que continuara con mi educación. Especialmente a mi padre. Ya sabes que él valora mucho los estudios superiores.

—¿Un máster en economía o algo así? —preguntó Heather—. ¿O relacionado con el derecho?

Daphne puso los ojos en blanco.

—¿Derecho? No y no. Prefiero algo relacionado con el *marketing* y las finanzas. La USC tiene uno de los mejores programas del país. Terminaré en dos años y, cuando eso suceda, a ti aún te quedarán dos años para terminar. Podría hacer mi máster allí. Podríamos compartir una casa y..., ya sabes, pasar el rato juntas.

Heather había estado lidiando con una serie de altibajos durante las últimas semanas. Sabía que era un desastre y que todo estaba demasiado a flor de piel, así que no se sorprendió de querer lanzarse a los brazos de Daphne y echarse a llorar.

Logró mantenerse lo suficientemente compuesta para decir:

—¿De verdad querrías hacer eso?

—Claro. Sería divertido. Me encanta la UW, pero estoy lista para probar algo nuevo. Además, en el colegio hicimos una promesa con el meñique de que iríamos a la misma universidad. Necesitamos hacer que eso suceda.

Daphne la abrazó.

—Te voy a extrañar mucho, pero irte es bueno para ti. Tendrás un poco de tiempo entre la escuela de verano y el comienzo del semestre de otoño. Conduciré hasta allí y podremos pasar tiempo juntas. Además, podré ver el campus —dijo con una sonrisa—. A mis padres les encanta cuando investigo y les muestro lo responsable que soy.

—Gracias —susurró Heather, queriendo decir mucho más, pero sin encontrar las palabras. Sabía que la oferta de Daphne no era un comentario al azar. Su amiga era de las que hacían que las cosas sucedieran de verdad.

Terminaron de cargar el coche, se despidieron varias veces y Daphne se fue. Heather ya había pasado a ver a Gina, quien estaba muy centrada e ilusionada por la llegada de su segundo bebé. Quincy y ella estaban buscando casa y avanzando con sus vidas.

Heather entró para asegurarse de no haber olvidado nada. Sophie la acompañó, deteniéndose en la puerta del dormitorio de invitados.

—¿Estás bien? —preguntó su tía.

Heather asintió.

—Estoy emocionada.

—Pero también asustada.

—Sí, eso también. Todo ha sucedido tan rápido...

Sophie se apoyó en el marco de la puerta.

—No tienes que hacer esto si no quieres. Puedes quedarte aquí.

—No, esa no es una opción para mí —rechazó Heather. Irse podría ser incómodo, pero de ninguna manera iba a quedarse—. Solo quería comprobar que no me dejo nada.

Sophie entró en la habitación y se sentó en la cama, dando unas palmaditas al espacio a su lado. Cuando Heather se acomodó, Sophie continuó:

—Estoy realmente orgullosa de ti. Irse no es fácil, incluso cuando es lo correcto. Tu relación con tu madre es complicada. Los padres pueden mejorar las cosas y empeorarlas, y a menudo hacen ambas cosas al mismo tiempo.

Heather asintió.

—Ella no va a venir a despedirse.

—¿Preguntas o afirmas?

Heather pensó en la última conversación que había tenido con su madre, cómo se había quejado de la oportunidad y el éxito de su propia hija. No dudaba de que Amber la quisiera, pero ese sentimiento siempre estaba enterrado bajo los propios demonios de su madre.

—Lo afirmo —dijo la joven con tono pausado.

Sophie le pasó un brazo por los hombros.

—Mira, Amber siempre distorsiona la realidad para adaptarla a sus fines. Es probable que, para cuando vuelvas en las vacaciones de Navidad, ella haya reescrito la historia. Kristine y yo hemos estado hablando de plantar unas cuantas semillas, ya sabes, para suavizar las cosas entre tú y ella.

—¿Como qué?

Sophie sonrió.

—Insistiremos en lo mucho que debe de echarte de menos y lo valiente que es por dejarte ir. Más adelante, pasaremos a hablarle de cómo siempre quiso que te fueras y lo mucho que la admiramos por ello. Puede que no funcione, pero vamos a intentarlo.

Porque la querían y querían lo mejor para ella, pensó Heather.

—Gracias. Pero no tienes que apresurarte. No sé si volveré por Navidad. No sé cuánto durarán las vacaciones y, con los pasos de montaña entre aquí y allá, no estoy segura de si podré atravesarlos conduciendo. Además, estaría perdiendo días de trabajo.

Sophie alzó las cejas.

—Jovencita, claro que vas a venir. Te enviaré un billete y te subirás a un avión. ¿Está claro?

La garganta de Heather se apretó mientras asentía.

—Eres muy buena conmigo, Sophie. Gracias. Siempre has sido buena con nosotras. Compraste el apartamento para mi madre y sé que cuando Kristine y Jaxsen se compraron su primera casa les ayudaste con la entrada. Eres una persona generosa.

Sophie se movió incómoda.

—No lo soy. Soy una persona difícil, siempre tengo que dar mi opinión de todo. Y ahora mismo estoy saliendo con un hombre que me vuelve loca. Pero te quiero y quiero que seas feliz. —Sacó un sobre de su bolsillo trasero—. Tu abuela me ha dado esto para ti. Sé que es para ayudarte con tus estudios.

Heather se lanzó sobre Sophie y la abrazó con fuerza.

—Gracias.

—De nada. Ahora vete. Tienes un largo viaje por delante. Mándame un mensaje cuando llegues al hotel, ¿de acuerdo?

—Lo haré. Lo prometo.

Se levantaron. Heather miró la habitación una última vez antes de dirigirse a la puerta principal. Se detuvo para acariciar a Señora Bennet y a Lily antes de caminar hacia su coche.

Al incorporarse a la calle, pensó en pasar a ver a su madre, pero sabía que no tenía sentido. Amber no apreciaría el gesto y las probabilidades de que terminaran teniendo una conversación que las alterara a ambas eran increíblemente altas. Habría mucho tiempo para hablar más tarde.

Condujo hasta la carretera principal, luego se dirigió hacia el este hasta llegar al puente que separaba la isla del continente. Una vez cruzado el Sound, se incorporó a la I5, hacia el sur. Estaba a unos dos mil kilómetros de distancia de su destino y del próximo capítulo de su vida.

—Voy a estar bien —se dijo a sí misma en un susurró. Era una promesa y su forma de darse aliento.

El sol se asomó detrás de las nubes. Heather se puso las gafas de sol y sonrió. No tenía ni idea de qué iba a pasar a continuación, pero una cosa sabía con certeza: había escapado. Para bien o para mal, estaba tomando un camino diferente y, pasara lo que pasara, estaba feliz y agradecida.

—Todo está perfecto —dijo Sophie, ajustando un par de tazas en los estantes abiertos—. El local es precioso. —Miró por encima del hombro y sonrió—. Lo cual es bueno, porque de lo contrario tu nueva tienda se sentiría mal por no ser la más bonita de la habitación. Estás radiante.

Kristine se sentó en un taburete junto a la puerta principal y lo observó todo. Los suelos relucientes, la pintura fresca en las paredes, las vitrinas, las cafeteras, tazas y platos, las bolsas y cajas para llevar, las pequeñas mesas de bistró y sillas para aquellos que quisieran quedarse un rato más.

En la cocina, el horno horneaba felizmente docenas de galletas a la vez. Tenía *brownies* enfriándose, una pancarta anunciando la gran inauguración por la mañana y doscientos doce nuevos pedidos desde su sitio web.

—Estoy feliz —dijo sin más.

—Se nota. —Sophie tomó otro taburete y se sentó—. ¿Las cosas van bien en casa?

Kristine pensó en las sesiones de terapia y en cómo Jaxsen se estaba esforzando por cambiar. Ella también estaba trabajando en eso, pero tenía la sensación de que le resultaba un poco más fácil. Siempre había sido ella quien se había adaptado.

Aun así, el esfuerzo de él la emocionaba. Estaba ayudando más con los niños y juntos habían revisado la lista de tareas para todos. Jaxsen había insistido en contratar un servicio de limpieza para que pasara por la casa una vez cada dos semanas, liberándola a ella de esa tarea. Ruth la había sorprendido al preguntar si podía trabajar en la tienda los fines de semana. Al parecer, a Paul no le hacía mucha gracia, pero se guardaba los quejidos para sí mismo. Su suegra ya estaba haciendo planes de usar su salario para pagar un fin de semana solo para chicas con dos de sus amigas.

—Está funcionando —dijo Kristine, contenta—. Todo. Estoy haciendo jornadas de diez horas, pero me encanta. Jaxsen se encarga de la cena dos noches a la semana. Solo es comida para llevar o pollo asado, pero no hay problema. Tommy ha estado viendo vídeos de cocina en Internet y ya ha preparado chili en la olla de cocción lenta.

—Podrías tener un chef en ciernes en tu casa —bromeó Sophie.

—Podría ser. O una nuera agradecida cuando

descubra que el hombre de sus sueños sabe cocinar. —Kristine hizo una pausa y miró a su prima—. Hablaste con Jaxsen, ¿verdad?

Sophie negó con la cabeza.

—No tengo idea de qué estás hablando.

—Ha debido de ir a verte mientras estábamos separados. Seguro que le dijiste que dejara de ser un idiota o algo así.

—Yo no le dije nada.

—No hay manera de que Jaxsen entrara en razón por sí solo. Lo amo con todo mi corazón, pero no es su estilo. No tienes que decir nada, pero gracias.

—Sigo sin tener ni idea de qué me hablas.

Kristine rio.

—Nunca cambiarás, ¿verdad? Eres tan adorable y cariñosa, pero no puedes aceptar un cumplido o un agradecimiento. ¿Por qué?

—No tengo ni idea. —La boca de Sophie se torció mientras sus hombros se hundían—. Simplemente, no soy como los demás.

Kristine notó algo extraño en su prima.

—¿Qué te pasa? ¿Es por Amber? Creí que había renunciado.

—No es Amber. Soy yo. Estoy tan lejos de ser normal. A veces es difícil para mí.

—Soph, no tengo idea de qué estás hablando.

Sophie gruñó.

—Dugan. Me está volviendo loca. ¿Sabes que ya no quiere acostarse conmigo?

—¿Qué? No puede ser. Está loco por ti. Te observa durante el taichí.

—Solo para regañarme por mi baja forma.

—Nunca te grita. Te adora. Creo que está enamorado de ti.

Sophie se acomodó en su silla.

—No sé. Tal vez. No. No lo está. Es solo que... —Abrió la boca y luego la cerró—. Cuando descubrí quién era, su éxito empresarial anterior y todo eso, me asusté mucho. Le dije que ya no podía acostarme con él porque me resultaba demasiado incómodo.

—¿Te acostarías con un vago de playa, pero no con un empresario exitoso? Lo siento, pero tengo que decir esto: estás totalmente equivocada.

—Lo sé, ¿verdad? Luego, de alguna manera, entendí que lo que él me decía era correcto y di un paso atrás. Dejé que la gente hiciera las cosas a su manera y ahora todo va mejor. Incluso he dejado de poner mis notas adhesivas.

—¿Qué notas adhesivas?

—Oh, nada, olvídalo... —dijo Sophie, haciendo un gesto con la mano quitándole importancia—. Lo que quiero decir es que ahora estoy bien, pero él está siendo difícil. Me dijo que no va a ceder hasta que admita que estoy enamorada de él.

Kristine soltó una carcajada. Sabía que no era lo más solidario que podía hacer, pero no pudo evitarlo. Su prima, exitosa, trabajadora y decidida, por fin había encontrado a su igual.

—Bien por él.

—¿Qué? —Sophie la miró furiosa—. Eso no es apoyar.

—No, pero es sincero. Creo que Dugan es el primer hombre que se atreve a llamarte la atención por tus tonterías.

—Eso no tiene gracia. Esto es serio. —Sophie miró por la ventana—. No soy como tú. No quiero casarme y tener hijos.

—Creo que eso está claro para todos.

—Pero ¿y si quiero a Dugan y no puedo tenerlo?

—No es eso lo que él está diciendo. Claro que puedes tenerlo. Te está diciendo exactamente cómo hacerlo realidad.

—Claro. Amor. ¿Y luego qué?

—Él no quiere casarse contigo.

Sophie negó con la cabeza.

—Solo dices eso para hacerme sentir mejor. No puedes saberlo. ¿Y si le digo que lo amo y luego él me propone matrimonio?

—No lo hará. Él te conoce. ¿Alguna vez habéis hablado de tener hijos?

—Le dije que no quería.

—¿Y qué dijo él?

—Que le parecía bien.

Kristine sonrió.

—¿Pero no puedes creerle?

—Los hombres son conocidos por mentir.

—Ahora solo buscas problemas. ¿De qué tienes tanto miedo?

Tan pronto como hizo la pregunta, Kristine quiso retractarse. Sabía exactamente qué aterrorizaba a Sophie: lo sabía desde que su madre fue asesinada inesperadamente y su mundo entero se derrumbó sobre ella. Las personas que te amaban te rompían el corazón. Kristine sabía que era una de las muy pocas excepciones a la regla.

—Lo siento —dijo rápidamente—. Permíteme reformular eso. Dugan no va a largarse con tu dinero, ni mentirte, ni dejarte. No diré que no te va a herir porque probablemente lo hará. Eso es lo que sucede en una relación. Nadie es perfecto, así que de vez en cuando alguien se lastima. Pero ¿sabes qué? Aprendes de tus errores, sigues adelante y mejora la situación.

Sophie no parecía convencida.

—No quiero amarlo.

—¿De verdad?

—Me da miedo amarlo.

—Eso sí que lo creo.

—¿Mencioné que no soy como tú?

—Sí.

—No puedo hacer lo normal.

—Nadie espera que lo hagas. —Hizo una pausa—. Quizás Bear sí, pero supongo que ya lo ha superado. Sophie, Dugan es un tipo genial. Serías una tonta si no le dieras una oportunidad y, aunque sé que tienes muchos defectos, ser tonta no es uno de ellos.

—Me aterra que me proponga matrimonio.

—¿Y si no lo hace? ¿Y si solo quiere amarte por ser tú?

—Eso es improbable.

—Eso es algo que diría Amber.

Sophie se estremeció.

—Ahora solo estás siendo cruel.

—Estoy diciendo las cosas como son. Este octubre, cuando los niños estén en la escuela, deberíamos volar a Los Ángeles y pasar un fin de semana con Heather. Tú puedes comprar los billetes de avión, pero nos dividiremos los gastos del hotel.

—Me gustaría eso. Yo pagaré el hotel también, pero nos dividiremos la comida. —Sophie levantó un hombro—. Me va muy bien económicamente.

Kristine sonrió.

—¿Ah, sí?

—Sí, y en un par de años a ti también te irá igual de bien. —Su sonrisa se tornó traviesa—. Para cuando eso suceda, Amber te dirá que necesita un coche nuevo. Buena suerte con eso.

Kristine sonrió con complicidad.

—A diferencia de ti, tengo la firmeza para decirle que no.

—Oh, por favor. Te rendirás en dos segundos. Empezará con que le duelen las caderas y lo triste que es su vida y te darás cuenta de que en realidad es triste y luego te sentirás culpable y, antes de que te des cuenta, estarás en el concesionario discutiendo cuál le gusta más.

—Odio cuando tienes razón.

—Entonces me odias muy a menudo.

Kristine rio.

—Te quiero, Sophie Lane.

Sophie la abrazó.

—Yo te quiero más. Gracias por ser de mi familia.

—Siempre. Ahora, hablemos sobre tu fiesta de compromiso...

—¡Bruja!

Kristine soltó una carcajada.

El domingo por la mañana, Sophie se levantó temprano. Aunque no es que hubiera dormido mucho la noche anterior. ¿Cómo podría? Tenía demasiado en qué pensar.

Dugan era tan molesto, pensó con resentimiento mientras cuidaba de Lily y Señora Bennet. Ambas gatitas irían al veterinario el lunes. Con todos los gatitos ya adoptados, Sophie quería esterilizarlas para que pudieran seguir adelante con sus vidas felices.

Mientras bebía su café, pensó que tendría que hacer algo respecto a su situación de vivienda.

No quería quedarse en su casa alquilada para siempre. Había suficiente espacio, pero quería algo permanente. Además, quería construir un *cuarto de gatos* al aire libre para las chicas. Algo con plantas y hamacas donde pudieran disfrutar de los días soleados con seguridad.

Estaba ese patio lateral en la casa de Dugan, pensó sin darle mucha importancia.

Sería...

—No —dijo en voz alta—. Nada de reorganizar los muebles de ese hombre. —Se recordó a sí misma que odiaba cuando las mujeres hacían eso. Era su casa. Ni siquiera estaban durmiendo juntos. Si quería un lugar diferente, encontraría uno por sí misma y lo compraría como una persona normal. No necesitaba a un hombre para sentirse completa o para tener una vivienda. ¿Qué sería lo siguiente? ¿Toallas para él y para ella? Se estremeció ante la idea. Pero ahora que había pensado en Dugan, no podía dejar de pensar en él, lo cual no le gustaba. Se duchó y caminó de un lado a otro por la casa, mirando el reloj. La gran inauguración era a las once y quería estar allí para eso. Apenas eran las ocho, lo que le dejaba mucho tiempo. Podría ir a la oficina a trabajar un par de horas o, si se apuraba, podría alcanzarlo antes de que se fuera a su clase de los domingos por la mañana en la playa y resolver de una vez por todas el maldito problema.

No es que supiera cómo hacerlo. O qué decir. Él estaba tratando de imponer su voluntad sobre ella y no veía razón para premiar eso. Así que no, no iba a ir a verlo.

Solo... Solo...

—¡Maldición!

Se dirigió hacia su coche y condujo a través de la isla, luego aparcó frente a la casa de él. Antes de que pudiera decidir qué iba a decir o si sería mejor simplemente conducir al almacén y mover algunos palés con la carretilla elevadora, notó que había una especie de marco de madera en el lateral de la casa. ¿Qué estaba haciendo? La casa ya era enorme. ¿Estaba ampliándola?

Su cuerpo se enfrió. ¿Y si era algo como una sala de juegos para niños con juguetes y máquinas de *pinball* y otras porquerías ruidosas y molestas? ¿Y si era alguna monstruosidad rosa con unicornios para una niña? ¿Y si Dugan había mentido sobre no querer tener hijos?

Se apresuró hacia la puerta principal, que se abrió justo cuando llegó. Dugan estaba allí, luciendo muy bien con unos vaqueros y una camiseta. Su expresión era más de diversión que de sorpresa.

—Sophie.

Ella lo empujó y se giró en el vestíbulo.

—Nada de niños.

—Ya lo habías mencionado antes.

—Lo digo en serio. Nada de unicornios, nada de máquinas de *pinball*. No quiero eso. Me encanta dirigir mi negocio. Soy buena en ello. No tengo ningún deseo de procrear.

—Dije que estaba de acuerdo con eso.

—Sí, lo dices ahora, pero ¿qué pasará cuando tu ADN empiece a gritarte para que tengas un bebé? ¿Entonces qué? Yo no pienso dártelo y tú me dejarás y será horrible, así que, ¿por qué intentar siquiera hacer esto? ¿Para qué? Es solo un desastre anunciado. ¿Por qué no puedes verlo?

—¿Algo más?

Él sonaba tan calmado, pensó ella, deseando poder golpearlo en el estómago y que le doliera. Quizás debería estar levantando pesas en lugar de hacer ese estúpido taichí cada maldito domingo por la mañana.

—No quiero casarme. No soy una persona de bodas y sé que el matrimonio no se trata solo de una boda, pero así es como empiezan y no me gusta.

Él sonrió.

—No te importa estar casada o no. Te preocupa que me quede con todo tu dinero. Tu corazón dice que no lo haría, pero tu cabeza no está tan segura. Además, sabes que soy más inteligente que Mark, lo que te asusta. Creo que un fuerte acuerdo prenupcial aliviaría tus preocupaciones, pero puedo vivir sin estar casado —dijo él con una sonrisa—. ¿No lo entiendes? No quiero quitarte nada y no quiero hacerte hacer nada que no quieras hacer. Te quiero a ti, Sophie. Quiero tu obsesión por el trabajo, tu amor por los gatos, tu exterior espinoso y tus notas adhesivas gigantes. Te quiero gruñendo porque odias el mundo mientras le compras un apartamento a Amber para que Heather pueda seguir con su vida.

—Tú fuiste quien me dijo que lo hiciera —murmuró ella.

—Sí, pero no uno bonito frente al mar. Podrías haber comprado algo mucho más barato, pero no lo hiciste. Porque no pudiste evitarlo. Eres una buena persona.

—No digas eso.

Él rio.

—Lo eres. Eres inteligente y sexi, y cada vez que entras en la habitación mi corazón late más rápido.

—Probablemente deberías hacerte ver eso.

—Probablemente debería. Te amo, Sophie. No quiero cambiarte. Solo quiero estar contigo.

—¿Qué es eso que estás construyendo en el lado de la casa? Dijiste que no querías hijos, entonces, ¿por qué hacer la casa más grande?

—Es la habitación para gatos de la que me hablaste. Es para Señora Bennet, Lily y todos los otros gatos que vayas a traer a casa.

—Justo estaba pensando en eso. Deberías haberla puesto del otro lado de la casa. No sería tan visible.

—Quizás, pero este lado recibe más sol y a los gatos les gusta eso.

Las piernas de ella temblaron y tuvo la sensación de que iba a desplomarse justo allí, sobre los pisos de madera. Eso no podía estar sucediendo.

—Eres demasiado perfecto —susurró ella.

—No, Sophie. Pero soy perfecto para ti. Esa es la clave. Te he estado buscando durante mucho tiempo y, ahora que te he encontrado, no quiero dejarte ir. Pero tienes que estar dispuesta a unirte a mí.

«Sé valiente». Las palabras se susurraron en su cabeza. No estaba segura de dónde venían, pero sabía que eran ciertas. «Sé valiente. Arriésgate». Si esto fuera algo de su negocio, haría una investigación, obtendría tanta información como fuera posible y luego saltaría sin mirar atrás.

Pero el amor era mucho más aterrador. La verdad era que no era muy buena en eso. Nunca lo había sido. Era buena en Industrias CK. Aunque Dugan le había mostrado que podía ser mejor. Bueno, Dugan, Bear, Maggie y Elliot.

—Tengo miedo —admitió ella.

—Me lo imagino. Yo también. Aún puedes romperme el corazón.

—No quiero hacerlo.

Dugan no dijo nada. Ella supuso que él ya lo había dicho todo.

Sophie tragó saliva.

—Te amo. —Se aclaró la garganta y lo dijo de nuevo—: Te amo. Mucho. Más de lo que he amado a nadie, lo cual, realmente, no me gusta. Me asusta.

—Yo también tengo miedo.

—De acuerdo, así que ambos estamos enamorados y ambos tenemos miedo. ¿Y ahora qué?

Él se acercó y tocó su rostro con delicadeza.

—Establecemos reglas básicas. Sin hijos, sin boda, pero estamos en una relación monógama comprometida.

Ella presionó sus manos contra su pecho. Se sentía cálido, fuerte y seguro, y ella necesitaba un poco de seguridad en su vida.

—Puedo hacer eso.

—Bien. —Él sonrió mirándola a los ojos—. Me gustaría que te mudaras conmigo, pero si prefieres comprar una casa propia, puedo mudarme allí.

—¿Por qué querría hacer eso? Estás construyéndome una habitación exterior para gatos.

—Umm, Sophie, la habitación para gatos no es para ti.

Ella rio, luego lo rodeó con sus brazos y se aferró a él.

—Te amo, Dugan. Gracias por ser paciente conmigo.

—Siempre. —Tomó su mano y se encaminaron

hacia el dormitorio—. ¿A qué hora es la gran inauguración?

—A las once.

—Excelente. Tenemos tiempo suficiente. Dejaré que otro dirija la clase de hoy.

Al entrar en el dormitorio principal, ella sonrió.

—¿De verdad no vas a proponerme matrimonio?

—No lo haré.

—Eres el mejor novio del mundo.

Cuando él la atrajo hacia sí, ella se sumergió en su abrazo. Porque estar con Dugan era exactamente donde ella debía estar.